KB157881

T. S. 엘리엇과 쟈크 데리다

이만식

새미

국립중앙도서관 출판시도서목록(CIP)

T.S. 엘리엇과 쟈크 데리다 / 이만식 지음. -- 서울 : 새미, 2003
   p. ;   cm

ISBN 89-562-8084-3 93800 : ₩16000

840.9-KDC4
820.9-DDC21   CIP2003001065

T. S. 엘리엇과 쟈크 데리다

서문

    학문적 연구 서적의 경우, 특히 '서문'에서 개인적 감회의 토로가 금기시되는 저간의 사정을 안다. 하지만 개인적인 집착이 없었다면 학문적 연구가 어떻게 오랜 세월 동안 집요하게 지속될 수 있었을 것인가. 1972년 서울대학교에 입학하면서 T. S. 엘리엇을 처음 만나고 한국어로 시를 쓰기 시작하더니, 인생의 우여곡절 끝에 드디어 30년이 지난 2003년 그를 어느 정도 이해했다는 판단이 들어 그동안의 연구 성과를 한 권의 책으로 묶는다. 사범대학 영어교육학과의 학생이었기 때문에 대부분의 학생들이 언어학과 교수법을 전공하는 분위기 속에서 외롭게 영문학을 시작하였다. 그럼에도 불구하고 무엇이라 정확하게 규정할 수는 없었지만 엘리엇이 제기하는 문제가 일생일대의 과업이 될 수 있다는 확신이 있었다. 대학원까지 이어지는 공부가 계속되었지만 당시의 가족 사정 때문에 학문적 연구에 매진하는데 어려움이 있었다. 1987년 호주정부의 장학금을 받게 되어 뒤늦게 다시 연구를 시작하였는데, 시드니대학교에서 만난 쟈크 데리다의 해체론은 나로 하여금 본격적으로 시를 쓰게 만들었고, 엘리엇의 학문적 연구에 돌파구가 있다는 확신을 제공하였다. 오랜 세월 동안 엘리엇을 계속 읽으면서도 엘리엇 연구의 당대적 유효성, 왜 지금 엘리엇을 연구해야 하는지에 관한 확실한 대답을 발견하지 못하였기 때문에 결정적인 노력을 기울일 수 없었다. 호주의 국가경제 사정 때문에 1990년말 중도 귀국하면서도 엘리엇 연구를 본격적으로 시작할 수 있겠다는 확신이 들었고, 이 한 권의 책이 그 결과다.

대부분의 논문이 한국 T. S. 엘리엇 학회에서 발표된 바 있으며, 한국 T. S. 엘리엇 학회의 학회지인 『T. S. 엘리엇 연구』에 게재된 바 있다. 학문적 공동체의 비판과 격려가 연구에 큰 힘이 되었다. 국학자료원 정찬용 사장의 후의에 힘입어 출간되는 『T. S. 엘리엇과 쟈크 데리다』도 학문적 공동체의 냉철한 비판을 통해서 또 다시 시작되는 엘리엇 연구의 출발점이 될 것으로 믿는다. 2003년 9월26일-28일 동안 미국 미주리 주의 세인트 루이스에서 개최되는 미국 엘리엇 학회의 제24차 연례 학술발표회에 제4장의 내용을 중심으로 「T. S. 엘리엇과 쟈크 데리다」라는 제목으로 발표할 예정이다. 본 연구에 큰 도움을 준 고려대학교 여홍상 교수에게도 깊은 감사를 드린다.

2003년 7월 7일
이만식

차 례

서 론: 엘리엇의 당대성

엘리엇(T. S. Eliot)은 더 이상 영문학이나 영시의 패러다임이 아니다.[1]
『율리시즈』(*Ulysses*)와 『황무지』(*The Waste Land*)의 발간 50주년을 기념하
던 1972년과 현재의 상황은 판이하게 다르다. 1965년 1월 4일 영면한 엘리엇
은 그 당시 "실물보다 큰 초상(肖像)"으로 기억되면서 엘리엇의 시와 문학비
평은 "스핑크스의 수수께끼" 같았다는 기억이 아직 생생하였다(Davie: "Life"
230). "1950년대의 대학에서 엘리엇의 숭배는 사실상 신앙이었기에, 엘리엇
의 죽음 이후 회중(會衆)이 요구하는 신성(神性)의 수준에 엘리엇이 부응하지
못한다는 데에 반작용처럼 그에겐 비난이 집중되었다"(Harwood 52). 엘리엇

---

[1] 미국 보스톤 지역의 베닝톤(Bennington) 대학에서 시창작을 강의하는 시인, 리암 렉터
(Liam Rector)의 다음과 같은 주장은 엘리엇에 관한 최근의 견해를 보여준다. "내 생각
에 현재 미국에서 엘리엇 광신주의는 살아있는 사람들의 땅에서 윌러스 스티븐스
(Wallace Stevens)의 영향력에 의해 압도당하고 있다. 스티븐스의 뒤를 따라가서 애쉬
베리(Ashbery)의 땅에 이르게 되는 길을 해롤드 블룸(Harold Bloom)이 제시한 바 있는
데, 강력하며 상상력이 뛰어나고 언어의 재질이 있는 낭만 시인의 계보다. 엘리엇의
정설은 전복되었으며 많은 분야에서 거의 무시되고 있다. 지금이 공포심 없이 엘리엇
을 읽고 엘리엇의 유산을 물려받을 아주 적절한 시기인 것이다"(Rector 11).

이 신비평(뉴크리티시즘)에 커다란 영향을 주었다는 사실은 분명하다. 무엇보다도 엘리엇의 견해가 "시의 자율성이라는 뉴크리티시즘적 테제의 가장 중요한 토대가 되었다고 할 수 있다. 이에 존 크로우 랜섬(John Crowe Ransom)은 자신의 '존재론적 비평'을 통하여 '스스로를 위하여 존재하는 작품 자체의 자율성'을 말했고, 르네 웰렉(Rene Wellek)과 오스틴 워렌(Austin Warren)은 『문학의 이론』(Theory of Literature)에서 시 외부의 비본질적 요소로부터 독립적으로 존재하는 '시로서의 시'를 주장한 바 있다. 시의 자율성 외에도 브룩스(Cleanth Brooks)의 아이러니와 위트, 그리고 앨런 테이트(Allen Tate)의 텐션은 엘리엇의 통합된 감수성에 관한 논의에서 나왔고, 브룩스나 윔저트(W. K. Wimsatt)의 구체적 보편에 관한 논의도 이를 발전시킨 것이라 볼 수 있다. 즉 엘리엇의 뉴크리티시즘에 대한 영향은 명백하게 보인다"(이윤섭 120-1). 그러나 신비평가들이 엘리엇을 무비판적으로 수용하지는 않았다.[2] 신비평은 엘리엇을 "축소지향적으로 해석"하는 경향이 있다(이윤섭 131). 엘리엇의 입장에서도 신비평을 꼭 좋게 생각하지만은 않았으며, 엘리엇의 실제비평이 신비평의 실제비평 작업과 상당한 차이를 보인다는 점을 본 연구에서 검토하고자 한다.[3]

엘리엇은 파운드(Ezra Pound)와 함께 영미 모더니즘을 대표한다. "T. S. 엘리엇의 비평을 얼마간 언급하지 않고는 모더니즘에 관한 논의가 완성되지 않는다. 왜냐하면 초기의 도발적인 잡지였던 『블라스트』(Blast)식의 선언에

---

2) John Harwood, *Eliot to Derrida: The Poetry of Interpretation* (London: Macmillan: 1995), p. 52: "One of the ironies of the history of modern criticism is that while New Critical interpretive theory was founded upon doctrines attributed to Eliot's early essays, the enduring tendency of Eliot's criticism is anti-interpretive."

3) Patricia Waugh, *Practicing Postmodernism/Reading Modernism* (London: Edward Arnold, 1992), P. 140 참조: "The New Critical reading of Eliot has already been subject to revision by a number of criticis as C. K. Stead, Frank Kermode, Robert Langbaum and, more recently, Edward Lobb and Harold Bloom, who have shown his connection to a continuing tradition of Romantic aesthetics."

대안이 되는 이론적 기반을 제공하고 모더니즘을 제도화한 것이 다름아닌 엘리엇의 비평적 글쓰기라는 실체였기 때문이다. '몰개성 이론'에 관한 엘리엇의 관심은 모더니즘이란 자립적 구조물의 원료가 된다"(Waugh 136). 그런데, 모더니즘이란 비평 용어는 "1960년대 이후 대학에 있어서의 신조어(新造語)"이다(Harwood 13). 이미지즘과 달리, 모더니즘은 파운드나 엘리엇에 의해 의식적으로 주도된 문학 운동이라기보다 1960년대 이후의 학자들에 의해 규정된 개념적인 정의이다. 모더니티(Modernity)는 사유재산, 시장경제와 자유주의 민주제도 등 중산층을 중심으로 하는 "본질적으로는 부르주아의 경험"이다(Pippin 9). "19세기말 스스로 정당하게 재생산하는 것이 불가능함을" 자본주의 사회가 인식하면서 모더니티의 위기가 있었는데, 모더니즘은 이에 대한 예술적 대응 양상이라고 정의된다(Pippin 9). 1960년대 이후 학자들이 인식한 새로운 예술적 대응 양상인 포스트모더니즘의 의미를 뚜렷이 하기 위한 대조 개념으로 제시되었던 신조어가 모더니즘이다. 피핀(Robert Pippin)은 그 대결적 양상에 주목하여 다음과 같이 규정한다.

> 모더니즘에서는 "견고한 모든 것은 대기 속에 녹아 버린다"나 "중심이 지탱하지 못한다"라는 전형적인 근대 경험이 "주체적 중심," 즉 자립적이고 자기명시적인 예술가의 창조를 자극한다. 포스트모더니즘에는 중심이 전혀 없다. 주체 자체가 "탈중심화"되어버려 더 이상 기원이나 원천이 아닌 것이다. 주체는 결과 그 자체, 즉 근대 소설가가 선호하는 내적 독백에 의해 속박되지 않는 담론을 요구하는 사회적이며 심리적인 복합적 힘의 산물이 된다. (Pippin 156-7)

모더니즘과 포스트모더니즘의 관계 양상에 관한 논란은 다양한 채 정리되어 있지 않다. 포스트모더니즘이 부정하는 "계몽의 프로젝트가 소진(消盡)되었다기보다 미완성(未完成)이다"는 입장에서 "모더니티의 기획"의 유효성을 옹호하는 하버마스(Habermas) 등의 논리가 공적 담론의 장에 존재하기 때문이다(Waugh 29). 또한 마샬 버만(Marshall Berman)은 『견고한 모든 것은 대기 속에 녹아버린다: 모더니티의 경험』(*All That Is Solid Melts into Air: The Experience of Modernity*)에서 모더니즘의 현재적 유효성을 옹호한다. 하지만 포스트모더니즘은 일반적으로 반계몽주의적이며 반형이상학적인 태도를 취한다. 그런데 파트리시아 워(Patricia Waugh)는 중도적인 입장에 선다. 포스트모더니즘이 서구 지적 전통의 극단적인 단절이라기보다 "칸트의 철학이나 낭만주의 그리고 모더니즘 예술 등에 의해 시작된 근대 미적 전통"의 새로운 양상이라는 것이다(Waugh 3). 쟈크 데리다(Jacques Derrida)도 "궁극적으로 형이상학적 개념들 없이 생각할 수 없으며, 따라서 계몽주의가 소진되었다고 상상할 필요는 없다"는 유보적인 입장을 견지하는 데에서 포스트모더니즘과 태도를 달리 한다(Waugh 72).

엘리엇의 정설이 전복되고 무시되는 것 같은 현재의 상황에서 엘리엇의 연구를 지속하는 것은 엘리엇의 문학이 계속 의미있기 때문일 것이다. 이 글은 포스트모더니즘, 특히 쟈크 데리다의 해체론적 관점에서 엘리엇의 시와 문학비평에 유의미하게 접근할 수 있음을 보여줌으로써, 엘리엇 연구의 현재적 타당성을 확보하려는 목적에서 쓰여졌다. 1970년대초 케임브리지 대학의 학부생이었던 하우드(John Harwood)의 다음과 같은 고백은 엘리엇의 시에 대한 기존의 신비평적 해석이 봉착한 학문적 한계를 뚜렷하게 보여준다.

> 학부생으로서, 엘리엇의 시에 관해 쓰려고 할 때마다 엘리엇 시의 신비로운 '핵심'이 사라지는 것 같다는 것을 이미 발견한 바 있는데, 엘리엇에 관해 쓰여진 어떤 것을 읽어도 그 핵심을 포착한 것 같아 보이지 않았다. (Harwood 2)

해체론적 문학비평은 아직 뚜렷한 틀을 갖추지 못하고 있다. 특히, 엘리엇의 경우 그것은 논쟁의 공격 대상으로 취급될 뿐, 비평의 진지한 논의 대상으로 간주되지 않는다. 해체비평의 대표자로 평가되는 드만(Paul de Man)은 엘리엇을 다음과 같이 간략하게 평가한다. "T. S. 엘리엇이 신앙에 너무 가깝게 다가가서 의식을 희생한다고 말하는 대신, 신앙없는 의식의 순간을 의식없는 신앙의 순간으로 대체한다고 말하는 것이 더 좋을 듯 하다. 부정적 사고와 긍정적 사고가 둘 다 부주의하게 행사되었을 때에만 그런 일이 가능하다"(de Man: *Blindness* 244). 드만의 다른 섬세한 비평문들에 비하면 여기에서는 너무 단순한 이분법적 논리가 엘리엇에 적용되고 있다. 비평적 분석의 대상이라기 보다 논쟁적 공격의 목표로 엘리엇을 부각시키려는 드만의 의도 때문에 엘리엇에 대한 비평적 분석이 단순해졌다. 마찬가지로 하트만(Geoffrey Hartman)이 "엘리엇의 보수적 모더니즘"이란 용어를 사용할 때에도 엘리엇 문학 자체의 분석에 관한 고려보다는 엘리엇이란 이름으로 제시되는 논쟁적 분석의 틀을 중시하고 있다.4) 그리고 해체비평의 해설자인 노리스(Christopher Norris)는 브래들리와 구별되지 않는 "초월적 유아론"의 관점에서 엘리엇의 철학을 제시한다.5) 따라서 해체론적 입장에서의 엘리엇 문학에 관한 총체적인 분석은 드만, 하트만이나 노리스 등 공인된 해체비평가들의 견해에 의존할 수 없다.

박경일 교수의 연구는 "하나는 엘리엇 읽기에 있어서 그의 철학적 배경을 배제하는 포스트모던적 엘리엇 '때려잡기'로부터 엘리엇을 구원해내는 일, 또 하나는 철학적/불교적 엘리엇 읽기, 나아가서 불교적 영문학/서구문화 읽기

---

4) Geoffrey H. Hartman, *Criticism in the Wilderness: The Study of Literature Today* (New Haven and London: Yale UP, 1980), p. 57: "Eliot's conservative Modernism identifies the poet's critical or intellectual ability mainly with that of purification, the filtering out of 'mere ideas' or technical terms not yet polished into poetic diction."

5) Christopher Norris, *Deconstruction and the Interests of Theory* (Leicester and London: Leicester UP, 1992), p. 89: "As with Bradley, so with Eliot, this led to a species of transcendental solipsism. 'Tradion' becomes a kind of echo-chamber for the mind disenchanted with history and withdrawn into its own private vision of a purely synchronic cultural order."

를 위한 방법론의 탐색"에 집중하여 "서양 철학과 동양사상, 기호학과 실용주의 철학, 포스트모던 인식론과 현대자연철학의 세계"를 추적하고 있지만 "엘리엇 연구의 다양한 가능성들의 모색을 우선적인 관심사로 하"고 있기 때문에, "여러 철학자들과 포스트모던 이론(가)들에 대한 논의들이 전문성이 떨어지고 깊이가 부족하"다고 스스로 고백한다(7). "체계화된 문학 연구의 시대에, 그 대부분의 연구가 엘리엇 자신을 향한 것임에도 불구하고, 엘리엇은 보이지 않는 시인이다"라고 캐너(Hugh Kenner)가 1959년에 말한 바 있다(ix). 신비평의 과학화된 연구체계의 해석에 국한되지 않는 엘리엇의 현대성을 지적하는 셈이다. 캐너의 다음과 같은 설명은 피핀의 모더니즘/포스트모더니즘 구분과 동일한 논리를 갖고 있는 것처럼 보인다.

> 엘리엇은 사상이 아니라 결과를 취급한다. 게다가 그 결과는 19세기 고전 문학 교육을 받은 감식안을 갖고 있는 독자가 생각하는 시의 표현 방식으로 정성스럽게 구성된 언어에 비한다면, 기괴하게 아주 구어적이며 다소 특이해 보인다. (Kenner 4)

모더니즘에 주체적 중심이 있었다면 포스트모더니즘에서는 그것이 탈중심화되며, 주체는 기원이나 원천이 아니라 결과가 된다는 것이 피핀의 핵심 논리였다. 중심적 사상이 아니라 언어적 효과라는 결과에 근거하여 엘리엇의 문학을 읽는다는 캐너의 설명은 포스트모더니즘의 용어를 직접 사용하지 않았지만, 포스트모더니즘적 태도를 이미 반영한다. 제이(Gregory S. Jay)는 개성과 몰개성 등의 이분법적 논리구조에 의문을 제기하는 해체론의 관점에서 엘리엇의 문학을 다음과 같이 분석하고자 한다.

> 개성/몰개성 같은 대립구조 내부의 분규에 언제나 민감한 쟈크 데리다는 다음과 같이 쓴다. "여기 어딘가에, 서명의 신화 너머에, 저자의 신학 너머에, 생물학적 욕망이 텍스트 안에 새겨져 왔다. 뒤에 남겨진 흔적은, 더 이상 간단

하게 정리되지 않을 지는 모르지만, 그만큼 어쩔 수 없이 다원적이다." 텍스트 안에 있는 주체성의 다원성을 읽는다는 것은 텍스트성과 개성 혹은 글쓰기의 구조와 인간의 구조 사이에서 유사성을 추정하는 해석 작업을 요구한다. 엘리 엇의 글에서 일관성 있는 의미를 파악하려는 노력으로 엘리엇의 가족, 미국과 성(性)에 관한 엘리엇의 생각이 시적 영향, 문학의 개혁과 저자의 정체성이란 엘리엇의 개념과 구별되지 않는다는 결론에 도달하게 되었다. (Jay 6)

엘만(Maud Ellmann)도 유사한 논리로 엘리엇의 '몰개성 이론'이 자신의 표면적 주장에도 불구하고, 개성적인 측면을 배제하지 못한다는 점에 주목한 다. "개성을 비난하는 만큼, 그보다 더 개성의 소멸을 두려워한다"는 것이다 (Ellmann 17). 윌리엄즈(Geoffrey Williams)도 엘리엇의 문학을 포스트모더니 즘적 관점에서 읽는 것이 가능하다고 생각한다. 그리고 이를 위해 "수사학적 차원이 아닌 존재론적 차원에서" '애매성'의 개념을 제시한다(Williams 12). 스퍼(David Spurr)는 엘리엇에 관한 신비평적 연구의 전통을 다음과 같이 반성 한다.

  엘리엇에 관한 학문적 연구의 40년 전통은 엘리엇의 핵심적인 시 하나하나 의 서술적 일관성에 있어 타당성있는 근거를 확립하였으며, 시인의 작업에 관한 문학적 영향의 범위를 계속 넓혀가면서 밝혀왔다. 하지만 엘리엇 시의 구조적 긴장 관계의 원천 그리고 그러한 긴장 관계를 발전하는 시의 의식과 연관시키는 문제 등은 대부분 밝혀지지 않은 채 남겨져 왔다. (Spurr xi)

제이와 엘만이 개성/몰개성의 이분법적 대립구조를 중심으로 논리를 전개 하였다면, 스퍼는 질서/무질서의 이분법적 대립구조를 중심으로 논리를 전개 한다. 하지만 이분법적 대립구조 자체의 설명이 아니라, 윌리엄즈의 지적처럼 그 '애매성'에 초점을 맞추고 있다는 점에서 그것들은 신비평과 입장을 달리 한다.

브래들리의 인식론에 관한 엘리엇의 박사학위 청구논문이 1964년에 발간되면서, 엘리엇의 철학이 단순한 이분법적 대립구조에 기반을 두지 않았다는 점은 더욱 명백해졌다. 예를 들면 「전통과 개인의 재능」("Tradition and the Individual Talent")이 "과거와 현재, 공동체와 개인, 전통과 창의성의 대립구조가 틀렸다는 신념에 근거하여 서술되었다"는 확신을 브루커(Jewel Spears Brooker)가 피력한다(*Mastery* 18). 비힐러(Michael Beehler)도 새로운 해석 가능성에 근거하여 엘리엇의 시극을 분석하는데, 다음과 같은 현대물리학의 설명을 통해 해체론의 핵심 개념인 '차연'의 중요성을 강조한다. "양자 물리학은 서로 다른 경험적 현상에 내재된 엄격한 결정론을 추구하지 않으며, 차라리 '각각의 확률의 추정치를 계산하면서' 차이를 재전개한다"(Beehler: *Difference* 8). 엘리엇의 문학에 관한 철학적 접근은 엘리엇의 철학 자체에 관한 풍부한 연구 성과를 산출하였다. 자인(Manju Jain)은 『T. S. 엘리엇과 미국 철학』(*T. S. Eliot and American Philosophy*)에서 엘리엇이 브래들리 학위논문을 쓰던 하버드 대학원 시절의 철학적 입장을 분석하면서, "과학과 종교를 종합하려는" 하버드 철학과의 학풍에 대한 불만에도 불구하고 엘리엇의 철학적 관심은 주류를 벗어나지 않았다고 지적한다(9). 그리고 데이비슨(Harriet Davidson)은 해석학적 입장의 『T. S. 엘리엇과 해석학』(*T. S. Eliot and Hermeneutics*)에서 『황무지』의 자세히 읽기를 제공한다. 스캐프(William Skaff)는 "자료를 취사선택하여 포괄적인 철학 체계를 구축한 다음, 그런 사상에 의거하여 시와 문학비평의 원칙을 특징적으로 결정할 뿐만 아니라 개인적인 삶의 행위도 그런 사상의 영향 하에 있게 만든 콜리지 이후 첫 번째 시인이라는" 관점에서 엘리엇의 정신이 20세기초 아방가르드 운동을 전부 포괄한다는 입장을 취한다(3). 스캐프는 『T. S. 엘리엇의 철학』(*The Philosophy of T. S. Eliot*)에서 회의주의, 신비주의, 무의식, 원시 경험, 신비 의식, 초현실 시학 등을 점검한다. 그리고 셔스터만(Richard Shusterman)은 『T. S. 엘리엇과 비평 철학』(*T.

S. Eliot and the Philosophy of Criticism)에서 브래들리의 절대적 관념론 등 엘리엇의 핵심적 철학 경향이 아니라, 러셀(Russell)의 영향력 아래에 있던 엘리엇의 런던 생활 초기에 드러난 분석철학적 경향의 분석을 제시한다.

힐리스 밀러(J. Hillis Miller)는 최근 「데리다와 문학」("Derrida and Literature")에서 "데리다의 글 도처에 문학이 있다"면서 데리다가 "20세기의 가장 위대한 문학비평가 중의 한 사람"이라고 주장한다(58). 밀러의 견해에 동의한다 하더라도, 다음과 같은 '문학'의 정의가 신비평의 그것과 다르다는 점은 지적되어야 한다.

> 말로 된 것이든 글로 된 것이든 문학 작품은 어떤 것이든 우리가 바라는 바대로 기능하게 만들 수 있다는 의미에서가 아니라 문학으로 받아들여질 가능성이 내재한다는 의미에서 "문학으로 받아들여질" 수 있다. (Miller 60)

문학 작품이 "우리가 바라는 바대로 기능"한다는 것은 지금까지의 정의였다고 신비평의 입장을 정리하면서 밀러는 "문학으로 받아들여질 가능성이 내재한다는" 새로운 해체론의 입장을 대비시킨다. "문학으로 받아들여질 가능성"이란 표현은 지금까지 문학으로 받아들여지지 않았던 영역에까지 문학의 정의를 확대해야 한다는 아방가르드적 자세를 드러낸다. 데리다의 철학적 저술 도처에 문학이 있으므로 데리다가 위대한 문학비평가라고 주장할 때, 밀러의 논리는 신비평의 관점과 전혀 다른 해체론의 관점에 기반을 둔다. 그러면 해체론의, 즉 데리다의 문학 이론은 무엇인가. 이 점에서 밀러가 다음과 같이 두 가지 문제점을 지적하는데, 그것은 해체론이 문학비평을 위한 일반적인 방법론을 아직까지 확립하지 못한 이유이기도 하다. 데리다 문학비평의 문제점은 다음에 지적되는 바와 같이 데리다 문학비평의 논리가 개별적인 사례에 국한된다는 점이다.

각각의 에세이는 문제 작품의 관용적인 내용에 적합한 나름대로의 특수한
전략을 사용한다. 이는 데리다의 작업에서 문학비평의 방법론을 학습하는
것이 불가능하다고 말할 수는 없겠지만 어렵게 만드는 하나의 이유다. (Miller
74)

다른 하나는 데리다의 문학비평이 너무 상세하다는 점이다. 예를 들면, "데
리다는 저자의 글의 명백히 제한적인 특징 혹은 그런 다음 길게 심문되는
하나의 단어나 구절 혹은 말라르메의 「모방」("Mimique") 같은 작은 텍스
트, 퐁주의 짧은 시 「우화」("Fable")나 카프카의 『심판』의 짧은 구절
등 작품의 지엽적인 부분 위에 에세이 전부를 구축한다. 망원경적 관점에
기초하여 전체에 관한 거대한 일반 이론을 만들어내기보다 현미경적으로 하나
의 부분에 집중하는 것이 더 낫다는 것이 데리다 문학비평의 전제다"(Miller
77-8). "읽고 있는 텍스트에 대한 존경심" 때문에, 문학비평의 작업 속에서
작품의 "의미의 수동적인 묘사보다는 작품의 수행적인 힘을 실천하려고 하기"
때문에 데리다가 텍스트의 지엽적인 국면에 집착한다고 밀러가 변명하지만
(Miller 75), 그것이 문학비평의 일반 이론을 파악하기 어렵게 만드는 또 하나
의 이유임에는 틀림이 없다. 데리다의 문학의 정의가 신비평의 그것과 전혀
다르며, 너무 상세하고 개별적인 국면에만 치중하는 데리다의 문학비평 때문
에 해체비평의 실천적 측면에 어려움이 있다는 의견에 대해 조너던 컬러
(Jonathan Culler)도 다음과 같이 동의한다.

특히, 비평적 사고가 어쩔 수 없이 의존하여 왔던 철학적 대립관계에 의문
을 제기함으로써 해체론은 비평가들이 무시하거나 혹은 추구해야만 하는 이
론적 문제점을 제기하고 있는 것이다. 그것은 비평의 개념과 방법이 의존하고
있는 위계적 관계를 파괴함으로써, 개념과 방법을 당연시 여겨서 신뢰할 수
있는 도구로 단순하게 취급하게 되는 것을 방해한다. 비평의 범주는 건전한

해석을 산출하는 데 사용되는 도구일 뿐만 아니라 텍스트와 개념의 상호관계를 통해서 탐구되어야 할 문제점이다. 이는 오늘날 비평이 왜 그렇게도 이론적인 것처럼 보이는 지에 대한 하나의 이유인 것이다. (Culler 180)

하나의 이론이 정착하는 초기의 과정에서는 그 이론의 정당성을 주장하기 위해 새로운 철학적 체계를 구축하는 데 노력을 집중하지 않을 수 없을 것이다. 해체론의 경우에도 지금까지 이론의 정착과정에 초점이 맞추어져 있었기 때문에, 문학비평으로의 변용 작업이 활발하지 않았다.

데리다는 1980년 자신의 박사학위 논문을 변호하면서 "이런 사태가 가능한 것이라면, 문학 또는 문학적이라고 불리우는 글에 대한 아주 지속적인 관심이 철학적인 관심보다 먼저 있었다고 말해야 할 것입니다"라고 진술한 바 있으며, 1983년 『누벨 옵제르바퇴르』(Le Nouvel Observateur)와의 인터뷰에서도 "본인의 '첫 번째' 성향은 사실상 철학이라기보다는 문학, 아니 철학보다는 문학이 더 쉽게 적응할 수 있는 것을 향하였다"고 언급한다(Attridge 2 재인용). 애트리지(Derek Attridge)는 데리다의 철학적 측면과 문학적 측면의 관계를 다음과 같이 정리한다.

> 비록 문학적인 면보다 철학적인 면에 더 중점을 두고 있지는 않을지라도 데리다의 문학에 관한 텍스트는 여전히 철학적 문제에 매혹되어 있으며 문학적 텍스트로 철학의 해체 작업을 수행하도록 하는 방안을 모색한다. 그렇게 함으로써 문학에 관련된 작업에 있어서 문학적 측면보다 눈에 더 두드러지는 위치에 서게 된다. 요컨대 '글'이나 '법' 같은 용어처럼 '문학'이란 단어가 자신이 존재하고 있는 담론과 체제의 내부에서 담론과 체제를 불안정하게 만드는 능력을 갖게 만든다. (Attridge 17)

여기에서도 힐리스 밀러가 지적한 문학의 아방가르드적 측면이 강조되는데, 사실 데리다도 다음과 같이 지적하고 있는 것이다.

무엇보다도 '그 자체로' 문학적인 텍스트는 없다. 문학적 특성(Literarity)이 란 자연적인 본질이 아니라 텍스트 내면의 특성이다. 문학적 특성은 텍스트에 계획된 관계, 즉 스스로 통합하는 계획된 관계의 상관물이다. 문학적 특성은 관습적이거나 제도적인, 즉 어느 경우에라도 사회적인 법칙이란 다소 함축적 인 의식이 되면서 하나의 요소나 하나의 계획된 층(層)이 된다. (Derrida: Acts 44)

해체론의 대표적 문학이론서인 『해체비평』(On Deconstruction)의 조너던 컬러도 해체론의 문학 연구와의 관련성이 명확하지 않다는 점을 다음과 같이 지적한다.

독서와 오독의 관계에 대한 문학 연구의 명백한 관련성에도 불구하고, 문 학 연구에 있어서 해체론이 시사하는 바는 결코 명확하지 않다. 데리다가 문학 작품에 관해서 종종 글을 쓰기는 하지만 문학비평의 임무, 문학적 언어 를 분석하는 방법이나 문학에서 의미의 성격 같은 주제를 직접적으로 취급하 지는 않았다. 문학 연구에 있어서 해체론이 시사하는 바는 추론되어야만 한다. 그러나 그런 추론 내용이 어떻게 만들어질 수 있을 것인지는 명확하지 않다. (Culler 180)

즉 데리다가 '문학'이란 단어로 의미하는 바가 지금까지의 신비평의 문학의 정의와 전혀 다르다는 점 그리고 데리다 문학비평이 개별적 작품의 상세한 분석에 너무 치중하는 특성이 해체론에 기초하여 문학비평의 일반적 방법론을 구축하기 어렵게 만든다는 점에 모든 논자들의 의견이 일치하는 것 같다.

포스트모더니스트들의 반발의 대상이 되는 모더니즘의 입장은 다음과 같이 규정될 수 있다. "기성 전통과 인습에 대한 심각한 도전과 강한 비판에도 불구하고 모더니즘은 권위나 중심에 대한 갈망을 완전히 떨쳐 버릴 수 없었다. 그것은 20세기 현대에 만연되어 있는 혼돈과 무질서를 제어하기 위한 한 수단으로서 권위나 중심에 의존하였다. 다시 말해서 모더니즘은 형식이나 기교면에서는 매우 급진적이고 때로는 가히 혁명적이라고 할 수 있는 입장을 견지하면서도 내용이나 주제면에서는 여전히 보수주의적인 입장을 견지했던 것이다. 이것이 바로 모더니즘이 본질적으로 지니고 있는 이중적이고 양면적인 성격이다"(김욱동 216). 포스트모더니스트들은 "모더니즘이 예술에는 질서의 원칙, 주관적 자아에는 규율의 원칙을 제공하는 신화를 즐겨 쓸 뿐만 아니라, 역설적인 대립을 통합해 주는 초합리적 진리로서 은유를 사용한다는 이유를 들어 모더니즘을 '전체주의적' 미학이라고 규정짓는다. 신화를 기본적인 구성틀로 끌어 쓰는 모더니즘은 어디까지나 '낡고 억압적이며 폐쇄적인' 미학에 지나지 않는다"고 주장하며, 그들은 또한 "반신화적이고 반은유적인 입장을 따르는 포스트모더니스트들만이 권위주의나 전체주의에서 해방된 문학을 창작할 수 있다고 주장한다"(김욱동 101). 이러한 포스트모더니즘 이론가들은 "자신들의 이론을 뒷받침하는 증거로 주로 T. S. 엘리엇을" 드는데, 엘리엇이 "일상 생활의 혼돈과 무질서에 상징적이고 시적인 질서를 부여하는 효과적인 장치로서 신화를 사용한다고 지적하였다"(김욱동 102). 그러나 김욱동 교수는 다음과 같이 말한다.

그러나 와슨을 비롯한 몇몇 포스트모더니즘 이론가들의 이러한 주장은 이렇다 할만한 설득력을 갖지 못한다. 그들은 모더니즘 작품에 쓰이는 신화의 의미를 잘못 이해하고 있거나, 아니면 그 중요성을 상당히 과장하여 해석하는 경향이 있기 때문이다. 윌리엄 A. 존슨이 지적하듯이 대개의 경우 그들은 신화의 사용을 근거로 모더니즘의 특성을 경직되고 폐쇄적인 것으로 규정한 다음, 이번에는 경직되고 폐쇄적이라는 이유를 들어 모더니즘을 거부하고 오직 포스트모더니즘만을 생존 가능한 사조나 전통으로 받아들이는 경향이 있다. 그러나 그들이 주장하는 것과는 달리 모더니즘 작가들은 낭만주의자들이나 빅토리아 시대의 리얼리스트들과는 전혀 다른 방법으로 신화를 끌어들인다. 즉 모더니스트들은 신화를 메시지 자체보다는 오히려 메시지를 전달하기 위한 임의적인 수단으로 활용한다는 점에서 낭만주의자들이나 리얼리스트들과는 본질적으로 다르다. 더욱이 모더니스트들은 작품에서 신화를 흔히 반어적으로 사용한다. 조이스나 엘리엇의 경우만 하더라도 신화는 호메로스의 영웅 시대와 20세기의 반영웅 시대, 또는 계절의 변화와 같은 자연의 리듬에 따라 삶이 영위되던 이교도적 시대와 정신적 불모성으로 점철된 현대를 반어적으로 대조시키기 위한 수단으로 사용된다.

그뿐만 아니라 신화는 모더니즘 작품에서 얼핏 일관성이나 총체성을 가져다 주는 것처럼 보이지만 사실은 일관성이나 총체성을 파괴하고 중심을 해체하기 위한 효과적인 장치로도 흔히 사용된다. (김욱동 102-3)

모더니즘 문학의 이면에서, 특히 조이스와 엘리엇 문학의 이면에서 포스트모더니즘적인 측면을 읽어내고 있다.

해체론 경향의 엘리엇 비평서들은 대부분의 경우 해체론의 한 국면, 예를 들면 개성/몰개성이나 질서/무질서에 집중하여 엘리엇의 문학 전체를 개관하려 한다거나, 해석의 불가능성이나 애매모호성을 강조하여 왔다. 엘리엇의 박사학위 청구논문이 발간된 이후, 단순한 이분법적 대립구조에 의존하지 않는 분석이 점증하여 왔다. 한 가지 논리만으로 엘리엇의 문학 전체를 개관하는 위험을 피하면서 포스트모더니즘, 특히 쟈크 데리다의 해체론적 관점에서 엘리엇의 시와 문학비평에 총체적으로 접근하려는 것이 본 연구의 목적이다.

"아무것도 의미하지 않는다에서 모든 것을 의미한다"까지 엘리엇에 대한 해석의 편차가 극심하다(Kenner 50). 아방가르드적 요소와 반(反)아방가르드적 요소가 엘리엇의 시세계에 "언제나 불편하게 그렇지만 언제나 필요에 의해서 공존하고 있다"고 렌트리키아(Frank Lentricchia)가 설명한다(Lentricchia: *Quartet* 285). 렌트리키아는 엘리엇의 시와 산문의 관계가 대립적인 것처럼 보인다고 다음과 같이 요약한다.

초기의 문학 비평은 후기의 많은 주요 산문 작품처럼 이상적으로 결합된 문화 속에 있는 관계에 대한 엘리엇의 희망의 표현이다. 반면에 「성회 수요일」과 『네 개의 사중주』를 배제하지 않는다 하더라도, 시는 부조리하며 단연코 세속적인 문화 속에서 엘리엇의 삶과 현실의 표현이다. (Lentricchia: *Quartet* 278)

엘리엇의 시가 부조리한 현실을 표현하고 엘리엇의 비평이 이상적인 문화에 대한 희망을 표현한다는 이분법이다. 웅거(Leonard Unger)도 이와 유사한 논리를 다음과 같이 전개한다.

엘리엇의 비평이 고전적이고 전통적이며 몰개성적인 프로그램을 촉구한다. 반면에 그렇게도 강력하게 낭만적이고 두드러지게 현대적이며 극도로 개인적인 시를 산출해내고 있다. (Unger 7)

웅거도 렌트리키아처럼 엘리엇의 시와 비평의 이분법적 대립 관계를 강조하면서, "산문적인 반성 속에서는 이상적인 면에 합당하게 열중할 수 있는 반면, 운문을 쓰면서는 현실적인 면만 다룰 수 있다"는 엘리엇의 설명이 근거로 제시된다.6) 그러나 웅거와 엘리엇의 논리 사이에 편차가 있다. 산문에서 이상적인 면에 집중하는 것이 합당하고 시에서 현실적인 면만 다룰 수 있다고 엘리엇이 설명하는데, 여기에서부터 시와 산문의 극단적인 대립 논리가 전개될 수 없다. 구체적인 이미지를 사용하는 시에서 이상적인 면을 취급하는 것이 어렵기 때문에 산문에서 집중하는 것은 합리적이라는 것이 엘리엇의 설명이다. 시는 현실, 산문은 이상이라는 이분법에 기반을 둔 논리 전개가

---

6) T. S. Eliot, *After Strange Gods* (New York: Harcourt, Brace and Company, 1934) p. 30. 그리고 T. S. Eliot, *Selected Prose of T. S. Eliot*, ed. Frank Kermode (San Diego: Harcourt, Brace and Company, 1975), p. 177 참조. 이하 *SPTSE*로 약하여 인용될 것임; "It is much easier to be a classicist in literary criticism than in creative art—because in criticism you are responsible only for what you want, and in creation you are responsible for what you can do with material which you must simply accept."

아니다. 산문에서도 현실적인 면이 취급될 수 있다. 사실상 시에서든 산문에서든 이상적인 면과 현실적인 면이 둘 다 고려되지 않을 수 없다. 따라서 렌트리키아가 주장하는 것처럼 엘리엇의 시가 부조리한 현실을 표현하는데 전념하고 엘리엇의 비평이 이상적인 문화에 대한 희망을 표현하는데 전념한다는 이분법적 논리는 너무 단순하며, 웅거의 유사한 논리도 비슷한 문제점을 안고 있다. 엘리엇의 시와 비평에 대한 이러한 이분법적 구분으로 인해, 엘리엇의 시와 비평이 하나의 연구 과정의 맥락 속에서 같이 검토된 바가 많지 않다. 본 연구에서는 이러한 이분법적 대립 구조에 의한 비평적 분석의 문제점을 극복하기 위해 전반부에 있는 제1장과 제2장에서는 엘리엇의 문학비평을, 그리고 후반부에 있는 제3장과 제4장과 제5장에서는 엘리엇의 시를 해체론의 관점에서 읽고자 한다. 현실과 이상의 이분법적 대립 관계라는 단순한 논리에 기반을 두기에는 엘리엇의 시와 비평의 깊이가 심오하다. 엘리엇의 문학비평이 통상적으로 인식되어 온 것처럼 고전적이고 전통적이며 몰개성적이기만 한 것인지에 대해 비평적 의문을 제기하는 것으로 본 연구를 시작하고자 한다. 본 연구의 제1장인 「모더니티와 포스트 모더니티 : 엘리엇의 비평」에서는 엘리엇의 대표적 에세이인 「전통과 개인의 재능」을 중심으로 엘리엇의 문학비평에 내재되어 있는 혼재된 세계관, 즉 모더니즘적 측면과 포스트모더니즘적 측면을 엘리엇의 전통론과 몰개성 시론에서 읽고자 한다.[7]

포스트모더니즘 이론가들의 공격에 대해 엘리엇을 옹호하는 지금까지의 논리는 주로 엘리엇 등의 모더니즘 문학의 이면에 포스트모더니즘적인 측면도 있다고 주장하는 입장이었다. 한편 해체비평은 다음과 같이 보다 공격적이고 적극적인 자세를 취한다.

---

7) 본 제1장의 내용은 "T. S. 엘리엇 비평의 근대성과 탈근대성"이란 제목으로 한국영어영문학회 학술발표회의 T. S. 엘리엇 세션(2000년 1월 27일)에서 발표된 바 있으며, 동일한 제목으로 『T. S. 엘리엇 연구』 제9호 (2000년 가을-겨울), 145-74쪽에 게재되었다.

해체비평의 주요 효과 중 하나는 낭만주의 문학과 낭만주의 이후의 문학을 대조하며 낭만주의 이후의 문학은 낭만주의 문학이 갖고 있는 배제와 환상을 세련되고 아이러니컬하게 탈신비화한다고 생각해온 역사 체계를 분열시킨 것이었다. 역사적으로 그렇게도 많았던 비평 형식들처럼, 과거의 문학에의 접근을 보증하는 원칙적인 이해를 가능하게 하면서도, 이해가 진전되는 것을 시간적인 진보와 연관되게 하고 폭넓은 지적인 자의식을 갖고 우리의 문학을 받아들이게 하기 때문에, 이러한 체계가 매력적인 것이다. 많은 해체론적 독서의 전략은 낭만주의 이후의 문학의 특징이라고 추정되는 아이러니컬한 탈신비화가 위대한 낭만주의자, 특히 워즈워드와 루소의 작품들 속에서 이미 발견되고 있으며 바로 그런 힘 때문에 끊임없이 오독되고 있다는 것을 보여주는 것이었다. (Culler 248)

본 연구의 제2장인 「'신비평과 해체비평 : 객관 상관물'의 두 가지 해석」에서는 위에서 설명된 바와 같이 낭만주의 문학에 적용된 해체비평의 주요 논리를 모더니즘 문학의 대표자인 엘리엇에게 적용하고자 한다.[8] 그리하여 신비평의 핵심 개념이 되어버린 '객관 상관물'이 언급되는 엘리엇의 유명한 에세이, 「햄릿과 그의 문제들」("Hamlet and His Problems")을 모더니즘 문학비평인 신비평의 측면과 포스트모더니즘 문학비평인 해체비평의 측면에서 동시에 읽어내고자 한다.

본 연구의 제3장인 「엘리엇 시의 형식 구조」와 제4장인 「상대적 관념론 : 엘리엇 전기시의 철학」에서는 엘리엇의 전기시의 형식적인 측면과 내용적인 측면을 해체비평의 관점에서 분석하고자 한다. 엘리엇의 박사학위 청구논문인 『브래들리 철학의 인식과 경험』(*Knowledge and Experience in the*

---

8) 본 제2장은 "'객관 상관물'의 양가성"이란 제목으로 한국 W. B. 예이츠학회, 한국 T. S. 엘리엇학회, 한국현대영미시학회 공동 봄 학술발표회(2001년 5월 12일)에서 발표된 바 있으며, "객관 상관물의 두 가지 해석: 신비평과 해체비평"이란 제목으로 『T. S. 엘리엇 연구』 제10호 (2001년 봄-여름), 137-71쪽에 게재되었다.

Philosophy of F. H. Bradley)을 해체론의 해설서처럼 읽어내면서, 주제의 관점에서 어떻게 반영되는지 읽어내려는 것이다. 그리고 데리다가 다음과 같이 지적하는 문학적 수사학의 해체적 측면을 드러내는 아이러니도 엘리엇의 시 속에서 읽고자 한다.

> 요컨대 아이러니의 일종, 즉 표면으로 드러내는 것이 명백해 보일 때에도 형이상학적 신념이나 주제와 관련되면 초탈의 아이러니를 실천하고 있는 셈이기 때문에, 궁극적으로 모든 문학적 수사학은 대개 그 자체로 해체적이라고 주장하는 폴 드만은 틀리지 않았다. 의심할 여지 없이 상황은 이보다는 더 복잡할 것임에 틀림없다. '아이러니'가 아마도 이러한 '미결상태,' 이러한 '신기원'을 표시하는 데 있어서 가장 적합한 범주적 개념은 아닐 지 모르지만, 시적 경험이나 문학적 경험에 있어서 여기에는 확실히 무언가 간단히 정리되지 않는 것이 있다. (Derrida: *Acts* 50)

본 연구의 마지막, 제5장인 「해체적 신비주의」에서는 엘리엇의 후기시의 내용적인 측면을 해체비평의 관점에서 분석하고자 한다. 엘리엇의 전기시에서 철학에서 문학으로의 전환과정이 두드러지는 것처럼, 엘리엇의 후기시에서는 문학에서 종교로의 전환과정이 두드러진다. "해체론은 비평 작업이 아니다"라는 데리다의 선언은 비평 작업의 궁극적인 목표라고 여겨지는 총체성을 그 총체성의 내부에서 해체할 수 밖에 없는 것이 해체비평의 국면이라는 점을 강조한다고 조너던 컬러가 다음과 같이 지적한다.

> "해체론은 비평 작업이 아니다"라고 데리다가 인터뷰에서 선언한다. "비판적이 되는 것이 그 목적이다. 해체론은 언제나, 한 순간 아니면 다른 순간에, 결정의 행위 속에서, 결정될 수 있는 것의 궁극적인 가능성 속에서, 비판적이거나 또는 비판적이며 이론적인 과정에 부여된 신뢰성과 관련된다"(「벌써, 또는 거짓된 도약」, 103쪽). (필수불가결한) 의미에 관한 결정은 결정가능성의 원칙이란 이름으로 가능성들을 제거하여버린다. 드만은 다음과 같이 쓴다.

"해체이론은 언제나 단일하다고 추정되는 총체성의 내부에 숨겨진 설명들과 단편들의 존재를 드러내는 것을 자신의 목표로 삼고 있다"(『독서의 알레고리』, 249쪽). (Culler 247)

종교는 신이라는 총체성을 전제로 한다. 엘리엇 문학의 해체적 특성으로 인해 총체성의 내부적 해체를 피할 수 없는 엘리엇의 후기시의 상황을 본 연구의 제5장에서 분석하고자 한다.

제1장 모더니티와 포스트모더니티:
엘리엇의 문학비평

최근의 엘리엇에 관한 비평의 대표적인 경향 중 하나인 전기비평을 확립한 피터 애크로이드(Peter Ackroyd)는 자신이 엘리엇의 비평을 읽는 방법을 발견하지 못했다고 다음과 같이 고백한다.

> 판단으로 시작하는 것이 엘리엇의 특징이다. 바꿔 말하면 그의 인지작용이 본능적으로 이러한 형식을 취하는 것 같다. 그런 다음 판단을 뒷받침할 수 있을 지 모를 증거를 주변에서 물색한다. 그러나 판단의 주장이 권위있고 최종적인 것 같아 보여도, 그런 다음 정당화하거나 공들여 마무리하는 실제 과정은 종종 모호하거나 일관성이 없다. 비평가들은 '신앙'이나 시적 '개성'의 특성 같은 핵심 문제에 있어서조차 엘리엇이 모순되는 말을 얼마나 자주 그리고 얼마나 편안하게 하는지 주목하여 왔다. (Ackroyd 105)

엘리엇 비평의 핵심 개념에서도 논리적인 모순이 발견된다고 애크로이드가 지적한다. 만약 애크로이드의 주장이 옳다면, 엘리엇 비평에 관한 학문적으로 체계적인 검토가 어려울 것이다. 엘리엇도 「비평의 기능」("The Function of Criticism," 1923년)에서 자신의 비평의 문제점을 다음과 같이 고백한다.

　　나는 한때 읽을 가치가 있는 '유일한' 비평가는 자기가 쓰는 예술 작품에
관한 비평을 실천하는, 그것도 잘 실천하는 비평가라는 극단적인 입장을 취하
는 경향이 있었다. 그러나 몇 가지 중요한 내용을 포함하기 위해 이 틀을
확대하여 해석해야만 하였다. 그리고 그 이후 나는 원하던 것 이상이 포함된
다 하더라도 포함되기 원하는 내용이 모두 들어가는 공식을 모색하여 왔다.
(SE 31)[1]

　　포함되기 원하는 내용이 들어간다면 "원하던 것 이상이 포함된다 하더라
도"(even if it included more than I wanted) 상관없다는 것이 비평적 논리
체계에 관한 엘리엇의 입장이다. 비평의 논리틀 속에 학문적 체계의 수립에
있어 요구되는 정확한 함량보다 더 많은 양의 내용이 포함되어도 무방하다는
것이다. 학문적으로 엄밀한 체계를 고수하는 데 집착하지 않겠다는 엘리엇의
이러한 입장은 모호하다, 일관성 없다, 논리적 모순이 발견된다는 등 엘리엇
비평에 관한 비평가들의 불평의 원인을 설명해준다.

　　그런데 엄밀한 학문적 체계에서 요구되는 적정량을 초과하는 내용이 문학
적 공식에 포함되지 않을 수 없다는 엘리엇의 입장이 엘리엇의 성실한 비평적
자세에서 비롯된다는 해석이 가능하다. 소위 엘리엇 비평의 모호성과 비일관
성이나 논리적 모순은 긍정적으로 재검토될 수 있다는 것이 본 연구의 입장이
다. 작품 속에 하나 이상의 논리나 세계관이 혼재되어 있는데 이런 상황이
정확하게 이해되지 못한다면, 모호하거나 모순되게 보일 수도 있기 때문이다.
모호하거나 모순된다고 엘리엇 비평이 비평가들에 의해 비판을 받는 원인
중 하나는 하나 이상의 논리나 세계관이 엘리엇 비평 속에 혼재되어 있기

---

1) T. S. Eliot, *Selected Essays* (London and Boston: Faber and Faber, 1951), p. 31. 이하 *SE*로
약하여 인용될 것임. 엘리엇 비평의 번역은 최창호 교수와 최종수 교수의 것을 기본으
로 하였다.

때문이다. 예를 들어 엘리엇의 세계관이 모더니티(modernity)에 국한되지 않
는다는 점을 엘리엇의 다음과 같은 논리 전개에서 읽을 수 있다.[2]

> 내가 신뢰하는 예술가는 자신의 동시대인보다 더 문명화되어 있을 뿐만
> 아니라 더 원시적이며, 예술가의 표현은 문명보다 더 깊다. 원시적 본능과
> 여러 세대에 걸쳐 습득된 관습이 보통 사람 속에 섞여 있다. 루이스(Lewis)
> 씨의 작품 속에서 우리는 근대인의 생각과 혈거인의 에너지를 인식한다.[3]

"동시대인"(contemporaries)이나 "문명"(civilization)은 모더니티의 언어다.
그런데 문명보다 우월한 개념으로 사용된 "원시적 본능"(primitive instincts)이
나 "혈거인"(cave man)은 무엇인가. 믿을만한 예술가가 동시대인보다 더 문명
화되어 있다는 것은 타당한 주장이다. 그러나 그런 예술가가 자신의 동시대인
보다 "더 원시적"이라는 주장은 더 문명화되어 있다는 앞에서의 주장과 정반
대되는 논리를 포함하고 있어 모순되어 보이며 최소한 모호한 논리 같아 보인
다. 말하자면 '원시적'이란 용어에 적정량의 의미를 초과하는 내용이 포함되
어 있다. '원시적'에는 근대(modern)보다 앞선, 그리하여 포스트모던
(postmodern)한 의미가 함축되어 있다. 인용문은 1918년의 작품이다. 앨더만
(Nigel Alderman)은 1921년과 1922년이 "모더니즘의 경이의 해"이며, 1917
년에서 1920년의 기간은 "이전의 구조가 무너져내리고 새로운 구조가 이제

---

2) 1870년대 이후의 예술 사조인 모더니즘(modernism)이나 1960년대 이후의 예술 사조
   인 포스트모더니즘(postmodernism)의 경우는 통상 원어의 발음을 그대로 사용한다.
   모더니티(modernity)의 경우, 동시대(同時代)의 세계관과 연관되는 관점을 강조하기
   위해 '현대성'이라는 역어가 사용되거나 중세와 구분되면서 르네상스 이후 계속 이어
   지는 역사적 관점을 생각하여 '근대성'이라는 역어가 사용되기도 하지만, 본 연구에
   서는 원어의 발음을 그대로 사용한다.

3) Nigel Alderman, "'Where Are the Eagles and the Trumpets?': The Strange Case of Eliot's
   Missing Quatrains," *Twentieth Century Literature* 39-2 (Summer 93): 129-51 (http://search.
   global.epnet.com), p. 8에서 재인용. Cyber text의 경우 한글 3.0b에 의해 관련 본문의
   내용이 A4 용지로 출력된 쪽수가 표시됨.

막 등장하려는 유동성과 부단한 변천의 공간"이라고 정의한다(5). 여기에서 '새로운 구조'는 모더니즘이다. 모더니즘이 확립되기 이전의 유동적인 상황에 관한 언급이다. 그러나 모더니즘이 그런 유동성을 계속 유지하지 못하고 닫혀진 체계가 되어버렸다는 것이 포스트모더니즘의 주장이다. 엘리엇이 모더니즘 탄생 직전의 유동적인 모습을 이렇게 공들여 설명하는 이유는 포스트모더니즘의 미래를 무의식적으로 감지하고 있었기 때문일 것이다. 유동적이고 부단히 변천하는 모더니즘이란 설명은 모더니즘 탄생의 모습에 관한 묘사일 뿐만 아니라, 모더니즘의 미래인 포스트모더니즘을 시사하는 표현이기도 하다. 모더니티와 포스트모더니티의 세계관이 혼재되어 있다. 그리하여 엘리엇의 논리가 모호하며 일관성 없고 모순되는 것처럼 보인다. 혼재된 세계관의 관계가 명확하게 설명되지 않는다면, 엘리엇 비평이 안고 있는 논리적 모순의 혐의를 벗어버릴 수 없을 것이다.

「전통과 개인의 재능」(1919년)은 전통론과 몰개성 시론이란 엘리엇 비평의 핵심적인 개념들을 포함하고 있다. 다음은 「전통과 개인의 재능」에서 전통의 논리와 몰개성 시론의 논리가 연결되는 부분이다.[4]

> 탈개성화의 과정과 전통 의식의 관련성을 정의하는 일이 남아 있다. 예술이 과학의 상태에 접근한다고 말해질 수 있는 것은 이러한 탈개성화 속에서이다. 그러므로 시사하는 바가 많은 유비(analogy)로서, 미세한 백금선 조각이 산소와 이산화황이 들어 있는 용기 속에 가미되었을 때 발생하는 작용을 숙고하도록 그대에게 권할 것이다. (SW 44)[5]

---

4) 엘리엇 시론의 공식 명칭은 'impersonal theory of poetry'이지만 'depersonalization'이란 용어가 두 번 사용된다. 'depersonalization'의 경우라면 '탈개성화'란 역어가 적합해보이지만, 대부분의 경우 'impersonal'이 사용된다. 시인의 개성의 전면적인 거부를 엘리엇이 요구하지 않는다는 본 연구의 해석을 선취하여 '몰개성'이란 용어를 역어로 사용하고자 한다.

5) T. S. Eliot, *The Sacred Wood* (London: Faber and Faber, 1997), p. 44. 이하 *SW*로 약하여 인용될 것임.

백금 촉매에 의한 산소와 이산화황의 화학적 결합은 근대 과학의 논리다. 그런데 '원시적 본능'과 '혈거인'에 관한 엘리엇의 논리에서 보았던 것처럼, 엘리엇의 전통론이나 몰개성 시론 속에는 여러 세계관이 혼재되어 있는 것 같아 보인다. 몰개성 시론의 논리 전개를 위해 엘리엇이 사용한 "유비"(anal-ogy)라는 용어는 푸코(Michael Foucault)에 의하면 중세 이후에서부터 16세기 말까지의 시기를 위한 근대의 최초의 인식 체계인 르네상스의 유사성의 에피스테메(episteme)가 갖고 있는 특징에 속한다. 푸코는 "합리적인 가치나 객관적인 형태에 의존하는 모든 규준에서 벗어나 있는 것으로 관찰되는 인식이 실증성의 근거를 갖고 있으며, 그리하여 점진적으로 완성되는 역사가 아니라 오히려 가능성의 조건으로서의 역사를 분명하게 드러내보이는 영역, 그런 인식론적인 영역"이라고 에피스테메를 정의한다(xxii). 푸코는 에피스테메라는 용어를 사용하여 근대의 인식론적 역사를 네 단계로 나눈다. 그리고 근대 인식론사의 첫 번째 단계, 즉 첫 번째 에피스테메의 특징은 다음에서 설명되는 것처럼 유사성의 체계인 것이다.

16세기 말에 이르기까지 유사성(resemblance)은 서구 문화에서 지식을 구성하는 역할을 했다. 원전들에 대한 주석과 해석은 거의 유사성에 의해 이루어졌으며, 상징들의 활동을 조직화한 것도, 가시적이나 비가시적인 사물에 대한 지식을 가능하게 한 것도, 사물들을 표상하는 기술의 지침이 된 것도 바로 유사성이었다. 세계는 그 자체 안에 닫혀 있었다. 즉, 땅은 하늘을 반영했고, 사람의 얼굴에는 창공의 별이 반영되어 있었다. 식물의 줄기 내에는 인간에게 유용한 비밀이 담겨져 있었다. 회화는 공간의 모방이었다. 또한 표상—지식을 위한 것이든 쾌락을 위한 것이든—은 일종의 반복의 형태로서, 즉 인생의 무대나 자연의 거울로서 이루어졌다. 언어가 내세우는 주장과 언어가 자기의 존재를 선언하는 방식과 언어가 말이라는 자기의 권리를 정식화하고 있는 방식은 모두 반복의 형식으로 이루어졌던 것이다. (Foucault 17)

이러한 유사성은 적합성(convenientia), 모방적 대립(aemulatio), 공감(sympatheis) 그리고 다음과 같이 설명되는 유비(analogie)라는 네 가지 특징으로 구별된다.

유비에 의해 점령된 공간은 실제로 방사(放射)의 공간이다. 인간은 모든 면에서 유비에 의해 둘러싸여 있다. 그러나 역으로 인간은 자신이 받은 곳에서 이러한 유사(類似)한 것들을 세계 속으로 되돌려 보낸다. 인간은 조화의 위대한 받침점이며, 관계들이 집중하고 다시 한번 반영되는 중심이다. (Foucault 23)

어부왕(Fisher King) 신화[6]나 던(Donne)의 「눈물의 고별사」("A Valediction of Weeping")의 경우에서와 같이 인간과 자연은 직접 연계되어 있다. 특히 다음에 인용된 「눈물의 고별사」의 제2연에서 '눈물'과 '지구본'의 유비는 인상적이다.

둥근 구(球) 위에
인쇄복사본을 옆에 갖고 있는 노동자가
유럽 하나, 아프리카, 그리고 아시아 하나를 올려 놓을 수 있고
그리하여 아무것도 아니었던 것을 순식간에 전체로 만들 수 있다.
바로 그렇게

---

6) 어부왕 신화가 아서왕 전설, 중세의 기독교, 엘리엇의 황무지 등에서 발견되는 등 '유비'에 기반을 둔 신화나 전설의 체계는 어느 한 시대에 국한되지 않았다. 빠스(Octavio Paz)에 의하면, '유비'는 존재와 단어의 조응이며 기독교 이전부터 시작된다. "이러한 신념은 낭만주의부터 상징주의까지 근대시의 진정한 종교이며, 때로는 암묵적으로 그러나 보다 자주 분명하게 모든 시인 속에서 나타난다. 나는 지금 유비에 관해 이야기하고 있다. 모든 존재와 단어의 조응에 관한 신념은 기독교 이전으로 거슬러 올라가며, 중세를 가로 질러, 신플라톤주의, 자연 신교(神敎)와 신비주의를 통해서 19세기에 도달한다"(Paz 55). 유비가 시대를 초월하는 예술적 기법이기는 하지만, 그럼에도 불구하고 유사성의 인식 체계라는 르네상스 에피스테메의 두드러진 특징 중 하나이다.

당신이 정말로 갖고 있는 눈물,

구체(球體), 게다가 세계가 그러한 인쇄에 의해 자라나,

내 것과 섞인 그대의 눈물이 정말로 이 세계를

넘쳐 흐르니, 그대가 보낸 물 때문에, 내 천국은 그렇게 녹아버리고 만다.

On a round ball

A workman that hath copies by, can lay

An Europe, Afric, and an Asia,

And quickly make that, which was nothing, All;

So doth each tear

Which thee doth wear,

A globe, yea world, by that impression grow,

Till thy tears mixed with mine do overflow

This world, by waters sent from thee, my heaven dissolved so.

"17세기에 감수성의 분열이 시작되었으며, 거기에서부터 우리가 결코 회복하지 못하였다"(*SE* 288)는 주장이나, 17세기 형이상파 시인이 "16세기 극작가의 계승자"(*SE* 287)라는 엘리엇의 시대구분이 유의미해진다. 유사성의 에피스테메가 엘리엇의 형이상파 '전통'의 원천이다. 두 번째는 이성에 의해 말과 사물의 분리가 진행되는 17세기와 18세기 고전주의 시대의 재현의 에피스테메이며, 세 번째는 1785년부터 20세기초까지 근대의 역사성의 에피스테메이고, 네 번째는 당대(當代)의 에피스테메다. 워는 계몽의 이성, 낭만과 모더니즘이란 친숙한 용어로 두 번째 에피스테메에서 세 번째 에피스테메로의 변화를 설명한다.

이성을 통한 자율적인 자유 의지는 계몽 사상이 적용된 인간 내부에 있는 개념이다. 개념화할 수 없지만 실제로는 신성한 힘이라고 여겨지는 낭만주의의 상상력 개념에 의해 도전받는다. 자유는 이제 상상력과 이성이라는 본질적

인 형식을 통해서 발견될 것이다. 하지만 관념론의 은유적 틀이 약화되면서, 자율의 개념이 자아에서 내면적 일관성이 있으며 자기충족적인 체제로 여겨지는 (신비평의 모더니즘 구축에서 절정에 달하는) 예술 작품 자체로 전이되기 시작하였다. (Waugh 18)

‘유비’라는 특징적 개념은 첫 번째 에피스테메인 르네상스 시대의 유사성의 에피스테메에 속하지만, 엘리엇이 ‘유비’라는 용어를 동원하여 설명하려는 근대적 현상인 ‘과학’은 두 번째 이후의 에피스테메, 즉 근대산업화 이후의 세계관에 속하는 개념이다. 백금 촉매라는 근대과학적 현상을 설명하기 위한 논리 전개의 근간이 되는 용어가 ‘유비’라는 것은 세계관의 혼재가 엘리엇 비평의 특징적 양상이라는 점을 드러낸다.

영문학사의 관점에서 볼 때 엘리엇 등의 모더니즘은 “교육받은 중산계급의 문화적으로 일치된 의견에 영합하던” 빅토리아조의 문학적 전통에 반대하여 제시된 대안이다(Rubin 3). 「전통과 개인의 재능」의 제1부는 작품(作品)의 관점에서 전통론을, 제2부는 시인(詩人)과 독자(讀者)의 관점에서 몰개성 시론을, 그리고 제3부는 전통론과 몰개성 시론의 연계성을 검토하는 결론이다. 전통에 대한 모더니즘과 포스트모더니즘의 태도는 다음과 같이 대조적이다.

> 모더니즘에서 의미, 전통, 일관성 등의 거대한 ‘상실’로 경험했던 것이 포스트모더니즘에 의해서 단순한 전환이나 변화로 경험된다. 고급 문화, 서구 경험의 우월성이나 ‘현존의 형이상학’이라는 가정에서 볼 때에만 ‘상실’이라고 여겨진다. 그러나 이는 맨 처음부터 받아들이지 않았어야 했던 태도다. (Pippin 157)

모더니즘의 경우에는 전통의 상실이 고뇌의 대상이지만, 포스트모더니즘의 입장에서는 “단순한 전환이나 변화”일 뿐이다. “전통과 개인의 재능”이라는 제목은 ‘전통’과 ‘개인의 재능’이라는 대립 개념의 변증법적 전개 과정이란 목표를 드러낸다.7) 모더니즘의 입장에서는 다음과 같이 전통의 중요성이 더욱 강조된다.

> 벌어지는 사태는 보다 가치있는 것에 대해 그 순간 있는 그대로 시인이 지속적으로 자신을 내맡기는 것이다. 예술가의 진보는 끝없는 자기 희생이며 개성의 끝없는 소멸이다. (SW 43-4)

전통은 "보다 가치있는 것"이어서 시인이 스스로 자신을 내맡기게되는 목표다. 예술가의 진보는 자기 희생과 개성 소멸의 과정이다. 그러나 문화(文化)적 상황 분석에 있어서 전통에 관한 전혀 다른 입장이 다음과 같이 제시된다.

> 아마도 세련일 지는 모르지만 틀림없이 복잡화인 이러한 발전 과정이 예술가의 관점에서 볼 때 진보는 아니다. 아마도 심리학의 관점에서조차 진보가 아닐 것이다. 적어도 우리가 상상하는 정도까지는 아닐 것이다. 아마도 궁극적으로는 경제학과 기계 분야의 복잡화에 근거할 때에만 진보일 것이다. 그러나 현재와 과거의 차이는 현재의 의식이 과거의 자기 인식이 나타낼 수 없는 방식과 정도로 과거의 인식이 된다는 것이다. (SW 43)

과거의 전통이 전환이나 변화 과정의 일환이었을 뿐이라는 포스트모더니즘의 가벼운 마음 자세를 드러낸다. 문화의 발전이 '세련'이나 '복잡화'일지는 몰라도 '진보'가 아니라는 주장은 근대적 진보 사관을 부정한다. 「벤 존슨」 ("Ben Jonson," 1919년)에서도 엘리엇 비평의 포스트모더니티가 다음과 같이

---

7) 청소년기의 반항과 가족 전통의 수용 및 해롤드 블룸의 '시적 영향에 대한 불안'과 유사한 개념으로 엘리엇이 「고전이란 무엇인가」("What is Classic," 1944년)에서 '전통'과 '개인의 재능'의 변증법적 전개 과정을 검토한다. 과거의 전통과 현재의 독창성의 균형 유지가 문학적 창조력의 배경이라는 것이다. T. S. Eliot, *On Poetry and Poets* (New York: The Noonday Press, 1961), p. 58. 이하 *OPP*로 약하여 인용될 것임; "따라서 어떤 사람에게 있어서든 문학적 창조력의 지속은 보다 큰 의미에서의 전통, 요컨대 과거의 문학 속에 재현된 집단 개성과 현재 세대의 독창성의 무의식적인 균형 유지에 달려 있다."

제시된다.

> 존슨과 같은 예술가에 의해 창조된 세계는 비유클리트 기하학의 체계와
> 같다. 나름대로의 논리를 갖고 있기 때문에 그것은 환상이 아니다. (*SW* 99)

존슨 등 예술가 세계의 비유클리트 기하학에 대한 비유는 예술의 세계가
과학의 세계를 넘어선다는 것을 강조하려는 목적을 갖고 있다. 그러나 유클리
트 기학학이 근대 형이상학의 기반이라면 비유클리트 기하학은 포스트모더니
티의 기반이라는 해석도 가능하다. "나름대로의 논리를 갖고 있기 때문에"
비유클리트 기학학에 근거한 포스트모던한 세계관은 "환상이 아니다." 엘리
엇이 포스트모던한 세계관을 의도적으로 제시하려 했다는 것이 필자의 생각이
다. 이와 같이 세계관이 혼재된 상태로 전통에 관한 논리가 다음과 같이 계속
전개된다.

> 역사 의식은 과거의 과거성에 대한 인식뿐만 아니라 과거의 현재성에 대한
> 인식을 포함한다. (*SW* 40)

'과거의 과거성에 대한 인식'은 전통을 보다 가치있는 것으로 인식하는
근대의 세계관이다. '과거의 현재성에 대한 인식'은 현재의 의식이 과거의
의미를 결정한다는 주장으로 근대적 진보 사관의 부정이다. 역사 의식의 개념
속에 모더니티와 포스트모더니티의 논리가 미묘하게 봉합되어 있다.

> 시인을 홀로 평가할 수는 없다. 대조와 비교를 하기 위해 죽은 자들 사이에
> 배치해야 한다. 단순한 역사 비평의 원리가 아니라 심미 비평의 원리를 의미
> 한다. 순응하고 일치해야 할 필요성은 일방적이 아니다. 새로운 예술 작품이
> 창조될 때 벌어지는 일은 모든 선행 예술 작품에게 동시에 일어난다. (*SW*
> 41)

전통의 개념이 역사 비평의 원리일 뿐만 아니라 심미 비평의 원리로도 제시된다. 보다 가치있는 것으로서의 전통의 개념 정의에 바로 뒤이어, 논리를 일관성 없게 만드는 단서 조항이 제시된다. 순응하고 일치해야 하는 전통의 필요성이 비평의 원리로 제시된 직후, 그것은 일방적인 과정이 아니라는 부연 설명이 첨가된다. 보다 가치있는 것으로서의 전통을 지지할 수 없게 만드는 포스트모던한 세계관이 드러나 있다.

> 독특한 의미에서 과거의 표준에 의해 비판받는 것을 피할 수 없다는 것도 알게 될 것이다. 비판받는다고 말했지, 재단당한다고는 말하지 않았다. 즉 죽은 자만큼 좋은지, 더 나쁜지 또는 더 좋은지 비판받지는 않으며, 죽은 비평가의 규준에 의해 비판받지 않는 것은 확실하다. 두 개의 물건이 서로 서로에 의해 측정되는 것이 비판이며 비교다. 그저 순응하는 것이 새로운 작품이 진정으로 순응하는 것은 전혀 아닐 것이다. 그러면 새로울 수 없을 것이며, 그리하여 예술 작품이 될 수도 없을 것이다. 게다가 잘 들어맞는다고 해서 새로운 작품이 더 가치있다고 말할 수는 없겠지만, 잘 들어맞는다는 것이 작품 가치의 심사(審査)가 된다. 우리는 누구도 순응에 있어서 결코 틀리지 않는 심판관이 아니기 때문에, 천천히 그리고 조심스럽게만 적용될 수 있는 심사인 것은 사실이다. 우리는 말한다. 순응하는 것처럼 보인다, 그리고 아마 개성적인 것 같다, 또는 개성적인 것처럼 보인다, 그리고 순응하는 것 같다. 그러나 이쪽이며 저쪽이 아니라는 것을 우리가 발견해 낼 것 같아 보이지는 않는다. (*SW* 42)

전통의 개념 정의가 모호하다는 것에 대해 엘리엇은 후회하지 않는다. "우리는 누구도 순응에 있어서 결코 틀리지 않는 심판관이 아니기 때문"이다. 엘리엇은 논리의 비일관성, 모호성이나 모순에 대해 반성하지 않는다. 전통은 프로크루스테스의 침대가 아니기 때문이다. 단순한 개념으로 전부를 설명할 수 없다는 엘리엇의 성실한 비평적 판단의 표현이다. "과거의 표준에 의해서 비판받는 것은 피할 수 없"겠지만, "재단(裁斷)당한다"는 뜻이 아니라는 설명이나, "잘 들어 맞는다고 해서 새로운 작품이 더 가치 있다고 말할 수는 없겠지만, 잘 들어맞는다는 것이 작품 가치의 심사(審査)가 된다"는 논리가 모호하거나 비일관적인 것처럼 보이는 이유는 전통의 개념 속에 최소한 두 개의 세계관이 혼재되어 있기 때문이다. 하나는 유클리트 기하학에 기반을 두며 현존의 형이상학 속에 닫혀 있는 과거의 과거성을 강조하는 '전통'이며, 다른 하나는 비유클리트 기하학에 근거하여 개인의 재능과 과거의 현재성을 강조하는 '전통'이다. "현재의 우리가 작고한 작가들보다 훨씬 더 많은 것을 '알고' 있기 때문에"(*SW* 43) 엘리엇 자신보다 우리가 엘리엇의 상황을 더 잘 이해할 수 있다. 세계관의 혼재를 인식하였지만 포스트모더니즘이나 포스트모더니티라는 용어를 사용하지 않고 자신의 혜안을 제시해야 했기 때문에, 엘리엇의 논리가 모호하고 일관성 없게 보였던 것이다.

후대의 비평가들도 엘리엇과 비슷한 혼란을 겪고 있는 것 같다. 셰퍼드(Richard Sheppard)는 신화나 "산업 사회 이전의 질서"로 되돌아가기 위해서 엘리엇이 "현재를 희생하며 자신을 과거에 구속시킨다"고 생각한다(330). 빠스는 엘리엇과 파운드가 대표하는 영미 모더니즘이 "전통의 거부가 아니라 전통의 추구이며, 반란이 아니라 복원이고, 방향의 변화, 즉 결별이 아니라 재결합"이라고 단언한다(123). 롭(Edward Lobb)은 전통이야말로 이해 불가능의 절망적 혼란 속에서 "지탱시켜주는 힘"이라고 생각하며(148), 애크로이드는 "회의론과 결합하는 이상론"이라고 주장한다(50). 이들은 모두 의미, 전통이나 일관성의 상실을 심각하게 받아들이는 모더니즘의 계승자들인데, 그들 중에서도 다음과 같은 루(Fei-pai Lu)의 입장은 극단적이다.

> 엘리엇의 전통 개념이 독창성의 여지를 제공하지만, 그가 생각하는 독창성은 단독자가 개체화된 결과다. (Lu 82)

개인의 독창성이 발휘된다 하더라도, 전통이란 단독자적인 존재가 개체를 통해서 표현된 것뿐이라는 극단적으로 닫힌 개념 구조를 루가 제시하고 있다. 노리스(Norris)도 전통의 개념 속에서 엘리엇의 유연한 논리를 읽어내지 못한다(*Contest* 14). 이정호 교수가 "엘리엇이 말하는 전통이란 라캉이 말하는 아버지의 이름과 같은 것이라고 말할 수 있다. 이 같은 상징적인 아버지는 죽었음에도 불구하고 현전의 형이상학에 의해 현전하는 아버지의 이름이기 때문이다"(44)라고 정의할 때, 그가 말하고 있는 것은 보다 가치있는 것으로서의 전통이다. 반면에 셔스터만은 엘리엇의 실용주의적 성향을 지적하면서 다음과 같이 포스트모더니즘적인 입장을 피력한다.

> 엘리엇의 실용주의 정신 속에서 전통은 '형이상학적 추구의 끝에 [존재하는 것으로] 받아들일 때 안심할 수 있는 '신'이나 '절대자' 같이 제임스가 '마법의 단어'나 '해결해주는 이름'이라고 깔보듯이 명명하는 사상 중의 하나가 아니다. 그 대신 전통은 개방적이고 세속적인 추구의 목표를 대변한다. 제임스의 용어를 사용하면, '실질적인 금전적 가치'가 끝없이 설명되고 검증되어야 하며, 경험의 흐름 내부에서 작동되어야 한다. '그리하여 전통은 해결책이라기보다 더 많은 작업을 위한 프로그램 같아 보인다'. (*Criticism* 191)

전통이 '신'이나 '절대자' 같은 '형이상학적 추구'의 최종 목표가 아닌 것은 확실하지만, 그렇다고 해서 셔스터만이 제시하는 것처럼 "개방적이고 세속적인 추구의 목표"을 대변하고 있는 것 같지도 않다. 전통의 개념이 어느 정도 '해결책'(solution)의 역할을 하고 있는 것도 현실이기 때문이다. 앨더만은 현재에 대한 과거의 우위를 인정하면서 정당한 의문을 다음과 같이 제기한다.

> 타락한 현재보다 과거의 우월성을 신봉하는 것처럼 보이는데, 당대에 할당된 누추함에서 엘리자베스와 레이체스터의 영광된 과거로 가는 움직임과 더불어 『황무지』 읽기는 이를 명백히 입증한다. 하지만 "역사 의식이 과거의 과거성뿐만 아니라 과거의 현재성도 포함한다"고 엘리엇이 말한 이상, 비평

자체는 상당히 애매모호하다. 이는 과거의 연관성이 현재와의 차이와 유사성 양측에 놓여 있다는 것을 시사한다. (Alderman 14)

과거가 "차이"의 관점에서 뿐만 아니라 "유사성"의 관점에서도 현재와 관련되기 때문에, 논리가 "애매모호"해진다는 것이다. 모더니티와 포스트모더니티에 균일하게 관련된다는 주장인 것 같아 보이지만, 과거의 우위, 즉 모더니즘의 지배적인 경향을 전제로 한다. 모더니즘적 논리가 본문이라면 포스트모더니즘적 반성은 단서 조항일 뿐이다. 워도 그와 비슷하게 다음과 같이 읽는다.

사실상 레이몬드 윌리엄즈(Raymond Williams)(1958) 이래로 수많은 엘리엇 비평가들이 지적하여 온 것처럼, 전통은 물론 그 자체로 언제나 추상적인 개념이다. 하지만 전통의 개념 속에서, 울프(Woolf)의 쐐기 모양의 어두운 핵심과 동등한 것을 엘리엇이 발견한다. 추상적인 개념이라 하더라도, 실천되는 상황이면 전통은 경험될 수 있기 때문이다. (Waugh 143)

전통이 "추상적인 개념"이라는 것은 기존의 해석이지만, "실천되는 상황이면" 경험되는 측면도 고려되어야 한다. 더욱이 브루커는 과거와 현재의 대립 등 단순한 이분법적 사고를 거부하는 엘리엇의 논리가 「전통과 개인의 재능」의 차원을 넘어서서 적용될 수 있다고 주장한다(*Mastery* 18-9).

엘리엇 자신도 전통의 개념 설정에 있어서 혼란을 겪는다. 「비평의 기능」(1923년)의 전통 개념은 다음과 같다.

따라서 충성의 의무를 갖고 있으며, 자신의 독특한 위치를 획득하고 확보하기 위해서 굴복하고 자신을 희생해야 하는 복종의 의무가 있는 어떤 것이 예술가의 외부에 있다. (SE 24)

여기에서는 예술가의 충성과 복종, 굴복과 자기 희생만이 강조된다. "전통

의식"과 "비평의 기능"이 "질서의 문제"로 국한된다(SE 23). "전통"이란 단어
가 "질서"라는 단어로 바뀌었다고 지적받는 지경이다(Bush: "Response" 176).
「비평의 기능」에서는 보다 가치있는 것으로서의 전통론이 유별나게 강조
된다. 엘리엇 자신도 이점을 인식하고, 「비평의 경계」("The Frontiers of
Criticism," 1956년)에서 「비평의 기능」의 편협성을 반성한다.[8]

> 1923년 「비평의 기능」이란 제목의 에세이를 썼다. 『에세이 선집』
> (Selected Essays)에 포함시킨 것을 보면, 여전히 그곳에서 발견할 수 있는데,
> 내가 10년 전에 이 에세이를 좋게 생각했던 것임에 틀림없다. 최근 이 에세이
> 를 다시 읽으면서, 도대체 이 모든 소란이 무엇에 관한 것인지 어리둥절해
> 하면서 차라리 당황했던 것이다. 하지만 나의 현재의 의견과 모순되는 것을
> 실증적으로 발견하지 못한 것이 기뻤다. (OPP 113)

그런 다음, 엘리엇은 자신의 비평 작업이 "신비평"과 무관하다는 점을 강조
한다(OPP 114). 신비평이 모더니즘의 창시자이자 옹호자라는 점을 감안한다
면, 「비평의 경계」가 「비평의 기능」이 갖고 있는 모더니즘적 폐쇄성의
반성이라는 것을 알 수 있다. "예술 작품의 해명과 취미의 교정"(SE 24)이라는
비평의 기능에 대한 정의가 "문학의 이해(understanding)와 향수(enjoyment)
를 조장한다"(OPP 128)고 재해석된다. 지금까지의 용어를 사용하여 다시 정
리하면, '예술 작품의 해명'이나 '문학의 이해'는 모더니즘적 국면이고 '취미
의 교정'이나 '문학의 향수'는 포스트모더니즘적 국면이다. 「비평의 경계」

---

8) T. S. Eliot, *The Use of Poetry and the Use of Criticism* (London: Faber and Faber, 1964),
 p. 10 참조. 이하 *UPUC*로 약하여 인용될 것임; "「전통과 개인의 재능」을 부인하지
 는 않는다 하더라도, 레미 드 구르몽(Remy de Gourmont)에 대한 에즈라 파운드의
 열정에 다소 영향을 받고 있었던 시기부터 시작된 초기의 비평적 에세이들은 미숙함
 의 산물인 것 같아 보이게 되었다." 「전통과 개인의 재능」을 포함한 초기 비평에
 "미숙함"이 있었다고 반성하고 있지만, 「전통과 개인의 재능」의 논리 자체를 "부인
 하지는 않는다."

의 결론에서 새로운 방향이 다음과 같이 시사된다.

만약 문학 비평에서 '이해'에 모든 역점을 둔다면, 이해에서 단순한 설명으로 굴러 떨어질 위험이 있게 된다. 결코 과학이 될 수 없는 비평을 마치 과학인 것처럼 추구하는 위험까지 있게 된다. 반면에 만약 '향수'를 너무 강조한다면 주관적이고 인상적인 경향에 빠져버리게 되며, 향수가 단순한 오락과 기분풀이 이상의 혜택을 주지 않게 된다. 33년전 '비평의 기능'에 관해 쓸 때 느꼈던 곤혹스러움의 원인이 되었던 것은 후자(後者) 형태의 인상주의 비평이었던 것 같아 보인다. 오늘날에는 순전히 설명적인 비평을 좀 더 경계해야 할 필요가 있는 것 같아 보인다. 그러나 당대의 비평을 책망하고 싶어 한다는 인상을 남기고 싶지는 않다. 지난 30년간이 영국과 미국 양쪽에서 문학 비평의 찬란한 시대였다고 생각된다. 회고해 볼 때 너무 찬란한 것 같아 보일 수 있을지도 모른다. 누가 알랴? *(OPP* 131)

'이해'의 국면에 모든 역점을 두어 「비평의 기능」이 너무 "설명적"이 되어버렸다는 것이다. 엘리엇 나름대로의 변명이 제시되는데, 카이저(Jo Ellen Kaiser)에 의하면 타당한 논리다. 1920년대에는 문학 비평이 "전문적인 지위"를 확립하기 위해 "체계적인 해석 방법을 제공하는 능력"을 갖추어야만 하였다(Kaiser 4-5). 따라서 인상주의 비평에 대한 비판이 비평의 전략일 수밖에 없었다.

그러나 "1950년대에 이르러 대학의 학자들이 전통적인 문인을 대부분 대체하게 되었다"(Kaiser 11). 이에 따라 「비평의 경계」에서 비평의 학문적 경도를 경고할 수 있게 된 것이다. 모더니즘의 근대 철학을 대체하려는 포스트모더니즘이나 포스트모던한 철학이 있다는 점을 확신할 수 없었기 때문에, 「비평의 기능」과 유사한 열정으로 모더니즘에 대한 전면 공격을 감행할 수 없었을 뿐이다.

엘리엇의 비평 전체를 조감하는 관점에서 「비평의 기능」의 모더니즘에 대한 불균형적인 경사는 간과될 수 있다.9) 『시의 효용과 비평의 효용』(*The Use of Poetry and the Use of Criticism*)의 제6장인 「매슈 아놀드」("Matthew Arnold," 1933년)에서 엘리엇은 실제비평의 관점에서 「비평의 기능」보다 「전통과 개인의 재능」에 가까운 전통 개념을 제시한 뒤, "이러한 형이상학적 환상은 이상적인 면만을 대변한다"고 정리한다(*UPUC* 108). '형이상학적 환상'이나 '이상적인 면'은 '과거의 과거성'을 강조하는 전통의 모더니즘적 국면에 대한 인식의 표현이다. 드라이든, 존슨과 아놀드 같은 비평의 대가에게도 "인간적 유약함"이 있다는 설명은 포스트모더니즘의 반성적 국면을 충분히 인식하고 있음을 드러낸다(*UPUC* 109). 이렇게 균형잡힌 시각이 「미국 문학과 미국 언어」("American Literature and the American Language," 1953년)에서도 다음과 같이 제시된다.

> 어떤 새로운 운동에서든 완고한 적과 또한 멍청한 지지자가 믿고 싶어하는 것처럼 과거를 부인했다는 것이 아니다. 과거의 개념을 확대했으며, 새 것의 관점에서 새로운 패턴 속에서 과거를 본다는 것이다. (*TCC* 57)10)

과거의 "완고한 적"이나 "멍청한 지지자"가 되지 않아야 한다. 과거의 현재성을 인식하는 열린 사고에 의해서만 과거의 개념, 즉 문학의 세계가 "확대"될 수 있기 때문이다.

제1절이 작품의 관점에서 전통론을 검토한다면, 제2절은 시인과 독자의

---

9) 「비평의 기능」의 논리 내부에도 자신의 모더니즘적 편향에 대한 거부 반응이 다음과 같이 기록되어 있다. "사실 문학적 '완성'에 전혀 관심이 없다. 완성의 탐구는 저급 수준의 표시다. 왜냐하면 작가가 자신의 외부에 있는 의심할 수 없는 정신적 권위의 존재를 인정하고 '순응'하려고 시도했다는 것을 보여주기 때문이다"(*SE* 29). 예술가의 외부에 존재하면서 '순응'을 강요하는 '의심할 수 없는 정신적 권위의 존재'에 대한 거부감의 표현이다. '전통'이 예술가의 충성과 복종, 굴복과 자기 희생만 강요하는 모더니즘적 '권위'가 될 수 없다는 주장이다.

10) T. S. Eliot, *To Criticize the Critic and Other Writings* (Lincoln and London: University of Nebraska Press, 1965), p. 57. 이하 *TCC*로 약하여 인용될 것임.

관점에서 몰개성 시론의 문제를 다룬다. 문학 작품과 문학사의 관계를 설명하는 전통론이 문학 작품과 시인의 관계에 대한 몰개성 시론의 "또 다른 양상"이라고 설명된다(*SW* 44).

> 시인의 정신은 백금판이다. 인간 자신의 경험에서 부분적으로 또는 배타적으로 작동될 수 있다. 그러나 예술가가 보다 완벽해질수록 경험하는 인간과 창조하는 정신이 예술가의 내부에서 보다 완전하게 분리될 것이다. 정신이 재료인 열정을 보다 완벽하게 소화시키고 변형시킬 것이다. (*SW* 45)

시인의 정신은 창작 과정에서 불변하는 백금 촉매판이다. 근대의 과학이론은 현실과 이론의 이분법적 구분을 전제로 한다. "경험하는 인간"인 생활인과 "창조하는 정신"인 시인의 분리가 될 수 있는 한 "완벽"해야 한다. 시인은 삶의 열정을 "완벽하게 소화시키고 변형"시킨다. 따라서 또 하나의 필요한 이분법은 생활인의 감정과 문학적 정서다. 감정과 정서의 구분을 독자의 입장에서 확인할 수 있다는 것이다.

> 경험, 즉 변환 촉매가 존재하는 곳으로 들어가는 요소들이 감정과 감각의 두 종류라는 것을 알게 될 것이다. 예술 작품을 즐기는 사람에 대한 예술 작품의 효과는 예술에 의한 것이 아닌 경험과는 종류가 다른 경험이다. (*SW* 45)

키츠(Keats)의 「나이팅게일 송가」 ("Ode to a Nightingale")에 "나이팅게일과 아무런 특별한 관계가 없는 감각이 많이 포함되어 있지만, 나이팅게일이 일부는 그 매력적인 이름 때문에 또 일부는 그 평판 때문에 그러한 감각을 이끌어내는 역할을 한다"면서, 나이팅게일이라는 새가 만드는 삶의 감정과 키츠의 시가 포함하고 있는 문학적 정서가 구분된다고 엘리엇이 강조한다(*SW* 46). 스펜더(Stephen Spender)는 "문학적 주제가 의식적인 마음에서 나오고,

심적인 차료는 무의식에서 나온다"고 정리한 다음, 의식과 무의식 등 대립되는 힘의 "영구적으로 지속되는 갈등"에서 시가 생성된다고 주장한다(156). 스캐프는 전통이나 예술적 창조의 몰개성 사상이 "집단적이며 역사적인 무의식"에서 기인하기 때문에 동일한 이론의 다른 양상일 뿐이라고 설명한다(Skaff 143-4). 몰개성 시론이 예술의 "완벽한"(perfect) 질서를 상정하고 있다는 점에서 "이상적 질서"(ideal order)(SW 41)를 상정하는 모더니즘의 전통 개념과 만난다. 이런 점에서 전통론이라는 거시 이론(macro theory)이 몰개성 시론의 '또 다른 양상'이라고 말할 수 있다.

전통론에 모더니즘과 포스트모더니즘 또는 모더니티와 포스트모더니티가 혼재되어 있는 것을 검토한 바 있다. 전통론에서보다는 분명하지 않지만, 몰개성 시론에서도 포스트모더니즘적 반성이나 포스트모던한 입장을 읽을 수 있다. 기쉬(Nancy K. Gish)는 엘리엇의 "생각이 점차 확언(affirmation) 쪽으로 움직여가는 반면에 감정은 뒤에 쳐진다"고 주장한다(57). 엘리엇 자신의 사상에 대한 확신이 깊어가는 반면에 엘리엇 자신의 감정에서는 그에 비례하는 확신을 발견하지 못하는 것이 엘리엇 문학의 특징적인 전개 과정이라고 기쉬가 주장하는데, 기쉬에 의해 지적된 엘리엇의 사상과 감정의 괴리는 몰개성 시론이 상정하는 이상적이며 완벽한 질서의 전통에 대한 강력한 의문의 제기이면서 모더니즘적 질서에 대한 불만의 표시이기도 하다. 엘리엇은 자신의 사상에 확신이 없다거나 자신의 사상이 불확실하다고 고백하면서 생활인의 경험과 문학적 정서의 관계가 이상적이며 완벽한 질서로 파악되지 않는다는 것을 인정한다. 다음은 「전통과 개인의 재능」의 마지막 부분이다.

> 예술의 감정은 몰개성적이다. 그리고 완성시키기 위해 시인이 자신을 작품에 전적으로 내맡기지 않는다면 이러한 몰개성에 도달할 수 없다. 게다가 현재뿐만 아니라 과거의 현재적 순간 속에서 살지 않는다면, 죽어 있는 것이 아니라 이미 살아 있는 것을 의식하지 못한다면, 무엇이 수행되어야 하는지

알 수 없을 것이다. (*SW* 49)

예술의 감정은 몰개성적이지만, 과거의 과거성뿐만 아니라 과거의 현재성을 인식해야 하며 "죽어 있는" 전통이 아니라 "이미 살아 있는" 전통을 의식해야 한다. 과거의 현재성과 살아 있는 전통을 위해서 '개인의 재능'이 '전통'에 끊임없이 추가되어야 한다. 따라서 예술의 '완벽한 질서'나 전통의 '이상적 질서'라는 모더니즘적 개념이 비평적 논리 전개의 최종 결론이 될 수 없다. 예술의 몰개성적 정서는 개성적 재능과 전통 사이의 대화 속에서 창조된다. 하우드는 엘리엇 자신이 "에세이의 실험적 요소"를 충분히 이해하지 못했다고 전제하면서, 다음의 주장이 "충분히 입안된 입장에 대한 표명의 전략적인 거부가 아니라 불확실성의 순수한 인정"이라고 생각한다(120).

> 내가 공격하려고 발버둥치고 있는 관점은 아마 영혼의 본질적 통일에 관한 형이상학적 이론과 관련될 것이다. 왜냐하면 시인은 표현할 '개성'이 아니라 특수한 매체를 갖고 있는데, 그것은 개성이 아니라 그저 매체일 뿐인데, 그곳에서 인상과 경험이 독특하고 예기치 못한 방식으로 결합된다는 것이 나의 의미이기 때문이다. 인간에게 중요한 인상과 경험이 시 속에서 아무런 위치를 갖지 못할 수도 있으며, 그리고 시 속에서 중요해진 것이 인간, 즉 개성 속에서 아주 미미한 역할만 할 수도 있다. (*SW* 46-7)

엘리엇 에세이의 공격 대상이 "영혼의 본질적 통일에 관한 형이상학적 이론"이었다는 고백이다. 하우드의 해석에 의하면 형이상학에 대한 공격이 몰개성 시론의 목표였다는 주장인데, 지금까지 검토한 바에 의하면 '이상적 질서'를 상정하는 형이상학적 모더니즘 개념의 '또 다른 양상'으로 몰개성 시론을 엘리엇이 전개하였기 때문에 논리적으로 모순된다. 스퍼는 엘리엇의 "시와 경험의 문제적 관계"를 "지적 질서와 비현실적 상상력의 심리전"이라고 해석한다(93). 시인이 근대적 "인간"이 아닌 "특수한 매체"라는 주장도 엘리엇의 논리에서 검토해보면 모순이다. 시인의 백금 촉매 이론은 산소와 이산화황의 화학적 결합에 의한 아황산 가스의 산출이라는 근대과학이론에 기반을 둔다. 백금 촉매가 "불활성이며, 중성이고, 불변으로 남아 있다"는 설명은 질량 불변의 법칙이라는 근대과학이론의 적용이다. 따라서 시인이 개성을 갖고 있는 근대적 인간이 아니며 그저 매체일 뿐이라는 주장과 서로 논리적으로 모순된다. 비유클리트 기하학의 경우에서처럼 근대과학의 질량 불변의 법칙은 아인슈타인에 의해 포월되었다.[11] 포스트모더니즘의 철학인 해체론의 포월이란 개념으로 엘리엇의 불확실한 논리를 옹호할 수 있을 것이다. 즉 포스트모더니

---

11) 김진석은 『니체에서 세르까지—초월에서 포월로: 둘째권』이라는 자신의 책 제목에 '포월'(包越)이라는 단어를 사용한다. 차연이 차이와 지연의 합성어인 것처럼, '포월'은 포함(包含)과 초월(超越)의 합성어다. 데리다가 직접 사용하지는 않았지만 '감싸고 넘어가기'라고 번역될 수 있는 신조어다. 차이(差異)라는 공간적 구분 논리가 갖고 있는 로고스중심주의를 벗어나기 위해 지연(遲延)이라는 시간적 구분 논리가 추가되어 차연(差延)이라는 새로운 합성어가 해체론을 위해 형성된 것과 같은 논리가 적용된다. 차이라는 로고스중심주의의 공간적 구분 논리의 한계를 벗어나기 위해 현재 속에 포함된 과거라는 시간적 구분 논리가 추가된 개념이다. 해체론과 신학의 관계를 설명하면서 데리다는 포월의 개념을 다음과 같이 간접적으로 사용한다. "차연은 모든 존재론적이며 신학적인, 즉 존재신학적인 재전용(再專用)의 상태로 축소될 수 없을 뿐만 아니라 존재신학, 즉 철학이 자신이 체계와 자신이 역사를 산출하는 바로 그 장소를 개방하여 준다. 요컨대 차연은 존재신학이나 철학을 포함(包含)하면서도 돌이킬 수 없게 초월(超越)한다"(Derrida: Speech 134-5). 데리다의 『죽음의 선물』(The Gift of Death)에서도 포월의 개념이 다음과 같이 간접적으로 제시된다. "고대의 플라톤적 종교가 원시의 주신제적(酒神祭的) 종교를 합체(合體)하였고, 중세의 기독교적 종교가 고대의 플라톤적 종교를 억압(抑壓)하는 것이 기독교 역사의 과정이다. 소크라테스의 죽음은 플라톤적 종교의 책임감의 승리이며, 책임감과 신앙이 결합된 결과가 '죽음의 선물'(Derrida: Gift 6)이다. 주신제적 종교가 플라톤적 종교에 의해 합체되고 복속되고 노예화되더라도 멸절(滅切)되지는 않는다. 내면에 살아남아 자유의 자극이 된다. 책임감 있는 새로운 자유의 경험 속에 주신제적 종교가 포장(包裝)된 채 남아 있다면, 고대의 초자연적인 힘이 지속(持續)되고 있다면, 합체되어 지배되고 있다면, 새로운 종교는 '결코 순수하거나, 진정(眞正)한 것이 되거나 또는 완전하게 새로울 수 없다'(Derrida: Gift 19-20). 고대가 원시를, 중세가 고대를 포월하는 과정으로 역사적 진보가 진행되었다. 과거의 합체나 억압이 완벽하게 수행될 수 없기 때문에, 순수하거나 완전한 새로움은 불가능하다. 과거의 잔여물이 언제나 남아 있다"(이만식 314). 한국의 경우 기독교와 유사한 수준의 고급종교인 불교의 사찰(寺刹)에 포월되어 있는 고대의 주신제적 종교의 상징인 삼신각(三神閣)을 그 예로 들 수 있다.

즘이나 포스트모더니티의 전략이 뚜렷하게 드러나지 않은 상황 속에서 형이상
학에 대한 근본적인 반성을 시도하였기 때문이라고 엘리엇을 위해 변명할
수 있다. 그러나 몰개성 시론은 문제적이다. 이론의 기반인 감정과 정서의
이분법이 명확하지 않다. 루빈과 포아리에(Richard Poirier)는 엘리엇의 몰개성
시론을 정면에서 반박한다. 엘리엇 자신이 "강력한 개성"이며, "도피가 아니
라 개성이 엘리엇의 시와 산문에서 강력하게 표현된다"고 루빈이 주장한다(6).
포아리에도 엘리엇의 몰개성 시론은 "개성적으로 존재하는 방법이었을 따름"
이라고 일축한다(10).

　엘리엇이 몰개성 시론의 문제점을 잘 알고 있었던 것 같다. 「비평의 기
능」의 모더니즘 편향을 「비평의 경계」에서 공개적으로 반성한 전통론의
경우와 같이, 「예이츠」("Yeats," 1940년)에서 몰개성 시론을 반성한다.

> 　예술 속의 몰개성이라고 내가 명명했던 것을 초기 에세이에서 격찬한 바
> 있었다. 예이츠 후기 작품의 우수성의 이유로 작품 속에 있는 보다 많은 개성
> 의 표현을 제시한다면, 자가당착에 빠지는 것이다. 내가 졸렬하게 표현하였던
> 것 같다. 아니면, 사상의 미숙한 파악이었을 뿐이다. 자신의 산문적 글쓰기를
> 차마 다시 읽을 수 없기 때문에 기꺼이 이 문제를 해결하지 않고 내버려두고
> 싶다. 그러나 적어도 이제 나는 문제의 진실이 다음과 같다고 생각한다. 두
> 가지 형태의 몰개성이 있다. 단순히 솜씨좋은 숙련공에게 어울리는 것과 성숙
> 해가는 예술가에 의해 점차 성취되어가는 것. 첫 번째는 러브레이스(Lovelace)
> 나 서클링(Suckling) 또는 그 중 세련된 시인인 캠피온(Campion)의 서정시 같
> 은 '시전집류'의 것이다. 두 번째 몰개성은 강렬한 개인적 경험에서 나왔지만
> 시인이 보편적 진리를 표현할 수 있게 하는 것인 바, 경험의 모든 특수성을
> 유지하면서도 그것을 보편적 상징으로 만들어낼 수 있게 하는 것이다. (OPP
> 299)

　"자가당착에 빠지는 것이다," "졸렬하게 표현하였던 것 같다," "사상의 미
숙한 파악이었을 뿐이다," "자신의 산문적 글쓰기를 차마 다시 읽을 수 없기

때문에, 기꺼이 이 문제를 해결하지 않고 내버려두고 싶다" 등 반성의 표현이 너무 극렬하다. 그런 다음 "문제의 진실이 다음과 같다"고 선언하면서 "두 가지 형태의 몰개성이 있다"고 지적한다. 「시의 사회적 기능」("The Social Function of Poetry," 1945년)에서도 이와 유사하게 '괴짜' 시인과 '진짜' 시인이 구분된다.

그것은 그저 괴짜(eccentric)이거나 미친(mad) 작가와 진짜(genuine) 시인의 차이점이다. 전자, 즉 괴짜의 경우 독특한 정서를 갖고 있을 지 모르나 공유(共有)될 수 없기 때문에, 따라서 쓸모가 없다. 후자, 즉 진짜의 경우 다른 사람들에 의해서 전용(專用)될 수 있는 감수성의 새로운 변주곡을 발견한다. 게다가 그것을 표현하면서 자신이 말하는 언어를 발전시키고 풍요롭게 만든다. (*OPP* 9-10)

사회적 기능의 관점에서 시인의 독창성이 검토되어야 한다는 것이다. 엘리엇은 시와 시인의 사회적 유용성을 검토하고 있다. 바버(C. L. Barber)는 「시의 세 가지 음성」("The Three Voices of Poetry," 1953년)이 몰개성 시론에 대한 간접적인 반성이라고 지적한다(210-1). 시가 개성의 표현인지 여부에 관한 논의는 자기 자신, 청중과 극중 인물의 창조라는 세 가지 음성 중에서 극적 독백의 경우에 국한된 것이기 때문이다. 몰개성 시론의 결론 부분을 다시 한 번 읽어 본다.

시를 쓰는 데 있어서 의식하고 심사숙고해야 할 문제가 많다. 사실 나쁜 시인은 의식적이어야 할 곳에서 늘 무의식적이며, 무의식적이어야 할 곳에서 의식적이다. 이 두 가지 실수가 그를 '개성적'으로 만드는 경향이 있다. 시는 감정의 방출이 아니라 감정으로부터의 도피다. 그러나 물론 개성과 감정을 갖고 있는 사람들만이 이러한 것들로부터 도피하기 원한다는 것이 무엇을 의미하는지 안다. (*SW* 48-9)

의식과 무의식이나 개성과 비개성의 이분법적 대립 구조가 사용되고 있는데, 감정과 정서의 이분법적 대립 구조가 명확하지 않다는 것을 앞에서 검토한 바 있었다. 형이상학에 기반을 둔 몰개성 시론을 반성하면서 동시에 개성이 전제되어야 한다는 엘리엇의 주장은 논리적 모순이거나 아니면 포스트모던적 포월의 입장 표명이다. 엘리엇의 두 가지 형태의 몰개성 이론에 대해 워가 다음과 같이 설명한다.

> [울프와 엘리엇] 둘 다 '개성'을 편리하고 실용적인 기능이라고 보았다. 각각에게 '몰개성'은 보다 깊고 잠복해 있으며 개념화할 수 없는 현실을 표현하는 가능성을 대변한다. 누구에게도 단순히 '개성으로부터의 도피'가 아니다. 하지만 긍정적 양상과 부정적 양상으로 몰개성이 기능할 수 있다. [중략] 정서의 새로운 결합을 허용하며 이성적 지능의 자격을 박탈한다면서 시 속에 있는 몰개성의 개념을 엘리엇이 옹호하는 것은 유명하다. 그러나 때때로 그의 글 속에서 몰개성은 강압적이고 파괴적인 모습으로 우리에게 정체성을 강요하는 사회적 관습의 힘을 구성한다. [중략] 엘리엇은 (근대 세계의 합리화하는 추상 세계에 동화되는 재능인) '믿을 수 없는' 몰개성과 반대되는 (자양이 풍부한 문화적 전통 속에 있는 상황에서 자라나온 시적 재능인) '믿을 수 있는' 몰개성을 배치시킨다. (Waugh 138)

믿을 수 없는 부정적 양상의 몰개성은 "근대 세계의 합리화하는 추상 체계에 동화되는 재능"이며, "강압적이고 파괴적인 모습으로 우리에게 정체성을 강요하는 사회적 관습의 힘을 구성"한다. 엘리엇의 표현에 의하면 "단순히 솜씨좋은 숙련공"에 의한 성취이며 근대성을 옹호하는 모더니즘 문학이 된다. 이러한 형태의 몰개성의 개념을 상정하면 결국 개성을 강조하게 되는 엘리엇의 시론 내부에서 발견되는 논리적 모순을 지적하지 않을 수 없다. 믿을 수 있는 긍정적 양상의 몰개성은 "자양이 풍부한 문화적 전통 속에 있는 상황에서 자라나온 시적 재능"이며, "정서의 새로운 결합을 허용하며 이성적 지능의 자격을 박탈"한다. 엘리엇의 표현에 의하면 "성숙해가는 예술가"에 의한 성취인 바, 성숙의 방향은 근대성에 대한 반성인 포스트모더니즘의 문학이다. 이러한 형태의 몰개성의 개념을 상정하면 엘리엇의 시론에서 포월적 전개 양상을 읽어낼 수 있다. 개성이 "편리하고 실용적인 기능"이었고 몰개성이 "보다 깊고 잠복해 있으며 개념화할 수 없는 현실"을 반영한다는 위의 설명은 엘리엇에 대한 의미있는 변명이다. 그러나 엘리엇의 문학이 모더니즘의 대표작이면서 포스트모더니즘의 대표작일 수는 없다. 위의 변명은 엘리엇의 문학에서 포스트모더니즘이 만개했다는 해석이 될 수 있기 때문에 문제적이다. 엘리엇이 「예이츠」에서 한 일은 「전통과 개인의 재능」의 몰개성 시론의 모더니즘 편향을 반성하고 '보다 성숙한' 새로운 방향이 있을 지도 모른다고 탈출구를 지적했던 것뿐이다. 즉 자신의 몰개성 시론이 논리적 모순의 관점에서만 해석되지 않고, 포월이란 해체론의 관점에서도 해석될 수 있을 것이라고 엘리엇이 자신의 시론을 변호하였던 것이다.

「전통과 개인의 재능」의 끝부분에서 엘리엇이 제기하는 의문스러운 낭만주의 비판도 몰개성 시론에 대한 지금까지의 해석과정과 유사한 관점에서 분석될 수 있을 것이다. 엘리엇이 주장하는 것처럼 나이팅게일과 "아무런 특별한 관계가 없는 감각"이 삶의 감정보다 「나이팅게일 송가」에서 압도적인지 질문하지 않을 수 없다. 1819년 햄스테드(Hampstead)에서 키츠와 같이 살던 차알스 브라운(Charles Brown)은 키츠의 나이팅게일 경험을 다음과 같이 자세히 기록하였다. "1819년 봄 나이팅게일이 집 근처에 둥지를 틀었다. 키츠는 새소리 속에서 온화하게 계속되는 기쁨을 느꼈다. 어느날 아침 자두나무 아래 잔디밭에다 아침 식탁에서 의자를 가져다가 거기에서 두세 시간 동안 앉아 있었다. 집안으로 들어왔을 때 손에 종이 조각 몇 장 갖고 있는 것을 보았는데, 키츠는 그것들을 책들 뒤에 조용히 끼어 넣었다. 조사해보고 나이팅게일의 노래에 관한 그의 시적 정서를 담고 있는 네다섯 장의 종이 조각을 발견하였다."12) 작품 속에서도 현실적 경험과의 연계성이 포기되지 않는다.

> 둔한 머리가 갈팡질팡하고 뒤처지더라도,
> 바커스와 그의 레오파드의 이륜전차에 의해서가 아니라,
> 눈에 보이지 않는 시의 날개를 타고,
> 멀리! 멀리! 내 그대에게 날아가려니. (31-4)

> Away! Away! for I will fly to thee,
> Not charioted by Bacchus and his pards,
> But on the viewless wings of Poesy,
> Though the dull brain perplexes and retards:

시인은 현실의 구속에서 벗어나 나이팅게일에게로 날아가고 싶어 한다. 시인이 날아가고 싶은 방법은 "바커스와 그의 레오파드의 이륜 전차"가 아니라 "눈에 보이지 않는 시의 날개"다. 포도주에 의해 취해서가 아니라 시적 상상력의 날개에 의해서 나이팅게일을 만날 수 있을 지 모른다고 시인은 희망한다. 정서와 감정, 예술과 사건의 구분이 뚜렷하지 않다. 현실의 감정과 무관하게 예술적 정서가 성취될 수 있다고 믿을 수는 있다. 그러나 "나이팅게일이 일부는 그 매력적인 이름 때문에 또 일부는 그 평판 때문에 그러한 감각을 이끌어내는 역할을 하고 있다"는 주장은 너무 일방적이다. 최근 낭만적 이상이 아이러니의 관점에서 비판적으로 해석되기도 한다는 점이 기억되어야 한다. 나이팅게일이 유발하는 삶의 감정과 시인이 창조해낸 정서가 「나이팅게일 송가」에서 행복하게 만나고 있다.

엘리엇의 비평이 고전적인지 여부에 대한 의문의 제기와 함께 엘리엇의 「나이팅게일 송가」의 해석은 엘리엇의 낭만주의 비판에 대한 논란과 관련된다.

---

12) 12) *The Norton Anthology of English Literature*, sixed edition, Volume 2, p. 790.

결과적으로 우리는 '고요 속에서 회상된 감정'이 정확하지 않은 공식이라는 것을 믿어야 한다. 그것은 감정도, 회상도, 의미의 왜곡 없이는 정적도 아니기 때문이다. 그것은 매우 많은 종류의 경험의 집중이며, 집중의 결과로서 생긴 새로운 것이다. 이러한 경험은 실제적이고 활동적인 사람에게는 전혀 경험인 것 같아 보이지 않을 것이다. 의식적으로 또는 심사숙고 끝에 발생하지는 않는 집중이다. 이러한 경험들은 '회상'되지 않는다. 사건에 대한 수동적인 참여라는 점에서만 '고요'한 분위기 속에서 최종적으로 결합한다. 물론 이것이 이야기의 전부는 아니다. (*SW* 48)

"고요 속에서 회상된 감정"이 '잘못된'(wrong) 공식이 아니라 "정확하지 않은"(inexact) 공식이라고 지적하고 있다는 점이 주목되어야 한다. 빠스가 "흄, 엘리엇과 파운드의 고전주의는 자신이 그렇다고 의식하지 못하는 낭만주의였다"고 지적하고 있고(130), 롭은 "엘리엇이 자신의 비평에서 '낭만'을 아주 정확하게 정의하고 있는데, 던의 시대 이후 영문학에서 점증하는 경향이라고 생각되는 주체와 객체의 혼돈만 공격한다"고 설명한다(138). 앨런 (Mowbray Allan)은 "적어도 엘리엇의 근본적 비평 개념이 관념론적 인식론에 기인한다는 인식에서 엘리엇의 비평 사상이 낭만 전통의 지속"이라고 생각한다(172-3). 하지만 앨런은 엘리엇이 "낭만적 전제"를 수용하면서도, 개성에 대한 비판에서도 알 수 있듯이 "원죄"라는 입장에서 접근한다고 날카롭게 지적한다(173). 앨런은 "엘리엇의 비평 이론이 낭만적 전통에 속하지만, 비평의 실천은 그 이론으로부터의 도피의 노력"이라고 요약한다(173). 결국 「보들레르」("Baudelaire," 1930년)에서 자신이 고전주의적 성향을 가진 낭만주의자라는 사실을 엘리엇이 뚜렷하게 밝힌다.

낭만 시대의 시인은 경향에서만 예외일 뿐 '고전적인' 시인일 수 없다는 것이 망각되어서는 안된다. 성실하다면 '의무'로서가 아니라 그저 참여하지 않을 수 없기 때문에, 시인은 개인적 편차를 갖고 정신의 보편적 상황을 표현해야 한다. 이러한 시인의 경우 산문 작품, 메모와 일기에서도 종종 많은 도움을 기대할 수 있다. 특히 머리와 심장, 방법과 목표, 재료와 이상의 불일치 해독에 도움이 될 것이다. (*SE* 424-5)

예를 들어 워즈워드의 「나는 구름처럼 외롭게 떠돌았네」 ("I wandered lonely as a cloud")의 제4연을 읽어보자.

> 왜냐하면 자주, 긴 의자에 누워
> 멍하거나 또는 묵상에 잠긴 분위기 속에서,
> 그 수선화들이 저 내면의 눈 위에서 번쩍이느니
> 이는 고독의 축복이라오.
> 그런 다음 내 마음은 기쁨으로 가득차고,
> 그리하여 수선화들과 춤을 춘다오. (18-24)

> For oft, when on my couch I lie
> In vacant or pensive mood,
> They flash upon that inward eye
> Which is the bliss of solitude;
> And then my heart with pleasure fills,
> And dances with the daffodils.

제2연의 "수만 송이"의 수선화와 위에서 인용된 제4연의 수선화는 다르다. 제1연과 제2연의 수선화가 호수 지방의 자연 속에서 발견된 것이라면, 제4연의 수선화는 소위 '고요 속에서 회상된 감정'의 결과물이다. 엘리엇의 용어를 사용한다면 제1연과 제2연의 수선화가 삶의 감정의 영역 속에 있다면, 제4연의 수선화는 예술적 정서의 영역 속에 있다. 감정이 새로워지거나 의미있어지거나 극 전체에 의해서 구조적이 되면 예술적 정서로 변한다는 것이 「전통과 개인의 재능」에서 제시된 엘리엇의 이론이었다. 그러나 워즈워드의 경우처럼 삶의 경험이 '회상'되면서 자연스럽게 문학적 정서로 될 수 있다는 신념을 엘리엇은 가질 수 없었다. 그리고 "물론 이것이 이야기의 전부는 아니다"고 엘리엇이 주장한다. 낭만주의와 구별되는 모더니즘적 창작론에 만족할 수 없다는 비평적 성실성의 표현이다.

엘리엇 비평 읽기의 문제점과 특징은 세계관의 혼재에 있었다. 엘리엇의 대표적인 문학비평 에세이인 「전통과 개인의 재능」의 핵심 내용인 전통론과 몰개성 시론의 경우, 엘리엇이 모더니즘의 근대 형이상학적 철학에 기반을 두지만 무의식적으로 포스트모더니즘이나 포스트모더니티를 고려하지 않을 수 없었다.13) 약간의 변형을 거치면 「블레이크」("Blake," 1919년)의 결론 부분이 엘리엇 자신에게도 적용될 수 있다.

> 잘못은 아마 블레이크 자신에게가 아니라, 시인이 필요로 하는 것을 제공하는데 실패한 상황에 있을 것이다. 아마도 상황이 그로 하여금 꾸며내도록 강요했을 것이다. 아마도 시인은 철학자와 신화학자를 필요로 했을 것이다. 의식적인 블레이크가 동기(動機)를 거의 의식하지 못했다 하더라도 (SW 134)

엘리엇의 비평이 모호하거나 일관성이 없다는 비평가들의 지적에 대하여, 필자는 엘리엇 자신에게 잘못이 있었다기보다는 엘리엇이 필요로 하는 것을 제공하는데 실패한 시대적 상황이 문제였다고 말하고 싶다. 엘리엇이 정확한 철학적 체계와 용어의 지원도 없이 무의식적으로 전개하는 포스트모더니즘적 국면을 위해서 엘리엇에게는 "철학자와 신화학자" 이상의 것이 필요했었다.

---

13) 엘리엇의 시에서 모더니즘과 포스트모더니즘 또는 모더니티와 포스트모더니티의 혼재를 읽어내는 작업은 제3장에서부터 시작된다. 예를 들면 로저 킴벌(Roger Kimball)은 『황무지』와 『실질적인 일을 하고 있는 고양이들에 관한 늙은 주머니쥐의 책』(Old Possum's Book of Practical Cats)을 대비하면서, 엘리엇의 문학 세계에 혼재하여 있는 심각함(seriousness)과 장난끼어린 익살(impish playfulness)의 요소를 지적한다 (9-10).

엘리엇은 형이상학적 철학자나 신화학자가 자신의 문학을 위한 최상급의 이론적 지원 세력이라고 판단하는 시대적 한계를 안고 있었다. 포스트모더니즘에 익숙한 현재의 독자들은 포스트모더니즘의 핵심 논리가 형이상학적 철학에 대한 부정이라는 점을 잘 알고 있기 때문에, 엘리엇이 봉착하고 있었던 시대적 한계를 인식할 수 있다. 의식이 아무리 또렷했어도, 비평적 모호성과 비일관성이나 논리적 모순의 동기를 제대로 인식할 수 없었던 시대의 한계가 엘리엇에게는 있었다.

제2장 신비평과 해체비평:
객관 상관물의 두 가지 해석

엘리엇 비평의 모호성과 비일관성이 엘리엇 자신의 논리적 미숙에 기인하는 것이 아니라 본질적으로 모더니즘의 시인인 엘리엇이 포스트모더니즘적 인식을 무의식적으로 갖고 있었고, 그로 인해 엘리엇의 비평 속에서 세계관의 혼재로 표현되었기 때문에 발생한 문제점이라는 것을 제1장에서 검토하였다. '객관 상관물'(objective correlative)이란 신비평의 핵심 용어가 제시된 「햄릿과 그의 문제들」(1919년)을 모더니즘의 문학비평인 신비평과 포스트모더니즘의 문학비평인 해체비평의 측면에서 동시에 읽는다면, 엘리엇의 비평에 내재하는 세계관의 혼재의 구체적인 사례로 제시될 수 있을 것이며, 이것이 바로 제2장의 논리이며 내용이다.1) 엘만도 비슷한 입장에서 엘리엇 비평에

---

1) 통상 사용되는 '객관적 상관물'이란 역어는 '주관적 상관물'이란 대칭 개념을 연상시키는 문제점이 있다. 이오덕, 『우리글 바로쓰기 2』, 서울: 한길사, 1992, 32-5쪽; '…의' 뜻으로 쓰는 '-적'은 명치(明治) 초기의 번역문에서 영어 '-tic'의 음과 뜻을 맞추어 쓴데서 비롯되었는데 우리말을 해친다는 이오덕의 주장에 비추어보아도, '객관 상관물'의 역어가 적절하다. 한 걸음 더 나아가 '객관'이 엘리엇의 정의 속에서 "일련의 사물, 하나의 상황, 일련의 사건"(a set of objects, a situation, a chain of events)이

양가성(ambivalence)이 있다고 다음과 같이 주장한다.

> 엘리엇은 「햄릿과 그의 문제들」(1919)에서 셰익스피어가 너무 많은 개성을 드러낸다고 비판한다. 허나 1920년 보여줄 개성이 너무 없다는 이유로 매싱어(Massinger)를 비판한다(SE 145, 217, 220). 마블(Marvell)의 위트는 몰개성적 미덕인 반면, 테니슨의 교육은 몰개성적 결함이다. 「전통과 개인의 재능」에서 엘리엇은 자신의 개성에서 도피하라고 시인에게 촉구한다. 그러나 「벤 존슨」(Ben Jonson)에서 "예술 작품의 창조는 ... 개성의 주입에 달려 있다"고 선언한다(SE 157). 1933년 문학 작품을 저자의 개성의 "은닉/분비"(secretion)라고 묘사하는데, 이 용어가 엘리엇의 양가성을 축약적으로 나타낸다. 비밀 속에서, 노출되거나, 은닉/분비되거나 또는 숨겨 저장되는 것을 의미하기 때문이다(UPUC 145n.). 이는 마치 예술가가 부재하면서 동시에 현존해야 하며, 위엄있으면서 동시에 친근해야 한다는 것과 같다. (Ellmann 41)

엘리엇 자신은 물론 대부분의 비평가들이 양가적 의미의 한 쪽만을 선택하는 것 같아 보인다. 엘리엇의 비평을 몰개성 중심이라고 해석하는 경우, 「전통과 개인의 재능」의 몰개성 시론에 주목하지만 「벤 존슨」의 개성 중시 경향은 무시하면서 『햄릿』에 대한 엘리엇의 비판을 과도하게 강조한다. 반면에 「예이츠」(1940년)에서 "예이츠 후기 작품의 우수성의 이유로 작품 속에 있는 보다 많은 개성의 표현을 제시"하면서 엘리엇이 다음과 같이 몰개성 시론을 과도하게 반성하는 것을 앞 장에서 검토한 바 있다. "자가당착에 빠지는 것이다. 내가 졸렬하게 표현하였던 것 같다. 아니면 사상의 미숙한 파악이었을 뿐이다. 자신의 산문적 글쓰기를 차마 다시 읽을 수 없기 때문에, 기꺼이 이 문제를 해결하지 않고 내버려두고 싶다"(OPP 299). 엘리엇의 정전적 권위가 약화되는 최근의 비평 경향에 힘입었는지 루빈은 다음과 같이 엘리

라는 구절에 대응되기에, '객관 생관물'보다 '객체 상관물'이 더 적합해 보인다. 오해를 불식시키기 위해서는 '상관 객체'가 더 적확해보이지만, 수용가능성 여부를 고려해야하기에 본 제2장에서는 '객관 상관물'을 사용한다.

엇의 비평, 특히 몰개성 시론에 정면으로 배치되는 주장을 한다.

게다가 운문의 리듬이 엘리엇의 경우보다 더 자서전적인 열정으로 맥박치
는 시기를 생각하기 어렵다. 한편으로 한때는 그렇게도 냉정하고 권위있어
보였던 엘리엇의 비평이 이제는 혼돈에 가까운 정서에 직면하여 분투적이며
거의 필사적으로 개성의 일관성을 주장하려는 것처럼 보인다. (Rubin 2)

비평의 양가성을 주장하는 엘만의 경우에도 「햄릿과 그의 문제들」에서
엘리엇이 "너무 많은 개성을 드러낸다고" 셰익스피어를 비판하는 것으로 요
약하면서 「햄릿과 그의 문제들」이란 에세이 자체 속에서 읽어낼 수 있는
엘리엇 비평의 양가성에 관한 고려를 하지 않는다. 제2장에서는 '객관 상관물'
개념과 엘리엇의 『햄릿』 해석을 중심으로 비평의 양가성이 엘리엇의 문학
비평인 「햄릿과 그의 문제들」과 엘리엇의 에세이에 관한 비평에 있어서 어
떻게 구체적으로 반영되고 있는지 신비평과 해체비평의 두 가지 해석을 중심
으로 검토하고자 한다.

객관 상관물의 정의로 통용되는 「햄릿과 그의 문제들」의 구절은 다음과
같다.

예술의 형식으로 감정을 표현하는 유일한 방법은 '객관 상관물'을 발견하
는 것이다. 바꾸어 말하면 그 특수한 감정의 공식이 될 수 있는 일련의 사물,
하나의 상황, 일련의 사건을 말하는 것이다. 감각 체험으로 끝나지 않을 수
없는 이들 외부의 사물들이 주어지면 즉시 그 감정이 환기되어지는 것이다.
(SW 85-6)

'객관 상관물'이 "저자 자신에게도 놀랍게 세상에서 성공을 거둔"(OPP
173) 이유는 신비평의 비평가들에 의해 문학 이론의 기본 개념으로 받아들여
졌기 때문이다. 1920년대에는 문학 비평이 "전문적 지위"를 확립하기 위해서

"체계적인 해석 방법을 제공하는 능력"을 갖추어야만 하였다(Kaiser 4-5). 따라서 「햄릿과 그의 문제들」의 서두에서처럼 인상주의 비평에 대한 비판이 당시의 비평의 전략일 수밖에 없었다. "예술 작품을 연구하는 것"이 비평가의 "제일차적 과업"이라는 점을 기억하지 못한다는 사실, "확고한 비평적 통찰력을 소유하고" 있으면서도 "자신들의 비평적 탈선을 그럴듯하게 만들기 위해서 창조적 재질을 발휘하여 셰익스피어의 햄릿 대신에 자기 자신들의 햄릿을 대치시키는 조작을 하기 때문"이라고 엘리엇은 인상주의 비평을 구체적으로 비판한다(SW 81).

객관 상관물 개념에 대한 신비평가들의 반응이 일치하는 것은 아니지만, 신비평 전반에 걸쳐 직접적으로 또는 간접적으로 크게 영향을 미친 기본 개념인 것만은 틀림이 없다. 객관 상관물이 신비평 문학 이론의 기본 개념이 되는 이유는 엘리엇의 비평에서 완벽하게 완결된 구조가 발견된다고 전제하는 다음과 같은 신비평가들의 인식 때문이다.

> 사려깊은 반응이기에 엘리엇의 방법론은 절약형이며 경제적이다. 매의 훈련된 눈으로 주시하다가 전체의 속성을 예증하게 되는 한 지점에 갑자기 내리 덮친다. 엘리엇의 간결한 에세이는 완전한 원주를 구성할 수 있는 곡선의 분절을 아주 명확한 윤곽으로 제시한다. (Matthiessen 7)

머씨슨(F. O. Matthiessen)은 엘리엇의 에세이가 다소 간결해 보이지만, 일부분만을 절약적으로 명확하게 제시하면서 전체를 드러내는 한 지점을 정확하게 지적해내기 때문에 경제적이라고 설명한다. 머씨슨의 설명은 엘리엇 비평의 내부에 완벽하게 완결된 구조가 존재한다는 신념이 전제된 표현이다. 이러한 관점에서 객관 상관물 개념이 클리언스 브룩스의 『잘 빚어진 항아리』(The Well Wrought Urn) 등이 전제하는 유비체계를 공유한다고 설명할 수 있다(Ong 107). 브룩스는 세계관의 변화로 인해 피할 수 없는 영적 의미의 변천을 겪고 있다고 진단하면서 근대 사회로 하여금 "표면적 현상의 이면을 보게"하는 것이 "엘리엇의 아주 전형적인 문학 실천" 방법론이라고 설명한다(81-2). 『숨은 신』(The Hidden God)이라는 비평서의 제목도 이면에 존재하는 완벽하게 완결된 구조에 대한 신념을 드러낸다.

통상 인용되는 객관 상관물의 정의에 바로 뒤이어, 문학 작품의 성공과 실패에 대한 기준으로 객관 상관물의 존재 여부가 제시된다.

> 셰익스피어의 보다 성공적인 비극을 검토해보면 이러한 정확한 등가물을 발견할 것이다. 맥베스 부인의 몽유병의 정신 상태가 상상된 감각적 인상의 솜씨있는 누적에 의해 전달된다는 것을 발견할 것이다. 주어진 일련의 사건을 고려할 때 아내의 사망 소식에 대한 맥베스의 대사가 마치 일련의 사건 중 마지막 사건에 의해 자동적으로 배출되어진 대사처럼 느껴질 것이다. 예술적 '필연성'은 감정에 대한 외면의 이렇게 완벽한 적합성에 있는데, 이것이 바로 『햄릿』에 결여된 것이다. 등장인물 햄릿은 표현할 수 없는 감정에 의해 지배되고 있는데, 그 감정이 밖으로 드러난 사실들을 '초과'하고 있기 때문이다. 그리고 햄릿이 저자와 동일하다는 가정은 다음과 같은 정도까지는 옳다. 즉 자신의 감정에 대한 객관적 등가물의 결여로 인한 햄릿의 당황은 자신의 예술적 난제에 직면한 창조자의 당황의 연장이다. (SW 86)

객관 상관물이 『맥베스』의 예술적 성공과 『햄릿』의 예술적 실패를 판가름하는 기준이다. 객관 상관물의 존재가 예술적 정서의 필연성을 보증한다고 판단하는 주체가 독자일 수도 있고, 저자일 수도 있다. 존슨(L. Eric Johnson)은 작품으로 역투사되는 감정을 주의깊은 독자에게 환기시키는 것이 객관 상관물이라고 정의하면서, 맥베스 종류의 경우는 독자와 등장인물의 감정이 일치하며 맥베스 부인 종류의 경우는 일치하지 않는다고 구별한다(258-9). 『햄릿』에 맥베스 종류의 객관 상관물은 많지만 맥베스 부인 종류가 없는 것이 문제라고 지적된다. 그러나 클로디어스의 기도, 폴로니어스와 레어티스의 대화, 폴로니어스나 오즈릭의 아부, 레어티스의 궁전 난입 장면 등에서 등장인물과 독자의 감정이 일치한다고 볼 수 없기 때문에 맥베스 부인 종류의 객관 상관물이 없다는 존슨의 논리에 문제가 있음이 지적되어야 한다. 더군다나 "죽음에 관한 잦은 대화"를 예로 들며 맥베스 종류의 객관 상관물이 많다는 존슨의 주장은 『맥베스』에서와 같은 객관 상관물을 발견할 수 없다는 엘리엇의 논리에 정면으로 위배된다(259). 어쨌든 존슨이 "주어진 일련의 사건을 고려할 때 아내의 사망 소식에 대한 맥베스의 대사가 마치 일련의 사건 중 마지막 사건에 의해 자동적으로 배출되어진 대사처럼 느껴질 것이"라는 엘리엇의 논리를 당연한 것처럼 수용하고 있는데 비해, 스펜더는 그러한 엘리엇의 논리에 다음과 같이 의문을 제기한다.

> 아내의 사망 소식을 듣고 맥베스가 한 말인 "지금이 아니라도 어차피 죽어야 할 사람"은 확실히 천재적인 적절성을 갖고 있다. 그러나 엘리엇의 분석이 없었더라면 그런 정도로 똑같이 적절하지만 다르게 반응하는 대사를 셰익스피어가 맥베스의 입 속에 넣어주지 않았을 것이라고 관객을 완벽하게 확신시킬 수 없었을 것이다. (Spender 71)

맥베스의 대사가 예술적 필연성을 갖는 감정의 객관 상관물인지 여부에 대한 비평적 판단에 있어서 객관적 기준이 있을 수 있는지 의문이 제기될 수 있다. 아내의 죽음에 대해 "어차피 죽어야 할 사람"이라고 말하는 남자를 이해할 수 있는지 여부는 독자에 따라 주관적인 판단의 영역일 수도 있기 때문이다.

더군다나 엘리엇의 논리는 엘리엇 자신이 다음과 같이 지적하는 것처럼 독자가 아니라 저자를 향한다. "햄릿이 저자와 동일하다는 가정은 다음과 같은 정도까지는 옳다. 즉 자신의 감정에 대한 객관적 등가물의 결여로 인한 햄릿의 당황은 자신의 예술적 난제에 직면한 창조자의 당황의 연장이다"(*SW*

86). 「펨브로우크 백작부인을 위한 변명」("Apology for the Countess of Pembroke," 1932년)에서 『햄릿』이 예술적 실패라는 자신의 주장에 대해 엘리엇은 다음과 같이 부연 설명한다.

셰익스피어가 언제나 성공한 것은 아니라는 주장이 그의 명예를 훼손한다고 생각하지 않는다. 그러한 주장은 성공을 아주 좁게 보는 견해를 시사할 뿐이다. 셰익스피어의 성공 여부는 그가 의도했던 것을 이해하는지 여부에 따라 언제나 판단되어야 한다. (*UPUC* 44)

저자의 의도의 실현 여부가 예술적 성공의 판단 기준이다. 객관 상관물은 저자의 의도를 실현하는 방법론이다. 숨겨져 있는 완벽하게 완결된 구조의 존재라는 신비평의 논리에서는 저자의 의도가 강조되지 않을 수 없다. 다음과 같이 「햄릿」의 여러 곳에서 이러한 점이 강조된다.

(1) 로버트슨(Robertson)의 검토의 결론은 논박할 여지가 없다고 믿어진다. 즉 셰익스피어의 『햄릿』이 셰익스피어의 작품인 한, 모친의 죄가 자식에게 미치는 영향을 다룬 희곡이며, 셰익스피어는 원본의 '다루기 어려운' 소재 위에 이러한 동기를 성공적으로 부과할 수 없었다는 것이다. 다루기 어렵다는 점에는 의심이 없다. 셰익스피어의 걸작이기는커녕 이 희곡은단연코 예술적 실패다. (*SW* 83-4)

(2) 『햄릿』은 소네트처럼 작가가 예술 작품으로 밝혀내지도 의도하지도 혹은 조작하지도 못하는 소재로 가득차 있다. 이 감정을 찾으려고 할 때 소네트에서처럼 그 장소를 찾아내는 것이 매우 어렵다는 것을 알게 된다. (*SW* 85)

『파리 리뷰』(*Paris Review*)와의 인터뷰에서 제시된 엘리엇의 다음과 같은 강력한 주장 때문에 저자의 의도를 중시하는 해석에 문제가 있다는 것을 알 수 있다.

　　나는 "의도"가 무엇을 의미하는지 궁금해요! 무언가 가슴 속에서 끄집어내
　　길 원하죠. 끄집어낼 때까지 가슴 속에서 끄집어내고 싶어하는 것이 무언지
　　잘 모르죠. 그런데 나는 내 시의 어느 것에나 혹은 어느 시에라도 "의도"라는
　　용어를 자신있게 적용할 수가 없었어요. (Hall: *Remembering* 207, *Eyes* 265 재인
　　용)

　　"예술 작품이 창조자의 정서를 표현한다는 조잡한 낭만적 개념"에 근거한
다고 저자의 의도라는 신비평적인 해석이 비판될 수 있다(Calder 92). 또한
객관 상관물이 "독자의 마음 속에 올바른 연상을 환기하는데 의존하고" 있다
면(Calder 95-6), 대중사회에서 독자로부터 점점 더 고립되는 시인에 의해 창
조된다는 점에서 독자와 시인의 기억이 일치될 가능성이 점점 더 적어진다는
점이 지적될 수 있다.

　　셰익스피어 혹은 햄릿이라는 셰익스피어의 인물이 해결하기 어려워하던
감수성의 분열에 대한 교정수단으로 객관 상관물이 제시된다. "감정과 대상을
다시 한 번 통일함으로써 시인은 무의식적이며 즉각적인 경험을 모의 실시하
려고 노력해야 한다"(Skaff 156). 그런데 정서의 즉각적 전달이라는 "처방
전"(recipe)에 "언어가 빠져있다"는 엘만의 지적은 정확하다(42). 엘리엇의 에
세이가 "전체를 드러내는 한 지점을 정확하게 지적함"으로써 "절약적으로
명확하게 제시"한다는 머씨슨의 논리와 다음과 같이 엘리엇이 「시인 스윈
번」("Swinburne as Poet," 1919년)에서 제시하는, 이 부분에 대한 보강 논리
를 고려한다면, 언어와 대상의 일치를 지향하는 신비평의 해석이 다음과 같이
제시될 수 있다.

　　건강한 상태의 언어가 대상을 묘사하는데, 대상에 너무 근접하여 두 개가
　　동일하다는 것이 증명된다. (*SW* 127)

암시성을 강조하는 19세기 프랑스 상징주의의 방법론과 비교할 때 객관 상관물의 개념이 대상 묘사의 정확성에서 더욱 돋보인다고 지오티 센(Jyoti Sen)이 강조하는데(226), 미히르 센(Mihir Sen)은 한 걸음 더 나아가 상징이 객관적 재현만을 목표로 하는 반면 객관 상관물은 독자 사회의 감각 경험과 연관되는 "이중 목적"을 달성한다고 주장한다(95). 프랑스 상징주의가 부르주아 사회와의 불화를 전제로 하는 모더니즘이라면, 엘리엇의 목표는 궁극적으로 "모더니즘 문학과 전통적 권위 사이의 친선관계의 회복"이었다(Levenson: *Genealogy* 219). 따라서 상징이 암시적이어서 객관적 재현에 어려움을 겪는다는 것이 객관 상관물의 비교 우위를 드러내지 못한다.

작품 해석의 구체적인 사례에서도 문제점이 발견된다.

> (1) 본질적으로 다른 사상을 강제적으로 결합한 결과로 인한 종합의 발생에 실패하기 때문에 전혀 성공적이지 못하다. 마취된 환자인 프루프록과 저녁의 관계를 볼 수 있지만, 그렇게도 격렬하게 연결되는 것을 정당화하기에 충분하다고 확신되지 않는다. (Maxwell 49)

> (2) 객관 상관물은 엘리엇 시의 공식 목표일 뿐만 아니라 주제의 빈번한 관심사인데, 주체와 대상의 결렬 상태를 기록하는 것이 특징이다. 「J. 알프레드 프루프록의 연가」의 안개가 집 둘레를 한 바퀴 빙 돌고서 잠이 들어버리는데, 감정과 대상의 진정한 화해가 어떤 것일 수 있는지 보여주는 감칠나는 알레고리다. (Pinkney: *Women* 141-2)

맥스웰(D. E. S. Maxwell)은 마취된 환자와 저녁의 관계가 객관 상관물의 필요조건이지만 충분조건을 만족시키지 못한다고 판단하면서, 「J. 알프레드 프루프록의 연가」의 서두에 나오는 물질적 '거리'와 추상적 '논의'의 대비가 "물질성의 특성을 즉각 암시하기에 충분한" 유사성을 갖고 있다고 설명한다 (49). 객관 상관물의 필요충분조건이 암시적으로 제시된다. 그런데 "마취된 환자인 프루프록"이라는 구절은 맥스웰이 프루프록의 주체를 가정하고 있음을 시사한다. 반면에 "주체와 대상의 결렬 상태"가 「J. 알프레드 프루프록의 연가」의 주제라는 전제 하에 "마취된 환자"와 동류의 이미지인 "안개"가 객관 상관물의 대표 사례라고 핑크니(Tony Pinkney)가 주장한다. 맥스웰과 핑크니의 모순되는 해석에서 볼 수 있듯이 언어와 대상의 일치가 객관 상관물에 대한 최종 해석이 될 수 없다. 「햄릿과 그의 문제들」에서 "엘리엇의 스타일이 시사하는 과학적 정확성에도 불구하고, 엘리엇이 환기시키는 원칙"이 형식과 내용이라는 "고전적 표준"을 크게 벗어나지 않는다는 냉소적 해석도 가능하다(Spurr 113).

엘리엇은 「비평의 경계」("The Frontiers of Criticism," 1956년)에서 앞에서 검토한 신비평의 두 가지 해석의 위험성을 다음과 같이 경고한다.

> 제1의 위험은 한 편의 시 전체에 대해서 올바른 해석이 단 하나 밖에 없다고 가정하는 것이다. [중략] 왜냐하면 독자의 민감성에 따라 시가 의미하는 것이 다르기 때문이다. 제2의 위험은 [중략] 시의 해석이 만일 타당한 것이라면, 당연히 저자가 의식적으로건 무의식적으로건 간에 무엇을 시도하려고 애썼는가의 설명이라고 가정하는 위험이다. (*OPP* 126)

"시의 의미는 저자의 의도나 몰개성적 텍스트의 의미와 등가가 아니며 독자에 따라 달라질 가능성이 있지만 어느 정도까지는 언제나 개인적인 문제"라는 것이 「비평의 경계」의 주장이며, 엘리엇은 "초기의 객관주의"를 포기하게 된다고 셔스터만(Richard Shusterman)이 요약한다("Philosopher" 40). '초기의 객관주의'가 극단적으로 전개되는 경우 엘리엇은 문학의 경계를 넘어선다. 「시와 극」("Poetry and Drama," 1951년)에서 문학의 경계를 넘어서는 엘리엇의 논리가 다음과 같이 제시된다.

일상적 현실에 신뢰할 수 있는 질서를 부과한 다음 현실 '속에서' 질서를 감지하게 함으로써 우리를 평온과 정적과 조화의 상태로 이끌어 가고, 그런 다음에 단테가 버질을 떠나는 것처럼 그러한 인도가 우리에게 더 이상 도움이 될 수 없는 지역까지 홀로 전진하도록 하는 것이 궁극적으로 예술의 기능이기 때문이다. (OPP 94)

질서의 궁극적인 승리가 전제되어 있다. 현실과 대립되는 예술적 질서가 궁극적으로 종교적 질서에 종속되도록 하는 것이 '예술의 기능'이라고 요약된다. 류(Lu)는 종교적 질서에 종속되는 예술적 질서라는 입장을 충실하게 적용하여 엘리엇의 비평을 해석한다. "완전한 예술은 정신적 인식이 되는 완전한 인식 속에 존재하기 때문에 예술이 종교와 더 이상 분리될 수 없다"는 전제에서 저급의 기술적 해석과 고급의 종교적 해석의 이분법이 제시된다. 위트의 경우에는 "수사학적 표상"이 저급의 기술적 해석이며 "신성한 지혜의 직접적 현시"가 고급의 종교적 해석이다. 상징의 경우에는 "내용에 제공된 형식, 문맥에 제공된 매체"가 저급의 기술적 해석이며 "자연 속에서 인식되고 실현된 정신"이 고급의 종교적 해석이나(Lu 68-9). "궁극적으로 시의 통일이 영혼의 통일 속에서 추구되어야 한다"는 입장에서 볼 때, 『햄릿』의 문제점은 영혼의 질서가 결여되어 있다는 것이다(Lu 61-2).

객관 상관물은 물론 문학 작품의 정서도 창조의 과정에서 확정되므로 시가 쓰여지기 전에 시인이 느꼈던 감정을 확인할 수는 없다. 이에 비바스(Eliseo Vivas)는 "희곡을 통해서 표현된 감정과 셰익스피어의 감정을 대비하여 『햄릿』을 비판한다"는 객관 상관물의 정의가 갖고 있는 모순을 지적한다(72). 더 큰 문제는 에세이의 일부분이 너무 확대되고 강조되는 경향이다. 그러나 객관 상관물에 대한 평가는 엘리엇의 『햄릿』 해석에 대한 평가, 즉 엘리엇의 에세이 전체에 대한 평가에 근거해야 한다. 엘리엇 자신이 「비평가를 비평하기」("To Criticize the Critic," 1961년)에서 자신의 『햄릿』 해석의 문제점을 다음과 같이 반성한다.

아마도 고의적으로 도발적인 행동을 한 죄가 전혀 없다고 말할 수는 없는 「햄릿과 그의 문제들」이란 에세이에 '객관 상관물'이란 용어가 등장한다. 그 당시 나는 튜더와 스튜어트 연극에 관한 비평적 연구에서 있어 용감한 논객이었던 J. M. 로버트슨과 한통속이었다. (TCC 19)

그런데 바타차르야(Pradip Bhattacharya)의 다음과 같은 분석에 의하면 엘리엇의 반성은 사실의 정확한 반영이라기보다 자기방어적인 요소를 내포한다.

셰익스피어가 조잡한 재료를 갖고 주인공으로 완벽하게 변형시켜서 작품에서 구조의 결함을 찾을 수 없기에, 결국 로버트슨이 『햄릿』은 걸작이라고 말한다. "셰익스피어의 진정한 승리는 조잡한 연극을 걸작으로 바꾸어 우리에게 남겨 놓았다는 데 있다." 로버트슨의 이 부분의 진술을 엘리엇이 편의상 무시한다. 왜냐하면 자신의 입장을 전부 뒤엎어버릴 것이기 때문이다. (Bhattacharya 61)

"논박할 여지가 없"(SW 83)으며 자신과 "한통속"(TCC 19)이라던 로버트슨과 전혀 다른 견해를 엘리엇이 제시한다는 사실에 대해 바타차르야는 "셰익스피어 예술의 실패가 아니라, 엘리엇 자신이 『햄릿』을 이해하는데 실패"하였기 때문이라고 설명한다(63). 엘리엇의 『햄릿』 분석에서 많은 문제점들이 발견된다. 「셰익스피어 그리고 세네카의 금욕주의」("Shakespeare and the Stoicism of Seneca", 1927년)에서는 개인주의적 자기애의 관점에서 『햄릿』을 다음과 같이 비판한다.

그러나 사태를 아주 상당히 엉망으로 만들어 놓고 적어도 세 명의 결백한 사람들과 두 명의 보잘 것 없는 인물들의 죽음을 초래한 햄릿조차 자기 자신에 대해 아주 꽤 만족스러워하면서 죽는다.

> 호레이쇼, 나는 가네.
> 자네는 살아남아서 나와 나의 입장을 바르게 설명해 주게,
> 나를 비난하는 사람들에게 ...
> 아, 호레이쇼, 전말을 설명 않고
> 이대로 놔 둔다면 사후에 어떤 누명이 남을 것인가!2) (SE 132)

사태가 "아주 상당히 엉망"이 되어버렸다기보다, 사건의 전개를 엘리엇이 제대로 이해할 수 없었다고 여겨진다. 『햄릿』이 셰익스피어의 대표적인 비극이라는 점, 다른 사람이 자신의 입장을 이해하기 어려울 것이라고 햄릿이 우려하는 점 등을 고려한다면 "자기 자신에 대해 아주 꽤 만족스러워하면서 죽는다"고 단정짓기는 곤란하다. 햄릿이 죽음을 초래한 등장인물이 폴로니어스, 오필리어, 로전크랜츠, 길던스턴, 거트루드, 클로디어스, 레어티스 등 일곱 인데, "두 명의 보잘 것 없는 인물들"이 로전크랜츠와 길던스턴을 가리킨다면, "세 명의 결백한 사람들"이 누군인지 결정하기 어렵다. 오필리어는 "결백"하다. 그러나 "모친의 죄가 자식에게 미치는 영향을 다룬 희곡"(SW 83)이라는 엘리엇 자신의 정의에 의하면 거트루드가 "결백"하다고 정의하기 어렵다. 또한 클로디어스와 함께 술책을 꾸민 레어티스나 폴로니어스가 "결백"하다고 말하기도 쉽지 않은 형편이다.

다른 관점에서 「햄릿과 그의 문제들」을 읽는 비평가들은 다음의 인용문을 중요한 근거로 삼는다.

> 황홀감이건 공포감이건, 대상이 없거나 대상을 능가하는 강렬한 감정이란 감수성이 강한 사람이라면 누구나 알고 있는 바인데, 이것은 의심할 바 없이 병리학자의 연구 과제이다. 이런 감정은 종종 사춘기에 발생한다. 보통 사람

---

2) 『햄릿』의 번역은 김재남 교수의 것을 기본으로 하였다.

은 이런 감정을 잠재워버리든가, 비지니스 세계에 적용하기 위해서 잘라내버린다. 그러나 예술가는 자기 감정의 수준까지 세계를 강렬하게 끌어 올리는 자신의 능력으로 이 감정을 언제나 생생하게 유지한다. (*SW* 87)

『햄릿』이 "기교와 사상 둘 다 불안정한 상태에 있"(*SW* 84)는 셰익스피어 문학의 사춘기적 표현이라는 엘리엇의 주장은 동시대의 다른 극작가들보다 셰익스피어를 선호한다고 엘리엇이 고백하는 1961년의 「비평가를 비평하기」에서도 다음과 같이 교묘하게 지속된다. "단지 중년과 노년의 필요에 가장 부응하는 것이 청년기에 필요로 하는 영양분과 다르다는 것이다. 하지만 셰익스피어는 너무 위대해서 셰익스피어를 올바르게 판단할 수 있을만큼 성장하기에 하나의 생애로는 충분하지 않다"(*TCC* 23). 엘리엇이 미성숙의 청년기 문학에 대해 부정적인 입장만 갖고 있지는 않았다. 청년기의 특징이랄 수 있는 "비전의 범위의 협소함"(*SE* 189)에도 불구하고 "비록 신비한 경험이지만 삶의 혐오도 인생에서 중요한 국면"(*SE* 190)이라는 점으로 『복수자의 비극』 (*The Revenger's Tragedy*)에서 시릴 투르네(Cyril Tourneur)가 나름대로 성공을 거두었다고 평가한다. 엘리엇이 동일한 관점에서 읽고 있는 『햄릿』에 대한 긍정적 평가 가능성의 한 단면이다. "아주 흡족한 것은 아니지만, 햄릿이 인류 역사의 한 단계, 혹은 진보, 혹은 퇴보, 혹은 변화를 표시하는 것 같다"(*SE* 139-40).

그런데 비지니스 세계의 보통 사람보다 예술가를 높이 평가한다면, 위의 인용문은 사춘기 감정의 부인이라기보다 적극적인 옹호로 읽힌다. 「램버트 이후의 생각」("Thoughts after Lamberth," 1931년)에서 다음과 같이 좀 더 명확한 엘리엇의 입장이 발견된다.

논리와 일관성에 무심하다고 가끔 조소받고 영국의 정신이 종종 비난받는 불일치를 인정하는 것은 대개 삶 자체에 내재하여 있는 불일치를 인정하는 것이고 삶이 감당할 수 있는 것보다 더 큰 통일성을 부과함으로써 그 불일치를 극복하는 것이 불가능함을 인정하는 것이다. (*SE* 376)

　신비평적 해석의 위험에 대해 엘리엇이 「비평의 경계」에서 경고한 바 있었는데, 예술가의 정서의 원천이며 삶에 내재하여 통일시킬 수 없는 불일치를 옹호하는 입장에서 기인하는 것 같아 보인다. 비힐러는 이런 논점을 극단적으로 강화하여 "『햄릿』이 모순적이며, 단일 양상으로의 일치를 거부하는 추론과 소음으로 가득차 있다"고 주장한다(Beehler: *Difference* 73). 엘리엇의 주장과는 반대로, 사춘기의 미숙함 때문이 아니라 셰익스피어가 진정한 예술가였기 때문에 일관된 관점에서의 해석이 불가능해졌다는 것이다.
　지금까지 검토한 모더니즘의 문학비평인 신비평의 입장과 포스트모더니즘의 문학비평인 해체비평의 입장의 차이점은 다음과 같이 요약될 수 있다.

　　데리다의 논리는 간단하지만 압도적이다. 언어의 발화를 발생시킨 생각에 '전면적이고 즉각적인' 접근을 제공할 때에만 자기 현존하는 의미의 조건을 언어가 만족시킬 수 있다. 그러나 이는 불가능한 요구조건이다. (Norris: *Practice* 46)

　"전면적이고 즉각적"으로 의미를 파악할 수 있다는 주장은 궁극적으로 완벽하게 완결된 구조를 발견할 수 있다는 신비평의 기본 인식에서 나온다. 그런데 데리다의 비평은 그러한 기본 인식의 성취가 불가능함을 증명하는 방법론에 기반을 둔다. 언어에 의해 즉시 환기되는 감정이라는 객관 상관물의 개념은 "전면적이고 즉각적"으로 의미를 파악할 수 있다는 신비평 이론의 동어반복이다. 그러나 노리스의 주장과는 달리, 해체비평은 신비평의 전통을 전면적으로 부인하지는 않는다.

　　이중 주석(double commentary)의 순간이 비평적 독서에서 나름대로의 지위를 확보해야 한다. 모든 고전적인 임무를 인식하고 존중하는 일이 쉽지는 않으며 전통적인 비평의 모든 도구를 필요로 한다. 이러한 인식과 이러한 존중이 없다면, 제멋대로의 방향으로 발전하게되는 위험에 처하게 될 것이며 거의 아무 말이나 해도 된다고 스스로 인정해버리게 될 뿐이다. 그러나 이러한 필수불가결한 가드레일(guardrail)이 독서를 언제나 '보호하여'왔을 뿐이지 결코 '개방시키지는' 못하였다. (Derrida: *Of Grammatology* 158)

언어의 무책임한 놀이로 전락하는 것을 방지하기 위하여 신비평의 전통이라는 가드레일이 필수불가결하다. 물론 신비평이 비평적 독서의 전통을 유지 보호하기만 하였을 뿐 새로운 전망을 개방 전개시키지 못하였다는 한계가 지적될 수 있다. "이중 주석의 순간"을 보다 명확하게 파악하기 위하여 데리다의 『그라마톨로지』(*Of Grammatology*)를 다음과 같이 조금 더 읽어보자.

하지만 이러한 관점에서 일반 언어학을 과학으로 제도화하려는 의도는 모순에 빠진다. 공식적으로 선언된 목적이 자명한 것을 말하면서 충만하며 기원적인 말에 대한 문자학의 종속, 노예적 도구의 수준으로까지 글의 역사적이며 형이상학적인 단순화를 정말 확인시켜 준다. 그러나 여기서는 자명하지 않은 것이 말없이 수행되고 언급되지 않은 채 쓰여지기 때문에 목적에 대한 또 다른 진술이 아닌 또 다른 제스처는 일반 문자학의 미래를 해방시켜 줄 것인데, 언어학과 음운론은 단지 일반 문자학의 종속되고 제한된 분야가 될 것이다. 소쉬르의 이러한 제스처와 진술의 긴장 관계를 따라가보자. (29-30)

데리다가 소쉬르의 『일반언어학 강의』(*Course in General Linguistics*)를 분석하면서, 소쉬르의 '선언된 목적'을 부인하지는 않는다. 그것은 글이 말에 종속되어야 한다는 것이다. 그런데 데리다는 이렇게 명백한 '진술'의 이면에서 '제스처'라고 명명할 수 있는 것을 읽어내면서 '이중 주석'을 실천에 옮긴다. 명백하게 진술되었다고 말할 수는 없지만, 소쉬르가 목적하는 완벽하게 완결된 구조로부터 소쉬르 자신의 일반언어학을 빗나가게하는 다른 작용을

'이중 주석'의 관점에서 읽어내려는 것이 문자학(grammatology)이라는 해체비평의 목적이다. 예를 들면 데리다가 "루소가 그것을 선언하지는 않았지만, 우리는 루소가 그것을 묘사하는 것을 보아왔다"(*Of Grammatology* 268) 또는 "루소가 그것을 선언하지 않으면서 그것을 묘사한다"(*Of Grammatology* 315)라고 말할 때, 루소의 '선언'이 소쉬르의 '진술'과, 루소의 '묘사'가 소쉬르의 '제스처'와 동일한 용어가 된다. 드만은 '눈멂'과 '통찰'을 사용하여 데리다의 '이중 주석' 체계를 문학에 적용한다.

> 따라서 자신이 무의식적으로 제공하는 통찰의 의미에 의해서 교정되어야 하는 눈먼 비전의 역설적 효과에 관해서 숙고하는 것이 비평가에 대해 비판적으로 쓰는 하나의 방법이 된다. (de Man: *Blindness* 106)

「햄릿과 그의 문제들」에서 이러한 "눈먼 진술과 통찰력 있는 의미"(de Man: *Blindness* 110)의 '긴장 관계'를 읽어내는 것이 해체비평의 해석일 것이다. 진술되고 선언된 목적과 명백하게 진술되었다고 말할 수는 없지만 묘사된 제스처 사이의 긴장관계를 읽어내는 것이 해체비평의 방법론이다.

『햄릿』은 "예술적 실패"(*SW* 84)라고 엘리엇이 공식적으로 '선언'하는데, 이렇게 '자명한' '진술'의 내용을 부정할 수는 없다. 그러나 얼핏 '눈먼 진술'인 것처럼 보이지만 엘리엇 '자신이' 『햄릿』을 '묘사'하며 다음에서와 같이 '무의식적으로 제공하는 통찰'의 '역설적' '제스처'를 '문자학'의 '이중 주석'의 관점에서 읽어낼 수 있다.

> (1) 셰익스피어에 의한 최종본 희곡에는 복수의 동기보다 더욱 중요한 동기가 있다. 이것이 복수의 동기를 '둔하게' 만드는 것은 분명하다. 복수의 지연이 필요성이나 편리성의 이유로 설명되지 않는다. (*SW* 83)

복수의 동기와 지연 사유가 명확하지 않다고 '선언'하는 것이 엘리엇의

'자명한' '진술' 내용인 것 같다. 바타차르야에 의하면 "엘리엇이 로버트슨의 논지를 잘못 재생산하고 있다. 즉 『원(原) 햄릿』(Ur-Hamlet)에서부터 복수의 동기가 이미 붕괴되었고 지연의 동기가 잘못 부여되었다고 로버트슨이 명백하게 진술한다"(60). 햄릿이 습관적으로 행동을 지연하고 있는 것 같지는 않다. 폴로니어스나 클로디어스를 살해할 때 햄릿은 아주 민첩하게 행동한다. 레어티스 같은 2급의 인물이 궁전에 난입하여 클로디어스를 직접 위협하는 데 성공하는 것을 보면 현실정치적인 원인 때문에, 즉 "필요성이나 편리성의 이유로" 복수가 지연되는 것 같지 않다는 엘리엇의 평가는 정확하다. 완벽하게 완결된 구조의 일부로 설명할 수는 없지만, 즉 그것이 무엇인지 명백하게 '진술'할 수는 없지만, "복수의 동기보다 더욱 중요한 동기가 있다"는 엘리엇의 '묘사'에 '통찰력 있는 의미'가 담겨져 있는 것 같다.

> (2) '광기'의 효과는 왕의 의심을 진정시키는 것이 아니고 도리어 자극시키는 것이다(SW 83). 진짜 광기에는 못미치지만 광기를 위장하는 것 이상이다. (SW 87)

독자가 햄릿의 언어를 이해할 수 있는 한, 햄릿의 광기는 진짜가 아니다. 현실정치적인 이유 때문에 햄릿이 광기를 위장하고 있는 것 같지는 않다. 햄릿의 광기가 클로디어스의 의심을 더욱 자극하기 때문이라는 엘리엇의 '묘사'에 문제의 핵심에 관한 '통찰력 있는 의미'가 담겨져 있는 것 같다. 아버지의 유령을 만난 뒤 "내가 필요에 따라선 괴이한 행동(antic disposition)을 취할지도 모른다"(I.v.179-80)고 호레이쇼에게 말할 때, 햄릿이 의미하는 바는 '위장'된 광기다. 그러나 뒤이은 햄릿의 광기어린 행동은 '위장' 이상의 것이다.

> 세계가 궤도를 이탈하였다. 오 저주받은 원한이여,
> 내 그걸 바로 잡을 운명을 지고 태어나다니!

The time is out of joint. O cursed spite,

That ever I was born to set it right. (I.v.196-7)

이 구절에 관한 데리다의 해석은 다음과 같다.

> 햄릿은 분명하게 시대의 '궤도를 이탈한'(out of joint) 존재(상태)를 그것의
> 올바른-존재, 제대로 된 바른 것, 또는 잘 진행되는 올바른 길에 대립시킨다.
> 그는 거꾸로 가는 시대를 바르게 돌려놓아야 하는 운명을 저주한다. 햄릿은
> 어찌할 수 없이 자신에게 지워진 [정의를 수호해야 한다는] 운명을 저주한다.
> 즉 햄릿 자신이 정의를 수행하도록, 사물의 질서를 회복하도록, 역사, 세계,
> 그 시기, 그 시대를 바로잡도록 그것들의 올바른 역할에 부합할 수 있도록
> 하기 위해 바른 길을 가도록, 바르게 나아가도록—그리고 법(올바름)을 따르
> 도록—운명지워진 점을 저주한다. (Derrida: *Marx* 39-40)

햄릿은 정의의 수행이란 절대적인 임무를 맡은 자신의 운명을 저주한다.
'궤도를 이탈한' 세계란 과거의 덴마크 왕이 현재의 덴마크 왕에게 부당하게
암살된 상태를 의미하며, 이를 바로 잡는 방법은 유령이 부여한 절대적 임무인
복수를 거행하는 것이다. 이러한 복수는 부당하게 왜곡된 중세적 질서를 바로
잡는 일이며, 햄릿 자신을 정점으로 하게되는 중세 왕국의 공고화를 목표로
한다. 중세적 복수는 중세에서 근대로 진행되고 있는 역사의 수레바퀴를 거꾸
로 돌리는, 호레이쇼와 공감하는 근대의 인식론에 정면으로 위배되는 행위일
뿐이다. 아버지 유령이 요구하는 정의를 수호하는 일, 사물의 질서를 회복하는
일, 역사를 바로 잡는 일은 역사의 시계바늘을 거꾸로 돌리는 일이다. 그리하
여 '저주받은' 운명이라 아니 할 수 없기 때문에 광기의 위장 속에 광기에
육박하는 고뇌가 드러나게 되며, 복수의 동기가 모호해지기 때문에 복수의
행위는 지연된다.

이글턴(Terry Eagleton)도 햄릿이 중세 사회와 근대 부르주아 사회의 "과도기적 인물"이라고 정의하면서, "(오필리어, 부모에 대한 의무, 정치 권력 등) 명확한 목표"가 "결여"되어 있는 반면 "어머니에 대한 애착"이 강조되는 햄릿의 "심리적 퇴행"이 "역설적으로 사회적 진보"의 "재현"이라고 해석한다 (74-5).

(3) 혐오감의 원인은 어머니지만, 어머니가 혐오감의 적절한 등가물이 될 수 없다는 문제점에 햄릿이 직면하고 있다. 햄릿의 혐오감은 어머니를 감싸며 넘어선다. 이것은 햄릿이 이해할 수 없는 감정이다. 그는 이 감정을 객관화할 수 없고, 따라서 그대로 남아서 생명을 위협하고 행동을 방해한다. 가능한 어떤 행동도 이 감정을 만족시킬 수 없다. 셰익스피어가 플롯으로 할 수 있는 그 어떤 것으로도 햄릿을 위한 표현을 찾아낼 수 없다. 주목해야 할 것은 이 문제의 '주제'의 성격 자체가 객관적 등가물을 배제한다는 점이다. (*SW* 86)

『햄릿』이 "예술적 실패"라는 엘리엇의 "미학적 판단"을 수용하지 않을 수 있다(Stevenson 77). 희곡 『햄릿』이 "기본적인 문제"이고 "등장인물 햄릿은 이차적인 문제일 따름"(*SW* 81)이라는 인식은 인상주의의 극복이라는 엘리엇 자신의 주장에서 직접 전개된 논리다. 『햄릿』의 주제의 성격 자체가 객관 상관물의 가능성을 배제한다, 즉 햄릿의 혐오감이라는 감정의 객관 상관물이 어머니 거트루드일 수 없기 때문에 객관 상관물을 찾아낼 수 없는 것이 당연하다는 것이 엘리엇의 '묘사'다. 그런데 객관 상관물의 부재 때문에 『햄릿』을 '예술적 실패'라고 '선언'하던 엘리엇의 '진술' 내용과 비교한다면, 엘리엇 자신이 '무의식적으로 제공하는 통찰'의 '역설적' '제스처'라고 정의하지 않을 수 없을 것이다. 『햄릿』이 재미있기 때문에 예술 작품이라는 평가를 받는다는 다음과 같은 엘리엇의 분석에는 객관 상관물의 부재라는 『햄릿』에 대한 지금까지의 논리적인 분석과는 전혀 다른 측면에서의 비평적인 접근 방식이 동원된다.

(4) 아마도 『햄릿』을 예술 작품이기 때문에 재미있다고 생각하는 사람보다 그것이 재미있기 때문에 예술 작품이라고 생각했던 사람들이 더 많을 것이다. 『햄릿』은 문학의 '모나리자'다. (SW 84-5)

『햄릿』이 문학의 모나리자라는 정의가 엘리엇이 내리는 부정적인 평가인지 긍정적인 판단인지 모호하다. 『햄릿』은 예술 작품이어야 한다는 것이 엘리엇의 자명한 진술인 것 같아 보인다. 자신의 이러한 공식적인 선언에도 불구하고 엘리엇은 『햄릿』이 재미있다고 생각하는 사람들이 더 많다고 말하지 않을 수 없다. 공식적으로는 재미보다 예술 작품으로서의 작품성이 더욱 중요하다고 선언하지만, 문학의 모나리자라고 묘사하면서 무의식적으로 그리고 역설적으로 『햄릿』의 재미의 중요성을 강조하는 제스처를 엘리엇이 취하고 있다.

「햄릿과 그의 문제들」 등 초기 비평에서 엘리엇이 "원시적 감정이나 감각의 위험에 대한 방어책으로써 실증적 객관주의 개념과 지성의 힘을 강화"시키려고 한다(Spurr 109-10). 이러한 긴장 관계가 형성되는 이유는 비평적 지성의 이성적 질서에 도전하는 예술의 창조적 영감이 갖고 있는 무의식의 힘을 엘리엇이 자각하고 있기 때문이다.

인생 최대의 공포를 경험한 사람에게는 비극이라도 여전히 불충분하다. 『에디푸스 왕』(Oedipus the King)을 쓸 때 표현할 수 있었던 것보다 더 많은 비극을 소포클레스가 느꼈던 것이고, 셰익스피어가 『햄릿』을 썼을 때에도 사정은 마찬가지다. 그런데 셰익스피어에게는 무덤 파는 어릿광대를 동원할 수 있는 유리한 조건이 있었다. 저자의 의식적인 의도가 무엇이든간에, 공포와 웃음이 최대한도로 공포스럽고 우습게 될 경우에만 공포와 웃음은 결국 하나가 될 수 있다. 『에디푸스』나 『햄릿』이나 『리어왕』을 읽으며 당신은 웃거나 공포에 몸서리치거나 혹은 둘 다 동시에 경험하게 될 것이다. 그런 다음에야 희극 극작가와 비극 극작가의 목표가 같다는 것을 정말 이해하게 될 것이다. 그들이 똑같이 진지하다는 것을. (Freed 20 재인용)

엘리엇이 『햄릿』이나 『리어왕』 등 셰익스피어 비극의 내부에서 '예술의 창조적 영감'을 읽어내지 않을 수 없었을 것이다. 그러나 셰익스피어의 이렇게 '끔찍한 통찰력'(terrifying clairvoyance)은 자신의 '감수성'(sensibility)에 적합하지 않다고 엘리엇이 판단하는 것 같다(Frye 29).

> 셰익스피어의 것과 같은 유형의 시보다는 다른 유형의 시, 명백히 철학적인 유형의 시를 내가 선호하는 것은 개인적인 편견일 뿐이다. 그러나 이런 선호의 표시는 우월함의 판단이 아니라 내 자신의 필요를 더 많이 만족시킨다는 것을 의미할 뿐이며, 그런 유형의 시가 내게는 더 시 같아 보인다는 진술일 뿐이다. 나는 분명하고 교조적인 철학, 기독교와 가톨릭적인 철학, 대안이라면 에피쿠로스의 철학이나 인도 산림철학자들의 철학을 좋아한다. (Eliot: Fire xv)

개인적으로는 이성과 질서를 선호한다는 엘리엇의 고백이다. 셰익스피어의 『햄릿』 등에서 드러나는 예술적 영감의 통제불가능한 심연에 대한 두려움이 솔직하게 고백되어 있다. 엘리엇의 감수성이 견딜 수 없는 원시적 감정에 대한 두려움의 표현이다. 철학적인 시, 특히 기독교나 가톨릭의 교조적인 종교철학을 선호한다는 표현은 통제할 수 없는 감정에 대한 두려움의 표현이다. "『햄릿』의 셰익스피어보다 차라리 헨리 제임스 같기 바랬을 지 모르지만, 엘리엇이 자신의 소원을 성취하지 못했기" 때문에, 이성과 비이성의 긴장 관계가 완전하게 해소된 것은 아니다(Lentricchia: Quartet 259).

1923년 「비평의 기능」("The Function of Criticism")에서 엘리엇이 인상주의를 비판하고 실증적 객관주의를 옹호하였던 것은 영문학이 대학의 학문으로 체계를 잡아가던 1920년대의 요구에 부응하기 위함이었지만, 또한 엘리엇이 개인적으로 선호하는 비평적 경향이기도 하였다. 이러한 비평적 노력은 신비평의 이름으로 대성공을 거두고, '감수성의 분열'이나 '객관 상관물' 등 엘리엇의 비평 개념은 대표적인 이론의 일부가 되었다. 그런데 1956년 「비평의 경계」에서 「비평의 기능」의 주장이 반성되는 이유는 "1950년대에 이르러 대학의 학자들이 전통적인 문인을 대부분 대체하게" 되었기 때문이다 (Kaiser 11). 이제 인상주의 경향의 차세대 이론이 된 실증적 객관주의를 비판하여야 하는 입장이지만, 엘리엇은 망서린다. "지나치게 찬란"(OPP 131)한 것 같은 실증적 객관주의를 전면적으로 비판하려 하지 않는다. 아마 대안(代案)이 보이지 않기 때문일 것이다. 엘리엇이 1947년 「밀튼 II」에서 객관 상관물이 "저자 자신에게도 놀랍게 세상에서 성공을 거두었다"(OPP 173)고 말할 때, 엘리엇의 놀라움은 단순한 겸양의 표현을 넘어선다. 이제 실증적 객관주의에 대한 비판이 점차 가능해지는 1950년대에 이르러 객관 상관물의 성공에 안주할 수 없다는 비평적 자각의 표현이기도 한 것이다.

　"세상에서 정말로 당혹스러운 성공을 거둔 몇 개의 악명높은 구절을 제외한다면 자신의 최상급 '문학' 비평은 자신에게 영향을 주었던 시인과 시극 작가에 관한 에세이로 구성된다"고 말하면서, 엘리엇이「비평의 경계」에서 자신의 비평을 "사적인 시 작업장의 부산물" 또는 "작업장 비평"(workshop criticism)이라고 명명한다(OPP 117-8). 브래드부룩(M. C. Bradbrook)에 의하면 엘리엇은 비평적 글쓰기가 "자신만의 시의 스타일을" 안정적으로 확보하는 데 도움이 되었다고 생각하였다("Critical" 122). 사적인 작업장 비평은 초기 비평에서 주장되던 실증적 객관주의와 대비되는 개념이다. 신비평의 대표적인 개념 중 하나였으며 세상에서 당혹스럽고 놀라운 성공을 거둔 '객관 상관물'의 해석에 작업장 비평의 개념이 새로운 지평을 연다. 신비평의 객관 상관물 해석은 문학 작품 속에서 저자의 의도가 실현된다는 해석과 언어와 대상이 일치한다는 해석의 관점에 국한되어 있었다. 엘리엇의 비평과 시의 정서가 일치해야 한다는 식으로 해석하는 것은 완벽하게 완결된 구조를 전제로 하는 신비평의 실증적이며 객관주의적인 관점이다. 그런데 작업장 비평은 사적인 작업이므로 실증적 객관주의의 공적인 작업과 대치되는 개념이다.

"『황무지』에서 내가 무엇을 말하고 있는지를 이해하는지 나는 신경쓰지도 않았다"는 충격적인 발언을 하면서 엘리엇은 그 이유를 다음과 같이 설명한다.

> 말하는 방법을 아는 것보다 할 말을 더 많이 갖고 있는 것, 즉 말을 할 줄 모른다는 것이 초기시의 문제라고 생각한다. 즉시 이해될 수 있는 방식으로 표현하는 통어력을 갖고 있지 못한 단어와 리듬 속에 집어넣고 싶은 것을 갖고 있다는 것이 문제다. 이런 종류의 애매함은 시인이 언어를 사용하는 방법을 학습하는 단계에 아직 있을 때 발생한다. (Hall: *Remembering* 215, *Eyes* 270-1 재인용)

"이러한 발언은 『햄릿』에 관한 에세이에서 엘리엇이 시인으로서 자기 자신의 문제점에 몰두하고 있었다는 것을 특징적으로 강력하게 시사한다"(Unger 42). 「햄릿과 그의 문제들」은 엘리엇 자신의 초기시와 비평의 문제점을 검토하는 작업장이었다. (1) "여기서 셰익스피어가 자기한테는 너무나 엄청나게 벅찬 문제와 대결하고 있다는 사실을 단지 인정할 수 있을 뿐이다"와 (2) "우리는 셰익스피어 자신이 이해하지 못했던 것을 이해하지 않으면 안된다"(*SW* 87)라는 「햄릿과 그의 문제들」의 마지막 부분의 구절들을 셰익스피어에 관한 진술이 아니라 엘리엇 자신에 관해 무의식적으로 제공하는 통찰로 다시 읽을 수 있다. 공식적으로 선언된 진술의 내용을 역설적인 묘사로 다음과 같이 바꾸어 읽는다면, 「햄릿과 그의 문제들」이 「햄릿과 그의 문제들」이라는 엘리엇의 문학비평 자체에 관한 작업장 비평이 된다. (1) 여기서 엘리엇이 자기한테는 너무나 엄청나게 벅찬 문제와 대결하고 있다는 사실을 단지 인정할 수 있을 뿐이다. (2) 우리는 엘리엇 자신이 이해하지 못했던 것을 이해하지 않으면 안된다. 셰익스피어의 『햄릿』이란 엄청난 문학적 과제를 로버트슨의 해석이라는 빈약한 도구만으로 엘리엇이 해결할 수 없을 것이다. 중세와 근대 사이의 과도기적인 인물이라는 최근의 『햄릿』 해석 등으로 엘리엇 자신이 이해하지 못했던 부분을 현재의 독자는 이해할 수 있다.

1921년 11월 6일 스위스 마게이트(Margate)에서 리차드 알딩톤(Richard Aldington)에게 보낸 편지에서 『황무지』를 쓰던 당시의 정신 상태를 엘리엇은 다음과 같이 묘사한다.

> 내 '신경'이 아주 가벼운 문제거리라는 사실에 나는 이곳에 온 이래로 만족해요. 과로 때문이 아니라, 평생의 고민거리인 의지 마비(aboulie)와 정서적 혼란 때문이래요. (*LTR* 486)[3]

『황무지 원고 모사본』(*T. S. Eliot: The Waste Land: A Facsimile and Transcript of the Original Drafts Including the Annotations of Ezra Pound*)의 「서문」에서 발레리 엘리엇(Valerie Eliot)이 이 부분을 특히 강조하고 있다(xxii). 독립적으로 결정하거나 행동하는 능력의 상실이나 손상에 대한 정신병학적 용어인 '의지 마비'가 「J. 알프레드 프루프록의 연가」나 『황무지』 등 초기시를 역설적으로 통일하는 정서 상태이며, 초기시들이 '의지 마비'라는 엘리엇의 정서에 대한 객관 상관물이라고 제이(Jay 148)와 스미스(Grover Smith: *Memory* 52)가 해석한다. 스미스는 햄릿의 문제점이 '의지의 마비'(paralysis of the will)에서 기인한다는 어네스트 존스(Ernest Jones)의 정신분석적 해석에 주목하며, 제이는 『햄릿』의 극적 정서에 대한 객관 상관물의 혼란과

---

3) T. S. Eliot, *The Letters of T. S. Eliot*, ed. Valerie Eliot (San Diego: Harcourt Brace Jovanovich, 1988), p. 486. 이하 *LTR*로 약하여 인용될 것임.

엘리엇의 초기시가 상응한다는 점을 지적한다. 엘리엇 자신도 1929년과 1930년에 걸친 BBC 방송 강연 중에 『햄릿』이 자신의 "'정서적이며 지적인 위기'의 '재현'"이었다고 설명한다(Warren 29). 동일한 관점에서 고든(Lyndall Gordon)은 『가족 재회』(*The Family Reunion*)의 해리(Harry)와 『칵테일 파티』(*The Cocktail Party*)의 셀리아(Celia)가 햄릿의 객관 상관물이라고 생각하며(*Imperfect* 419-20), 베르곤지(Bernard Bergonzi 55)는 「게론천」("Gerontion") 그리고 브래드브룩(M. C. Bradbrook 51)은 「스위니 아고니스테스」("Sweeney Agonistes")가 『햄릿』의 객관 상관물이라고 생각한다. 「성회 수요일」("Ash Wednesday") 이전의 시가 "주체를 발견하려는 또는 주체 없이 견디는 투쟁"의 표현이라는 바버의 설명도 같은 맥락에서 해석된다 (210-1).

신비평가들은 작업장 비평이라는 개념을 비평과 시의 정서가 일치하는 완결된 구조 속에서 정의하고자 한다. 햄릿이 재현하는 미숙한 예술가의 이미지를 엘리엇의 시와 시극에서 찾아낼 수 있다는 점, 즉 햄릿적 문제의 객관 상관물이 발견된다는 점에 주목한다. 개인과 권위의 이분법적갈등 구조를 읽어낸 다음, 권위의 방향으로 진행되어간다고 엘리엇 "비평의 프로그램"을 읽는 매터러(Timothy Materer)의 해석도 신비평의 논리 구조를 갖고 있다.[4] 그

---

4) 미숙에서 성숙으로 발전하면서 주체를 발견한다는 엘리엇 문학의 실증주의적 해석에 대한 문제점의 구체적인 검토는 다른 논문의 몫이지만 두 가지 사례를 제시할 수 있다. 부시(Ronald Bush)가 「성회 수요일」이후의 작품에서도 주체가 '사실'(*what is*)을 넘어선 '가능성'(*what might be*)의 영역을 지향한다고 지적하는 것은 신비평이 제시하는 완벽하게 완결된 구조에 대한 의문을 제기하는 것이다("Modern/Postmodern" 209). 렌트리키아는 엘리엇의 「주」(Notes)에 의거하여 『황무지』의 257행을 셰익스피어의 『템페스트』(I.ii.395)의 동일한 구절과 비교 검토하는 실증주의적인 읽기로 시작하지만, 『황무지』에서 "수많은 목소리"를 읽을 수 있다는 사실을 지적하면서 신비평의 한계를 넘어선다("Kinsman" 12). 또한 "엘리엇이 파편들 속에서 글을 쓸 지 모르지만 그런 식으로 살고 싶어하는 것은 아니다"("Kinsman" 12)고 지적하면서 신비평의 전통을 가드레일로 사용하며 '언어의 무책임한 놀이'로 전락하지는 않는다.

런데 "사적인 시 작업장의 부산물"(*OPP* 117)이라는 엘리엇 자신의 정의에서 '사적'이라는 구절이 무시되어 있다. 작업장 비평이란 개념도 객관 상관물이라는 개념과 마찬가지로 실증주의의 객관적이며 공적인 구조를 전제로 하여 분석되고 있는 셈이다. 엘리엇은 자신의 비평이 사적이며 주관적인 비평이라고 고백하는데, 신비평은 정반대의 입장에서 공적이며 객관적인 비평의 해석을 강요한다. 작업장 비평이라는 정의는 엘리엇이 실증주의적 신비평을 "비평의 레몬즙 짜기 파"(the lemon-squeezer school of criticism)라고 비판하는 1956년의 「비평의 경계」에서 언급된 것이다(*OPP* 125). 「비평의 경계」의 내부에서 공적인 비평 이론의 방향과 사적인 시적 실천의 방향 사이의 긴장이 고조되어 과격하게 비판적인 용어가 사용되게 된다(Litz 11). 그럼에도 불구하고 신비평의 해석에 대한 대안(代案)이 명확하게 제시되어 있지 않다. 해체비평은 신비평의 전통을 전면적으로 부인하지 않을 뿐만 아니라 언어의 무책임한 놀이로 전락하는 것을 방지하기 위하여 신비평의 전통이라는 가드레일이 필수불가결하다는 것을 인정한다. 앞에서 검토했던 바와 같이, 눈먼 진술과 통찰력 있는 의미의 긴장 관계 등 이중 주석의 체계를 읽어내는 것이 해체비평의 방법론이었던 바, 작업상 비평의 개념을 제시하는 엘리엇의 태도가 이를 선취(先取)하고 있다. 실증적 객관주의의 의미 있는 성과를 인정하면서도 신비평이 찬란한 성공에 취해 눈먼 진술이 되어버리는 위험을 경계하고자 하였던 것이다. 작업장 비평의 개념은 통찰력 있는 의미가 만드는 긴장 관계를 형성하여 객관 상관물 개념의 실증주의적 도식성을 다시 새롭게 해석하는 가능성을 열고 있다.

신비평은 비평적 독서의 전통을 보호하기만 하였을 뿐 새로운 전망을 열지 못하였다. 명백하게 선언된 진술의 내부에서 의미있는 통찰력의 묘사를 역설적으로 읽는 것이 해체비평의 방법론이다. 엘리엇의 「햄릿과 그의 문제들」은 셰익스피어가 너무 많은 개성을 드러내는 것에 대한 비판으로 요약되어왔다. 그러나 제2장에서는 해체비평의 관점에서 객관 상관물과 『햄릿』의 해석을 중심으로 비평의 양가성을 검토하였다. 객관 상관물에 대한 평가는 「햄릿과 그의 문제들」이란 에세이의 전체적인 관점, 즉 엘리엇의 『햄릿』 해석에 대한 평가에 근거해야 한다.[5] 『햄릿』이 예술적 실패라는 엘리엇의 공식적 선언은 진술이다. 그러나 엘리엇 자신이 『햄릿』을 묘사하며 무의식적으로 제공하는 통찰의 역설적 제스처를 이중 주석의 관점에서 읽어낼 수 있다. 『햄릿』의 주제의 성격 자체가 객관 상관물의 가능성을 배제한다는, 즉 햄릿의 혐오감이라는 정서의 객관 상관물이 어머니 거트루드일 수 없기 때문에 객관 상관물을 찾아낼 수 없는 것이 당연하다는 엘리엇의 묘사를, 객관 상관물의 부재 때문에 『햄릿』이 예술적 실패라고 선언하던 엘리엇의 진술과 비교한다면 엘리엇 자신이 무의식적으로 제공하는 통찰의 역설적 제스처라고 정의하지 않을 수 없다. 신비평은 엘리엇의 작업장 비평이라는 개념을 비평과 시의 정서가 일치하는 완결된 구조 속에서 정의하고자 한다. 햄릿이 재현하는 미숙한 예술가의 이미지를 엘리엇의 시와 시극에서 찾아낼 수 있다는 점, 즉 미숙한 예술가의 객관 상관물이 발견된다는 점에 주목한다. 작업장 비평이라는 정의는 엘리엇이 실증주의적 신비평을 "비평의 레몬즙 짜기 파"라고 비판하는 「비평의 경계」에서 언급한 것이지만, 신비평의 해석에 대한 대안(代案)이 명확하게 제시되어 있지 않다. 눈먼 진술과 통찰력 있는 의미의 긴장 관계 등 이중 주석의 체계를 읽어내는 것이 해체비평의 방법론이었던

---

5) 객관 상관물의 개념과 관련되는 『브래들리 철학의 인식과 경험』의 다음과 같은 구절에 대한 신비평의 해석과 해체비평의 해석은 제4장의 몫이다. T. S. Eliot, *Knowledge and Experience in the Philosophy of F. H. Bradley* (New York: Columbia University Press, 1989), p. 80. 이하 *KE*로 약하여 인용될 것임; "앞에서 개관한 이론에 의거하면, 순수한 감정으로서 기쁨은 하나의 추상 작용이다. 그런데 현실 속에서는 언제나 부분적으로 객관적이다. 즉 감정은 실제로 대상의 일부이며 궁극적으로 바로 그만큼 객관적이다. 따라서 대상이나 대상의 복합체가 기억날 때 동일한 방식으로 기쁨이 기억나는데, 주체의 측면보다 차라리 대상의 측면에서 기억나는 것이 당연하다."

바, 작업장 비평의 개념을 제시하는 엘리엇의 태도가 이를 선취(先取)하고
있다.

제3장 엘리엇 시의 형식 구조[1)]

지금까지 「전통과 개인의 재능」과 「햄릿과 그의 문제들」을 중심으로 엘리엇의 문학비평의 구체적인 사례에서 엘리엇의 문학비평에 내재하는 세계관의 혼재를 모더니즘의 문학비평인 신비평과 포스트모더니즘의 문학비평인 해체비평의 측면에서 읽은 바 있다. 이제 신비평이 옹호하는 모더니즘의 대표적인 문학 작품인 엘리엇의 시에 내재하는 해체비평의 양상을 검토하고자 한다.

로만 야곱슨(Roman Jakobson)은 시적 비유에 관한 연구가 주로 은유의 방향으로 행해져야 한다고 주장한다. 야곱슨의 논리에 의거하여 T. S. 엘리엇의 시를 포함하여 시 작품의 연구는 주로 은유의 방향에서 행해져 왔다. 야곱슨의 문학적 수사학은 본질적으로 소쉬르의 언어학적 이론에 기반을 둔다.

---

1) 본 제3장은 "T. S. 엘리엇 초기시의 공시성과 통시성"이란 제목으로 한국현대영미시학회와 한국 T. S. 엘리엇학회의 공동 봄 학술발표회(2002년 6월 1일)에서 발표된 바 있으며, "시간의 공간화와 공간의 시간화: T. S. 엘리엇의 초기시를 중심으로"라는 제목으로 『T. S. 엘리엇 연구』 제12-1호(2002년 봄·여름), 7-54쪽에 개제되었다.

소쉬르의 동시성과 연속성이라는 두 개의 기본 축은 야곱슨에게 와서 대치와 연결이라는 두 개의 기본 축으로 번역된다. 이러한 두 개의 기본 축은 변별적 특성과 자의적 특성을 갖는다. 학문적 이론의 정립을 위해서는 변별적 특성이 강조되어야 한다. 그러나 사실의 자의적 왜곡이 있었다. 『그라마톨로지』의 앞부분에서 데리다가 소쉬르의 이론을 비판하는 과정을 자세히 검토하면, 소쉬르의 이론을 전면적으로 부정하는 것이 아니라 소쉬르의 이론의 스스로 반성하는 자의적 특성이 강조되는 것을 발견할 수 있다. 이러한 분석 과정을 야곱슨의 논리에 적용하여 은유와 환유라는 변별적 특성에 내재되어야 하는 자의적 특성을 반영해야 한다. 요컨대 시적 비유에 관한 연구가 은유의 방향에만 국한될 수 없으며, 환유의 방향도 진지하게 고려되어야 한다는 것이다. 데리다의 해체론에 의거하여 은유 대신에 또는 은유에 추가하여 시간의 공간화라는 개념이, 환유 대신에 또는 환유에 추가하여 공간의 시간화라는 개념이 제시될 것이다. 엘리엇 문학에 해체적 특성이 전혀 없다면 해체론에 의거한 분석 방법은 무의미하다. 엘리엇 문학의 해체적 특성이 문학관, 방법론과 실제 비평의 측면에서 검토될 것이다. 엘리엇의 시를 분석하기 위해 사용되어 온 이미지즘의 이미지, 형이상파적 기상이나 상징주의의 상징이 불충분한 분석 도구라는 점이 확인되면, 은유 그리고/또는 시간의 공간화와 환유 그리고/또는 공간의 시간화가 새로운 수사학적 분석 도구가 되는 가능성이 열릴 것이다. 이러한 분석 도구가 엘리엇의 시를 위한 유용한 방법론이 될 수 있는지 실제 비평의 틀을 구축하려고 노력할 것이다.

소쉬르는 『일반 언어학 강의』에서 과학은 "상이한 질서에 소속된 사물의 등가 체계"(a system of equivalence between things belonging to different orders)라고 정의한다. 그리고 공존하는 사물 간의 관계인 '동시성의 축'(Axis of simultaneity)과 시간이 개입된 '연속성의 축'(Axis of succession)이라는 교차하는 두 개의 기본적인 축이 전제되지 않는다면, 과학적 연구는 불가능할 것이라고 주장한다(80). 이에 근거하여 소쉬르는 다음과 같이 두 가지 언어학을 구별한다.

> '공시적 언어학'은 동일한 집단 의식에 의해 인식되면서 체계를 구성하는 공존하는 사항들 사이의 논리적이고 심리적인 관계를 다룬다.
> 이와 반대로 '통시적 언어학'은 체계를 구성하지 않으면서 서로를 대체하는 동일한 집단 의식에 의해 인식되지 않는 연속적 사항들 사이의 관계를 다룬다. (98)

공시적 언어학과 통시적 언어학의 학문적 위계 질서가 명확하다. 집단 의식에 의해 인식되는 등가 체계를 구성하는 요소가 되는 언어의 공시태에 비해, 언어의 통시태는 공시태의 부차적이며 부적(負的)인 양상이다. 언어 특히 음성의 법칙은 체스의 법칙과 다를 바 없기 때문에, 언어학을 범시적(panchronic) 관점에서 물리학이나 자연과학 같은 일반 과학으로 정립하는 것이 "의심의 여지 없이, 가능하다"(98)고 소쉬르는 확신한다.

> 언어 활동 -- 랑그 -- 공시태
>   -- 통시태
>   -- 빠롤 (97)

언어 활동을 랑그와 빠롤로 구분하고 랑그를 다시 공시태와 통시태로 구분하는 이유는, 랑그의 공시태 차원에서만 일반 과학으로서의 언어학 연구가 가능하다는 것을 주장하기 위해서다.

데리다는 『그라마톨로지』의 앞부분에서 소쉬르의 『일반 언어학 강의』의 기본 논리에 의문을 제기한다. 소쉬르의 학문 체계가 "문자에 대한 전통적 정의를 다시 채택하는데, 이는 플라톤과 아리스토텔레스에서처럼 음성 활자의 모델과 단어로 이루어진 언어에 국한된다"는 것이다(30). 그 증거로 소쉬르의 다음과 같은 정의를 제시한다.

> 우리의 연구는 글쓰기의 음성 체계, 특히 오늘날 사용하고 있으며 그 원형
> 을 그리스 알파벳에 두는 체계에 국한될 것이다. (Saussure 27, *Of Grammatology*
> 33)

데리다가 소쉬르의 음성중심주의를 비판한다고 정리될 수 있다. 그럼에도
불구하고 『그라마톨로지』의 어디에서도 음성중심주의가 문자중심주의로
대체되어야 한다거나 대체될 수 있다는 주장을 하지 않는다. 단지 문자를
배제하려는 소쉬르의 음성중심주의의 문제점과 그 배후에서 발견되는 플라톤
이래의 로고스중심주의를 비판하고 있을 뿐이다. 소쉬르의 음성〉'문자의 폐
해를 문자' 음성의 대안이 해결할 수 있다고 주장하지 않기 때문에, 데리다의
논리를 이해하는데 어려움이 있다. 게다가 이러한 데리다의 전면적이지 않은
비판이 랑그의 공시태 차원에서만 일반 과학으로서의 언어학 연구가 가능하다
는 소쉬르의 논리에 어떻게 적용되는지 명확하지 않다.

제2장에서도 인용된 바 있지만, 다음과 같은 전략이 데리다가 소쉬르의
위계 질서를 해체하는 중심 논리라는 것이 필자의 주장이다.

> 하지만 이러한 관점에서 일반 언어학을 과학으로 제도화하려는 의도는
> 모순에 빠진다. 공식적으로 선언된 목적이 자명한 것을 말하면서 충만하며
> 기원적인 말에 대한 문자학의 종속, 노예적 도구의 수준으로까지 글의 역사적
> 이며 형이상학적인 단순화를 정말 확인시켜 준다. 그러나 여기서는 자명하지
> 않은 것이 말없이 수행되고 언급되지 않은 채 쓰여지기 때문에 목적에 대한
> 또 다른 진술이 아닌 또 다른 제스처는 일반 문자학의 미래를 해방시켜 줄
> 것인데, 언어학과 음운론은 단지 일반 문자학의 종속되고 제한된 분야가 될
> 것이다. 소쉬르의 이러한 제스처와 진술의 긴장 관계를 따라가보자. (*Of
> Grammatology* 29-30)

"일반 언어학을 과학으로 제도화하려는 의도"에서 모순이 발견된다고 데리다가 주장한다. 소쉬르의 진술(statement)이 '글에 대한 말의 우위'를 선언하는 반면, 소쉬르의 제스처(gesture)라는 "자명하지 않은 것이 말없이" 수행되면서 일반 언어학을 대체하는 "일반 문자학의 미래"를 열고 있다. 이러한 "전략적이고 모험적인" 데리다의 해체 작업을 랑그의 공시태 차원에서만 일반 과학으로서의 언어학 연구가 가능하다는 소쉬르의 논리에 적용하면, 일반 과학을 위한 자명한 진술 주변에서 다음과 같이 자명하지 않은 제스처를 읽어낼 수 있다.2)

> 요컨대 공시적이거나 통시적인 사실이 위에서 정의된 의미의 법칙에 지배되지 않는다는 것이 결론이다. 그럼에도 불구하고 언어학의 법칙을 언급하고 싶어 한다면, 그 용어가 공시적 사실과 통시적 사실에 적용될 때와는 전혀 다른 의미를 갖게 될 것이다. (94)

(공시적이든 통시적이든) 사실이 (공시태나 통시태라는) 법칙에 완전 종속되지 않는다는 고백이다. 언어학을 일반 과학으로 연구할 수 있다는 소쉬르의 핵심적인 '진술'의 이면에서 언어학의 일반 과학으로서의 법칙 체계가 완전하지 않다는 소쉬르의 '제스처'가 발견된다. "그럼에도 불구하고" 언어의 법칙을 언급하려면, 사실과 다른 의미를 갖는 용어를 자의적으로 사용하는 것이 불가피하다.

과학이 채택해야 하는 이론적으로 이상적인 형태가 항상 실천적 필요성에

---

2) Jacques Derrida, *Margins of Philosophy*, Tr. Alan Bass, Chicago: The U of Chicago P, 1982, p. 7: "In the delineation of *differance* everything is strategic and adventurous. Strategic because no transcendent truth present outside the field of writing can govern theologically the totality of the field. Adventurous because this strategy is not a simple strategy in the sense that strategy orients tactics according to a final goal, a telos or theme of domination, a mastery and ultimate reappropriation of the development of the field."

의해 강요된 형태는 아니라는 점을 인정해야 한다. 다른 어느 분야에서보다 언어학에서는 실천적 필요성이 많이 요구된다. 어느 정도까지는 바로 이것 때문에 현재 언어학 연구에 혼란이 만연되어 있다. 여기에서 설정된 구분이 결정적으로 받아들여진다 하더라도 이러한 이상적 도식을 연구의 체계적 프로그램으로 번역하는 것이 실천적으로 가능하지 않을 것이다. (97)

시간 속에서의 구분이 언어의 상태를 정의할 때 봉착하는 유일한 어려움은 아니다. 정확하게 공간 속에서의 구분에서도 동일한 의문이 제기된다. 그래서 언어의 상태라는 개념이 대략적일 수밖에 없다. 대부분의 과학에서처럼 정태 언어학에서도 데이터를 관습적으로 단순화시키지 않고는 어떠한 논증도 불가능하다. (100)

언어학이 범시적 법칙을 갖고 있기에 물리학이나 자연과학 같은 수준의 일반 과학이라는 소쉬르의 진술과 대비하면, "연구의 체계적 프로그램"을 수립할 수 없다거나 "개념이 대략"이라는 고백의 제스처는 얼마나 충격적인가. 그렇다고 해서, 소쉬르의 언어학이나 기호학이 학문으로서 가치가 없다는 주장은 아니다. 단지 일반 언어학을 과학으로 제도화하려는 의도의 배후에서 발견되는 플라톤 이래의 로고스중심주의가 비판되고 있을 뿐이다.

데리다가 일반 언어학을 전면 부정하지 않고 '포월'하는 '일반 문자학'의 세계를 연 것처럼, 소쉬르는 데이터를 관습적으로 단순화시키지 않고는 어떠한 논증도 불가능하던 '정태 언어학'을 '포월'하는 '동태 언어학'(dynamic linguistics)의 미래를 예측한다. 소쉬르를 부정하기 위해서가 아니라 소쉬르의 학문적 정직성과 유연성을 증명하기 위해서, 데리다는 소쉬르의 진술을 비판하는 동시에 소쉬르의 제스처를 언급한다. 언어학을 일반 과학으로 연구할 수 있다는 소쉬르의 핵심적인 '진술'이 중요하지만, 그 '진술'만 유일하게 중요한 것이 아니라 언어학의 일반 과학으로서의 법칙 체계가 완전하지 않다는 소쉬르의 '제스처'도 중요하다는 것이다.

『일반 언어학 이론』으로 정리되는 로만 야콥슨의 은유와 환유의 문학적 수사학은 본질적으로 소쉬르의 언어학적 이론에 기반을 둔다. 필자는 소쉬르의 진술의 측면이 야콥슨의 이론에 너무 많이 적용된 반면, 제스처의 측면이 정확하게 반영되지 않았다고 생각한다. 에드워드 사이드(Edward E. Said)가 「여행하는 이론」("Traveling Theory")에서 지적한 '질적 저하'와 '단순화'의 위험이 발생하였다는 것이다(226-47).

소쉬르 기호학의 '동시성의 축'은 야콥슨의 수사학에 와서 '유사성'에 의한 '대치의 축'으로, 그리고 소쉬르 기호학의 '연속성의 축'은 야콥슨의 수사학에 와서 '인접성'에 의한 '연결의 축'으로 바뀐다. 야콥슨은 "언어의 각 층위에서 유사성과 인접성 중 어느 한 가지가 나타날 수 있기 때문에 어느 한 가지가 우세할 수 있다"고 주장한다. "예를 들자면, 러시아의 서정적 노래에서 보다 지배적인 것은 은유적 구문들이고, 반면 영웅 서사시에 있어서 우세적인 것은 환유적 구문들이다. 시에 있어서 여러 가지 이유로 인해 이 두 가지 비유 중의 어느 하나의 선택이 결정된다. 낭만주의와 상징주의에 있어서 은유적 절차의 우위성은 수없이 강조되기는 했지만, 낭만주의의 쇠퇴기와 상징주의의 탄생기 사이의 중간 시기에 이 두 흐름에 상반되는 이른바 사실주의의 문예 사조를 지배하고 정의해주던 것이 바로 환유의 우월성이라는 점을 사람들은 아직 충분히 이해하지 못하고 있다"는 것이다(67-68). 문학적 수사학의 관점에서 유사성은 은유로, 인접성은 환유로 해석된다. '동시성의 축'과 '연속성의 축'이라는 교차하는 두 개의 기본적인 축이 전제되지 않는다면, 과학적 연구가 불가능하다는 소쉬르의 진술을 부정할 수 없다. 따라서 유사성과 인접성, 즉 은유와 환유의 두 개의 기본적인 축이 전제되지 않는다면, 문학의 학문적 연구가 불가능하다는 야콥슨의 진술을 부정할 수 없다.

문제는 야콥슨의 이론에 진술의 측면이 너무 많이 적용된 반면, 제스처의 측면이 확실히 반영되지 않았다는 것이다. 소쉬르의 학문적 유연성이 상실되었다는 점이다.

　반대로 산문은 인접성의 관계 안에서 기본적으로 작용하고 있다. 결국 시
에 대해서는 은유가, 산문에 대해서는 환유가 보다 적은 저항을 이룬다. 이
점이 시적 비유에 관한 연구가 주로 은유의 방향으로 행해져야 한다는 점을
설명해 준다. (71-72)

　서정적 시는 은유, 서술적 산문은 환유의 방향으로 문학의 학문적 연구가
행해져야 한다는 야곱슨의 결론은 소쉬르의 진술을 반영하고 있는 반면 소쉬
르의 제스처가 제대로 반영되어 있지 않다. 낭만주의와 상징주의에서 은유가
우세하고, 사실주의에서 환유가 우세하다는 것은 학문적 법칙의 진술이다.
소쉬르가 언어학적 측면에서 정직하게 지적한 바와 같이 언어적 사실이 언어
학적 법칙에 완전 종속되지 않는다. 마찬가지로 야곱슨의 수사학적 측면에서
문학적 사실이 문학의 과학이라는 수사학의 법칙에 완전 종속되지 않을 것이
다.
　논리의 경직성이 문제다. "물리학자는 추출된 '지표'에 대해 새로운 상징
기호들로 구성된 고유한 가설 체계를 적용하면서 이론적 구성을 만들어내는
반면, 언어학자는 일정한 공동체의 언어에서 사용되는, 이미 존재하는 '상징
기호들'을 단지 기록하고, 메타언어의 상징 기호로 번역한다"는 야곱슨의 설
명은 수사학의 연구를 위해 물리학의 경우보다 더 경직된 체계를 제시한다
(97). "수신자에게 있어서 메시지는 많은 애매모호성을 나타내지만, 발신자에
게는 이러한 애매모호성이 없다"는 말은 발신자의 자명한 메시지라는 억압적
논리구조를 전제로 한다(100). 발신자의 자명한 메시지를 파악하는 작업 이외
의 다른 새로운 해석 가능성을 원초적으로 봉쇄하고 있다.

　모든 형태의 실어 장애는 선택의 능력이거나 대치의 능력이거나, 아니면

결합의 능력이거나 문맥성의 능력이거나 간에 다소간의 심한 손상으로 나타
난다. 첫째 증세에는 메타언어적 작용의 약화가 포함되어 있다. 둘째 증세에
는 언어 단위의 층위를 유지하려는 능력의 저하가 포함되어 있다. 유사성의
관계는 첫째 유형에서 제거되었고, 인접성의 관계는 둘째 유형에서 제거되었
다. 은유는 유사성의 장애에서 불가능하고, 환유는 인접성의 장애에서 불가능
하다. (66)

은유와 환유가 수사학의 두 개의 기본적 축임을 증명하는 과학적 증거가
제시되었다. 문제는 모든 형태의 실어 장애의 원인이 유사성의 장애나 인접성
의 장애라는 두 가지 가능성에 국한되어 있다는 점이다. 실어 장애는 은유
아니면 환유 어느 한 국면의 장애라는 주장이다. 경직된 이분법적 구분 논리다.
예외의 사례가 허용되지 않는다. 더 큰 문제는 야곱슨의 논리는 언어 장애가
아니라 문학의 수사학에 적용되는 것을 목표로 한다는 점이다.

은유와 환유의 두 개의 기본 축을 부정하는 것이 아니다. 이러한 이분법적
대립구조의 진술에 학문적 유연성의 제스처가 추가되어야 한다는 주장이다.
소쉬르의 기호학이 야곱슨에게로 여행하면서 질적으로 저하되고 단순화되었
다. 시적 비유에 관한 언구가 은유의 방향으로 행해져야 한나는 야곱슨의
학문적 진술이 틀렸다는 말이 아니다. 환유의 방향으로 향하는 시적 비유에
관한 연구의 가능성이 봉쇄되어 있다는 점이 문제다. 시의 학문적 연구가
은유의 방향을 기본으로 하더라도 환유의 방향을 봉쇄하지 말아야 한다. 낭만
주의와 상징주의의 시에 있어서 야곱슨의 말처럼 은유가 연구의 기본 방향이
지만, 시의 환유적 측면도 고려하는 학문적 유연성이 있어야 한다. 더군다나
낭만주의와 상징주의 이후의 모더니즘 문학, 특히 T. S. 엘리엇 시의 연구에
있어서 환유의 방향은 더욱 중요한 고려 사항이다.

데이비슨(Davison)은 야곱슨 수사학의 문학적 의의에 대하여 『T. S. 엘리
엇과 해석학』(T. S. Eliot and Hermeneutics)에서 다음과 같이 필자와 유사한

주장을 하고 있다.

> 로만 야곱슨을 따르는 현재의 경향은 주로 대상을 포함하는 대치와 유사의
> 은유적 축과 주로 관계를 포함하는 결합과 인접의 환유적 축으로 언어의 기능
> 을 구분한다. 야곱슨은 이러한 모델에 의거하여 예술의 형태를 규범화한다.
> 그리하여 낭만주의와 상징주의 (그리고 초현실주의)는 은유적이고 리얼리즘
> 과 큐비즘은 환유적이다. 경직된 이분법은 부자연스러우며 은유적 기능과
> 환유적 기능이 해석학적으로 항상 상호작용한다는 것이 필자의 주장인데,
> 이러한 구조의 구분 작업은 『황무지』의 불균형적인 은유적 독서에 도움이
> 되는 비평을 제공한다. (109-10)

은유와 환유는 수사학의 두 개의 기본 축이다. 필자는 근대시, 특히 T. S.
엘리엇의 연구에서 지금까지의 은유적 독서를 보완하는 환유적 독서의 측면을
새롭게 읽어내려고 한다. 경직된 이분법을 벗어나는 방법은 은유가 소쉬르의
동시성의 축, 즉 야곱슨의 유사성에 의한 대치의 축을 반영하는 수사학적
용어이며, 환유가 소쉬르의 연속성의 축, 즉 야곱슨의 인접성에 의한 연결의
축을 반영하는 수사학적 용어라는 기본 개념을 다시 생각하는 것이다. 야곱슨
의 수사학적 법칙에 소쉬르의 언어학적 법칙이 갖고 있던 유연성을 반영하는
방식으로 다시 읽는 것이다. 데이비슨은 두 개의 축이 해석학적으로 항상
상호작용한다고 주장한다. 그러나 실제 비평에 적용될 수 있는 문학적 수사학
의 용어로 해석하는 것은 또 다른 문제다.

야곱슨 수사학을 다른 방식으로, 소쉬르의 학문적 유연성을 반영하는 방식
으로 읽기 위해 데리다의 해체론이 사용될 수 있다. 예를 들면 폴 드만은
해체론의 도움으로 문학적 수사학의 경직성을 어느 정도 벗어난다. "문학 텍
스트는 자신의 수사학적 양식의 권위를 주장하면서 동시에 거부하는데, 우리
가 했던 것처럼 그 텍스트를 읽으면서 저자가 처음에 그 문장을 쓰기 위해
엄정해야 했던 것만큼 그만큼 엄정한 독자의 수준에 보다 가깝게 다가가기

위해 우리가 노력하고 있는 것이다"는 드만의 논리는 학문을 위한 법칙의 확립 작업을 포기하지 않으면서도 사실의 완전 종속이 불가능하다는 소쉬르의 제스처를 본격적으로 반영한다(*Allegories* 17). "시의 언어에서 기호와 의미가 일치한다거나 적어도 소위 아름다움이라고 부르는 자유롭고 조화로운 균형 속에서 서로 연관된다는 믿음의 오류가 특히 낭만적 망상이라고 말해진다"는 드만의 주장은 은유의 방향이 조화의 이데아가 아닌 부조화의 아이러니일 수 있다는 반성의 반영이다. 이러한 인식으로 인해 19세기 리얼리즘 소설을 "낭만적 이상주의의 점진적 탈신비화"의 과정이라고 해석하게 된다(*Blindness* 12-13).

차연(差延)은 차이(差異)와 지연(遲延)의 합성어인바, 차연론이라고도 불리우는 해체론의 핵심이다.

> 이러한 의미에서 '차연하기'는 연기하는 것, '욕망'이나 '의지'의 성취나 충족을 지연시키는 우회로라는 시간적이며 연기하는 매개에 의식적이거나 무의식적으로 의지한다. 이 우회로는 또한 그 연기의 결과를 무효화하거나 억누르는 방식으로 이러한 지연 상태를 만들어낸다. 그리고 우리는 뒤에서 이러한 연기가 어떻게 시간화하기이면서 동시에 간격두기라는 것, 공간의 시간화이면서 시간의 공간화라는 것, 시간과 공간의 '원초적 구성'인지 알게 될 것이다. 이것은 형이상학자나 초월적 현상학자가 말하는, 여기서 비판되며 치환되고 있는 언어를 사용해서 말한 것이다. (*Margins* 8)

해체론의 이론 정립이란 논리적으로 모순되는 명제다. 그러나 위에서 인용한 구문을 중심으로 해체론의 문학 이론을 다음과 같이 제시해볼 수 있을지 모른다. 첫째, '욕망'이나 '의지'의 성취나 충족을 지연시키는 우회로라는 인식은 문학 작품의 주체와 구조가 더 이상 "상호의존적 범주"가 아니다, 즉 문학 작품의 "안정적 구조라는 개념"이 더 이상 가능하지 않다는 사럽 (Sarup 2)의 인식과 괘를 같이 한다.

둘째, 연기(temporization)가 시간화하기(temporalization)이면서 동시에 간격두기(spacing)라는 것, 즉 '공간의 시간화이면서 시간의 공간화'다.[3] 소쉬르 기호학의 두 개의 기본 축은 '동시성의 축'과 '연속성의 축'이었다. 언어학적 측면에서는 공시태와 통시태로 구분된다. 이를 반영한 야곱슨 수사학의 두 개의 기본 축은 '유사성'에 의한 '대치의 축'과 '인접성'에 의한 '연결의 축'이다. 문학적 수사학의 관점에서 유사성은 은유로, 인접성은 환유로 해석된다. 이러한 구분은 각각 자의적 특성(arbitrary character)과 변별적 특성(differential character)을 갖는다. 소쉬르의 진술은 언어학적 법칙의 확립을 위한 변별적 특성을 강조하고, 소쉬르의 제스처는 언어학적 법칙에 완전 종속되지 않는 언어적 사실이 상기시키는 자의적 특성을 반성한다. 야곱슨의 수사학에서 변별적 특성이 과도하게 강조되는 반면 자의적 특성은 과도하게 무시되는 문제점이 있다. 은유가 동시성의 축, 유사성에 의한 대치의 축의 변별적 반영이라면, 환유는 연속성의 축, 인접성에 의한 연결의 축의 변별적 반영이다. 그런데 데리다는 '시간의 공간화'라는 개념과 '공간의 시간화'라는 개념을 사용한다. 시간의 공간화를 언어학적이거나 수사학적인 기본축에 대비한다면 동시성의 축, 유사성에 의한 대치의 축에 해당하는 현상이다. 은유가 시간 속의 사실에서 시간을 배제한 이미지로 전환하는 공간화 현상이기 때문이다. 공간의 시간화는 언어학적이거나 수사학적인 기본축에 대비한다면 연속성의 축, 인접성에 의한 연결의 축에 해당하는 현상이다. 환유가 공간 속의 사실에

---

3) 시간과 공간의 이분법적 대립구조가 뉴턴의 수학적 모형이라면 '공간의 시간화이면서 시간의 공간화'는 아인슈타인의 상대성이론에 대비된다. "칸트는 이러한 문제를 '순수이성의 이율배반(Antimony of Pure Reason: 칸트는 순수이성비판에서 네 가지 이율배반을 정식화했는데, 첫 번째가 시간과 공간의 문제와 연관된다. 그러나 이 이율배반은 아인슈타인의 상대성이론에 의해서 해결된다'이라고 불렸다. 그것은 논리적 모순이어서 해(解)가 없기 때문이다. 그러나 그것은 시간이 무한한 선이고 우주 속에서 일어나는 일들과 무관하다고 가정된 뉴턴의 수학적 모형이라는 맥락 속에서만 모순이었다"(Hawking 34).

시간을 반영하여 재현하는 시간화 현상이기 때문이다. 시간의 공간화와 공간의 시간화라는 개념은 은유와 환유의 문제점인 변별적 특성의 과도한 강조를 피하면서 자의적 특성을 추가할 수 있다. 그리하여 은유적 현상과 환유적 현상이 항상 상호작용하는 문학의 현실을 위한 수사학적 개념으로 사용될 수 있다. 은유 대신에 또는 추가하여 시간의 공간화라는 개념을 사용하면, 상징으로 닫혀지는 폐쇄회로가 되기 어렵다. 시간의 개념을 자의적으로 배제하였다는 점이 강조되기 때문이다. 환유 대신에 또는 추가하여 공간의 시간화라는 개념을 사용하면, 리얼리즘의 거울 같은 반영이란 닫혀진 해석 구조로 종결되기 어렵다. 공간의 개념을 자의적으로 배제하였다는 점이 강조되기 때문이다. 은유를 대체하거나 또는 더불어 시간의 공간화를, 환유를 대체하거나 또는 더불어 공간의 시간화라는 개념을 사용하면, 은유와 환유의 변별적 특성뿐만 아니라 자의적 특성을 강조하는 효과가 있게 된다. 야콥슨 수사학을 전면적으로 부정하지 않으면서도 그것의 경직성을 피할 수 있는 수사학적 방법이 된다. 또한 데리다가 '공간의 시간화이면서 시간의 공간화'라는 개념에 추가하여 시간과 공간의 '원초적 구성'이라는 형이상학적이며 초월적인 현상학적 언어를 사용한다는 점을 기억해야 한다. 형이상학이나 초월적 현상학을 완전히 폐기 처분할 수 없는 해체론의 입장을 극명하게 드러내 보여준다. 없지만 있는 '흔적'(trace), '보충'(supplement)이나 '처녀막'(hymen)처럼 '안정적 구조'라든가 '주체'의 개념이 사용되지 않을 수 없다.

T. S. 엘리엇의 시를 지금까지의 보편적 연구 방향인 은유뿐만 아니라 환유의 방향을 고려하여 새롭게 읽기 위해, 시간의 공간화와 공간의 시간화라는 차연론의 개념을 수사학적으로 사용하고자 한다. 하지만 모더니즘의 대표 시인이라고 여겨져온 엘리엇을 포스트모더니즘의 철학인 해체론의 용어를 사용하여 읽는다는 것에 의문이 제기되지 않을 수 없다. 따라서 해체론에 의거하여 문학관, 방법론과 실제 비평의 측면에서 엘리엇 문학의 해체적 특성이 검토되

어야 한다. 『그라마톨로지』의 제1장 「책의 종말과 글쓰기의 시작」("The End of the Book and the Beginning of Writing")과 '감수성의 분열'(the dissociation of sensibility)이라는 문학관, '신화문자'(mythogram)와 '신화적 방법'(mythical method)이라는 방법론 그리고 실재(entity)의 부정이라는 실제 비평에서 데리다와 엘리엇은 만난다.

"17세기에 감수성의 분열이 시작되었으며, 그로부터 우리가 결코 회복하지 못하였다"(SE 288)는 엘리엇의 선언은 「형이상파 시인」("The Metaphysical Poets")이라는 에세이의 제목 때문인지 지금까지 복고적이며 부정적인 어조로만 해석되어왔다. 그런데 18세기부터 감상주의 시대가 시작되었다고 설명하는 이유가 현대문학의 사상과 감정의 "불균형 상태"(unbalanced)를 설명하려는 노력의 일환이었다고 볼 수는 없을까(SE 288). 밀튼 문학의 "부자연성"(artificiality)에 대한 비판(SE 290)이 밀튼 개인에 대한 비판이 아니었다고 후일 반성하는 사태(OPP 157)에까지 이르게 된 원인이 엘리엇의 사려깊지 못함에 있는 것이 아니라, 엘리엇 비평의 강조점이 잘못 받아들여졌기 때문이라고 볼 수는 없을까. 자신의 비평이 "사적인 시 작업장의 부산물"(OPP 117-18)이라는 엘리엇의 주장을 받아들인다면, 「형이상파 시인」이 17세기 문학을 연구하는 학자의 입장이 아니라 자신의 시 작업이 포함되는 현대문학의 문제점을 파악하려는 시인의 입장에서 해석될 수 있다.4)

데리다는 「책의 종말과 글쓰기의 시작」에서 '책'이라는 개념과 동일한 의미로 '직선적 글쓰기'(linear writing)라는 용어를 사용한다.

---

4) 『포스트모던 윤리학』(*Postmodern Ethics*, Oxford: Blackwell, 1993)의 바우만(Bauman)에 의하면 근대성(modernity)이 지배서사가 되기 시작한 시대라는 것이, 엘리엇이 17세기에 특히 집착하는 이유 중 하나일 것이다: "Following Zygmunt Bauman's account, I define modernity as the political and socioeconomic episteme that became dominant during the seventeenth century and may be characterized by its desire for order." (Kaiser 2)

오늘날에도 문학적이거나 이론적인 새로운 글쓰기가 어떻든 간에 자신이 감싸지기를 허락하는 책이라는 형식의 내부에 있을지라도, 직선적 글쓰기의 끝은 정말 책의 끝이다. 새로운 글쓰기를 책이라는 씌우개에 위임하는 것이 문제라기보다 서적의 행간(行間)에 쓰여져 있는 것을 최종적으로 읽어내는 것이 문제다. 행 밖에서 글쓰기를 시작하면서, 또한 공간의 다른 구성에 의거하여 과거의 글쓰기를 다시 읽기 시작해야 하는 이유다. 오늘날 글읽기의 문제가 과학의 최전선을 점유하고 있다면, 글쓰기의 두 시대 사이에 있는 이러한 미결 상태 때문이다. 글쓰기를 시작하기 때문에, 다르게 글쓰기를 시작하기 때문에, 다르게 다시 읽어야 한다. (*OF Grammatology* 86-87)

새로운 글쓰기라 하더라도 아직까지 '책'이라는 용기에 넣어지는 경우가 있다. 그러나 두 시대에 속하는 두 종류의 글쓰기가 있다는 것을 부인할 수는 없다. 과거의 '직선적 글쓰기'는 행(lines)을 따라가며 쓰기 때문에 직선적이라고 묘사된다. 새로운 글쓰기는 행 '사이에'(between) 글쓰기나 행 '밖에'(without) 글쓰기이기 때문에, 행으로만 구성되는 '책'이 더 이상 감당하기 어렵다. 데리다의 문학관에 의거하여 다음과 같은 「형이상파 시인」의 핵심 주장을 다시 읽는다.

테니슨과 브라우닝은 시인이며, 그리고 그들은 생각한다. 그러나 자신의 사상을 장미의 향기처럼 직접 느끼지는 못한다. 던(Donne)에게 사상은 경험이었으며, 감수성을 변화시켰다. 작업을 위한 준비가 완전히 갖추어져 있을 때, 시인의 마음은 동떨어진 경험을 끊임없이 혼합한다. 일반 사람의 경험은 무질서하고 불규칙적이며 단편적이다. 일반 사람이 사랑에 빠지거나 스피노자를 읽지만, 두 경험은 서로 아무런 관계도 맺지 못하며 타자기의 소리나 요리하는 냄새와도 마찬가지다. 하지만 시인의 마음 속에서는 이러한 경험들이 언제나 새로운 전체를 형성하고 있다. (*SE* 287)

형이상파 시인이 갖고 있던 '감수성의 통합'을 상실했다는 부정적 어조가 강력하다. 그러나 엘리엇이 새로운 글쓰기의 내용을 갖고 있었지만 행을 따라가며 '책'을 써야 하는 과거의 글쓰기라는 형식을 준수할 수밖에 없는 고충을 겪고 있었다고 볼 수는 없을까. 데리다의 「책의 종말과 글쓰기의 시작」이 새로운 글쓰기의 문학적 '구조'를 설명한다면, 엘리엇의 「형이상파 시인」은 테니슨과 브라우닝이 모색할 수밖에 없었던 새로운 글쓰기의 문학적 '주체'를 설명한다. 구조의 측면에서 행 '사이에' 글쓰기나 행 '밖에' 글쓰기가 되는 것처럼, 새로운 주체는 무질서하고 불규칙하며 단편적이다.

새로운 글쓰기의 경우처럼, 현대인은 주체의 '사이'에서나 주체의 '밖'에서 새로운 주체를 경험한다. 시인도 일반 사람(the ordinary man)과 마찬가지로 무질서하고 불규칙적이며 단편적인 경험에서 기인하는 '감수성의 분열'을 피할 수 없다. 그런데 『아나바즈』(*Anabase*)의 「서문」에서 엘리엇은 '감수성의 통합'을 다시 제시하면서 현대시를 새롭게 읽는 방법을 다음과 같이 제시한다.[5]

> 첫 번째 읽을 때 경험하는 시의 애매모호함은 조리에 맞지 않거나 암호표 기법을 좋아하기 때문이 아니라 '연계의 연결 고리' 즉 설명하고 연결하는 내용이 삭제되어 있기 때문이다. 이러한 생략적 방법을 정당화하는 것은 연쇄된 이미지가 일치하고 집중하여 만들어내는 야만적 문명이라는 하나의 인상이다. 독자는 매순간의 합당성에 의문을 제기하지 않고 이미지들이 자신의 기억 속에 들어오는 것을 허락해야 한다. 그리하면 결국 총체적 효과가 산출된다. 이미지와 사상의 연쇄에 관한 이러한 선택에는 혼란스러운 점이 전혀 없다. 개념의 논리뿐만 아니라 상상력의 논리도 있다. (Peter Jones 41에서 재인용)

현대시는 첫 번째 읽을 때 애매모호하다. 시인의 해석이 새로운 시대의

---

5) 1960년 노벨 문학상을 수상한 불란서 시인 Saint-John Perse의 1924년 시집인데, 엘리엇에 의해 1930년 번역된다.

무질서를 감당할 수 없기 때문이 아니다. 개념의 논리뿐만 아니라 상상의 논리도 확보하지 못한다면 제대로 된 작품이 완성될 수 없다. 독자의 명확한 이해에 필요한 '연계의 연결 고리' 즉 설명하고 연결하는 내용이 의도적으로 삭제되어 있다. '야만적 문명'의 이데올로기가 하나의 공식적 해석만 강요하기 때문이다. 따라서 모더니티에 의문을 제기하는 해체적 글쓰기는 행 '사이'에서나 행 '밖'에서 쓰여질 수밖에 없다. 실제로는 없지만 있는 것으로 간주되는 형이상학적인 체계의 '흔적'을 표현하는 해체론의 용어를 사용하자면 '보충'이나 '처녀막' 같은 '연쇄의 연결 고리'를 새롭게 만들어내는 작업을 통하여 새로운 독자는 '야만적 문명'이 강요하는 하나의 이데올로기적 해석을 따라가지 않으면서 그 '사이'에서나 그 '밖'에서 시인과 행복하게 만날 수 있다. 이것이 바로 엘리엇이 꿈꾸는 새로운 '감수성의 통합'이라면 해체론의 문학관과 만난다.

엘리엇은 「'율리시즈,' 질서, 그리고 신화」("'Ulysses,' Order, and Myth")라는 에세이에서 현대문학의 대표적 방법론을 다음과 같이 설명한다. "서술적 방법 대신, 이제 신화적 방법을 사용할 수 있다. 내가 진심으로 믿는 바, 이는 현대 세계를 문학의 대상으로 가능하게 만드는 방향으로 가는 단계다"(SPTSE 178). "당대의 역사가 된 무익함과 무질서의 거대한 파노라마에 형태와 의미를 지배하고 조절하며 제공하는 방법"이라는 설명은 신화적 방법이 모더니즘의 방법론이라는 주장의 근거가 되어 왔다(SPTSE 177). 요컨대 현대 세계의 무질서에 의미의 질서를 제공한다는 목적을 갖는 현대문학의 방법론이라는 것이다(Drew 241). 그런데 신화적 방법이 서술적 방법을 대신한다는 엘리엇의 논리에 의문이 제기될 수 있다. "왜 대신(代身)인가. 신화는 원래 서술과 대립하지 않는다. 신화는 '순수하게 허구적인 서술'이라고 정의될 수 있다. 그런데 어떤 의미에서 신화가 서술의 대안을 제시하는가"라고 레븐슨은 의문을 제기한다(Levenson: *Genealogy* 197). 신화는 서술의 일종(一

種)이다. 일부가 전체를 대신할 수 없다는 논리에 의하면 신화가 서술을 대신할 수는 없다. 이러한 모순을 깨달은 스미스(Grover Smith)가 "서사를 달성하지만 서술하지는 않는다"(which accomplished narrative but not narrate)는 교묘한 논리의 모더니즘적 해석을 제시하지만("Structure" 109), 엘리엇이 주장하는 것은 신화가 아니라 신화적 방법이다. 그러니까 과거의 서술 방식을 사용하는 서술적 방법을 새로운 서술 방식을 사용하는 신화적 방법이 대신한다는 논리다. 신화적 방법은 현대문학의 방법론을 설명하는 엘리엇의 신조어 (新造語)다. 문제는 엘리엇이 "진심으로 믿고 있다"는 점이며, 『황무지』의 대표적 방법론이라는 점이다. 제임스 조이스의 신화적 방법이 "아인슈타인의 발견"과 비견되면서 현대문학을 위한 위대한 "과학적 발견"이라고 정의된다 (*SPTSE* 177). 네보(Ruth Nevo)는 보다 과감하게 『황무지』가 해체론의 "원 (原)-텍스트"(ur-text)라고 주장한다(454). 그 이유는 다음과 같이 엘리엇의 신화적 방법이 데리다의 해체론과 다르지 않다는 것이다.

> 조이스와 예이츠를 창시자로 간주하는 T. S. 엘리엇 자신의 "신화적 방법" 이 현대와 고대의 계속적인 평행 구조의 조작을 통해서 현대 세계를 문학 속에서 가능하게 만든다는 엘리엇의 설명은 데리다의 해체론에 관한 다음과 같은 하라리(Harari)의 설명과 정확하게 일치하는 쌍생아다. "잊혀지고 잠자는 의미의 침전물을 휘저어 드러내기 위해 텍스트의 지층 사이에서 통로를 추적하는 것." (Nevo 459)

데리다는 『그라마톨로지』의 제3장 「실증과학으로서의 문자학에 대하여」 ("Of Grammatology as a Positivie Science")에서 문자학이 실증과학으로 확립되기 위한 전쟁의 신무기로 '신화문자'를 제시한다.

> 전쟁이 선언되었고 직선화에 저항하는 모든 것에 대한 억압 장치가 설치되었다. 우선 르루아구르한이 '신화문자'라고 명명한 것, 다차원적으로 상징을

표기하는 글쓰기가 있는데, 거기서는 의미가 연속성, 논리적 시간의 질서나 소리의 비가역적인 시간성에 종속되지 않는다. 이러한 다차원성은 역사를 동시성의 내부에서 마비시키지 않고 다른 수준의 역사적 경험에 대응시킨다. 그것에 비해 직선적 생각은 역사의 축소라고 간주될 수 있을 것이다. (*Of Grammatology* 85)

'신화문자'가 다차원의 상징적 글쓰기로 정의된다. 엘리엇의 서술적 방법이 직선적 글쓰기라면 엘리엇의 신화적 방법은 해체론의 다차원적 글쓰기로 해석될 수 있다. 엘리엇의 신화적 방법과 데리다의 신화문자의 방법론이 『황무지』의 해석에 다음과 같이 적용된다.

서술은 전통적으로 수렴, 즉 사건의 수렴과 등장인물의 수렴에 의존해온 반면, 엘리엇의 신화적 방법은 '병행'을 확산시킨다. 「장기 두기」의 끝부분에서 술집 이야기가 절정에 접근하다가 다시 중단되는데, 이번에는 오필리어의 작별 인사로 확립된 틀 속에 자리잡고는 미완성의 상태로, 미해결의 상태로 남겨진다. 시는 시종 일관 극적 갈등에서 문화적 문맥으로 물러선다. (Levenson: *Genealogy* 200)

직선적 글쓰기가 극적 갈등의 구조로 수렴된다면, 새로운 글쓰기는 『황무지』에서처럼 문화적 문맥의 병행으로 확산된다. 실재하는 주체에게는 갈등의 해결이 요구되는 사건의 드라마가 전개되지만, 흔적이거나 보충일 수밖에 없는 현대문학의 주체를 위해서는 문맥의 드라마가 해석될 수 있을 뿐이다. 문자학을 위한 흔적의 사상의 핵심은 '무엇인가'라는 '원(原)-질문'을 회피하는 데 있다.

이미 흔적의 사상이 가르쳐 주었던 것은 본질의 존재-현상학적 질문에 간단히 복종할 수 없다는 점이다. 흔적은 '무'(無)이며, 실재가 아니며, '무엇인가'라는 질문을 넘어서면서도 우발적으로 그 질문을 가능하게 만든다. 따라서 모든 형이상학적이고 존재론적이며 초월적인 형식으로 '무엇인가'의 체계 내부에서 언제나 작동하여 왔던 사실과 원칙의 대립 관계조차 더 이상 신뢰할 수 없다. '무엇인가'라는 원-질문에 대한 질문이란 위태로운 필요성에 이르기까지 모험하지 말고, 문자학의 지식이라는 분야에서 피난처를 찾자. (Derrida: *Of Grammatology* 75)

인용의 마지막 문장이 「J. 알프레드 프루프록의 연가」("The Love Song of J. Alfred Prufork")의 다음 구절과 비교될 수 있다.

> 음흉한 의도로
> 지루한 논의처럼 이어진 거리들은
> 그대를 압도적인 문제로 끌어가리다……
> 아, '무엇인가'고 묻지는 말고
> 우리 가서 방문합시다.

> Streets that follow like a tedious argument
> Of insidious intent
> To lead you to an overwhelming question...
> Oh, do not ask, 'What is it?'
> Let us go and make our visit. (CPP 13)

데리다의 경우 '무엇인가'라고 묻는 '원-질문'은 위태롭지만 필요한 모험이며 전략이다. '무엇인가'라는 질문은 실재의 주체를 전제로 하며, 실재의 주체는 본질의 존재-현상학적 질문의 전제가 된다. '무엇인가'의 체계는 형이상학적이고 존재론적이며 초월적인 형식 구조를 갖는다. 문자학은 실재가 아닌 흔적에 근거하며, '무엇인가'라는 질문을 넘어서면서도 또한 우발적으로 그 질문을 가능하게 만든다. 문자학의 실증과학화 작업에 있어서 존재-현상학이 위태롭지만 동시에 아직 필요한 것처럼, 실재의 주체가 문자학의 지식에 있어서 위태롭지만 동시에 아직 필요하다. "음흉한 의도"를 갖는 "지루한 논의처럼" 거리들이 '직선적'으로 이어져 있다. 위태롭지만 문자학의 실증과학화 작업을 위해 필요한 존재-현상학과 유사하다. 존재-현상학은 회피하는 것이 좋겠지만 회피할 수 없는 과정이다. 방문(訪問)을 위해 통과하지 않을 수 없는 거리들과 동일한 효과를 갖는다. "음흉한 의도로/ 지루한 논의처럼 이어진 거리들"이란 시행은 직선적 글쓰기를 벗어나면서 공간이 시간적 양상을 갖게 된다. 즉 '공간의 시간화'를 이룩한다. 통과하지 않을 수 없는, 위태롭지만 필요한 '거리'라는 공간이 '지루한 논의'라는 시간적 표현으로 재현된다. 거리들이 '지루한 논의'같아 보인다는 서술이다. 다음 행에서 논의의 대상에 대한 서술이 이어지는데 논리적으로 필요한 서술인 것 같다. 그러나 "압도적인 문제"가 무엇인지 설명되어 있지 않으며 앞으로도 명확하게 설명될 전망이 없기 때문에, 시적 전개의 관점에서 서술의 완결을 지연시킨다. 게다가 말없음표 (......)의 문장부호가 이어진다. 서술의 전개가 정상적 과정을 이탈하였으며, 그와 동시에 주체가 방문의 정상적 과정을 이탈하여 길을 잃은 모습을 구체적으로 보여준다. 방문자는 '우리' 즉 그대와 나인데, 누구인가. '무엇인가'라는 '원-질문'이 문학적 구조의 측면에서 제기된다면, '누구인가'라는 '원-질문'은 문학적 주체의 측면에서 제기된다. '흔적'이나 '보충' 또는 '처녀막'처럼 주체의 '사이'에나 주체의 '밖에' 있는 현대문학의 실재하지 않는 새로운 주체의 경험은 무질서하고 불규칙하며 단편적일 수밖에 없다. '우리'를 구성하는 요소인 '그대'가 프루프록의 의식이라거나 방문의 동반자라고 해석될 수 있다. 그러나 위태롭지만 필요한 '나'라는 실재의 주체를 전제로 하는 서술적 방법의 일차원적 글쓰기를 회피하는 방법이기도 하다. '그대'는 신화적 방법이 제시하는 다차원적 글쓰기의 실천이다. 프루프록이 '그대'와 함께 방문하려는 목적지의 모습이 이어서 서술되어 있다.

방 안에서 여인네들이 왔다 갔다
미켈란젤로를 이야기하며.

In the room the women come and go
Talking of Michelangelo. (*CPP* 13)

"프루프록이 경쟁할 수 없는 힘있고 중요한 조각가"라는 점 때문에 미켈란
젤로가 언급되는 것 같데(Smith: *Source* 18). 독자는 '흔적'이나 '처녀막'처럼
없지만 있는 생각의 '직선'을 끊임없이 '보충'하려고 한다. 그러나 미켈란젤로
의 힘있는 나신(裸身) 조각에 관한 대화를 하는 것인지 성적 흥미를 유발하기
어려운 고급 문화에 관한 대화를 하는 것인지 확인할 수 없다. 「J. 알프레드
프루프록의 연가」가 수록된 『프루프록과 다른 관찰들』(*Prufrock and Other
Observations*)이라는 1917년의 시집의 제목이 시사하는 것처럼, 방문의 목적지
라기보다 지루한 거리들을 통과하다 관찰하게 된 지루한 일상의 지루한 논의
인지도 모른다. 서술은 문학적 형식일 뿐만 아니라 인식의 표현이다. 현대문학
의 서술은 묘사라기보다 암시에 가까울 정도로 "파편적"이다(Perloff 417).
"방 안에서 여인네들이 왔다 갔다"는 '공간의 시간화,' 즉 서술적 표현이다.
'방'이라는 공간의 서술을 위해 "여인네들이 왔다 갔다"하는 시간적 현상을
동원하는 표현이다. 바로 다음 행인 "미켈란젤로를 이야기하며"를 위해서는
'시간의 공간화'가 동원된다. "이야기하며"의 시간적 현상이 '미켈란젤로'라
는 명확하게 해석되지 않는 회화적인 표현, 즉 공간적 개념에 의해 보완된다.
하나의 장면의 시적인 묘사 속에 공간을 위한 시간적 표현과 시간을 위한
공간적 표현이 교차(交叉) 직조(織造)되어 있다.
　엘리엇 시의 비유를 이미지즘의 이미지, 형이상파적 기상(metaphysical con-
ceit) 또는 상징주의의 상징의 관점에서 해석해보려는 비평적 노력이 있었다.

오래 전에 데이취즈(David Daiches)가 단편적 "이미지의 타당성"이라는 관점에 집착하는 이미지즘에 비해 엘리엇의 이미지는 시 전체의 문맥에서 고려되어야 한다는 점에서 더 위대하다고 지적한 바 있으며(100-2), 상징주의자들의 상징에 비해 형이상파적 "지성"의 측면이 엘리엇의 시에서 추가로 관찰된다고 설명한 바 있다(112-3). 요컨대 해체비평의 입장에 의하면 엘리엇 시의 비유는 이미지, 기상이나 상징과 다르다.

「미국 문학과 미국 언어」("American Literature and the American Language," 1953년)라는 에세이에서 엘리엇은 이미지즘을 "현대시의 시작점"이라고 평한다(TCC 58). T. E. 흄(Hulme)은 이미지즘의 초기 대표작 「가을」("Autumn")의 저자다. 그는 이미지즘의 시가 "절대로 정확한 표현이고 요설이 없"어야 한다고 주장한다(Peter Jones 15-6 재인용).

> 가을밤 찬 기운.
> 바깥에서 걷고 있었는데,
> 불그레한 달이 울타리에 기대고 있는 걸 보았다
> 마치 불그레한 얼굴의 농부처럼.
> 멈추어 말을 걸지는 않고, 그저 고개만 끄덕였는데,
> 둘레 주변에는 생각에 잠긴 별들이 있었다
> 마치 하얀 얼굴을 한 도시의 아이들처럼.

> A touch of cold in the Autumn night --
> I walked abroad,
> And saw the ruddy moon lean over a hedge
> Like a red-faced farmer.
> I did not stop to speak, but nodded,
> And round about were the wistful stars
> With white faces like town children.

이미지즘의 대표적인 세 가지 강령은 다음과 같다. 첫째, 주관적이든 객관적이든 '사물'을 직접 취급한다. 둘째, 표현에 기여하지 않는 단어는 절대로 사용하지 않는다. 셋째, 메트로놈의 반복 진행 리듬이 아니라 악구(樂句)의 반복 진행 리듬으로 작곡한다. 파운드(Ezra Pound)는 "세 가지 강령 중에서 두 번째"가 핵심이라고 생각한다(Peter Jones 18 제인용). 다음과 같은 파운드의 시 「지하철 역에서」("In a Station of the Metro")가 이미지즘의 대표작 중 하나다.

불연 듯 나타난 군중 속의 얼굴들.
젖은, 검은 나무가지 위의 꽃잎들.

The apparition of these faces in the crowd;
Petals on a wet, black bough.

파운드는 "이런 종류의 시에서는 외향적이고 객관적인 사물이 내향적이고 주관적인 사물로 스스로 바뀌거나 아니면 돌진해 날아가버리는 정확히 바로 그 순간을 기록하려고 노력한다"고 설명한다(Peter Jones 33 재인용). 존즈(Peter Jones)와 케너(Kenner) 등에 의해 이미지즘의 경향을 갖고 있다고 여겨지는 엘리엇의 「서시」("Preludes")와 비교하기 위해서 이미지즘을 대표하는 두 편의 시를 읽었다.

톱밥 밟히는 거리에서 오는
김 빠진 맥주의 냄새를 어렴풋이
의식하면서 아침이 오는데
진흙 묻은 발들은 모두
이른 아침 커피 노점으로 몰린다.

The morning comes to consciousness
Of faint stale smells of beer
From the sawdust-trampled street
With all its muddy feet that press
To early coffee-stands. (*CPP* 22)

표현에 기여하지 않는 단어는 절대로 사용되지 않았으며, 절대로 정확한 표현이고 요설이 없다. 그럼에도 불구하고 「서시」는 이미지즘의 시가 아니다. J. G. 플레처(Fletcher)가 이미지즘에 부족하다고 아쉬워했던 "인간적 판단, 인간적 평가"가 있다(Peter Jones 33 재인용). "자족적(self-sufficient) 이미지"가 없는 「서시」는 "월러스 스티븐스(Wallace Stevens)의 사람이 없는 풍경처럼 의미를 향한 갈구이며 갈망이다"(Kenner 30).

흄의 달과 별들은 농부의 불그레한 얼굴과 도시 아이의 하얀 얼굴들에 직접 비유된다. 주관적이든 객관적이든 사물을 직접 취급한다는 이미지즘의 첫 번째 강령이 잘 적용된다. 지하철 역에서 만난 군중들 얼굴의 객관적 표현과 젖은 꽃잎이라는 주관적 표현이 직접 만나는 바로 그 순간을 파운드가 취급한다. 흄과 파운드의 시에서는 관찰을 하는 주체가 명백히 드러난다. 그런데 「서시」에서는 '의식'이나 '발'의 주체가 확실하지 않다.6) 시의 내용이 시행의 '사이에'나 시행의 '밖에' 있다. 독자가 시를 이해하기 위해서 삭제된 '연쇄의 연결 고리'를 찾으려고 노력하지 않을 수 없다. '보충'되어야 할 '흔적'이 있기 때문에 직선적 글쓰기가 되기는 어렵다. 김 빠진 맥주 냄새를 맡으며 이른 아침 깨어나 커피 노점에서 아침을 때우는 군중의 서술적 묘사다. 「서시」에서 리얼리즘적 서술에 적합한 소재가 사용되는 이유는 부르주아 사회

---

6) Sue Asbee, *T. S. Eliot* (Hove, East Sussex: Wayland, 1990), p. 47; "The muddy feet do not literally belong to the street, but to people in it (people who 'belong' to it as their element) who are thus rendered anonymous and depersonalized."

질서의 붕괴를 '환상'하는 엘리엇의 신화적 방법 때문이다. 뚜렷한 미래의 전망이 없어 "손으로 입가를 썩 문지르고" 시니컬하게 웃을 수밖에 없지만, 그럼에도 불구하고 "무한히 부드럽고/ 무한히 고통받는" "환상에 의해 감동을 받았"기 때문에 서시(序詩)가 쓰여진다(*CPP* 23). 시인에게는 새로운 시대의 무질서를 감당할 능력이 있으며, 개념의 논리뿐만 아니라 상상의 논리도 확보되어 있다.

17세기 문학이 감수성의 통합을 상실한 사건에 대한 부정적 태도가 표나게 진술되어 있음에도 불구하고, 「형이상파 시인」을 현대문학의 감수성 분열에 대한 작업장 비평의 결과물로 읽은 바 있었다. "처음에 거의 관계없어 보이는 경험 요소 사이에서 지적이고 일관성이 있는 유사성이 갑작스럽게 실현된다"고 정의한다면, 형이상파적 기상을 엘리엇의 작품에서 찾으려는 것은 "망상"에 가깝다(Bergonzi 15). 비평적 도구로 형이상파적 기상을 중시하는 머씨슨(Matthiessen)도 지적 일관성의 설득력이 부족하다는 입장에서, 엘리엇의 경우에는 "지적으로 너무 조작적이며 충분히 느껴지지 않은" 것 같다고 불평한다(30-31).

데리다가 '신화문자'를 다차원의 상징적 글쓰기라고 정의하면서 사용하는 '상징'이란 용어는 문자학의 실증과학화 작업을 위해서 위태롭지만 필요한 존재-현상학적 과정이다. 흔적, 보충이나 처녀막처럼 매번 읽어야 하는, 실제로는 없지만 있는 것으로 추정해야 하는 구조적 용어다. 엘리엇의 신화적 방법은 서술의 일부를 사용하면서도 서술적 방법을 포월한다는 점에서 데리다의 '신화문자'와 만난다. 흔적, 보충이나 처녀막같이 없지만 있는 것처럼 여겨지는 시의 상징적 '의미'를 엘리엇은 다음과 같이 도둑[시인]이 집 지키는 개[독자]에게 던져주는 미끼[의미]로 비유한다.

시의 '의미'의 주요 용도는 일반적인 의미에서 시가 독자를 대상으로 시의 작업을 하는 동안 독자의 습관을 만족시키거나 독자의 마음을 바꿔어서 고요하게 만드는 것이다. 내가 여기에서 몇 가지 종류의 시에 관해 이야기하고 있는 셈인지 아무런 종류의 시에 관해서도 이야기하고 있는 것은 아닌 지도 모르겠다. 요컨대 상상의 도둑에게는 집 지키는 개에게 던져줄 맛있는 고기 조각이 언제나 제공되어 있다는 것이다. 이것이야말로 내가 동의하는 정상적인 상황이다. (*UPUC* 151)

"영혼이나 정신의 세계를 표현하기 위해 우리가 살고 있는 세계가 전적으로 제거된 정교한 은유," 즉 상징의 요소가 사용되고 있지 않기 때문에, 『황무지』는 상징주의 시라고 정의되지 않는다(Davidson:*Hermeneutics* 108). 상징주의는 20세기의 대표적인 시학이다. 그러므로 엘리엇도 상징주의의 영향에서 벗어날 수 없었다. 상징주의는 시가 언어의 "자연스러운 노출이 아니라 나름대로의 법칙과 형식을 갖춘 체제"가 될 수 있다는 점을 인식시켰다(Scott 212).

> 창문 밖으로 아슬아슬하게 널려 있는
> 콤비네이션은 마지막 햇볕을 받아서 마르고,
> 긴 의자(밤에는 침대용) 위엔
> 양말싹, 슬리퍼, 캐미솔, 콜세트 등이 쌓여 있다.
> 나 테이레시아스, 쭈글쭈글한 젖가슴의 노인이지만
> 이 광경을 감지했고, 나머지는 가히 짐작했다.
> 나 또한 그 기다리는 손님을 기다렸다. (224-30)

> Out of the window perilously spread
> Her drying combinations touched by the sun's last rays,
> On the divan are piled (at night her bed)
> Stockings, slippers, camisoles, and stays.
> I, Tiresias, old man with wrinkled dugs
> Perceived the scene, and foretold the rest—
> I too awaited the expected guest. (*CPP* 68)

'마지막 햇볕'은 낭만적이거나 상징적으로 해석될 수 있다. 콤비네이션, 캐미솔, 콜세트 등 여성 속옷과 병치되어 있는 양말짝이나 슬리퍼의 누추한 현실에 의해 낭만적 감흥은 불가능해진다. 쭈글쭈글한 젖가슴의 노인이지만 테이레시아스는 풍자가의 "냉담함"이 아니라 어쩔 수 없다는 공감으로 삶의 현실을 서술한다(Stead: *New* 166). 테이레시아스는 누군인가. 엘리엇은 주(註)에서 다음과 같이 정의하려고 노력한다. "테이레시아스가 단순한 목격자이며 실제로 '등장인물'은 아닐지라도 여전히 이 시에서 가장 중요한 인물로 나머지 모든 사람을 통합한다. 외눈 상인, 건포도 판매상이 페니키아 선원 속으로 녹아들어가고 페니키아 선원이 나폴리의 페르디난드 왕자와 철저하게 구별되지 않는 것과 마찬가지로, 모든 여성은 하나의 여성이며, 두 개의 성(性)이 테이레시아스 속에서 만난다. 테이레시아스가 '보는' 것이 사실 시의 실체다"(*CPP* 78). 테이레시아스의 존재는 문자학의 실증과학화 작업을 위해서 위태롭지만 필요한 존재-현상학적 과정이다. 흔적, 보충이나 처녀막같이 없지만 있는 것처럼 여겨지는 시의 상징적 의미를 위해서 필요하다. 그리하여 테이레시아스는 등장인물이 아닐지라도 가장 중요한 인물이다. 제시 웨스톤 (Jessie Weston)의 『제식으로부터 로망스로』(*From Ritual to Romance*)와 제임스 프레이저(James Frazer)의 『황금가지』(*The Golden Bough*)의 경우처럼 『황무지』의 "부수적 상징"(incidental symbolism)을 "해명"(elucidate)하려는 주(註)의 목적에 부합한다(*CPP* 76). 완전히 해명될 수 없다는 점에서 상징은 부수적 역할, 찢어졌지만 있는 것으로 상정되는 처녀막과 같은 역할을 한다. "원형적"(archetypal) 역할의 관점에서 모두 만난다고 불안정하게 설명할 수는 있다(Wright 62). 그러나 타이피스트 에피소드에서 테이레시아스는 독자와 다를 바 없이 목격자의 입장에 놓여 있을뿐 진정한 등장인물이 아니다. 콘라드 소설의 경우처럼, 1인칭 화자인 '나' 테이레시아스는 화자의 역할을 하면서 동시에 사건을 경험하는 등장인물의 역할을 한다(Waugh 96). 「J.

알프레드 프루프록의 연가」에서처럼 '그대'가 필요한 '나'다. 그저 주체의 '사이에'나 주체의 '밖에' 존재하기 때문에, 경험의 주체는 없다. 그러나 없지만 있는 흔적이나 처녀막처럼 보충을 위해 상징을 사용한다면 경험의 실체를 생각해 볼 수 있다. 테이레시아스가 시인을 대표하지 못하는 것처럼, 타이피스트는 현대 도시의 군중을 대표하는 상징이 될 수 없다. 마찬가지로 플레바스 (Phlebas)의 수사(水死)도 재생을 전제로 하는 상징의 관점에서만 해석되지 않을 수 있는 것이다.[7] 이곳은 '황무지'이기에 명확하고 단순한 해결책이 가능하지 않다. "모든 여인은 하나의 여인"이라는 주(註)의 설명은 안정적 주체를 확정지을 수 없다는 점에서 '부수적'이다. 사실상 1971년에 발레리 엘리엇 (Valerie Eliot)에 의해 황무지의 원고가 복사 출판된 이후, "황무지의 신화라기보다 황무지의 목소리들"을 『황무지』의 핵심으로 읽는 경향이 확산된다 (Mayer 68). 제시 웨스톤과 제임스 프레이저에 관한 엘리엇의 언급도 "시에 구조의 환상을 주려는 마지막 순간의 시도"라고 폄하되는 경향이 주도적이 된다(Oser 183). 그렇다고 해서 엘리엇의 주장이 완전히 틀린 말은 아니다. 시인과 독자가 동일한 상황을 겪고 있다는 점에서 테이레시아스와 동일한 운명을 만나고 있기 때문이다.

『황무지』의 소소스트리스 에피소드의 다음과 같은 구절은 기억에 생생하다. 왜 특히 어떤 구절은 그렇게도 선명하게 기억에 남아 있게 될까. 이미지도, 형이상파적 기상도, 상징도 아닌 엘리엇의 시적 비유의 특징은 무엇인가.

　　소소스트리스 부인, 유명한 천리안,

---

7) Jewel Spears Brooker and Joseph Bently, "The Defeat of Symbolism in 'Death by Water'," *Critical Essays on T. S. Eliot's The Waste Land*, ed. Lois A Cuddy & David H. Hirsh (Boston, Massachusetts: G. K. Hall & Co., 1991), p. 244 참조; "Phelbas does not seem to be preparing for rebirth. On the contrary, he is described as quietly decomposing and entering the whirlpool. The water cleanses his bones, not symbolically, but literally: the death by water is death by water."

독감에 걸려 있었다, 그럼에도 불구하고,
유럽에서 제일 지혜로운 부인으로 알려져 있지,
훌륭한 트럼프 점패로는. 여기요, 그녀가 말했다, (43-46)

Madame Sosostris, famous clairvoyante,
Had a bad cold, nevertheless,
Is known to be the wisest woman in Europe,
With a wicked pack of card. Here, said she, (*CPP* 62)

"서정적 양식과 서술적 양식을 결합해서 사용하는 것이 엘리엇의 혁신적이며 지속적인 힘의 중요한 열쇠"라고 데이비손이 설명한다(David: "Narrative" 98). 성공의 비밀을 정확하게 밝혀내기 위해서는 이 보다 더 섬세하고 포괄적인 해석의 틀이 필요하다. 43행의 '소소스트리스 부인'과 '유명한 천리안'은 문법적으로 동격(同格)이므로 서로 대치될 수 있다. 트럼프의 점패에 있어서 '유럽에서 제일 지혜로운 부인'으로 알려져 있다. 문제는 44행의 "독감에 걸려 있었다"는 인접된 서술 때문에 '유명한 천리안'의 자질이 의문시된다는 것이다. 순수한 찬탄의 양상에 풍자나 냉소의 양상이 첨가된다. 트럼프 점패를 수사(修辭)하는 '훌륭한'(wicked)이란 형용사도 두 가지 의미로 해석된다. 미래를 정확하게 읽는 천리안의 '훌륭한' 점패라는 것이 1차적 해석이지만, 이어지는 10행은 소소스트리스 부인이 기계적으로 타로 카드를 읽을 뿐이지 점패가 갖고 있는 복잡하고 애매모호한 의미를 이해하지 못한다는 사실을 드러낸다. 그러므로 '제일 지혜'롭다는 찬탄에 또 다시 냉소나 풍자의 양상이 첨가된다. 그러나 44행의 "그럼에도 불구하고"라는 양보구에 의해 유명한 천리안인 소소스트리스 부인의 능력이 화자에 의해 전적으로 인정된다. 화자의 문제가 발생한다. "그럼에도 불구하고"의 양보적 양상은 "독감에 걸려 있었다"가 제기하는 풍자나 냉소가 한 가지 방법의 글읽기였음을 확인시킨다. "위선적 독자"(hypocrite lecteur)였다는 것이 폭로되는 순간이다(*CPP* 63). "독감에 걸려 있었다"는 화자의 순진한 진술이다. 문제는 화자의 지적 수준에 대한 독자의 기대가 상실되었다는 것이다. 자신의 독감의 미래도 예측하지 못하는 소소스트리스 부인이 어떻게 천리안일 수 있는지 화자가 의심하지 않기 때문이다. 그러면 독자는 위선자인가. "나의 동포여, 나의 형제여!"(*CPP* 63)가 독자를 위로한다. 누가 위로하는가. 순진한 화자일 리는 없지 않은가. 말하는 자는 누구인가. 이쯤 되면 독자도 이미 더 이상 객관적인 입장에 놓여 있지 않다.

> 사실 그로 인해 진지한 측면이 강조되는 이러한 진지함과 경박함의 결합은 우리가 구명하려고 노력하는 종류의 위트의 특성이다. (*SE* 296)

진지한 주제를 강조하기 위해서이지만 경박함과 진지함이 결합되어 있는 앤드류 마블(Marvell)의 형이상파적 기상에 대한 엘리엇의 호의적인 설명이다. 정서의 혼재 자체가 문제될 수 없음을 드러내고 있다. 이러한 양상은 17세기 형이상파 시인의 것일 뿐만 아니라 엘리엇 작품의 뛰어난 측면이다.

> 나는 내 인생을 커피 스푼으로 되질해 왔다. (51)

> I have measured out my life with coffee spoons; (*CPP* 14)

「J. 알프레드 프루프록의 연가」의 이 유명한 문장에는 '커피 스푼'의 이미지와 '나는 내 인생을 되질해 왔다'는 서술이 절묘하게 결합되어 있다. 서정적 양식과 서술적 양식의 결합이라는 데이비슨의 공식이 보다 더 섬세해지면 엘리엇 문학의 성공의 비밀을 밝혀낼 수 있을 것 같아 보인다. 스퍼(Spurr)는 구문론적 관점에서 목표 추구와 좌절의 양상을 날카롭게 분석한다(8-9). 예를 들어 타동사, 능동태와 부정사가 목표 추구의 직접적 행동 양상을 표현한다면, 자동사, 수동태와 현재분사는 좌절의 행동 양상을 표현한다. 수식어(modifiers)와 복수는 좌절의 양상에서 두드러지며 추구의 양상에서는 드물다. 문제는 프루프록의 목표가 무엇인지, 왜 그 목표를 추구하는지 그리고 좌절이나 성공의 여부에 대한 해명에 직접 도움이 되지 않는다는 것이다. 예를 들면 다음과 같은 구문은 어떻게 설명할 수 있을까.

> 그대를 위한 시간과 나를 위한 시간,
> 그리고 아직도 백 번의 망서림을 위한
> 그리고 백 번의 환상과 환상의 수정을 위한 시간,
> 토스트를 먹고 차를 마시기 전에. (31-34)

> Time for you and time for me,
> And time yet for a hundred indecisions,
> And for a hundred visions and revisions,
> Before the taking of a toast and tea. (*CPP* 14)

다차원의 상징적 글쓰기인 신화적 방법을 검토하며 새로운 주체가 주체의 '사이에'나 '밖에' 존재할 수밖에 없기 때문에, '그대'가 실재의 주체인 화자 '나'를 회피하는 좋은 방법이라는 것을 읽을 바 있었다. 32행의 '망서림'(indecisions)은 서술적 관점의 미결정 상태인 국면이며, 33행의 '환상'(visions)과 '환상의 수정'(revisions)은 서정적 관점의 미결정 상태인 국면이다. 결정될 수 없는 새로운 주체의 입장에서 볼 때 미결정 상태가 현실의 상황이다. 그러나 "토스트를 먹고 차를 마시"는 순간이 되면, 하나의 몸으로 행동해야 하는 순간이 되면, 실재의 주체가 결정될 수 없음에도 불구하고 실재의 주체가 결정되어 있는 것처럼 행동을 해야 한다. 이러한 '압도적인 문제'는 회피할 수 없다. '흔적'이나 '보충'의 논리가 현실 속에서 실행되어야 하는 상황이다.

> '저 소리는 무엇이어요?'

문 밑을 지나는 바람 소리.
'지금 저 소리는 무엇이어요? 바람이 무엇을 하는 것이지요?'
아무것도 아무것도 아니지. (117-20)

'What is that noise?'
　　　　The wind under the door.
'What is that noise now? What is the wind doing?'
　　　　Nothing again nothing. (*CPP* 65)

　그렇지만 '압도적인 문제' 자체만 문제인 것은 아니다. 이러한 문제에 관한
완전한 해답을 찾아야 한다는 화자의 의도가 더 큰 문제다. '무엇인가'는 실재
의 주체를 전제로 한다. 닫혀져 있는 완결된 존재-현상학적 질문이다. 그러나
『황무지』의 대답은 실재의 주체를 전제로 하지 않는다. 존재-현상학의 입장
에서 볼 때 '문 밑을 지나가는 바람 소리'가 '아무것'(nothing)도 아닌 것처럼
여겨진다. 그러나 사실상 아무것도 아닌 것은 아니다. 데리다의 용어를 빌리자
면 '책'의 질문에 대한 '글쓰기'의 대답이며, 텍스트(text)나 맥락(context) 차원
의 대답이다.
　쿠메(Cumae)의 마녀 시빌(Sybil)은 아폴로에게 손 안의 모래알 만큼의 영생
을 요구한다. 시빌의 이야기가 『황무지』의 제사(題詞)다. 새장에 매달려
"시빌, 무엇을 원해?"라는 아이들의 질문에 "죽고 싶어"라고 대답한다. 대화
의 상대가 아폴로이든 쿠메의 아이들이든 '무엇'(what)이란 질문의 형식에
대답한다는 상황에는 변함이 없다. 따라서 시빌은 의미있는 죽음의 해결책을
발견할 수 없다. 테니슨(Tennyson)의 「티토너스」("Tithonus")와 동일한 내
용이다. 영생을 준 새벽의 여신 에오스(Eos)에게 사랑하는 티토너스가 죽음의
선물을 달라고 호소한다. 시빌은 신(神) 아폴로에게 호소하지 않고 평민(平民)
쿠메의 아이들의 질문에 대한 대답의 형식으로 죽음의 욕망을 표현한다. 작품

의 본문이 아니라 제시(題詞), 즉 전제나 배경의 내용이 된다는 점에서, 『황무지』의 핵심 내용은 문제의 해결을 위한 인간적 노력이라고 판단된다. '과거의 현재성'을 구현한다는 엘리엇 자신의 전통론의 적용이다.

다음과 같이 말한다는 것이: '나는 나자로다, 주검에서 돌아왔다,
너희에게 모든 것을 말하기 위해 돌아왔다, 너희에게 모든 것을 말하리라'
(95-6)

To say: 'I am Lazarus, come from the dead,
Come back to tell you all, I shall tell you all' (*CPP* 16)

「J. 알프레드 프루프록의 연가」에서 '모든'(all)이란 단어가 가장 반복 강조된다고 존즈(A. R. Jones)가 지적하는데, 존재-현상학적 측면을 강조하고 있는 것이다(219). 인용부호로 둘러싸인 연극조(演劇調)라는 점에서, 나자로의 선언이 작품의 주제를 직접 주장하지는 않는다고 판단된다(Bagghee 432). 나자로의 선언의 내용보다 프루프록의 망상이라는 측면이 중요하다. "가치가 있었을 것인가"(Would it have been worth while)라는 구문이 주절이다(*CPP* 15). 나자로의 선언은 가정법적 의미를 갖는 종속절에 속해 있다. 구문론적 관점에서 볼 때 망상이라기보다 프루프록의 반성이다. 말하자면 프루프록이 취해보는 포즈(pose)일 따름이다. 프루프록은 지적인 인물이다. "우직하거나 허황된" 인물이 아니다(Rubin 4). 자신이 포즈를 취해보고 있다는 사실을 프루프록은 인식한다.

내가 의미하려는 것을 그대로 말하는 것이 불가능하구나!
그런데 마치 환등기가 스크린 위에 신경을 무늬 모양으로 비추는 것 같으니.
(105-6)

It is impossible to say just what I mean!

But as if a magic lantern threw the nerves in patterns on a screen: (CCP 16)

문학적 주체의 측면에서 모든 것을 다 말하는 나자로가 될 수 없다는 것을 인식한다. 문학적 구조의 측면에서 '의미하려는 것을 그대로 말하는 것'이 불가능하다는 것을 인식한다. 실체는 확인이 불가능하며 '무늬 모양'만 확인된다. 『황무지』의 주(註)에서 상징이라는 '부수적' 계획을 제공하려고 한다고 말할 때, 실체는 불가능하고 '무늬 모양'만 제공할 수 있다는 사실을 엘리엇은 인식하고 있었다(Aiken 35).

나는 인어들이 서로 서로, 노래부르는 것을 들은 적이 있다. (125)

I have heard the mermaids singing, each to each. (CPP 16)

프루프록은 서로 서로에게만 노래를 불러주는 인어의 세계, 낭만주의에 대한 부정적이며 편견적인 해석이랄 수 있는 용어를 사용하자면 "낭만적 도피주의의 유아론적 언어"의 유혹을 부인하지 않는다(Williams 126). '낭만적 도피주의'는 모든 것을 다 말하는 나자로가 될 수 있다는 착각을 설명하는 용어이며, '유아론적 언어'는 의미하려는 것을 그대로 말할 수 있다는 착각을 설명하는 용어다. 이러한 착각의 유혹은 실제적이며, 여기서는 인어의 세계로 표현되어 있다.

나는 강가에 앉아
낚시질을 했다, 뒤에는 메마른 들판이 있는데
최소한 내 땅에서나마 정돈을 해야 할까?
런던교가 무너져내린다 무너져내린다 무너져내린다 (423-26)

I sat upon the shore

Fishing, with the arid plain behind me

Shall I at least set my lands in order?

London Bridge is falling down falling down falling down (*CPP* 74)

『황무지』에서도 '낭만적 도피주의'의 유혹이 부인되지 않는다. '다'(DA) 의 세 가지 해석을 이해한다면 해결 가능성이 있을 지도 모른다. 그러나 언어 의 노래가 유혹하는 세계를 수용하더라도 결국 "인간의 목소리가 우리를 깨 울"(*CPP* 17) 것이라는 프루프록의 정확한 인식처럼, 매일 아침 "저렇게도 많이" 군중들이 그 위로 "흘러갔던"(*CPP* 62) 런던교가 계속 무너져내리고 있다는 사실을 인정하지 않을 수 없다. 그것이 무엇이든 간에, '낭만적 도피주 의의 유아론적 언어'가 시빌이 원하는 죽음의 해결책은 될 수 없다. 이것이 『황무지』와 「J. 알프레드 프루프록의 연가」의 결론이다.

낭만적 도피주의는 주체의 측면에서, 유아론적 언어는 구조의 측면에서 제시된 부정적 해결책이다. 새로운 문학적 구조 그리고 주체의 '사이에' 그리 고/또는 '밖에' 존재하는 새로운 문학적 주체가 실증적으로 검토되어야 한다.[8]

겨울은 우리를 따뜻하게 했다,

망각의 눈으로 대지를 덮고,

마른 구근으로 가냘픈 생명을 키워냈으니.

---

8) William V. Spanos, "Repetition in *The Waste Land*: A Phenomenological Deconstruction," *Boundary Two*, 7-3(1979), p. 232 참조; "For Eliot himself has provided significant, if not clearly articulated, justification for encountering the poem as a process, rather than as an autotelic spatial object, in his concept of the dissociated sensibility, which is represented in his early poetry by the polar symbolic half-men, the subjective Prufrock, whose spatial perception neutralizes his capacity to perform a decisive action (direct or linear motion towards the threatening *Other*), and the objective Sweeney, although his symbol is ultimately transformed into that of the anonymous crowd."

여름은 소나기를 몰고, 슈타른베르가제를 건너 와
우리를 놀라게 했다. 우리는 주랑(柱廊)에 머물렀다가,
그런데 해가 나자, 호프가르텐에 들러,
그리고 커피를 마시고, 그리고 한 시간 가량 지껄였다. (5-11)

Winter kept us warm, covering
Earth in forgetful snow, feeding
A little life with dried tubers.
Summer surprised us, coming over the Stanbergersee
With a shower of rain; we stopped in the colonnade,
And went on in sunlight, into the Hofgarten,
And drank coffee, and talked for an hour. (*CPP* 61)

　"문체적 양상"의 측면에서 5-7행은 현재분사에 의해서, 8-11행은 독일어와
'그리고'(and) 등에 의해 각각 하나의 묶음이 된다(Levenson: *Genealogy* 170).
22행의 "깨진 이미지의 무더기"(a heap of broken images)라는 구절에서 지금
까지는 '깨진 이미지'라는 구절에 의거하여 『황무지』의 단편성이 강조되어
왔다. 깨진 이미지들이 나름대로 '무더기'를 이루지 않는다면, 시의 언어는
전달의 기능을 상실하였을 것이다. 예를 들면 5-7행과 8-11행은 나름대로의
유사한 리듬에 의해 작은 의미의 섬을 형성한다. 전체적 이해에는 어려움이
다소 있지만 국부적 양상에서는 이해 가능하다. 5-7행에서 '겨울'은 망각의
상징이 된다. 겨울은 우리를 따뜻하게 한다는 반어적 주장이 망각이라는 단어
와 어울리면서 화자의 의도를 드러낸다. 부수적 상징 계획에 의해 제공된
해석이다. '유아론적 언어'가 사용된 '낭만적 도피주의'의 표현이다. 이어진
8-11행에서 화자는 슈타른베르가제, 주랑, 호프가르텐 등의 공간을 자연스러
운 시간의 흐름 속에서 서술한다. "4월은 가장 잔인한 달"로 시작된 1행에서
7행까지 낭만적 도피주의의 언어가 사용되다가 겨울의 상징화 작업이 8행에

서 중단된다. 신화적 방법은 다차원의 글쓰기다. 상징이 임시 사용되기는 하지만 다차원의 글쓰기를 전제로 한다. 한 가지 층위의 표현만 가능한 것이 아니다. 5-7행에서 '겨울'이란 계절이 제시하는 '망각'의 상징은 주(註)에서 언급되는 웨스턴의 『제식으로부터 로망스로』 와 프레이저의 『황금가지』 의 고대 종교가 뒷받침하는 체계다. 따라서 낭만적 도피주의의 상징 체계는 부수적이지만 건재한다. 인유(allusion)의 수사법은 인물이나 행동에 추상적 특히 도덕적 관념을 표징시키는 단순한 비유적 이야기인 풍유(allegory)와 다소 다르다.9) 풍유가 상징주의에 의해 폐기된 단순한 비유법이라면, 엘리엇의 인유는 두 개의 체계를 병치한다. "역사 의식은 과거의 과거성에 대한 인식뿐만 아니라 과거의 현재성에 대한 인식을 포함한다"는 엘리엇 자신의 전통론의 실현이기도 하다(SW 40).

「바람부는 밤의 광상시」 ("Rhapsody on a Windy Night")는 "달의 종합"(lunar synthesis)에 의한 광상시(Rhapsody)의 양상으로 신화적 방법을 실천한다. 신화적 방법은 현대 세계의 무질서에 의미와 질서를 제공하는 모더니즘의 방법론으로 인식되어 왔다. 그런데 필자는 엘리엇의 신화적 방법이 데리다의 '신화문자'처럼 다차원의 글쓰기로 정의될 수 있음을 확인하였다. 신화적 방법은 서술적 방법을 대체하려는 엘리엇의 신조어다. 서술적 방법은 직선적 글쓰기로, 신화적 방법은 다차원적 글쓰기로 해석된다. 이와 마찬가지로 "달의 종합"에서 '종합'이란 표현도 의미와 질서를 제공한다는 모더니즘의 관점에서만 해석되어 왔지만, 다차원적 글쓰기의 관점에서 해석될 수 있다.

---

9) 1962년 『요크셔 포스트』 (Yorkshire Post)에 개제된 「인터뷰」에서 다음과 같이 엘리엇이 표절의 혐의에 대해 변명한다. 그러나 사실 인유에 대한 강조일 따름이다. "In one of my early poems[Cousin Nancy] I used, without quotation marks, the line 'the army of unalterable law...' from a poem by George Meredith, and this critic caused me of having shamelessly plagiarized, pinched, pilfered that line. Whereas, of course, the whole point was that the reader should recognize where it came from and contrast it with the spirit and meaning of my own poem"(Bush: "Response" 180 재인용).

추억이 떠오른다
햇빛 못 받는 마른 제라늄
그리고 틈에 끼인 먼지,
거리의 군밤 냄새,
그리고 덧문 닫힌 방의 여인의 냄새,
그리고 낭하의 담배
그리고 술집의 칵테일 냄새.

The reminiscence comes
Of sunless dry geraniums
And dust in crevices,
Smells of chestnuts in the streets,
And female smells in shuttered rooms,
And cigarettes in corridors
And cocktail smells in bars. (*CPP* 25)

추억이 낭만적 도피주의의 유아론적 언어가 될 수도 있다. 새벽 3시 반은
달의 종합에 의해 "기억의 바다/ 그리고 그 모든 정확한 관계,/ 그 구분과
정확성"(*CPP* 24)이 완전히 "용해"된 시각이다. 마른 제라늄, 틈에 끼인 먼지,
거리의 군밤 냄새, 덧문 닫힌 방의 여인의 냄새, 낭하의 담배 냄새와 술집의
칵테일 냄새 등의 추억이 화자에 의해 새롭게 기억된다. 대부분 후각 이미지를
중심으로 하고 있다. 후각은 "가장 원시적인 감각"이며 "동물적 특성에 가장
가깝고," "대개 사회적으로 받아질 수 없는 것으로 여겨진다"(Gross 460).
낭만적 추억은 문명의 논리에 의거하는 기억이다. 그런데 이곳에서 제시된
추억은 문명적 기억과 다른 종류인 "감정의 강렬함"에 의존하는 원시적 기억
이다(Manganaro 103). 이런 경험 바로 뒤에, 겨우 30분이 지난 새벽 4시에
'가로등'이 명령한다. 열쇠, 침대, 치솔, 신발 등 일상생활을 위한 기억을 되찾

으라고, "삶을 준비하라"(prepare for life)고(*CPP* 26). 문명의 논리에 의거하는 기억 체계로의 귀환이 요구된다. 새벽 3시 반 '달의 종합'에 의해 문명적 기억이 갖고 있던 '정확한 관계' 및 '구분과 정확성'이 '용해'되었다. 그로 인해 문명적 기억에 억압을 받던 원시적 기억이 표면으로 부상하였다. 그런데 이제 다시 문명 세계의 삶을 준비하라는 명령을 받는다. 과연 원시적 기억이라는 강렬한 감정의 추억을 잊을 수 있을까.[10]

아마도 화자는 너무 피곤하여서, '달의 종합'이 초래한 용해 경험의 문명사적 의미를 제대로 인식하지 못하여서, 혹은 열쇠, 침대, 치솔이나 신발 등의 일상생활을 위한 기억을 되찾지 못한다면 정말 미쳐버린 것이니까, 문명의 논리에 의거하는 기억 체계로 귀환하였을 지도 모른다. '광상시'의 화자는 '광인'이 아니어야 하기 때문이다. 그런데 다음과 같은 마지막 행의 의미는 무엇인가.

---

10) 엘리엇의 신화적 방법은 "피카소와 스트라빈스키(Stranvinsky)에 의해서도 증명된" 모더니즘 예술이 갖고 있는 원시주의(Primitivism)의 한 양상이다(Bergonzi 74). "그리고 원시인에 관한 연구가 문명인에 관한 우리의 이해를 증진시킬 것임이 확실한 것처럼, 원시의 예술과 시가 문명의 예술과 시에 관한 우리의 이해에 도움이 될 것임이 확실하다. 원시의 시와 예술은 예술가나 시인의 연구와 실험이 있다면 당대의 예술과 시작 활동을 소생시킬 수도 있을 것이다(Bergonzi 74 재인용)". 모더니즘의 대표인 T. S. 엘리엇을 포스트모더니즘의 철학인 해체론의 관점에서 읽는 필자의 작업에 하나의 근거가 된다. 『국제 윤리학 저널』(*International Journal of Ethics*)에 게재된 레비-부를(Levy-Bruhl)에 관한 서평(1916년)에서 엘리엇은 원시주의가 원시/문명의 이분법에 근거하는 개념이 아님을 공들여 설명하고 있다. "In practical life, the Bororo never confuses himself with a parrot, nor is he so sophisticated as to think black is white. But he is capable of a state of mind in which we cannot put ourselves, in which he is *a* parrot, while at the same time a man. In other words, the mystical mentality, though at a low level, plays a much greater part in the daily life of the savage than in that of civilized man"(Manganaro 99-100 재인용). 동일한 주장이 문학의 관점에서 다음과 같이 언급된다; "The authors, who have done field-work in Madagascar, apply the theories of Levy-Bruhl: the prelogical mentality persists in civilized man, but becomes available only to or through the poet"(*UPUC* 148).

나이프의 마지막 비틀음

The last twist of the knife (*CPP* 26)

화자는 예전처럼 반복될 일상의 삶을 준비하고 있다. 나이프가 왜 마지막으로 비틀리는가. 나이프에 찔린 상처를 연상시키는 표현이다. 상처에 찔려있는 나이프가 한 번 더 비틀려지는 이미지가 선명하다. 나이프라는 이미지에 마지막으로 비튼다는 서술적 표현이 교차 직조되어 있다. 나이프가 비틀리는 장소가 화자의 몸인지 여부는 명확하지 않다. 그러나 독자의 마음 속에서 나이프가 비틀리는 것은 확실하다. 다차원적 글쓰기가 시작된다. '나이프'는 밤산책이란 시간 속의 행위를 결과적으로 표현하는 공간적 이미지다. '마지막 비틀음'에서 나이프라는 공간적 이미지가 시간의 흐름 속에서 서술된다. 문명적 기억과 원시적 기억이라는 두 개의 차원에서 설명될 수 있다. 화자가 문명적 기원의 차원으로 복귀하였는지 여부는 확인되지 않는다. 새벽 4시의 가로등이 내리는 복귀명령만 읽었을 뿐이다. 이 시를 끝까지 다 읽은 다음 독자가 원시적 기억의 차원을 완전히 포기하고 문명적 기억의 차원으로 완전히 복귀할 수 없다는 것은 명백하다. 문명적 기억의 차원으로 완전히 복귀하려고 노력하더라도, 문명의 도구인 나이프가 가만히 있지 않는다. 나이프는 시간 속에서 움직인다. 그것도 '마지막 비틀음'이라는 원시적 방식으로 움직이다. 독자가 귀환하게 되는 문명적 기억의 차원은 원시적 기억의 차원을 포함하면서 초월하는, 해체론의 용어를 사용하자면 '포월'(包越)하는 문명적 기억의 차원이다.[11]

---

11) 엘리엇은 문학사의 기술에서도 다음과 같이 포월의 개념을 사용한다; "From time to time there occurs some revolution, or sudden mutation of form and content in literature. Then, some way of writing which has been practised for a generation or more, is found by a few people to be out of date, and no longer to respond to contemporary modes

of thought, feeling and speech. A new kind of writing appears, to be greeted at first with disdain and derison; we hear that the tradition has been flouted, and that chaos has come. After a time it appears that the new way of writing is not destructive but re-creative. It is not that we have repudiated the past, as the obstinate enemies—and also the stupidest supporters—of any new movement like to believe; but that we have enlarged our conception of the past; and that in the light of what is new we see the past in a new pattern." (*TCC* 57)

제4장 상대적 관념론: 엘리엇 전기시의 철학[1]

엘리엇은 충분한 자격을 갖춘 철학자였다. 그런데 그는 왜 하버드 대학교의 교수라는 철학자의 길을 포기하고 고통스러운 시인의 길을 선택했던 것일까. 엘리엇의 박사학위 청구논문인 『브래들리 철학의 인식과 경험』(*Knowledge and Experience in the Philosophy of F. H. Bradley*)은 1916년 4월에 완성되었다(*KE* 9). 1916년 6월 23일자 J. H. 우즈(Woods) 교수의 서신에 의하면, 하버드 대학교의 철학과는 엘리엇의 논문을 "조금도 주저하지 않고 수락하였다"(*LTR* 142). 철학자로서의 보장된 미래를 포기하고 부모와 심정적으로 결별하면서 오랫동안 경제적인 어려움을 겪게 되는데, 이 시점에서 엘리엇은 장래가 확실하게 보장되지도 않는 문학에 인생의 전부를 걸고 있다. 그럼에도 불구하고 젊은이 특유의 낙관적 기상 때문인지 친구인 콘라드 에이큰(Conrad Aiken)에

---

1) 본 제4장은 "철학과 문학: T. S. 엘리엇 전기시의 상대적 관념론"이란 제목으로 한국영어영문학회 겨울연찬회의 한국 T. S. 엘리엇학회 세션(2003년 1월 23일)에서 발표된 바 있으며, 동일한 제목으로 『T. S. 엘리엇 연구』 제13-1호(2003년 봄-여름), 41-91쪽에 개제되었다.

게 보낸 다음과 같은 1916년 1월 10일자 서신에서 음울한 기분을 읽어내기는 어렵다. "2년 전에 기대했던 것과는 완전히 다른 인생이지. 케임브리지가 지금 내게는 하나의 지루한 악몽 같아 보여. 그러나 다시 생각해보면 그것도 나름대로 충분히 좋은 인생이지"(*LTR* 126). 엘리엇은 자신의 인생에서 결정적인 선택을 하고 있음을 명확히 인식하고 있다. 또한 1915년 2월 에즈라 파운드 (Ezra Pound)에게 보낸 서신에서 엘리엇은 자신이 동참하고자 하는 영국의 아방가르드 운동인 보티시즘(Vorticism)이 베르그송이나 제임스 등과 연관된 "철학이 아니라는 것을 알고는 마음이 놓였다"고 고백한다(*LTR* 87). 엘리엇의 문학적 전환은 사실 오랜 준비기간을 거친 결과의 산물이었다. 우선 1910년-11년의 기간 동안 엘리엇은 파리의 소르본느 대학교에서 지내는데 이 시절을 다음과 같이 회고한다. "내가 파리로 간 것은 우연이 아니었어요. 여러해 동안 내 눈에는 프랑스가 무엇보다도 시(詩)의 상징이었지요"(Gray 1 재인용). 그리고 1915년 1월 6일 노르버트 와이너(Norbert Wiener)에게 보낸 서신에서는 보다 본격적으로 다음과 같이 문학적 전환의 근거를 제시한다.

상대주의의 교훈이 철학을 회피하는 것 그리고 '진정한' 예술이나 '진정한' 과학에 헌신하는 것임을 인정할 준비가 잘 되어 있답니다. (철학은 어디에서고 환영받지 못하는 손님이지요.) 여전히 이런 논리는 날카로운 경계를 긋는 경향이 있어요. 그런데 상대주의는 타협을 설교하지요. 산타야나(Santayana)에게 뿐만 아니라 '나'에게 있어서도, 철학은 주로 문학 비평과 인생에 관한 대화지요. (*LTR* 81)

케너의 『보이지 않는 시인』(*The Invisible Poet*)의 브래들리에 관한 장(章)은 "아주 가치있는 새로운 정보를 포함하고 있다"고 엘리엇 자신이 드물게 인정한 바 있는데(Levy 105), 다음의 부분이 가장 많이 인용되는 알쏭달쏭한 해설이다.

브래들리는 이런 종류의 음조적(音調的) 영향력을 제자에게 행사하는데 있어서 비길 데 없는 채비를 차리고 있었다. 브래들리는 수사학적으로 말하자면 하나의 근거(根據)에 묶일 수 없는 종류의 철학자다. 교리(敎理)의 본체로서가 아니라 착색제(着色劑)로서 브래들리는 마음 속에 남는다. (Kenner 39)

근거에 대비되는 음조, 교리에 대비되는 착색재라는 수사학적 용어 때문에 정확한 해석에 어려움이 있지만, 『황무지』의 무드를 설명하는데 사용된 "브래들리가 깊게 생각한 '형이상학적' 회의주의"라는 정의는 단서가 된다 (Kenner 40). 브래들리에 대한 엘리엇의 숭배가 "교리가 아니라 태도(態度)에 근거한다"고 펄(Jeffrey Perl)이 주장한 다음, "엘리엇의 브래들리는 ('냉소주의자'이지만) 회의주의자, 상대주의자, 맥락주의자이며 메타철학자"라고 설명할 때 동일한 논리가 사용되고 있는 셈이다.[2] 케너의 음조와 착색재 그리고 펄의 태도는 그와 대비되는 케너의 근거와 교리, 펄의 교리라는 로고스중심주의의 이면에 있기 때문에, 로고스중심주의를 전복하는 이중주석의 관점이 드러난다. 데리다가 칸트를 다시 읽으면서 다음과 같이 케너의 용어였던 '음조'(音調)를 분석의 핵심 용어로 사용한다.

그러나 또한 다른 것에 유혹을 당하도록 내 몸을 맡긴다. 단순한 스타일이 아닌 음조(音調)에 관한 관심은 내게도 드문 일이다. 연구가 가능하다고 생각하거나 연구되어 왔겠지 생각하기가 쉽겠지만, 음조는 그 자체로 연구된 바가 거의 없다. 완전히 순수한 모습으로 존재한다 하더라도 음조의 변별적 징후를 포착하기란 어려운 일이며, 도대체 문자 담론으로 가능할 것인지 의심스럽다.

---

2) Jeffrey M. Perl, "The Language of Theory and the Language of Poetry: The Significance of T. S. Eliot's Philosophical Notebooks, Part Two," *The Southern Review*, 21-4(October 1985): 1012-23, p. 1018-9. 본 논문의 수정 확대된 내용이 *Skepticism and Modern Enmity: Before and After Eliot*, Baltimore and London: The Johns Hopkins University Press, 1989의 제4장 "A Relative Poetics"(pp. 66-85)로 포함된다. 그리고 동일한 내용이 *T. S. Eliot*, ed. Harriet Anderson, London and New York: Longman, 1999, 62-72에 전재되어 있다.

(Derrida: "Apocalyptic" 29)

엘리엇의 시세계는 편의상 『텅 빈 사람들』(*The Hollow Men*)을 기점으로 하는 후기시와 「J. 알프레드 프루프록의 연가」("The Love Song of J. Alfred Prufrock")로부터 시작되는 전기시로 나눌 수 있다. 브래들리의 절대적 관념론과 구분되는 엘리엇의 상대적 관념론을 『브래들리 철학의 인식과 경험』에서 변별적으로 읽어내면서 엘리엇의 문학적 전환의 근거를 확인한 다음, 『브래들리 철학의 인식과 경험』에 반영된 엘리엇의 상대적 관념론을 데리다의 해체론적 관점에서 분석하면서 전기시의 내용적 측면, 특히 철학적 측면을 읽으려고 한다.

셔스터먼(Richard Shusterman)은 엘리엇이 자신의 초기 비평에서 브래들리의 절대적 관념론을 거부한 다음 잠시 동안이지만 경험주의적 실재론을 받아들임으로써 문학적 전환을 이룩한다고 주장하는 반면(16-7), 로에퍼즈(Hugo Roeffaers)는 엘리엇이 자신의 박사학위 청구논문에서 '실재'과 '관념'을 형이상학적으로 타당하게 구별할 수 없었던 것과 마찬가지로 자신의 초기 비평에서 절대 비평과 인상주의 비평 사이의 중용을 찾아내야 하는 딜레마에 직면한다고 설명한다(146). 1923년의 「비평의 기능」에서 인상주의, 1956년의 「비평의 경계」에서 실증적 객관주의에 대한 엘리엇의 비판이 비평의 현실을 감안한 전략적 발언이었음을 카이저(Joe Ellen Green Kaiser)가 분석한 바 있는데(Kaiser 4-11), 로에퍼즈와 맥을 같이하는 주장이다. 라일리(Michael Riley)도 엘리엇이 본질적으로 브래들리의 형이상학을 수용하지는 않았지만 단호하게 거부한 적도 없다는 점을 지적한다(80-1). 본 연구의 목적은 브래들리의 절대적 관념론을 파악하는 것이 아니라 『브래들리 철학의 인식과 경험』에 나타난 엘리엇의 철학을 이해하는 것이다. 엘리엇은 논문의 제1장 「직접 경험에 관한 우리의 인식」의 서두에서 브래들리를 인용하며 직접 경험(immediate experience)을 다음과 같이 설명한다.

감정이 "유한한 심적 중심의 직접적 통일체"라는 말을 들었을 때, 그저 하나의 정신이나 의식'의' 감정이라고 이해하지 말아야 한다. "우선, 감정은 나에게 있어서 구별과 관계가 발현되기 전의 일반적 조건을 의미한다. 거기에는 아직 어떤 주관도 대상도 존재하지 않는다. 둘째, 감정은 정신 생활의 어떤 단계에도 현존하는 것을 뜻하지만, 그저 현존하여 단순히 존재하는 한에 있어서만 그러하다. 이 두 번째의 의미에서는 무엇이든 간에 현실적인 것은 느껴져야만 한다고 말할 수 있다. 그러나 감정이 감정 이상의 것이 되지 못한다고 인정하지 않는다면 감정이라고 명명하지 못한다." (KE 16)

'감정'(feeling), '유한한 중심'(finite centre) 또는 '관점'(point of view)이 개입하는 직접 경험은 브래들리의 절대적 관념론의 핵심 개념이다. 직접 경험은 "무시간적인 통일체여서 어느 '곳'에든 어느 '사람'에게든 그 자체로서는 현존하지 못한다. 우리가 시간과 공간과 자아를 갖는 것은 대상의 세계 속에서 뿐이다"(KE 31). 직접 경험은 주관과 대상이 구별되어 관계가 형성되기 이전의 상태다. 직접 경험은 관계 경험의 원천이다.[3] '나'나 '너'라는 주관이 경험하는 인식은 관계 경험의 차원에 속한다. 그러한 인식이 "하나의 정신이나 의식"이라고 묘사되었다. 직접 경험은 의식 이전의, 즉 관계 경험 이전의 차원에 속한다. 이것이 직접 경험에 관한 브래들리의 정의(定義)이며 엘리엇도 동의하는 것 같다.

관념적 구성체와 대조되는 직접 경험이 있는데, 관념적 구성체에 선행하면

---

3) Jewel Spears Brooker, " F. H. Bradley's Doctrine of Experience in T. S. Eliot's *The Waste Land* and *Four Quartets*," *Modern Philology* 77-2 (1979), p. 150: "Immediate experience is Bradley's term for prerelational consciousness. Relational experience and transcendent experience are my own terms for Bradley's concepts of relational consciousness and superrelational consciousness."

서 어떤 의미에서는 틀림없이 시간적으로 선행한다. 그러나 우리는 현실의 경험이 그저 직접적일 수 없다는 것을 발견하게 된다. 만약 그렇다면, 그것에 관해 아무것도 인식하지 못하게 될 것이 확실하기 때문이다. (KE 18)

관념적 구성체는 관계 경험의 산물이므로 직접 경험과 대조된다. 관념적 구성체는 "대상의 관계"에 관한 의식이므로, 주관과 대상이 구별되어 관계가 형성된 다음 발생한다(KE 30). 직접 경험은 관계 경험을 시간적으로 당연히 선행한다. 따라서 엘리엇은 현실의 경험 속에서 직접 경험을 인식하는 것이 불가능하다고 주장한다. 직접 경험은 주관이 시간과 공간과 자아를 갖기 이전의 감정이기에, 주관이 그 경험을 인식할 수 없다. "세계를 의식과 대상으로 구분한 뒤 다시 통합하려고 시도한다 하더라도, 실패가 운명지어져 있다."(KE 30)는 말은 직접 경험이 의식과 대상으로 구분된 관계 경험이 된 후에는 초월 경험의 성취가 불가능하다는 주장이다. 브래들리와 결정적인 입장의 차이를 드러낸다(Brooker: "Bradley" 156-7). 제1장의 마지막 부분에서 엘리엇은 "시작의 직접 경험과 끝의 완전 경험은 가설의 한계"이며 "여행의 시작이나 끝에 있는 직접 경험은 절멸(絶滅)과 완전한 밤"이라고 말하면서(KE 31), 직접 경험의 허구성과 초월 경험의 성취 불가능성을 강조한다. 엘리엇은 다음과 같이 질문한다. "절대자가 나를 '위해' 내 생각 '속에' 내포되어 있다고 브래들리가 말하는 지도 모르겠다. 그런데 누가 심판을 볼 것인가?"(LTR 80)

1913년 4월의 엘리엇에게 브레들리의 절대자는 "어린 시절의 기도처럼 우리에게서 떠나지 않는 궁극적 경험과 궁극적 실재에 대한 원시적이며 가련한 인간적 신조"를 대변할 뿐이다(Jain 199-200). 브래들리가 자신의 제자인 엘리엇에게 "음조적 영향력"을 행사한다고 케너가 지적한 바 있었는데, 그럼에도 불구하고 브래들리와 엘리엇의 음조(tone)는 뚜렷히 구별된다.[4] 철학이

---

4) 리톤 스트래치(Lytton Strachey)에게 보낸 1919년 6월 1일자의 편지에서 엘리엇은 다음과 같이 어조(tone)의 중요성을 역설하고 있으며, 브래들리의 어조적 영향력을 확인시

궁극적으로는 신념에 근거한다는 거의 동일한 내용을 두 사람은 다음과 같이 표현한다.

(1) 브래들리: "신념이란 용어를 사용하는 편이 알맞는 것을 철학이 요구하며 결국 그것에 의존한다. 어떤 의미에서는 그것을 증명하기 위해 그것의 결론을 예상해야 한다고 말할 수 있다. 그런 일반적인 진실을 상세히 수행하기 위해 대개 어떤 것이 진실임을 암묵적으로 추정한다." (Bolgan 272 재인용)

(2) 엘리엇: "철학은 최대한 엄밀하고 규율있게 상세히 수행될 수 있으며 그렇게 되어야 하지만, 궁극적으로는 신념 이외에 다른 것에는 기초를 둘 수가 없다. 바로 그것이 철학에서의 참신함은 결코 근본적인 데에 없으며 정교화하는 데에 있을 뿐이라고 내가 의심하는 이유다." (KE 163)

브래들리의 경우에는 학문 탐구의 실증적인 어조가 두드러진다. 반면에 엘리엇의 경우에는 철학의 존재 자체에 의문을 제기하는 실존적인 어조가 뚜렷하다. 기존의 철학 체계가 "자아를 산출하는 형이상학이기 때문에 인식을 산출하는 인식론이" 되었다는 반성의 표현이다(KE 155). 또한 "브래들리의 관념의 정의가 인식의 유일한 기반인 유한한 현실로부터 인식을 단절시킨다"는 비판이기도 하다(Davidson: *Hermeneutics* 63). 「칸트의 비판과 불가지론의 관계에 관한 보고서」와 「인위적 구분의 타당성」이라는 1913년의 죠시아 로이스 세미나의 원고에서 엘리엇은 설명(explanation)과 묘사(description)의 차이점을 공들여 분석한다. 단일한 관점을 유지하려는 설명이 갖고 있는 인식

키고 있다. "One can groan over the choice of a word, but there is something much more important to groan over first. It seems to me just the same in poetry—the words come easily enough, in comparison to the core of it—the *tone*—and nobody can help one in the least with that. Anything *I* have picked up about writing is due to having spent (as I once thought, wasted) a year absorbing the style of F. H. Bradley—the finest philosopher in English—*Appearance and Reality* is the *Education Sentimentale* of abstract thought"(*LTR* 298-9).

론에 의문을 제기하면서, "묘사는 쓸모가 없지만 않다면 관점의 변화를 포함" 한다고 주장한다(Perl: "Language" 1013-4). 예를 들면 '심리적 무의식'에 대해 두 사람이 모두 불만을 표시한다. 그런데 브래들리가 심리적 무의식을 전적으로 배제하는 반면, 엘리엇은 심리적 무의식이 "직접 경험과 동의어는 아니지만 직접 경험의 일부분"이라는 유연한 입장을 취한다(Skaff 58).

브래들리의 '음조적 영향력'을 배제하지 않으면서도 음조의 차이를 반영하는 "상대적 관념론자"(relative idealist)라는 명칭은 『브래들리 철학의 인식과 경험』의 철학적인 입장을 반영한다(*LTR* 80). 엘리엇은 절대적 관념론을 다음과 같이 비판한다.

> 체계의 수립자는 실재를 체계의 용어로 생각하지만, 체계의 비판자는 명확하지 않은 사회적 실재의 용어로 생각한다. 요컨대 바로 그런 일이 주어와 술어가 하나가 아닌 세계에서 틀림없이 발생하는 바다. 형이상학의 체계는 로케트처럼 올라갔다가 나무토막처럼 내려오도록 운명지어져 있다. 치밀하게 짜여진 이론에 언제나 다음과 같은 의문이 제기될 수 있다. 그것이 '나의' 현상 세계의 실재란 말인가? (*KE* 167-8)

형이상학의 체계는 치밀하게 짜여진 '절대적' 이론이다. 그런데 주어와 술어가 일치하지 않는, 즉 명확하게 규정되지 않는 사회적 실재의 측면에서 보면 불완전한 '상대적' 이론이다. 로케트가 올라가는 이미지는 이론의 사회적 실재의 측면, 즉 사회 현실에 적용되는 상황의 표현이다. 상승하는 로케트가 상징하는 절대적 완전성도 자신의 무게 때문에 나무토막처럼 추락하는 불완전성을 내포한다. "진실은 하나이며 실재도 하나라는 가정을 강요받는다. 그러나 어떤 하나인가라고 질문하면 불일치가 발생한다."거나 "일관하는 것이 무엇인가라는 질문에 실재가 아니라 관념이라는 대답을 듣는다면, 전체의 구조는 요술장이의 한푼짜리 쑈일 뿐이다."라고 이어지는 설명도 동일한논리를 갖는다(*KE* 168).

여기에서 엘리엇의 음조를 규정하기 위한 두 번째 질문이 제기될 수 있다. 형이상학의 체계를 격렬하게 비판하는 엘리엇을 상대적 관념론자라기보다 상대주의자라고 규정해야 하지 않겠는가. 다음과 같은 『브래들리 철학의 인식과 경험』의 마지막 부분이 대답의 방향을 제시한다.

> 실천적 입증의 세계에는 명확한 한계선이 없으며, 이 한계선을 계속 열어 놓는 것이 철학의 임무다. 내가 대상의 구성과 의미에 있어서 실천적인 (실용적인 ?) 것을 주장해 왔다면, 실천적인 것이야말로 실천적 형이상학이기 때문이다. 게다가 이렇게 인식의 상대성과 매개성이란 실천을 강조하는 것이야말로 우리를 절대자에게로 몰고 가는 것이다. (*KE* 169)

「서문」에서 엘리엇이 브래들리에 관한 "학위 논문은 '절대자'라는 단어로 끝나는 것이 적절하다"고 주장한 바 있는데(*KE* 11), '절대자'라는 단어는 엘리엇을 상대주의자가 아닌 상대적 관념론자로 규정짓는다. 형이상학의 체계를 비판하면서도 '실천적 형이상학'이란 용어가 대변하듯이 그 체계를 포기하지는 않는다. 이러한 역설(逆說)의 논리는 우연의 산물이 아니라 다음과 같이 엘리엇의 의도(意圖)의 정확한 반영이다. "'실재'가 추구하는 목표가 유물론자의 세계라고 비유적으로 말하면서 나는 만족해 할 것이다. 또한 반대의 목표를 향해서 '추구한다'고 똑같이 자유롭게 말할 수 있다. 물론 어느 경우에도 거기에 도달하지 못한다"(*LTR* 81). 실재의 목표를 인정하면서 동시에 관념의 목표도 인정한다. 그런 다음 둘 다 부정한다. 자인(Manju Jain)은 직접경험과 절대자의 어느 쪽도 믿지 못하는 것이 "엘리엇의 딜레마"라면서 부정적인 언어를 사용하는데(204), 엘리엇의 어조는 비관적이지 않다. "모든 경험은 절대적이려는 의도를 갖지만 상대적이라는 점에서 역설이다"(*KE* 166). 엘리엇의 상대적 관념론은 절대적 관념론을 목표로 하는 과정(過程)이 아니다. 형이상학의 체계 속에서 단일한 관점의 설명을 제공하는 절대적 관념론이 사회적 실재의 세계를 묘사하는 데 있어서 무기력하다는 점을 반성하는 보다 세련된 이론이다.

> 경험의 사이에 존속하며 우리의 판단을 교정하는 관념적 동일성이 있는데, 초월성과 함께 그러한 동일성은 우리에게 여러 등급의 진리를 제공한다. 그 이론은 그저 단순하게 하나의 실재, 즉 하나의 '그것'(that)이 '무엇임'(whatness)의 다양한 조건 밑에 존속한다고 주장하는 바, '그것'은 규정 불가능하다. 다시 말해서 지금껏 지속되어 온 '그것'이 무엇인지 우리가 알지 못하더라도 말이다. (*KE* 166)

이와 같은 논리에 의하면 "직접 경험은 인식론적으로는 불가능하면서도 동시에 존재론적으로 요구되는 역설"이다(Li 352). 직접 경험의 존재론적 양상은 '그것'으로, 인식론적 양상은 '무엇임'이라는 용어로 제시된다. 초월성과 동일성의 절대자를 포기하지 못하는 관념론의 면모가 있지만, 진리에 다양한 등급이 있다는 인식은 상대적이다. 브래들리는 초월 경험의 현실 인식이 가능하다고 생각한다. 『브래들리 철학의 인식과 경험』은 브래들리 관념론의 절대성에 의문을 제기하는 작업이다. 절대자를 직접 인식하는 것은 "무지개 끝에 달린 황금 자루"같이 불가능한 일인데, "인식은 변함없이 정도의 문제"이기 때문이다(*KE* 151).

엘리엇은 초월 경험을 거부하는 상대주의자가 아니다. "사회적 행위"(*KE* 24)를 수행하기 위해서는 시간과 공간과 자아를 갖는 대상의 세계가 전제된다. 초월 경험을 현실 속에서 인식할 수는 없지만 초월 경험의 가능성 자체를 부정하지는 않기에, 다양한 등급의 진리 인식 체계가 검토된다. 그리하여 현실 인식 속에서 미적 경험이 다음과 같이 제시된다.

> 처음에 우리는 감정의 '혼돈'을 갖거나 갖고 있는 것 같아 보이는데, 실은

거기에서 주관과 대상이 출현한다. 아름다운 그림 앞에 서 있다가, 충분히 혼을 빼앗기면 독립적 대상인 그림이 우리의 의식이나 영혼처럼 아주 진정한 구성 요소가 되기 때문에, 우리의 감정은 어떤 의미에서 '우리의' 감정이 아닌 전체가 된다. 감정은 거기에도 다른 곳에도 있지 않다. 즉 그림은 방 안에 있고 그림에 관한 나의 '감정'은 나의 '마음' 속에 있다. 감정의 이러한 전체가 완전하고 만족스러우면 감정이 대상 속으로 확산되어, 대상에 관한 감정을 갖는 주관이 되지 않는다. 그렇게 되면 사실상 아무런 의식도 없을 것이다. 그러나 도대체 감정이기 위해서는 의식적이 되어야 하지만, 의식적인 한 단순한 감정이기를 그친다. 그러므로 감정은 하나의 양상인 바, 인식의 일관성 없는 양상이다. 즉 분리되거나 고립된 단계의 양상이 아니다. (KE 20)

직접 경험과 유사하지만, 미적 경험은 의식의 대상이다. 직접 경험이 의식 이전의 경험이라면, 미적 경험은 의식 속의 경험이다. 양자는 진리 인식의 등급 측면에서 구분된다. 의식을 하기 위해서는 시간과 공간과 자아를 갖는 대상의 세계를 전제로 한다. "도덕적 우월성"(SE 458)의 관점에서 「마리 로이드」("Marie Lloyd," 1923년)는 미적 경험의 사회적 양상을 표현한다 (Skaff 97-8). 절대적 관념론자는 현실 속에서 초월 경험을 인식할 수 있다고 믿는다. 상대적 관념론자는 현실 속에서 초월 경험을 인식할 수 없다고 생각한다. 초월 경험은 실천적 연구의 대상이 될 수 없다. 초월 경험의 실증적 연구가 불가능하다면 철학의 한계가 뚜렷해진다. 초월 경험은 실천적 인식의 대상이 될 수 없기 때문에 사회적 경험을 명확하게 설명해낼 수 없다.

다른 중심의 경험과 우리 자신의 경험 사이에 있는 동일성을 우리가 희미하게 느끼면서, 우리 자신의 경험을 대상의 세계에 관한 관심이라고 해석하게 된다. 그리고 그러한 동일성은 점차 외부 세계 속으로 자신을 형성하여 간다. 각각 하나의 자아와 연속되어 있는 두 개(나 그 이상)의 세계가 있지만, 다른 방향에서—왠지 모르지만—동일성 속으로 달려 들어간다. 그래서 다른 사람의 행동에 우리의 행동을 맞추고 협력하면서 우리는 동일한 세계를 의도하게

된다. (*KE* 143)

　나와 다른 존재가 동일한 세계를 의도하는 것이 사회적 행동의 전제 조건이
다. 개개인이 서로 관계 없는, 즉 연속되어 있지 않은 다른 세계 속에 존재한다
면 사회적 행동은 불가능하다. 서로 다른 두 개 이상의 경험 세계가 "왠지
모르지만"(somehow) 동일성을 희미하게 느끼고 이끌리게 된다고 엘리엇의
철학이 설명한다. "왠지 모르지만"이 철학적 설명의 핵심 용어라면, 논리의
부재를 고백하는 셈이다. 제이(Gregory Jay)는 "반복되는 '왠지 모르지만'이
엘리엇 시의 주제가 된다"고 설명하는데(36), 엘리엇이 문학적 전환을 하는
이유다.

　엘리엇이 브래들리의 절대적 관념론에 대해, 특히 초월 경험과 절대자의
현존에 대해 의문을 제기하면서 보장된 철학자의 길을 포기하였다. 그럼에도
불구하고 엘리엇은 초월 경험과 절대자, 요컨대 형이상학을 전면적으로 거부
할 수는 없다고 판단하는데, 이러한 엘리엇의 철학적 입장이 상대적 관념론이
라고 본 논문에서 정의된 바 있다. 데리다의 해체론의 입장도 형이상학을
아직 폐기 처분할 수 없다는 상황 판단에 기초한다. 따라서 형이상학과의
과격한 단절을 추구하는 포스트모더니즘과는 입장을 달리 한다. 해체론이 포
스트모더니즘과 다른 점은 실천적인 국면에서 형이상학과 계몽의 철학을 전면
적으로 부정하지 않는다는 것이다. 엘리엇이 형이상학을 전면적으로 거부하는
상대주의자라기보다 초월 경험의 현존을 전면적으로 부인하지는 않는 상대적
관념론자인 점을 고려하면, 엘리엇의 철학적 입장과 해체론의 철학적 입장은
본질적으로 유사하다. 이에 의거하여 모더니즘의 대표적인 시인이라고 여겨져
온 엘리엇의 문학비평과 시를 포스트모더니즘의 문학비평인 해체비평으로 읽
으려는 것이 본 연구의 목적이다. 필자는 20세기초의 엘리엇이 20세기 후반의
포스트모던한 사상을 선취(先取)했지만, 적절한 용어가 아직 제시되지 않은

상황이었기 때문에 어쩔 수 없이 역설적인 언어를 의도적으로 사용하면서 엘리엇 자신이 선취(先取)한 포스트모던한 사상을 표현했다고 생각한다. 필자는 엘리엇의 철학, 문학비평과 시를 통해서 데리다의 해체론을 유의미하게 해석할 수 있을 만큼 데리다와 유사한 인식을 보여준다고 생각한다. 지금부터는 (1) 차연, (2) 언어와 주관, (3) 흔적, (4) 문학과 철학 그리고 (5) 철학적 문학 또는 문학적 철학 등 다섯 개의 항목에서 데리다의 해체론과 대비하면서 엘리엇의 철학, 문학비평과 시를 읽으려 한다.

(1) 차연.

차연은 데리다 해체론의 핵심 개념이다. 차연은 공간적 차이와 시간적 지연의 합성어다.

> "차이지다"가 한편으로는 비동일성을 의미하지만, 다른 한편으로는 '같은 것'의 질서를 의미한다. 여전히 지금도 차이지는 두 개의 움직임을 서로에게 연결하는 범위 내에서는 완전히 차연되더라도 공통적인 뿌리가 있음에 틀림 없다. '동일하'지는 않은 이러한 '같음'에 '차연'(differance)이란 이름이 잠정적으로 제공된다. 발음되지 않는 'a'라는 글자로 인해, '차연'은 차이를 지시하는 소망된 이점을 지닌다. 그 차이는 시간화/공간화로써 '그리고' 모든 분리를 조직하는 움직임으로써 차이다. (Derrida: *Speech* 129-30)

차연은 시간적이며 공간적인 비동일성, 즉 "시간화/공간화"를 의미한다. 그런데 "'같은 것'의 질서," "공통적인 뿌리," "'동일하'지는 않은 이러한 '같음'"이나 "모든 분리를 조직하는 움직임"에서 사용된 '같음'이 무엇을 의미하는지 명확하지 않다. 다음에 인용된 『브래들리 철학의 인식과 경험』은 마치 차연의 해설서 같다.

> 사실 과거의 체험과 과거의 기억이 서로 같거나 다르다고 말할 아무런

이유도 없지만, 의도 속에서는 사실상 하나이며 같다. 같거나 다르다는 진술을 하려고 한다면, 양쪽에서 언급되거나 혹은 한쪽에서는 언급되고 다른 쪽에서는 언급되지 않는 관점(觀點)을 보여줘야 할 것이다. 그리고 그런 동일 관점은 발생하지 않는다. 당신이 과거를 체험해 와서 지금 현재이거나 아니면 당신이 과거를 기억하는데, 그러면 그것은 한때 당신이 체험했던 것과 같은 과거가 아니다. 즉 차이는 두 개의 대상 사이가 아니라 두 개의 관점 사이에 있다. 두 개의 관점은 무엇이든 같은 '것'이 거기에 있지 않더라도 같은 것을 의도할 수 있다. 같음은 두 개의 관점의 기능이다. (*KE* 51)

엘리엇은 차연의 용어를 사용하지 않고 차연을 설명한다. 표면적으로는 역설의 논리 같지만, 의도적인 것이다. 차연은 두 개의 대상으로 설명될 수 없다. 공간적 차이는 두 개의 대상으로 설명될 수 있다. 대상은 공간적인 존재의 개념이기 때문이다. 그렇지만 차연은 공간적 차이와 시간적 지연의 합성어다. 엘리엇은 과거의 시간 속에 존재했던 '과거의 체험'와 현재의 시간 속에 존재하는 '과거의 기억'이라는 두 개의 관점(觀點)을 제시함으로써 지연을 설명한다. 관점은 유한한 중심이나 감정 등과 함께 직접 경험에 개입하는 다른 이름이다.

사실상 대상과 대상의 이미지라는 두 개의 구분되는 실체가 있는 것은 아니다. 즉 물리적 대상이 아니라 의도된 대상의 차이인 것이다. 지각 속에서 우리는 대상을 의도한다. 회상 속에서 우리는 이미지와 감정으로 구성된 복합체를 의도한다. 우리는 단순히 대상을 기억하려고 의도하지 않고, 우리가 기억하는 대상을 기억하려고 의도한다. 그리고 이 새로운 대상은 과거의 대상이라기보다는 오히려 경험이다. 그 이유는 우리가 과거의 대상에 관하여 어떻게 느끼는가를 기억하고자 노력하기 때문이다. (*KE* 49)

데리다가 차연이란 새로운 용어를 사용하는데 비해, 엘리엇은 차이란 단어를 두 개의 다른 의미로 사용한다. 차이라는 하나의 단어에 두 개의 의미가

제시되므로 역설이다. 데리다는 비동일성과 같음이란 개념을 사용한다. 비동
일성은 공간적 차이를 의미한다. 공간적 관점에서는 시간 속에 계속 존재하는
하나의 대상이 같아 보인다. 같음은 시간적 다름을 강조하기 위해 데리다가
사용하는 용어다. 시간적 차원을 고려하지 않으면, 공간적 같음만 느껴진다는
주장이다.

엘리엇의 해체론적 철학은 초기의 비평인 「전통과 개인의 재능」에서도
발견된다. 여기에서 '과거의 체험'은 과거의 과거성, '과거의 기억'은 과거의
현재성이란 개념으로 번역된다. 백년마다 문학사가 재작성되어야 한다는
「매슈 아놀드」("Matthew Arnold," 1933년)에서의 엘리엇의 다음과 같은
주장도 같은 맥락의 산물이며, 해체론의 문학비평이다.

> 때때로, 백년 정도마다, 비평가는 문학의 과거를 재검토하여 시인과 시를
> 새로운 질서 속에 배치하는 것이 바람직하다. 혁명 과업이 아니라 재조정
> 작업이다. 우리가 관찰하는 것이 부분적으로는 같은 광경이지만, 다른 조망과
> 거리가 더 멀어진 조망에서인 것이다. 전경(前景)에는 새롭고 낯선 대상들이
> 있는데, 이제 지평선에 접근하는 보다 친숙한 것들에 비례하여 정확하게 그려
> 낼 수 있다. 아주 저명한 것을 제외하고는 지평선에 있는 것이 모두 맨눈으로
> 보이지 않게 된다. 강력한 렌즈로 무장한 철저한 비평가라면 먼 거리까지
> 섭렵하여 아주 가까이에 있는 미세한 대상과 비교하면서 풍경 속에 있는 미세
> 한 대상에 친숙해질 수 있을 것이다. 전체의 거대한 파노라마 속에서 우리
> 주변에 있는 대상의 위치와 비례를 멋있게 측정해낼 수 있을 것이다. (UPUC
> 108)

엘리엇의 시에서도 해체론의 철학, 특히 차연의 논리를 읽을 수 있어 해체
비평적 접근이 가능하다. 「보스톤 이브닝 트랜스크립트」의 마지막 4행은
다음과 같다.

나는 층계를 올라가 벨을 누르고, 지쳐서
돌아선다, 거리가 시간이고 라 로쉬푸코가 거리 닿는 데 서 있다면,
그에게 작별의 인사를 꾸벅하기 위하여 뒤돌아보는 사람처럼.
그리고 나는 말한다, "해리엇 사촌 누이, 여기 보스톤 이브닝 트랜스크립트가
있어요"라고(6-9)

I mount the steps and ring the bell, turning
Wearily, as one would turn to nod good-bye to La Rochefoucauld,
If the street were time and he at the end of the street,
And I say, 'Cousin Harriet, here is the Boston Evening Transcript.' (*CPP*
28)

　화자가 해리엇 사촌 누이에게 저녁 신문을 배달하는 과거의 체험의 기록이
지만, 시로 표현되면 독자가 다시 읽을 때마다 그러한 과거의 체험은 과거의
기억으로 언제나 재생된다. 과거의 기억의 내용은 과거의 체험의 내용과 같고
도 다르다. 과거의 체험이 과거 속에만 존재하는 과거라면 과거의 기억은
현재 속에서 계속 경험되는 과거다. 시는 읽을 때마다 매번 새롭게 경험된다.
하나의 경험 속에 두 개의 관점이 존재한다. '나'의 경험이지만 동일하지는
않다. 주절의 시제는 현재지만, 주절이 묘사하는 내용은 이미 지나가버린, 즉
체험된 과거의 사실이다. 시인은 독자가 두 개의 관점, 즉 두 개의 과거를
경험하게 될 것임을 알고 있는데, 그것이 시인의 의도이다. 접속사 'as'와 'If'
로 시작되는 제7행과 제8행의 종속절은 가정법의 시제를 갖는데, 제6행과
제9행의 주절에 둘러싸여 있다. 종속절의 가정법은 시제의 변화를 거부하려는
의도의 표현이다. 가정법을 사용하여 관습 도덕의 대가인 라 로쉬푸코에게
작별 인사를 한다. 과거에 의미를 부여하는 해석이 적어도 두 개는 있어야
한다. 라 로쉬푸코로 의인화된 관습 도덕에게 보내는 작별 인사라는 가정법의

제스처는 과거의 체험이 갖고 있는 의미를 규정하려고 하며, 또한 과거의 의미를 분석하는 하나의 지침이 된다. 그런데 시의 제목이 된 보스턴 이브닝 트랜스크립트는 사회의 관습적 현실을 담고 있는 보스턴의 저녁 신문이다. 윌리엄즈가 지적하는 바와 같이 화자는 "자신이 거부하려는 사회 현실에 말려든다"(Williams 130). 아이러니는 화자 자신의 주장과 실제의 현실이 다른 것을 화자가 자각하는 문학적 수사이다. 풍자는 등장인물의 주장과 실제의 현실이 다른 것을 화자가 공격적으로 지적하거나, 화자의 주장과 실제의 현실이 다른 것을 독자가 작가와 함께 비판적으로 지적하는 문학적 수사이다. 독자의 관점에 따라, 즉 독자가 자신을 화자와 동일시한다면 「보스턴 이브닝 트랜스크립트」에서 아이러니를 읽을 수 있고, 독자가 화자를 등장인물로 객관화하면 풍자를 읽을 수 있다. 시인이나 화자의 의도된 표현이 하나의 해석으로 고정되지 않는다.

　「창가의 아침」("Morning at the Window")의 제1연은 「보스턴 이브닝 트랜스크립트」와 동일한 구조를 갖는다. 현재진행형 시제의 제1행은 하녀들이 "지하실 부엌에서 아침 먹은 접시를 덜그럭거리고 있다"(They are rattling breakfast plates in basement kitchens,)는 내용이다(CPP 27). 과거의 체험이 미적 경험인 과거의 기억의 관점에서 묘사된다. 과거의 체험과 과거의 기억이라는 두 개의 관점이 하나의 문장 속에 혼재되어 있다. 나머지 3행은 화자의 생각이다. 화자는 "하녀들의 축축한 영혼이 지하실 통용문에/ 맥없이 삐죽삐죽 나와 있는 것을 인식한다"(I am aware of the damp souls of house-maids/Sprouting despondently at area gates.)(CPP 27). 「보스턴 이브닝 트랜스크립트」의 경우처럼 화자의 생각에, 그리하여 시의 이미지에 의문을 제기하는 독서를 하지 않을 수 없다. 하녀들의 영혼이 축축한지 아니면 화자의 영혼이 축축한지 모호하기 때문이다. 「아폴리낙스씨」("Mr. Apollinax")의 제사(題詞)는 다음과 같다. "오 무슨 새로움. 헤르쿨레스여, 이 무슨 역설인가./ 발명의 인간이었다"(CPP 31). 역설의 새로운 표현이 의미있다는 시인의 주장이 뚜렷하다. 화자의 마음 속에서 아폴리낙스씨와 치타 교수 부처 간의 전쟁이 발발한다(Bornstein 134). 화자는 심정적으로 아폴리낙스씨, 엘리엇의 전기(傳記)적 관점에서 해석하면 하버드 대학교의 방문 교수였던 버트란드 러셀의 편을 든다. 치타 교수 부처에 관한 다음과 같은 표현이 시인의 심정을 사실적으로 묘사한다.

미망인 플라커스 부인과 치타 교수 부처에 대해서
내가 기억하는 것은 한 조각의 레몬과 한 입 깨물은 마카롱이다. (21-2)

Of dowager Mrs. Phlaccus, and Professor and Mrs. Cheetah
I remember a slice of lemon, and a bitten macaroon. (CPP 31)

"한 조각의 레몬"이나 "한 입 깨물은 마카롱"의 제유(提喩)는 치타 교수 부처나 플라커스 부인이 화자에게 무의미한 존재라는 점을 강조한다. 과거의 기억이라는 미적 경험이 문제다. 직접 경험이기에 차연의 과정을 겪으며 매번 새롭게 해석된다. '레몬'이나 '마카롱'이라는 제유가 표현하려는 전체가 무엇인지 명확하게 규정되지 않는다. '레몬'이나 '마카롱'을 제유라고 해석하는 문학적 관습에 의문이 제기될 수 있다. 심정적으로는 버트란드 러셀에게 동조하지만, 자신이 동조하는 이유가 모호하다는 점을 시인은 인식한다. 반대편 진영의 아폴리낙스씨를 묘사하는 중심 수사법은 다음과 같은 화려한 비유다.

나는 의자 밑에서 뒹굴고 있거나,
머리카락에 해초가 붙은 채
스크린 너머로 힐쭉 웃는 아폴리낙스씨의 머리를 찾았다. (13-5)

I looked for the head of Mr. Apollinax rolling under a chair

Or grinning over the screen
With seaweed in its hair. (*CPP* 31)

그런데 아폴리낙스씨를 위한 우호적인 이미지에 의문이 제기될 수 있다. 축어적으로 읽으면, 아폴리낙스씨의 머리가 몸통에서 굴러 떨어져 의자 밑에서 뒹굴거나 바닷물 속에 잠겨 있어서 머리카락에 해초가 붙어 있다. 시인의 옹호는 아폴리낙스씨를 화려한 비유의 체계 속에 구속하는 작업으로 귀착된다. 아폴리낙스씨의 자유로움를 옹호하려는 의도를 갖고 있었는데, 아폴리낙스씨를 구속하는 작업을 하게 된다. 역설적인 상황이다. 독자가 화자의 입장을 동조적으로 보면 아이러니라고 해석된다. 비유 등의 수사법의 체계 자체가 본질적으로 갖고 있는 구속성을 지적하지 않을 수 없다. 현대 시인은 수사법이 아닌 다른 새로운 언어 체계를 발견해야 한다.

(2) 언어와 주관.

"[차이로만 구성되는] 언어는 말하는 주관의 기능이 아니다."는 소쉬르의 관점은 언어와 주관의 관계를 역전시키는데, "(자기동일적이거나 자기동일성을 의식하기까지 자의식적인) 주관이 언어 속에 새겨지"기 때문에 "주관은 언어의 '기능'이다"(Derrida: *Speech* 145). 언어와 주관의 관계에 관한 엘리엇의 해설은 다음과 같다.

> 어떤 상징도 결코 그저 하나의 상징이 아니며, 자신이 상징하는 것과 연속되어 있다고 계속 주장하고 싶다. 단어가 없다면, 대상도 없다. 명명되지 않고 순수하게 경험되는 대상은 아직 하나의 대상이 아니다. 왜냐하면 그저 특정한 지각의 다발일 뿐이기 때문이다. 하나의 대상이 되기 위해서는 시간이 경과되는 동안 차이 속에서 동일성이 제시되어야 한다. (*KE* 132)

주관은 로고스중심주의에 의존한다. 주관의 언어는 상징에 의한 동일성의 체계를 갖는다. 주관은 상징 체계의 중심에 현존한다. 언어가 공간적이며 시간적인 차이로 구성된다는 것이 해체론의 주장이다. 따라서 언어에 선행(先行)하여 상징 체계의 중심에서 독존(獨尊)하는 주관은 불가능한 개념이 된다. 주관이 언어에 의존한다. 단어가 없다면, 대상 뿐만 아니라 주관도 없다. 언어가 주관의 기능이 아니라, 주관이 언어의 기능이다.

「그는 말했다. 이 우주가 아주 영리하다고」("He said: this universe is very clever")는 엘리엇의 첫 번째 시집인 『프루프록과 다른 관찰들』(1917년) 이전의 미완성 작품이다.

> 그는 말했다. 우주가 기하학적 그물이라고
> 그리고 가운데에, 매독걸린 거미같이
> 절대자가 앉아서 기다린다고, 우리 모두
> 걸려들어서 절대자의 내부에서 끝나버릴 때까지. (5-8)

> He said: it is a geometric net
> And in the middle, like a syphilitic spider
> The Absolute sits waiting, till we get
> All tangled up and end ourselves inside her. (Eliot: *Inventions* 71)

절대자가 "매독걸린 거미" 같은 창녀라고 주장하는 구절이 엘리엇의 상대적 관념론을 표현한다. 절대자의 존재 자체를 부정하는 상대주의는 아니지만, 절대자의 절대성에 강력한 의문이 제기된다. 시적 화자의 어조가 냉소적이다. 냉소적 어조는 언어를 마음대로 사용하지 못하는 주관의 무능력을 반영한다. 절대자의 내부에서 삶을 마감하는 우리 모두의 운명을 인정하면서도, 기하학적 그물 같은 우주의 완결된 체계를 부정하지는 못하면서도, 절대자가 무의미한 중심이 되었다고 주장한다. 로고스중심주의의 존재를 인정하지만, 로고스의 기능이 거의 상실되었다는 주장이다.

「사랑의 대화」("Conversation Galante")에서도 남성 화자의 어조는 냉소적이다. '사랑의 대화'이기에 다소 감상적이거나 가벼운 어조가 사용된다.

나는 말한다. "달은 우리의 감상적인 친구!
아니 어쩌면 (공상적이라고 여기지만)
프레스타 존의 풍선,
아니면, 가엾은 여행자들의 슬픔을 밝히는
높이 매달은 낡아빠진 램프인가봐요."
그러자 그녀는 "어쩌면 저렇게도 딴 소리를 하실까!" (1-6)

I observe: 'Our sentimental friend the moon!
Or possibly (fantastic, I confess)
It may be Prester John's balloon
Or an old battered lantern hung aloft
To light poor travellers to their distress.'
She then: 'How you digress!' (*CPP* 33)

「그는 말했다. 이 우주가 아주 영리하다고」의 경우와 달리, 남성 화자는 자의식적이며 그의 냉소적 어조가 여성 등장인물에 의해 지적된다. 냉소(冷笑)는 부분적으로만 의문을 제기하는 피상적인 표현이다. 남성 화자의 언어는 '딴 소리'를 포함한다. 전부 다 진심(眞心)의 표현이 아닌 것이다. 언어가 주관의 기능에 국한되지 않고 자의식적 주관이 언어와 일치하지 못하기에, 주관의 절대적 우위(優位)가 흔들린다. '딴 소리'라고 지적하는 타자(他者)의 존재는 주관의 절대적 위치를 위협한다. '사랑의 대화'는 감정, 즉 직접 경험의 전달을 목표로 한다. 사랑을 포기하지 않는 한, 냉소라는 거부의 태도를 계속 유지하기 어렵다.

「히스테리」("Hysteria")의 "삼켜지고 빨려 들어가는 공포"는 화자가 겪는 "정신분열적 감정"의 표현이다(Whiteside 12). 여자의 강력한 웃음 공세 앞에서, 자신의 주관을 지키기 위해 화자는 언어에 필사적으로 매달린다.

그녀의 젖가슴의 떨림을 멈출 수 있다면 이 오후의 조각들을 약간은 주어 모을 수 있을 것이라고 생각했으므로 나는 세심한 주의를 기울여 관심을 이 목적에 집중시켰다.

I decided that if the shaking of her breasts could be stopped, some of the fragments of the afternoon might be collected, and I concentrated my attention with careful subtlety to this end. (*CPP* 32)

젖가슴의 떨림을 멈추게 하는 현실적 힘이 화자에게 없는 것 같아 보인다. 화자는 언어의 세계 속에서 주관의 그런 의도를 표현할 수 있을 뿐이다. 화자는 상상력을 동원하여 자신의 개인적인 문제를 해결하려고 한다. 그런데 "원한다면 개인적일 수 있지만, 상상력의 작업은 결코 그저 개인적이지 않다. 개인적일 '뿐'이라고, 즉 저자에게만 의미가 있다고 생각하면, 상상력이 아니라 병적 상황의 산물로 설명하는 셈이다"(*KE* 75-6). 상상력은 타자를 전제로 한다. 주관의 회복을 위해서 상상력을 사용하는 화자의 심리상태는 병적이며, '히스테리'라고 명명된다. 지금까지가 이 시는 과거의 체험을 단순하게 묘사한다는 해석의 양상이다. 과거의 기억은 언어와 주관의 관계를 중심으로 전개되는데, 과거의 기억은 미적 경험으로도 형상화되며 현재의 의식 속에서 다시 경험되는 과거의 경험이다. "감정을 회상한다는 것은 끝까지 살아내는 체험이라는 말을 자주 들었는데, 감정은 인식되거나 기억될 수 없고 느껴질 수 있을 뿐이다. 그러한 반론에 대해 환각은 기억의 만족과 성취가 아니라 기억의 질병이라고 반박할 수 있다"(*KE* 50). 주관 중심의 유아론적 기억은 환각일 뿐이다. 화자는 언어를 주관 회복의 기능으로 사용하려고 의도한다. 히스테리와 환각은 언어의 기능화에 실패한 증거일 뿐이다. 언어가 주관의 기능이 되는 대신, 주관이 언어의 기능이기 때문이다. 상상력의 언어로 주관의 회복에 성공하는 대신, 환각의 언어가 주관의 히스테리를 만들어낸다는 새로운 해석이 가능해진다.

(3) 흔적.

로고스중심주의는 존재의 현존성(presence)에 근거한다. 그런데 차연의 철학에서는 존재가 언어의 기능으로 축소된다.

> 따라서 우리는 현존, 그리고 특히 의식, 의식 자체에 근접한 존재가 더 이상 존재의 절대적으로 물질적인 모습이 아니라 '결정'과 '효과'라고 가정하게 된다. 현존은 더 이상 현존이 아닌 차이로 구성된 체계의 내부에 있는 결정과 효과인 것이다. (Derrida: *Speech* 147)

존재는 더 이상 절대적 현존, 즉 "절대적으로 물질적인 모습"을 갖지 못한다. 차연하는, 즉 공간적/시간적으로 변하는 언어 속에서 하나의 기능으로 봉사한다. 언어의 체계에 의해 결정되는 효과가 된다. 결코 스스로 현존하지 못하는 어떤 것의 '흔적'(trace)이 된다. 엘리엇은 흔적의 사상을 보다 구체적으로 다음과 같이 묘사한다.

> 감정에게 무엇임(whatness)을 제공하는 그런 관계가 없다면, 감정이 존재한다고 말해질 수 없을 것이다. 모든 관계를 넘어서서 감정은 사실 '그것'(that), 즉 (엄밀하게 말하자면 어느 곳이나 어느 때에도 있는 것이 아닐지라도) 그저 거기에 있는 것이어야 한다. (*KE* 23)

'그것'과 '무엇임'은 엘리엇의 상대적 관념론을 구성하는 핵심 개념이다. '그것'은 감정, 즉 직접 경험이 존재론적으로 요구되는 양상을, '무엇임'은 인식론적으로 명확하게 인식되지 않는 양상을 위한 개념이다. '그것'은 명명할 수 없는 절대자의 존재를 명명하려는 관념론의 측면이다. '무엇임'은 절대성을 비판하며 진리의 다양한 등급을 인식하는 상대적 인식론의 측면이다. 절대자가 현존하더라도, 진리의 상대성에 근거한 인식론이 없다면 감정, 즉 직접 경험의 존재는 인식되거나 말해질 수 없다. 엘리엇은 존재의 그러한 모습을 구체적으로 다음과 같이 묘사한다. "유한한 중심의 갈등과 재조정, 즉 사회적 행위 속에서만 감정과 사물이 찢어진다. 그리고 그런 분리 뒤에 희미하게 떠도는 끄트머리만 남기는데, 유착하려는 경향이 있다"(*KE* 24-5). 감정이나 사물이란 존재의 구체적인 모습이 없다면 인식이나 언어는 불완전하며, 따라서 사회적 행위가 불가능해진다. 사회적 현실 속에서 존재는 "희미하게 떠도는 끄뜨머리"처럼 인식된다. '흔적'의 구체적인 모습이다.

특히 「J. 알프레드 프루프록의 연가」 초반부의 노란 안개 이미지, 「여인의 초상」("Portrait of a Lady") 초반부의 줄리엣의 무덤 분위기, 그리고 「서시」("Preludes")나 「바람부는 밤의 광상시」("Rhapsody on a Windy Night") 화자의 몽롱한 시선 등에서 '희미하게 떠도는 *끄트머리*' 같은 감정과 사물의 '흔적'을 만나는데, 전기시의 대표적인 상황이다. 「눈물 흘리는 소녀」("La Figlia Che Piange")의 "아 그대를 무어라고 부르면 좋을까..."라는 제사(題詞)는 흔적의 사상을 대변한다. 화자가 등장인물인지, 즉 자신이 사랑하는 여인이 떠나가려는 상황인지, 아니면 화자가 그런 이별의 상황을 상상적으로 연출하는 제3자적 입장의 시인인지 여부에 관계없이, 사랑하는 여인은 명명될 수 없는 존재다. 사랑하는 사람에게 있어서 자신이 사랑하는 여인은 존재론적으로 요구되는 절대적인 '그것'이며, 떠나려고까지 하면서 항상 마음이 변하는 여인은 인식론적으로 명확하게 인식되지 않는 '무엇임'이다. 제1연의 감정, 즉 직접 경험을 문학적으로 변용(變容)하려는 시인의 관점이 제2연에서 검토된다. "비교할 수 없을 만큼 가볍고 능란한 방법을,/ 우리들 두 사람에게 납득이 가는 방법을,/ 미소나 악수처럼 단순하고 믿음성 없는 어떤 방법을"(Some way incomparably light and deft,/Some way we both should under-
stand,/Simple and faithless as a smile and shake of the hand.) "나는 찾아야겠
다"(I should find)고 화자가 선언한다(CPP 34). "믿음성 없는"(faithless)이란
단어는 의미심장하다. 로고스중심주의가 존재의 현존성에 대한 믿음(faith)에
근거한다고 할 때, 그런 믿음의 체계에 의존하는 것이 더 이상 불가능하다는
선언이다. "우리들 두 사람"(we both)이란 구절도 의미심장하다. 복화술(腹話
述)의 관점에서 '나'에게만 "납득이 가는 방법"이란 문장이 이면에서 읽혀진
다. '나'라는 존재의 현존을 중심으로 하는 주관적 관념론의 유아론이 거부되
고 있다. 화자가 등장인물이라면 '우리 두 사람'은 연인이 되지만, 화자가
시인이라면 '우리 두 사람'은 시인과 독자가 된다. 시인과 독자의 사이에,
연인 사이에 존재하는 것은 '나'라는 존재의 현존이 아니라 차연하는 언어다.
존재는 언어의 기능일 뿐이다라는 양상이 강조되고 있다. 이를 위한 사회적
현실의 사례로 이별의 상황이 제시된다. 사회적 현실의 문학적 변용이란 의도
는 시인에게 절대적으로 존재론적인 요구인 '그것'이며, 차연하는 언어는 시
인에게 명확하게 인식되지 않는 '무엇임'이다.

(4) 문학과 철학.

형이상학의 체계가 존재의 현존성에 근거하기에, 언어는 존재에 봉사하는
기능이 된다. 문학의 경우 시인의 존재는 언어에 봉사하는 기능이 된다. 차연
의 철학에서 존재가 스스로 현존하지 못하는 흔적이 되면서, 언어에 봉사하는
기능이 된다. 문학과 철학의 기본 체계가 유사해진다. 데리다가 칸트를 다시
읽으면서 스타일이라는 문학비평적 연구보다 더 "변별적 징후를 포착하기"
어려워서 "문자 담론으로 가능할 것인지 의심스러"운 음조(音調)의 연구를
목표로 한다고 주장했다(Derrida: "Apocalyptic" 29). 문학비평의 연구보다 더
섬세한 수사학적 연구가 철학의 목표라고 선언하는 셈이다. 오늘날의 상황

속에서는 문학과 철학의 대립 관계를 부인해야 한다고 데리다가 다음과 같이 주장한다. "그만큼 모든 것이 문학적이다. 우리가 오늘날 그런 상황을 잘 알고 있지만, 무엇보다도 반복되는 그런 상황에 당신이 관심을 갖게 되기를 바란다. 나도 그런 짓을 하지는 않겠지만, 문학적 비법(秘法)과 진정한 철학, 즉 은유와 개념 사이에서 편을 들거나 어떤 결정을 하는 것이 아니라, 우선 그 적대자들이나 주인공들의 오랜 결속(結束) 관계를 인정하자는 것이다"(Derrida: "Apocalyptic" 42). 죠시아 로이스 세미나의 원고에서의 엘리엇의 입장은 "아주 성공적인 이론과 실재 또는 형이상학과 실천적 세계 사이에는 어떤 궁극적인 구분도 없다"는 것이고, 게다가 그런 구분은 철학에서만 중요한데, 그 이유는 이론가들이 "자기 자신의 은유에 기만당하고" 있기 때문이라는 것이며, 사실상 "철학의 정밀한 작업을 하기에 인간의 언어는 빈약한 매체일 뿐이다"는 것이다(Perl 1015-7 재인용). 엘리엇의 철학적 기준과 문학비평적 기준이 "사실상 상호교환 가능하며, 엘리엇의 비평적 실천은 적절한 철학적 방법의 개념을 재연한다"고 펄(Jeffrey Perl)이 지적하는데(1015-7), 데리다의 해체론에 의거하여 이러한 논리의 적용 영역을 엘리엇의 시작품에까지 확대하려는 것이 본 논문의 목표다.

두 번째 시집(1920년)의 대부분을 점유하는 사행연구시(四行聯句詩, quatrain poems)는 이미지즘 운동이 너무 방만해졌다는 에즈라 파운드의 의견에 동조한 엘리엇의 의도적 작업의 결산이다(Levenson: *Genealogy* 163-4). '감수성의 분열'이나 '느껴진 생각'(felt thought)이란 「형이상과 시인」 등 문학비평의 핵심 개념은 문학과 철학의 오랜 결속 관계의 복원을 목표로 한다. 「영원의 속삭임」("Whispers of Immortality")의 전반부는 웹스터(Webster)와 던 등 형이상과 시인이 제시하는 문학과 철학의 모범적인 결속 사례를 제시한다.

　　그는 사상이 죽은 사지를 휘감고

그 사상의 욕정과 사치를 죄는 것을 알았다. (7-8)

He knew that thought clings round dead limbs
Tightening its lusts and luxuries. (CPP 52)

이 시의 후반부의 주인공은 "콜세트를 입지 않은" 그리쉬킨(Grishkin)이다. "심지어 추상적 실체까지/ 그녀의 매력의 주위를 에워싼"는 것이 사회의 현실이다(CPP 52). 「마리 로이드」 등의 논리에 의하면 근대 사회는 중산 계급(the middle class)과 하층 계급(the lower class)으로 구분된다(SE 456-9). 하층계급의 사회 현실 속에서는 사고('추상적 실체')가 감정(그리쉬킨의 '매력')에 굴복한다. 오늘날 문학과 철학의 관계 복원은 중산 계급에 속하는 시인과 철학자의 당면 목표가 된다. "그러나 우리 인간들은 메마른 늑골 사이를 기어다니며/ 우리의 형이상학을 따스하게 한다."(But our lot crawls between dry ribs/To keep our metaphysics warm.)는 구절로 시가 끝난다. '메마른' 형이상학 대신 '따스'한 형이상학, 문학과의 결속 관계가 복원된 형이상학을 ('기어다니며') 열심히 추구해야 한다. 얼핏 '따스'한 그리쉬킨을 추종하는 '추상적 실체'의 상황 같아 보이지만, 다른 차원의 작업이다. 「요리용 달걀」("A Cooking Egg")은 가운데 네 개의 연에 천국에 관한 철학적인 논의가 배치되고, 어린 시절의 친구 피피트(Pipit)의 현실과 추억에 관한 문학적인 묘사가 앞뒤에서 감싸는 구조를 갖는다. 화자는 요리라는 죽음이 예정된 달걀과 같은 처지에 놓여 있다. 그는 '명예,' '자본,' '사교계'나 '피피트' 등 현실적 욕망이 궁극적인 관점에서 볼 때 무의미하다는 철학적인 주장을 전개한다. 화자 자신의 철학적 주장에도 불구하고, 어린 시절의 추억이 담겨 있는 "독수리와 나팔은 어디 있는가?"(Where are the eagles and the trumpets?)(CPP 45)라는 문학적 표현과 차이가 발생하면서, 아이러니가 완성된다. 레븐슨이 지적하는 바와 같이 첫 번째 시집의 경우에는 아이러니가 부수적 수사법이었다면, 사행연구시에서는 "전체의 구조적 원칙"이 된다(*Genealogy* 161). 「베데카를 든 버뱅크와 씨가를 문 블라이쉬타인」 ("Burbank with a Baedeker: Bleistein with a Cigar")에 의하면 버뱅크가 만나 관능적 쾌락을 탐하는('voluptuous') 볼루파인 공주(Princess Volupine)로 대변되는 성(性)과 블라이쉬타인이 갖고 있는 '모피 밑에 돈'은 현대 사회의 두 가지 대표적인 문제점이다. 「엘리엇씨의 일요일 아침 예배」 ("Mr. Eliot's Sunday Morning Service")도 구조적인 체계를 갖는다. 제1연의 구약의 신학과 제2연의 그리스 철학의 존재론이 제3연과 제4연의 신약의 존재신학으로 종합되는 종교사가 전반부에 묘사된다. 교회의 일요일 아침 예배가 신과 인간의 관계를 상징하는 것처럼, 시의 전반부는 신에 관한, 시의 후반부는 인간에 관한 명상이다.

> 스위니는 엉덩이로 이리저리 옮기며
> 목욕탕 물을 휘젓는다.
> 알기 힘든 유파의 대가들은
> 논쟁 좋아하고, 아는 것도 많다. (29-32)

> Sweeney shifts from ham to ham
> Stirring the water in his bath.
> The masters of the subtle schools
> Are controversial, polymath. (*CPP* 55)

스위니는 현대의 성(性)을 대변하는 그리쉬킨이나 볼루피네 공주의 남성적 표현인데, 제1연에 제시된 물질주의적 유대인의 후예이며, '말씀 없는 육신'의 묘사다. 「영원의 속삭임」에서 그리쉬킨과 형이상학이 대비되던 것처럼 두 가지 차원의 사회 현실이 여기에서도 제시된다. 마지막 2행이 암시하는 철학자와 과학자는 제2연에 제시된 너무 영적이어서 "거세된" 오리겐(Origen) 같은 그리스 철학자의 후예이며, '육신 없는 말씀'의 묘사다. 제1연과 제2연이

"기독교 이전의 시대"를 묘사한다면, 위에서 인용된 마지막 연은 "기독교 이후의 시대"를 묘사한다(Maccoby 164).

스위니가 등장하는 시편은 하층 계급의 묘사에 치중한다. 철학과 문학의 관계 문제가 사고와 감정의 관계 문제로 표현된다. 「똑바로 일어선 스위니」 ("Sweeney Erect")는 제11행부터 제20행까지 잠에서 깨어나는 스위니를 묘사한다. "오랑우탄의 몸짓" 등 경멸의 어조가 뚜렷하지만, 잠에서 깨어나는 동작의 사실적 묘사가 경멸의 느낌에 대한 독자의 공감을 확보하는지 의심스럽다. "사실적 묘사의 환유"가 사용되지만 "재현의 체계"가 모호하다(Williams 135-6). 창녀임에 틀림없는 "복도의 숙녀들이/ 자기들이 끼어 들어 수치당한다고 생각하고서/ 자기들의 주장을 내세워/ 저속하다고 비난"(The ladies of the corridor/Find themselves involved, disgraced,/Call witness to their principles/And deprecate the lack of taste)(*CPP* 43)함에도 불구하고, 그들의 비난에 동참하기가 쉽지 않다. 스위니와 도리스의 느낌의 내용은 뚜렷하지만, 독자가 그 느낌을 이해하기 위한 전제가 되는 사고는 모호하다. '복도의 숙녀들'이 주장하는 것처럼 왜 '저속'(disgrace)한 것인지 알 수 없다. 경멸의 감정은 명확하게 이해되지만, 왜 경멸스럽다고 생각하는지 이해하기 어렵다. 문학과 철학의 관계 복원이 추구되는 것처럼, 어떤 식으로든 사고와 감정의 통합이 추구되어야 하는 상황이다. 「히스테리」에서는 남성 화자의 히스테리가 이야기의 중심인지 또는 여성 등장인물의 히스테리가 이야기의 중심인지, 아니면 '재현의 체계'를 파악할 수 없어 괴로운 독자의 히스테리가 이야기의 중심인지, 심지어는 "녹슨 녹색 철제 테이블 위에 황급히 핑크빛과 흰빛 체크무늬의 식탁보를 펼치"는 "늙은 웨이터"가 이야기의 중심인지 모호하고 혼란스러웠다. 「나이팅게일에 에워싸인 스위니」("Sweeney Among the Nightingales") 에서도 예를 들면, 포도알을 잡아 찢는 레이첼의 "살인적인 발톱"이 은유적 묘사인지 아니면 사실적 묘사인지 모호하다. 사건의 이야기가 다음과 같이 이어진다.

> 이 여인과 그 케이프 걸친 부인은
> 수상하다, 한 패가 된 모양이다.
> 그래서 눈이 흐릿한 그 사나이는
> 미끼를 거절하고, 피로의 빛을 나타낸다, (25-28)

> She and the lady in the cape
> Are suspect, thought to be in league;
> Therefore the man with heavy eyes
> Declines the gambit, shows fatigue, (*CPP* 56-7)

탐정 소설을 연상시키는 기법이 교묘하게 사용되고 있다. 피톡(Malcolm Pittock)에 의하면 인용된 연의 첫 2행은 경찰의 관점에서, 그리고 다음 2행은 범죄자의 관점에서 묘사된다(32-3). 대개 탐정 소설은 하나의 관점을 갖는다. 경찰의 관점과 범죄자의 관점 양쪽에서 묘사되고 있음에도 불구하고, 범죄의 느낌이 충만한 이런 상황을 이해하기 어렵다.

> 그 새는 옛날 피비린내 나는 숲 속에서
> 아가멤논이 비명을 질렀을 때에도 울었고,
> 그리고 배설물을 떨어뜨려
> 그 **빳빳한** 능욕의 수의를 더럽혔다. (37-40)

> And sang within the bloody wood
> When Agamemnon cried aloud
> And let their liquid siftings fall
> To stain the stiff dishonoured shroud. (*CPP* 57)

나이팅게일은 아가멤논이 언급되는 신화적 상황 속에 등장하는 새이면서,

동시에 스위니를 에워싸고 있는 창녀를 의미하기도 한다. 독자가 어떤 감정을 가져야 하는지, 어떤 사고를 해야 하는지 혼란스럽다. 특히 '능욕의 수의'라는 신화적 표현 위에 떨어지는 나이팅게일의 '배설물'이라는 사실적 묘사는 해석의 불가능성을 선언하는 것 같아 보인다. 스위니 시편이 '복도의 숙녀들'처럼 하층 계급의 저속한 현실을 고발하는 것 같아 보이지는 않는다. 감정과 사고가 괴리된 사회의 현실을 독자가 느끼면서, 즉 직접적으로 경험하는 미적 경험을 통해서 문학과 철학의 관계 복원이란 시인의 불가능에 가까운 희망을 이해할 수는 있다.

(5) 철학적 문학 또는 문학적 철학.

문학과 철학의 '오랜 결속 관계'라는 데리다의 묘사나 '감수성의 분열' 또는 '느껴진 생각'이란 엘리엇의 비평 용어가 철학과 문학의 균형잡힌 공존을 전제하는 것 같아 보인다. 엘리엇의 사행연구시 작업의 의도도 같은 맥락에서 파악된다. 여기에 사행연구시의 본질적 한계가 있다. 엘리엇이 목표로 하는 문학과 철학의 '균형잡힌 공존'이야말로 형이상학적 논리의 표현이고 해체의 대상이기 때문이다.

> '비례'(ratio)가 되어버린 '로고스'의 거세 여부가 형이상학적 논란의 핵심
> 현상이다. 이는 또한 시 (즉 시와 철학의 관계)나 철학의 죽음이나 미래를
> 둘러싼 투쟁이다. 같은 것이 걸려 있다. 칸트도 이것을 정말로 의심하지는
> 않았다. 당당한 태도를 갖기 위해서, 시밀라크롬(similacrum)과 흉내 모방
> (mimicry)을 통해 위대함의 자리를 점유하기 위해서, 본질적으로 상징적인
> 힘을 찬탈하기 위해서 새로운 전도사(傳道師)는 철학을 문학으로 변질시킬
> 필요가 있다. (Derrida: "Apocalyptic" 43-4)

엘리엇에 의하면 감수성에는 창조적 행동과 비판적 행동이란 두 개의 양상이 있다. 비평이 문학 작품에 의존한다는 점을 감안한다면, 창조적 양상은

비판적 양상을 포월한다(Roeffaers 152-3). 『브래들리 철학의 인식과 경험』에서 감정과 직접 경험은 동의어다. 직접 경험이 주관과 대상을 인식하면서 관계 경험이 된다. 문학적 실천의 용어로 변용되면서, 미적 경험에 의한 관계 경험은 감정과 사상을 인식한다. 감정이란 하나의 단어에 두 개의 양상, 즉 (1) 직접 경험의 동의어라는 양상 (2) 유사 직접 경험인 미적 경험이 관계 경험으로 변하면서 인식되는 하나의 요소라는 양상이 내포되어 있다. 역설적인 표현이다. 의도된 역설은 엘리엇의 철학과 문학의 특징이다. 의도적인 역설의 수사법이 형이상학적 연구에 적합한 도구가 아니었기 때문에, 엘리엇의 문학적 전환은 필연적 과정이었다. 오늘날 데리다가 찾고 있는 "철학을 문학으로 변질"시키는 "새로운 전도사"가 바로 엘리엇이었다. 엘리엇이 모더니즘의 '새로운 전도사'였을 뿐만 아니라, 자신도 모르게 포스트모더니즘의 '새로운 전도사'였다는 것이다(Beehler 87).

철학의 해체라는 새로운 도(道)가 「사랑의 대화」의 마지막 연에 교묘하게 드러난다.

> "마담, 당신은 영원한 유머리스트로군,
> 우리의 들뜬 기분을 살짝 비트는
> 절대자의 영원한 적이군요.
> 당신은 무관심하고 오만한 태도로
> 우리의 미친 시학을 일격에 쳐부숩니다 --"
> 그러자, "그렇다면 우리는 그렇게 심각한가요?" (13-8)

> 'You, madam, are the eternal humorist,
> The eternal enemy of the absolute,
> Giving our vagrant moods the slightest twist!
> With your air indifferent and imperious
> At a stroke our mad poetics to confute --'

And -- 'Are we then so serious?' (*CPP* 33)

　남성 화자의 어조(語調)는 심각한가? "그 대답은 불행히도, 그렇다이
다"(Gray 12). 여성 화자가 "절대자의 영원한 적"이란 주장은 남성 화자의
논리가 이분법적 대립 구조의 체계에 근거한다는 것을 폭로한다. '절대자'의
절대성에 대한 의문이야말로 엘리엇의 문학적 전환의 근거였다. 남성 화자는
절대자의 편에 가담하고 있다. 절대자를 옹호하는 남성 화자의 논리가 사랑의
대화로, 그리고 문학 작품으로 표현되고 있다. 남성 화자의 관점에서 보면
'미친 시학'이다. 그런데 「눈물 흘리는 소녀」에 의하면 새로운 시학의 목표
는 "비교할 수 없을 만큼 가볍고 능란한 방법"이었다. 철학의 어조가 심각하다
면, 문학의 어조는 가볍고 능란하다. 심각한 어조는 철학을 해체하지 못한
남성 화자의 시학이 '미친 시학'임을 증명한다. 여성 화자의 어조는 당당하다.
남성 화자가 아니라, 여성 화자가 '새로운 전도사'인 것이다. 지금까지 확인한
엘리엇의 대표적인 수사법은 아이러니였다. 시인은 남성 화자의 논리에 전적
으로 동조(同調)하지는 않는다. 그럼에도 불구하고 남성 화자에게 대화의 주
도권을 제공하는데, 시인이 자신의 입장(立場)을 어느 정도까지 남성 화자와
동일시(同一視)하고 있기 때문이다. 남성 화자에 대한 시인의 어조에서 자기
반성적인 아이러니가 발견된다. 얼핏 남성 화자가 대화의 주도권을 잡고 있는
것 같아 보인다. 새로운 전도사인 여성 화자가 "본질적으로 상징적인 힘을
찬탈하"는 데 완전히 성공하지 못했기 때문이다. 인용된 부분은 새로운 시학
이 낡은 시학을 대체하기 시작하는 장면을 포착한다. 여성 화자의 수사학적
전략은 "'시밀라크롬'과 '흉내 모방'을 통해 위대함의 사리를 점유"하는 것이
다. 여성 화자는 촌철살인적인 대답을 통해 남성 화자의 거대한 논리 체계를
난경(難境, impasse) 속에 빠뜨린다. 여성 화자가 자신의 "미친 시학을 일격에
처부"수었다고 고백함으로써, 더 이상 홀로 위대함의 자리를 점유할 수 없는

상황임을 남성 화자가 인정한다. 남성 화자의 어조가 심각하다는 여성 화자의 지적으로 시가 끝난다. 남성 화자의 묵묵부답에서 여성 화자가 새로운 전도사이며, 여성 화자의 가볍고 능란한 문학적 방법이 성공적으로 사용되었음이 확인된다.

「코리올란」("Coriolan")에서는 중산 계급의 모방의 대상인 귀족 계급이 등장하면서 사회 현실의 정치적 측면이 도입된다. "I. 개선 행진"의 코리올란은 절대 권력의 중심에, 즉 "회전하는 세계의 정지점에" 현존한다(*CPP* 127-8). 하층 계급의 시릴(Cyril)에게는 '흉내 모방'만이 가능하다. 교회는 현존하는 권력의 또 다른 중심이다. 부활절 교회의 종이 울리자, 시릴이 "큰 소리로 단호하게" 핫케익을 달라고 말한다(*CPP* 126). 핫케익은 특별한 음식이며, 귀족 계급의 권력에 상징적으로 대응한다. "II. 한 정치가의 어려움"에서는 구체적인 사회 현실, 즉 정치의 세계 속에 있는 권력의 현실이 묘사된다. 시인은 정치적인 상황보다 기독교적인 논리의 묘사에 치중한다(Stead 219). 본질적으로 상징적인 힘을 소유하는 것이 사회 현실 속에서 어떤 의미를 갖는지 구체적으로 인식되지 못한다. 「코리올란」은 "미완성 작품"(Unfinished poems)으로 분류된다. 「코리올란」에서는 귀족 계급의 중심 논리가 지배적이다. 하층 계급의 주변 논리는 너무 무기력하다. "아더 에드워드 시릴 파커는 전화교환원에 임명된다./ 봉급은 주 1파운드 10쉬링, 매년 5쉬링씩/ 주 2파운드 10쉬링까지 승급. 크리스마스에 보너스 30쉬링/ 그리고 1년에 1주 휴가"(Arthur Edward Cyril Parker is appointed telephone operator/At a salary of one pound ten a week rising by annual increments of five shillings/To two pounds ten a week; with a bonus of thirty shillings at Christmas/And one week's leave a year.)(*CPP* 129). 어린 시절의 시릴은 개선 행진과 교회라는 현존하는 절대 권력에 맞서는 핫케익을 갖고 있었다.

우리의 자아의 본연의 각성된 생명이 지각이다.
우리는 우리의 걸상과 소세지로 기다릴 수가 있다. (10-1)

The natural wakeful life of our Ego is perceiving.
We can wait with our stools and our sausages. (*CPP* 127)

현실적 성공 가능성에 관계 없이 '핫케익'과 '소세지'는 어린 시절의 시릴에게 있어서 군사 권력과 종교 권력의 본질적으로 상징적인 힘을 찬탈하는 도구였다. 시밀라크롬과 흉내 모방을 통해 위대함의 자리를 점유하는 가능성을 열 수 있었다. 그런데 어른이 된 시릴은 정치가들이 구성한 위원회에 의해 인생이 규정되는 비굴한 위치로 전락한다. 「사랑의 대화」와 비교하면 화자의 어조가 너무 심각하다. 권력 체계의 해체 가능성이 배제되고 '미친 시학'의 지배가 완성되면서, 작품의 완성 가능성은 무산된다. 「코리올란」의 마지막 행에서 지배 계급에게 외치는 하층 계급의 "사퇴하라 사퇴하라 사퇴하라"는 외침이 공허하게 들린다.

「하마」("The Hippopotamus")도 단순한 구조를 갖는다. '신성한 교회'의 지배 권력과 하마로 상징되는 하층 계급이 대립한다. 「코리올란」의 경우처럼 사회의 현실 속에서는 귀족 계급의 일방적인 지배 체계가 지속된다. 그런데 뒷부분에서 다음과 같은 극적인 역전이 전개된다.

나는 하마가 날아서
습한 대초원에서 하늘에 오르고,
합창하는 천사들이 그를 에워싸고
드높은 호산나로 하나님의 찬가를 부르는 것을 보았다. (25-8)

I saw the 'potamus take wing

Ascending from the damp savannas,
And quiring angels round him sing
The praise of God, in loud hosannas. (*CPP* 50)

하마의 육중한 몸이 하늘에 날아오르는 장면은 비현실적이다. 그럼에도
불구하고, 왠지 모르지만, 만화적 상상력의 통쾌한 어조(語調)가 확인된다.
'왠지 모르지만'(somehow)이란 구절이 철학의 관점에서는 논리의 부재를 고
백하지만, 문학의 경우에는 새로운 시학의 탄생을 예고한다. 기존의 종교 논리
가 희화되는 장면이다. 사회 현실 속의 지배 체계가 하나님의 나라에서, 즉
새로운 장소와 새로운 시간 속에서 동일하지 않을 가능성의 모색은 차연 문학
의 진정한 대상이다. 하마가 '말씀 없는 육신'이었다면, 소위 '진정한 교회'는
'육신 없는 말씀'이었다는 것이 폭로된다. '하나님의 찬가'라는 말씀을 받는다
면 하마가 말씀과 육신의 완성체가 될 수 있기 때문이다. 이는 너무 완벽한
성공이어서 믿어지지 않는다. 그런데 사실상 화자인 '나'가 '보았다'고 주장하
는 내용일 뿐이다. 독자인 '너'를 포함하는 우리의 확인이 불가능하다. 「하
마」의 경우에는 작품의 내용보다 골로새서 제4장 제16절을 인용한 다음과
같은 제사(題詞)가 더욱 중요하다. "이 편지를 너희에게서 읽은 후에 라오디게
아인의 교회에서도 읽게 하고."(*And when this epistle is read among you, cause
that/it be read also in the church of the Laodiceans*.)(*CPP* 49) "하나님의 뜻으로
말미암아 그리스도 예수의 사도가 된 바울과 형제 디모데가 골로새에 있는
성도들"(제1절)에게 보낸 편지의 결론 부분이다. 바울과 디모데는 골로새의
성도들이 자신의 편지를 읽는 것만큼이나 라오디게아인의 교회 등 다른 성도
들이 계속 읽는 것이 중요하다고 강조한다. 같지만 다른 해석이 하나님의
말씀을 계속 살아 있게 하는 힘이기 때문이다. 소위 '진정한 교회'가 위치한
사회 현실의 이분법적 대립 관계는 말씀의 고정된 해석에 기반을 둔다. 작품의
제사는 "궁극적으로 해석의 교환가능성"을 주장한다(Williams 132). 하마가

정말로 "습한 대초원"을 날아서 하늘에 올라갔는지는 중요한 문제가 아니다. 차연되는 언어야말로 하나님의 말씀이라는 인식은 시인이 성취한 새로운 시학이며 신학이다.

엘리엇의 문학적 전환에 의해 상대적 관념론이 엘리엇의 시에 적용된 대표적인 사례는 「J. 알프레드 프루프록의 연가」의 첫부분이다.

> 그러면 우리 갑시다, 그대와 나,
> 지금 저녁은 마치 수술대 위에 에테르로 마취된 환자처럼
> 하늘을 배경으로 펼쳐져 있습니다.
> 우리 갑시다, 거의 인적이 끊어진 거리와 거리를 통하여
> 값싼 일박여관에서 편안치 못한 밤이면 밤마다
> 중얼거리는 말소리 새어나오는 골목으로 해서
> 굴껍질과 톱밥이 흩어진 음식점들 사이로 빠져서 우리 갑시다.
> 음흉한 의도로
> 지루한 논의처럼 이어진 거리들은
> 그대를 압도적인 문제로 끌어가리다……
> 아, '무엇인가'고 묻지는 말고
> 우리 가서 방문합시다. (1-12)

> Let us go then, you and I,
> When the evening is spread out against the sky
> Like a patient etherised upon a table;
> Let us go, through certain half-deserted streets,
> The muttering retreats
> Of restless nights in one-night cheap hotels
> And sawdust restaurants with oyster-shells:
> Streets that follow like a tedious argument
> Of insidious intent
> To lead you to an overwhelming question...

Oh, do not ask, 'What is it?'
Let us go and make our visit. (*CPP* 13)

『브래들리 철학의 인식과 경험』의 다음과 같은 문장은 이 작품의 해설처럼 읽힌다. "이론적 관점에서는 결코 전부 설명해낼 수 없다는 뜻이었는데, 왜냐하면 이 세계는 실천적 관점에 근거한 존재이며 우리가 설명하려고 노력하는 세계는 테이블 위에, 그저 '저기에' 펼쳐져 있는 세계이기 때문이다"(*KE* 132). 세계가 "테이블 위에, 그저 '저기에' 펼쳐져 있다"는 인식은 문학적 변용을 거쳐 "수술대 위에 에테르로 마취된 환자"의 의식이 된다. 브래들리의 직접 경험은 두 개의 정의를 갖는다. 하나는 구별과 관계가 발현되기 전의 일반적 상태를 의미하는데, 거기에는 아직 어떤 주관도 대상도 존재하지 않는다. 주관과 대상이 의식되면서 시간과 공간과 자아의 인식과 함께 관계 경험이 된다. 하지만 브래들리는 직접 경험을 현실 속에서도 인식할 수 있다고 믿는다. 그런 초월 경험의 가능성을 믿는 브래들리는 초월적 관념론자다. 반면에 너무 안이한 신념이라고 브래들리를 비판하는 엘리엇은 상대적 관념론자다. 그러나 엘리엇이 초월 경험이나 초월자를 부정하는 상대주의자는 아니다. 진리 경험의 등급 문제가 발생한다. 현실 인식 속에서 경험되는 직접 경험의 대표적인 사례가 미적 경험이다. 미적 경험은 직접 경험이기는 하지만, 현실 속에서 인식 가능하다. 미적 경험은 주관과 대상이 분리되지 않는 잠시의 지각 경험 뒤에 관계 경험으로 바뀌는 직접 경험의 한 양상이다.

화자는 의식하고 인식하는 인물이다. 주관과 대상의 관계가 형성된 이후의 존재다. 따라서 화자가 중심이 되는 관계 경험의 양상이 있다. 정신 생활의 어떤 단계에도 현존하는 직접 경험의 양상이다. 엘리엇의 새로움은 대부분 미적 경험의 문학적 변용에 의존한다. 화자는 자신의 지각 경험을 충분히 이해하지 못한다. 화자는 감정과 사물의 '흔적'을 '희미하게 떠도는 끄트머리'

처럼 인식할 수 있을 뿐이다. 직접 경험은 관계 경험의 "배경"이 된다. 저녁 하늘은 "수술대 위에 에테르로 마취된 환자" 같으며 "노란 안개"의 묘사가 두드러진다. 화자가 갖고 있는 인식의 한계가 명확하다. 눈이나 팔 등 신체의 일부가 언급되는 제유적(提喩的) 수법이 사용되지만, 의미가 "명확하지" 않다(Christ 30). 화자가 전체의 체계를 인식할 수 없기 때문에 독자에게 충분한 정보가 제공되지 않는다. "그대와 나"(you and I)라는 명명(命名)과 "우리 갑시다"(Let us go)라는 행동의 권유는 관계 경험의 표현이다. "그러면"(then) 이 시사하는 작품 이전의 상황은 직접 경험의 양상이다. 이제 더 이상 명확하게 인식되지 않는 직접 경험의 흔적이 저녁 하늘과 노란 안개의 이미지로 제시된다. 그것이 '무엇인지'는 분명하지 않지만, "압도적인 문제"는 초월 경험에 대한 질문인데, 다양한 수사(修辭)로 장식된 "거리"는 그 질문의 과정이다. 그런데 왜 화자는 "'무엇인가'고 묻지는 말"라고 요구하는가. 펄이 다음과 같이 설명한다. "'내면적 관점,' 즉 믿는 자의 전망은 인식을 소유할 수 있게 하지만, 인식의 내용을 설명함에 있어 내부자가 외부자보다 더 능력이 있지는 않다. 외부자로부터는 대답이 없다면, 내부자로부터는 질문이 없다"("Language" 1014). 내부자인 화자는 질문해야 하는 이유를 알지 못한다. 전체의 체계에 관한 인식이 요구된다는 사실을 화자가 지각하지 못하기 때문이다. 외부자인 독자는 대답을 알지 못한다. 작품의 밖에 위치하고 있어서 전체의 체계를 인식할 수 있는 입장에 놓여 있지 못하기 때문이다.

「J. 알프레드 프루프록의 연가」의 마지막 부분은 화자가 경험한 여행의 결과를 다음과 같이 제시한다.

> 우리는 적색, 갈색의 해초를 두른 바다처녀들 곁에서
> 바다의 방 안에서 서성거리다가
> 그만 인간의 목소리에 꿈이 깨어 다시 물에 빠진다.

We have lingered in the chambers of the sea
By sea-girls wreathed with seaweed red and brown
Till human voices wake us, and we drown. (*CPP* 17)

초월 경험에 대한 질문이 방문 여행의 과정이었다. 화자가 관계 경험 속에서 초월 경험의 현존과 의미를 인식하였는지 검토하는 것이 당면 과제다. "해초를 두른 바다처녀들"은 "쇼올을 휘감은 팔"의 여인들처럼 화자에게 냉소적인 태도를 보이지 않는다. 화자와 여인들 사이에 대립적인 긴장 관계가 더 이상 형성되지 않는다. "바다처녀들"과의 우호적인 관계는 나와 방문의 동반자인 그대를 통칭하는 "우리"라는 인칭대명사에 의해 극적으로 표현된다. 우리가 바다처녀들처럼 바다의 속에 같이 위치하고 있기 때문이다. 우리는 "바다의 방 안에서 서성거린다." 낭만적이고 서정적인 장면이다. 스퍼(David Spurr)는 과거의 대립적 긴장 관계가 어떤 식으로 해소되었는지 설명되어 있지 않다고 지적한다(12). 엘리엇의 상대적 관념론의 문학적 변용이라는 관점에서 설명될 수 있다. 요컨대, 「J. 알프레드 프루프록의 연가」는 시로 쓰여진 브래들리 철학의 비판이라는 것이 필자의 주장이다. 현실 속에서 초월 경험을 인식할 수 있다는 것이 브래들리의 신념이다. 화자는 브래들리의 화신(化身)이다. 화자는 "쇼올을 휘감은 팔"의 여인들로 구성된 관계 경험의 세계 속에서 "해초를 두른 바다처녀들"과의 초월 경험이 가능하다고 믿는다. 그런데 엘리엇은 상대적 관념론의 입장에서 너무 안이한 신념이라고 브래들리의 절대적 관념론을 비판한다. "그만 인간의 목소리에 꿈이 깨어 물에 빠진다"는 마지막 행은 화자의 목소리를 갖고 있지 않다. 화자가 이미 인간의 세계를 떠나 "바다처녀들"과 함께 "바다의 방 안에서 서성거리고" 있기 때문이다. 화자가 꿈에서 깨어 물에 빠진다라고 말하는 자는 복화술적 화자다. 복화술적 화자는 엘리엇의 대변자인데, 자신도 의식하지 못하지만 발화하게 되는 목소리이다.

복화술적 화자는 현실 인식 속의 초월 경험이란 "꿈"이 "인간의 목소리"라는 사회의 현실 때문에 결국 실패할 것이라고 믿는다.

「여인의 초상」의 제목은 여인(a Lady), 초상(Portrait) 그리고 소유나 목적을 의미하는 접속사(of)로 구성된다. 제목의 의미는 주관과 대상의 인식을 전제로 한다. 초상은 객관적 대상을 인식하려는 예술적 의지의 표현이다. 엘리엇의 철학 체계에 의하면 관계 경험의 양상이다. 그런데 작품 자체는 미적 경험, 즉 직접 경험의 산물이다. 직접 경험에서는 주관과 대상의 존재가 의식되지 않으며 주관과 대상이 인식되면 관계 경험이 된다. 직접 경험은 시간적으로 관계 경험에 선행한다. 시인의 미적 경험과 화자나 등장인물의 관계 경험 사이에는 차이가 있다. 이러한 차이가 엘리엇의 작품에 깊이를 부여한다는 것이 필자의 주장이다. 또 다른 차이는 「사랑의 대화」에서처럼 남성 화자와 여인의 사이에서 발견된다. 두 개의 언어가 주도권 투쟁을 한다. 「사랑의 대화」에서는 매연(每聯)마다 남성 화자가 4-5행, 여성 화자가 1-2행의 발언 시간을 배당받는다. 불공평한 시간 배분에도 불구하고 여성 화자의 발언이 억압된 것 같아 보이지 않는다. 여성 화자의 경제적인 대답을 보면, 여성 화자가 의도적으로 말을 아낀 것 같은 느낌이다. 「여인의 초상」은 남성 화자의 허구(fiction)다(Jay 93-4). 여인의 말이 직접 화법으로 제시되지만, 제시된 발언의 선택 기준이 모호하다. 남성 화자의 말은 직접 인용되지 않으며 그 대신 내면의 심리적 반응이 제시된다. 남성 화자가 시의 화자라는 점을 감안하면, 남성 화자의 말은 억압의 대상이 될 수 없다. 「사랑의 대화」와 달리 여인은 여성 화자가 될 수 없다.

> 라일락이 피었기에
> 그녀는 라일락 꽃병을 방에 놓고
> 그 한 가질 손가락으로 비틀며 이야기한다.
> "아, 여보세요, 당신은 몰라요, 당신은 몰라요,

인생이 무엇인가를, 두 손으로 그것을 쥐고 있으면서"
(서서히 라일락 가지를 비틀면서) (II 1-6)

Now that lilacs are in bloom
She has a bowl of lilacs in her room
And twists one in her fingers while she talks.
'Ah, my friend, you do not know, you do not know
What life is, you who hold it in your hands';
(Slowly twisting the lilac stalks) (*CPP* 19)

여인을 위해서 라일락, 히아신스, 회색빛 연기 낀 오후 등 "빅토리아조 서정시"의 언어가 사용된다면, 남성 화자를 위해서는 담배, 맥주, 만화, 스포츠난, 공중 시계 등 "도시의 남성적 언어"가 사용된다(Christ 25-6). 위에서 인용된 라일락은 여인의 "실질적 자아의 표현이 아니라 제유"일 뿐이다(Williams 118). 여인이 라일락 가지를 왜 비트는지 독자는 알 수 없다. 무심결에 그랬을 수도 있다. 그럼에도 불구하고 남성 화자는 라일락이라는 단어를 세 번 사용하고, 여인이 라일락 가지를 비트는 장면을 반복 기술한다. "서서히"라는 단어는 독자에게 이 부분이 중요하니까 서서히 읽으라는 암시이며, 반복되는 부분이 더욱 강조되게 괄호 속에 묶여 있다. 예를 들면 "공중시계에 우리 시계를 맞추고"의 '우리'는 독자의 공감을 유도하기 위한 장치다. 독자에게 직접 말을 거는 남성 화자의 행위는 여인에 대한 배신(背信)이다(Doreski 11). 라일락의 이미지가 너무 강조되면서 라일락의 이미지에 둘러싸인 여인의 발언이 독자에 의해 간과될 위험이 있다. 나중에 밝혀지겠지만 남성 화자가 두 손으로 인생을 쥐고 있으면서도 인생이 무엇인지 몰랐다는 점이다. 여인의 충고는 진심어린 것이었다.

그렇다면 남성 화자는 나쁜 사람인가. 그렇지 않다. 남성 화자가 새디즘적으로 여인을 억압하려는 것인가. 그렇지 않다. 남성 화자는 다음과 같이 여인의 죽음을 상상한다. 화자는 다른 등장인물의 무엇이든 상상할 권리가 있으며, 남성 화자의 상상이 무엇이든 선악의 판단은 불가능하다.

자, 그런데 만일 어느날 오후 그녀가 죽는다면 어떨까,
회색빛 연기 낀 오후, 노란 장미빛 저녁에.
연기가 지붕 위에 내릴 무렵,
펜을 손에 쥐고 앉아 있는 나를 두고서 죽는다고 한다면. (III 31-4)

Well! and what if she should die some afternoon,
Afternoon grey and smoky, evening yellow and rose;
Should die and leave me sitting pen in hand
With the smoke coming down above the housetops; (*CPP* 21)

남성 화자는 여인이 죽은 뒤 자신만 살아남아 글을 쓰는 장면을 상상한다. 핑크니(Tony Pinkney)의 지적에 의하면 "회색빛 연기 낀 오후, 노란 장미빛 저녁에,/ 연기가 지붕 위에 내릴 무렵"이란 묘사는 남성 화자의 언어가 아니다 (121). 남성 화자의 의식에 내면화되어 남성 화자의 언어 속에 복화술적으로 내포된 여인의 언어라는 것이다. 제2부의 끝에서 "이런 생각이 옳은지 그른지?" 질문하며, 제3부의 끝에서는 "대체 내게 웃을 권리가 있는 것일까?" 질문한다. 남성 화자를 위한 변명이 있다면, 그 자신의 개인적인 잘못이 아니라는 것이다. 그러면 누구의 잘못인가. 다음과 같은 엘리엇의 설명에 의하면 누구의 잘못도 아니다. "나라는 것이 경험에서 나온 구성체이며 경험에서 나온 추상적 개념이기 때문에, 아주 일시적인 상황을 제외한다면 '나의' 경험에 관해 이야기할 권리가 우리에게는 없다"(*KE* 19). 지금까지 관계 경험의 차원에서 남성 화자와 여인의 관계가 검토되었다. 작품은 미적 경험의 결과물이다. 시인의 직접 경험은 화자의 관계 경험보다 시간적으로 선행한다. '나'라는 주관을 의식하기 전의 경험이다. 누구의 생각이 옳은지 그른지 질문하는 것 자체가

문제다. 누구에게 웃을 권리가 있는 것일까의 대답은 없으며, 그런 질문을 하는 것 자체가 문제다. '나의' 경험에 관해 이야기할 권리가 우리에게는 없다는 것을 인식하는 것이 중요하다. 이와 같은 논리는 문화사적인 입장에서 다음과 같이 해석된다.

> 인간성이 신과의 관계 속에서 언제나 고려되지 않는다면, 창조된 존재의 과다한 사랑, 말하자면 자신의 이해 관계 속에서만 다른 사람을 생각하는 진짜 인간 억압이 되는 인간중심주의를 만나게 될 것으로 예상된다. (Eliot: *Ancient* 119-20)

나는 누구이든 직접 경험이 아니라 구성체이며 추상적 개념이다. 주관의 현존 자체가 문제다. 초상을 그리려는 의도 자체가 문제다. 데리다와 함께 엘리엇이 주장하는 것처럼 인간중심주의가 문제인 것이다.

『황무지』는 주관과 대상이 구분되지 않는 미적 경험을 독자에게 제공하는데, 독자는 미적 감동을 경험한다.

> 비실재의 도시,
> 겨울날 새벽 갈색 안개 속으로
> 군중이 런던교 위로 흘러간다, 저렇게 많이,
> 나는 죽음이 저렇게 많은 사람을 죽게 했다고는 생각지 못했다. (60-3)

> Unreal City,
> Under the brown fog of a winter dawn,
> A crowd flowed over London Bridge, so many,
> I had not thought death had undone so many. (*CPP* 62)

엘리엇은 주(註)에서 성 메어리 울노트 교회(Saint Mary Woolnoth)의 예배 시간을 알리는 아홉 시 종소리는 군중들과 함께 런던교를 건너 로이드 은행으로 출근하면서 "내가 자주 목격한 현상"이라고 말한다. 엘리엇의 설명에도 불구하고, 런던 군중의 객관적 관찰이 아니라 시인이거나 독자인 '나'의 주관적 고백인 것 같아 보인다. 런던이 "비실재의 도시"라는 선언은 객관적 관찰이나 주관적 고백의 문제점을 지적한다. 삶과 죽음을 구분하는 기준은 무엇인가. 대상과 주관을 구분하는 기준은 무엇인가. 실재와 비실재를 구분하는 기준은 무엇인가. 엘리엇의 철학적 설명은 다음과 같다.

> 우리에게 의미있는 미리 만들어 놓은 세계가 아니라, 구성되는 세계, (형이상학에서는 의미 없는 구절이지만 정신의 창조적 행위를 언급하지 않으려고 조심하고 있는데) 모든 순간에 스스로 구성하는 세계, 결코 구성체의 근사치를 넘어서지 않는 세계, 본래 본질적으로 실천적인 구성체가 세계라고 생각한다면, 그러면 실재와 비실재라는 난관은 사라진다. 인식론은 대개 하나의 시종일관된 실재의 세계를 가정한다. 거기에서는 모든 것이 실재적이며 동등하게 실재적인데, 그것을 발견하는 것이 우리의 임무다. 상식은 같은 일을 하니까, 대개 그런 식으로 처리된다. 그리하여 실재와 비실재의 표시가 형이상학적 관점이 아니라 실천적 관점에서만 유효하다는 것을 깨닫지 못한다. (*KE* 136)

시인의 지각 경험과 독자의 미적 경험이 직접 만나게 되면, 주관과 대상이 구분되지 않는 예술적 감동이 있게 된다. 미적 경험에서 주관과 대상이 구분되지 않는 시간은 잠시 동안일 뿐이다. 완성된 작품으로 의식하기 위해서는 주관과 대상의 구분이 전제되어야 하기 때문이다. 미적 경험은 형이상학적, 즉 이상적 관점의 표현이며, 실천적 관점에서는 관계 경험이 된다. 직접 경험의 세계는 미리 만들어 놓은 규정된 세계가 아니다. 직접 경험의 세계는 모든 순간, 언제나, 구성되는 과정에 있다. 인식의 경우에는 사정이 다르다. 인식은 주관과 대상의 구분을 전제로 하기에 관계 경험의 관점에서 논의된다. 인식은 시종일관된 실재의 세계를 가정한다. 인식은 그런 상식의 수준에 근거한다.

실재의 세계는 주관과 대상을 구분한다. 직접 경험에는 실재와 비실재의 구분이 없다. 예를 들어 런던이란 도시를 '비실재'라고 명명한다면, 직접 경험의 세계에 속해 있지 않다는 것을 의미한다. 명명(命名)은 행위의 대상이 되는 대상과 행위의 주체가 되는 주관을 전제로 하는 간접 경험의 행위이기 때문이다.

런던이 "비실재의 도시"라는 선언에도 불구하고, 독자의 미적 감동의 경험을 부정할 수는 없다. 『황무지』의 등장인물인 마리(Marie)가 묘사하는 다음과 같은 썰매타기의 경험은 직접 경험의 사례인 것 같아 보인다.

> 어렸을 때, 사촌 태공댁에 유숙했었는데
> 사촌은 나를 썰매에 태워 데리고 나간 일이 있었죠.
> 난 무서웠어요, 마리, 마리,
> 꼭 붙들어, 라고 그가 말했어요. 그리고 미끄러져 내려갔지요.
> 산에서는 마음이 편하지요.
> 밤에는 대개 책을 읽고, 겨울에는 남쪽으로 갑니다. (13-8)

> And when we were children, staying at the arch-duke's,
> My cousin's, he took me out on a sled,
> And I was frightened. He said, Marie,
> Marie, hold on tight. And down we went.
> In the mountains, there you feel free.
> I read, much of the night, and go south in the winter. (CPP 61)

인용된 부분 직전에 제시되었으며 『황무지』를 시작하는 구절이 제시하는 대지를 덮는 '망각의 눈'은 은유적인 표현이었다. '망각의 눈'이란 은유는 상징의 객관적 체계를 구성하려 한다. 그런데 이제 그 눈이 썰매를 너무 빨리 미끄러져 내려가게 하는 서술적 표현이 된다. 데리다의 차연을 과거의 체험과 과거의 기억이라는 두 개의 관점으로 엘리엇이 설명한 바 있었다. 우리는 단순히 대상을 기억하려고 의도하지 않고, 우리가 기억하려고 의도하는 대상을 기억하려고 노력한다. 『황무지』의 용어를 사용한다면, 우리는 단순히 과거의 기억만을 기억하려고 의도하지 않고 기억과 함께 욕망을 기억하려고 의도한다. 기억된 것과 같은 과거를 현재의 시간 속에서 경험하려고 의도한다. 「전통과 개인의 재능」의 용어를 사용한다면 '망각의 눈'은 미리 만들어 놓은 의미있는 체계 속에 과거의 기억을 고정시키는 작업이며 과거의 과거성만을 인식하려는 행위이다. 마리의 썰매타기는 과거의 기억이다. 고정된 과거의 체험에서 멈추지 않는다. 과거의 기억의 현재성을 공유함으로써 독자는 미적 경험을 갖게 된다. "마리는 수동적 대상이나 상징이 아닌 것 같아 보인다. 그녀는 욕망하는 주관이다"(Davison: "Logic" 71). 마리와 사촌이 썰매를 타고 같이 미끄러져 내려간다. 썰매가 빨리 미끄러져 내려가게 하는 마리와 사촌의 몸이 갖고 있는 부피와 중량을 인식하지 않을 수 없다. 제16행의 "그리고 미끄러져 내려갔지요."(And down we went.)에 '우리'(we)라는 인칭대명사가 등장한다. 특히 썰매타기가 마리에게 기억에 남는, 현재에도 새롭게 계속 같은 경험을 기억하려고 노력하게 만든 사건이 된 이유는, 썰매타기로 인해 잠시나마 형성되었던 마리와 사촌의 인간적인 유대의 경험 때문이다. 하나의 유한한 중심과 다른 유한한 중심이 동일하게 느끼는 과정이 없다면 사회적 행동은 불가능하다. 마리와 사촌이 그런 동일성을 공유했던 것이다. 철학적 체계로는 그런 동일성의 형성 과정을 만족스럽게 설명할 수 없다. 두 개 이상의 자아가 "왠지 모르지만" 동일성을 향한다고 밖에 설명할 수 없는 철학을 포기하면서 엘리엇의 문학적 전환이 있게 된다. 썰매타기는 주관과 대상이 구분되지 않던 직접 경험이었으며, 그러한 과거의 기억도 주관과 대상이 구분되지 않는 미적 경험이 된다. 그런 직접 경험의 미적 경험이 있기 때문에, '너'(you)와의 유대가 가능하다는 신념이 있기 때문에, 화자가 편한 마음으로 '너'에게 말을 건다.

제17행에서 화자는 "산에서는 마음이 편하지요."(In the mountains, there you feel free.)라고 말한다. 주관과 대상이 구분되지 않는 경험의 차원이기에, 화자가 마리인지 아닌지 여부는 중요하지 않다. 누구에게 말을 건네는 지도 중요하지 않다. '너'에게 말을 건넨다는 것, 편한 마음을 갖고 있다는 것이 중요하다. 미적 경험은 일종의 직접 경험이지만, 미적 경험에서 주관과 대상이 구분되지 않는 시간은 잠시 동안일 뿐이다. 여기에서 잠시 동안의 시간은 제17행에서 끝난다. 제18행에서 화자는 "밤에는 대개 책을 읽고, 겨울에는 남쪽으로 갑니다."(I read, much of the night, and go south in the winter.)라고 말한다. 주어의 인칭대명사가 다시 '나'로 바뀐다. 이때의 '나'는 "난 무서웠어요"라고 말하는 마리의 '나'와는 다른 차원에 위치한다. 마리의 '나'는 '너'에게 말을 건넨다. 사촌과의 공동체 경험을 '너'와의 공동체에게 말한다. 제18행의 '나'는 혼자 고독하게 책을 읽는, 대화의 상대자를 객관적 존재로 규정짓는 관계 경험의 주관이다.

마리의 경험이나 히야신스 소녀의 경험을 어떻게 다시 복원할 수 있을까. '황무지'는 직접 경험을 상실한 상태의 이름이다. 결국 '우뢰'(the thunder)가 말한다. '다'(DA). 창조의 신, 프라야파티(Prajapati)는 단 한 음절을 말했을 뿐이다(Williams 161). 시에서는 주라, 동정하라, 자제하라 등으로 해설되지만, 누구의 해설인지 명확하지 않다. 모든 여행이 끝난 뒤에도 화자는 아직도 '황무지'의 강가에 앉아 있다. 그는 황무지의 '땅'을 벗어나지 못했다.

> 나는 강가에 앉아
> 낚시질을 했다, 뒤엔 메마른 벌판
> 최소한 내 땅이나마 정돈할까? (423-5)

> I sat upon the shore
> Fishing, with the arid plain behind me

Shall I at least set my lands in order? (CPP 74)

나는 강가에 앉아 낚시질을 한다. 낚시질의 대상과 나의 주관이 뚜렷하게 구분된다. 직접 경험의 복원은 실패로 끝난다. 주관과 대상의 분리 상태를 벗어나는 초월 경험의 획득에 실패한다. 그럼에도 불구하고 화자의 어조는 음울하지 않다. 화자는 황무지의 '메마른 벌판'을 인식한다. 우뢰의 말이 문제의 해결책인지 여부에 관계 없이, 우뢰의 말은 "경험되기보다 인식되었다"(Rajan: *Overwhelming* 13). 우뢰의 말로 인해 화자에게 극적인 변화가 발생하지 않았다. 예를 들어 「하마」에서 하느님의 말씀을 경험한 하마의 육중한 몸이 하늘에 날아오르는 장면과 비교할 수 있다. 우뢰의 말이 어떤 점에서는 "과장된 명령"인 것 같아 보인다(Levenson: "Politics" 5). '우뢰'는 브래들리가 가능하다고 믿는 초월 경험이다. 엘리엇은 현실 속에서 초월 경험을 인식하는 것이 불가능하다고 생각한다. 엘리엇은 초월자의 존재를 인정한다. 말하자면 희미하지만 우뢰의 말이 들린다는 사실을 부정하지는 않는다. 그러나 이러한 초월 경험이 현실 속에 적용되는 인식은 될 수 없다는 것이 엘리엇의 신념이며, 이런 신념이 「J. 알프레드 프루프록의 연가」에서처럼 명확하게 확인되었다.

브래들리의 절대적 관념론은 절대자의 초월적 경험이 현실의 인식 속에서 가능하다는 신념을 갖는다. 엘리엇의 상대적 관념론은 절대자의 초월적 경험이 가능하다는 신념을 포기하지는 않지만, 현실의 인식 속에서 가능할 것인지 회의한다. 게론천은 브래들리를 비판하는 엘리엇의 대변자이다.

> 우리는 아직 결론에 이르지 못한 것이고, 그때
> 나는 한 셋집에서 빳빳이 굳는다. 결국 생각해 보라.
> 나는 아무 목적도 없이 이런 꼴을 나타낸 것은 아니고,
> 그것은 뒤로 돌아선 악마들의
> 어떠한 사주에 의한 것도 아니다. (49-53)

We have not reached conclusion, when I
Stiffen in a rented house. Think at last
I have not made this show purposelessly
And it is not by any concitation
Of the backward devils. (*CPP* 38)

　논쟁적인 담론의 언어가 사용된다. '우리'라는 인칭대명사는 가능하다면 독자의 공감을 유도하고자 하는 의도의 표현이다. 누구도 절대자의 현존을 확인하지는 못하였다. 따라서 "우리는 아직 결론에 이르지 못한 것"이다. 절대자의 초월 경험이 현실의 인식 속에서 가능하다는 신념을 포기하였기 때문에, 게론천은 지상(地上, 紙上)에서 자신의 집을 마련할 자격이 없다. 아직 지상에 존재하므로 '셋집'에 거주한다고 정의된다. 절대자의 존재를 확인하지 못한, 절대자의 현존에 대한 신념을 갖지 못한, 게론천의 인생은 계속 죽음을 향하며 "빳빳이 굳는" 일관된 과정이다. 그렇다고 해서, 게론천이 "아무 목적도 없이 이런 꼴을 나타낸 것은 아"니다. 브래들리의 절대적 관념론이 더욱 행복한 이론인 것 같아 보인다. 그러나 절대적 관념론이 불가능하며 무책임한 이론이라는 점을 인식한 게론천의 행동은 의도적이다. '셋집'에 살며 '빳빳이 굳는' 것이 피할 수 없는 현실이기에 게론천은 자신의 불운을 용감하게 받아들인다. 게론천의 의지가 반복 강조된다. "그것은 뒤로 돌아선 악마들의/ 어떠한 사주에 의한 것도 아니다." 게론천의 어조(語調)에서 절망, 좌절이나 우울 등을 읽어낼 수 없다. 어찌 보면, 망해서 기뻐하는 것 같다(Williams 146).

　「게론천」의 제4연은 다음과 같은 시행으로 시작된다. "그런 인식 이후에 무슨 용서가 있겠는가?"(After such knowledge, what forgiveness?) 인식은 관계 경험의 기원이다. 직접 경험에는 어떤 주관과 대상도 존재하지 않는다. 시간과 공간과 자아를 의식하고 주관과 대상을 인식하면 관계 경험이 된다.

용서(容恕)라는 개념이나 용서가 불가능하다는 주장은 담론의 사회적인 현실의 차원을 드러낸다. 직접 경험에서 간접 경험으로의 변화 과정을 타락(墮落)이나 전락(轉落)이란 종교윤리적인 관점에서 읽는다.

> 징표들이 기적으로 생각된다. "우리는 징표를 보고 싶다."
> 말 속의 말, 한 마디도 말할 수 없는,
> 어둠에 싸인 말, 세월의 갱생과 더불어
> 범[虎] 그리스도는 왔다. (17-20)

> Signs are taken for wonders. "We would see a sign!"
> The word within a word, unable to speak a word,
> Swaddled with darkness. In the juvescence of the year
> Came Christ the tiger (*CPP* 37)

브루커는 인용 부분과 관련하여 마태복음 제12장을 분석한다(Brooker: *Mastery* 102-3). 예수께서 벙어리를 고치시는 등 말씀의 징표, "말 속의 말,/ 한 마디도 말할 수 없는,/ 어둠에 싸인 말"의 징표를 보였음에도 불구하고, 바리새인들은 계속 징표를 요구한다. "우리는 징표를 보고 싶다." 벙어리를 고치는 것은 징표이며 기적인데, 바리새인들이 계속 징표를 요구한다. 그런 바리새인들에게 예수는 다음과 같이 말한다. "그러므로 내가 너희에게 이르노니 사람의 모든 죄와 훼방은 사하심을 얻되 성령을 훼방하는 것은 사하심을 얻지 못하겠고"(제31절). '범 그리스도'는 용서하지 않는, 용서의 가능성이 없는 신(神)의 모습이다.

대부분의 다른 전기시들과 달리 「게론천」에서는 (실제로 말하고자 하는 것을 부정적인 말로 표현하는 진술인) 부정진술이 사용되면서, 브래들리 비판의 단계를 넘어선다. 절대자가 현실 속에서 어떤 방식으로 다르게 인식될 수 있는지 질문한다. 엘리엇은 브래들리의 절대적 관념론이 드러내는 철학의 본질적 모순을 인식하면서 문학적 전환을 결단하였다. 현실 속에서 절대자의 인식이 불가능하다는 철학적 주장이 문학적 양식으로 표현되었다. 문학은 현실 속의 언어를 도구로 사용하는 예술 형식이다. 현실 속에서 절대자의 인식이 불가능하다는 논리가 현실 속의 언어로 표현되어야 하는 상황이다. 엘리엇의 상대적 관념론이 봉착한 난경(難境)의 모습이다. 「게론천」의 부정진술은 난경의 극복을 위해 제시된 문학적 해결책이며 후기시의 중심 과제를 예고한다.

엘리엇은 자신의 박사학위 청구논문인 『브래들리 철학의 인식과 경험』에서 브래들리의 관념론의 본질적 모순을 인식한다. 현실 속에서 절대자를 인식하는 초월 경험이 가능하다는 신념을 브래들리는 갖고 있다. 엘리엇은 절대자의 존재를 부정하지 않지만, 절대자의 현실 인식은 불가능에 가까운 경험이라고 생각한다. 절대자의 존재 자체를 부정하는 상대주의자는 아니지만 절대자의 절대성에 의문을 제기한다. 엘리엇의 철학적 입장은 상대적 관념론이라고 정의된다. 역설의 표현이 의도적으로 사용된다. 엘리엇에게 있어서 초월 경험은 현실 속에서 가능한 사건이 아니다. 그 대신 엘리엇이 미적 경험을 제시하면서, 엘리엇의 문학적 전환은 완성된다. 절대자의 존재는 인정하면서도 절대자의 절대성을 인정하지 않는 엘리엇의 철학적 입장은, 로고스의 존재는 편의상 인정하면서도 로고스중심주의를 전면 부정하는 데리다의 해체론과 만난다. 본 연구는 엘리엇의 시를 브래들리 철학의 비판으로 읽으려는 시도이지만, 그런 비판적 자세가 시 자체에서 내재적으로 도출될 수 있는 주제라기보다 그런 비판의 체계를 엘리엇의 시에 억지로 강요한 것은 아닌가 하는 반성은 본 연구의 심화를 위해서 계속되어야 한다. 어쨌든 (1) 차연, (2) 언어와 주관, (3) 흔적, (4) 문학과 철학 그리고 (5) 철학적 문학 또는 문학적 철학 등 해체론의 특징을 엘리엇의 철학, 문학비평과 시를 대비하면서 읽을 수 있었다. 예를 들어 데리다는 차연이 시간적이며 공간적인 비동일성이라고 정의하면서, 동시에 '같은 것'의 질서를 의미한다고 주장한다. 그런데 '같음'이 무엇을 의미하는지 데리다가 명확하게 설명하지 않는다. 『브래들리 철학의 인식과 경험』의 상대적 관념론, 「전통과 개인의 재능」의 문학비평 이론 그리고 「보스톤 이브닝 트랜스크립트」나 「아폴리낙스씨」 등이 데리다의 차연에 대한 해설서로 사용될 수 있었다. 엘리엇의 상대적 관념론에 의해 제시된 과거의 체험과 과거의 기억이라는 두 개의 관점은 해체론의 용어를 사용하지 않고도 차연의 논리를 설명한다. 우리는 단순히 대상을 기억하려고 의도하지 않고, 우리가 기억하는 대상을 기억하려고 의도한다. 과거의 기억은 과거의 객관적인 복원이 아니라 기억하는 과거를 기억하는 바로 그 모습으로 다시 경험하려고 의도하는 관점이다. 과거의 체험과는 달리 과거의 기억은 현재에도 계속 새롭게 경험되는 과거다. 과거의 기억이라는 관점은 공간적인 차이만이 표현 가능한 대상이란 용어의 한계를 극복하여 시간적인 차이를 설명해낸다. 더욱이 엘리엇의 전통론에 의거하여 과거의 체험은 과거의 과거성, 과거의 기억은 과거의 현재성으로 번역될 수 있다. 「보스톤 이브닝 트랜스크립트」에서 어린 화자는 해리엇 누이에게 저녁 신문을 배달한다. 과거의 체험의 서술이다. 과거의 기억의 관점, 즉 과거의 현재성의 차원을 감안하면 화자를 보는 시인의 시선에서 아이러니를 읽어낼 수 있다. 버트란드 러셀의 하버드 대학교 방문을 묘사한 「아폴리낙스씨」의 경우에도 두 가지 관점이 있다. 러셀의 자유분방함에 동조하는 청년 엘리엇의 과거의 체험의 관점이 있다. 과거의 기억의 관점은 아폴리낙스씨의 시적 묘사에 사용되는 비유의 수사법이 시인의 의도에 반하여 아폴리낙스씨의 자유분방함을 거세하고 구속한다는 것이다. 언어가 주관의 기능이었던 로고스중심주의와 달리 주관이 언어의 기능이 되는 해체론적 입장은 "단어가 없다면, 대상도 없다"는 엘리엇의 논리에 의해 명확해지며 「히스테리」 등을 해석하는 도구가 된다. 더 이상 절대적 현존의 모습을 갖지 못하는 존재는 '흔적'이라고 데리다가 주장하는데,

엘리엇은 감정의 존재론적 필연성을 설명하는 '그것'과 인식론적 불명확성을 설명하는 '무엇임'의 개념 체계를 구체적으로 제시한다. 데리다가 시사하는 철학과 문학의 '오랜 결속 관계'는 엘리엇의 대학원 세미나 원고에서도 확인되는 입장인데, 「형이상파 시인」 등 엘리엇 문학비평의 주장이면서 동시에 1920년 시집의 대부분을 점유하는 「영혼의 속삭임」, 「엘리엇씨의 일요일 아침 예배」와 스위니 시편 등 사행연구시의 아이러니 구조의 해설이 된다. 오늘날 데리다가 찾고 있는 철학을 문학으로 변질시키는 새로운 전도사는 바로 엘리엇이었다. 엘리엇은 모더니즘의 새로운 전도사였을 뿐만 아니라, 자신도 모르게 포스트모더니즘의 새로운 전도사였다는 것이 필자의 주장이다.

제5장 해체적 신비주의: 엘리엇 후기시의 종교

브래들리의 절대적 관념론이 드러내는 철학의 본질적 모순을 인식하면서 엘리엇의 문학적 전환이 있게 되었다. 브래들리는 현실 속에서 절대자를 인식하는 초월 경험이 가능하다는 신념을 갖고 있었지만, 엘리엇은 절대자의 존재를 부정하지는 않으면서도 절대자의 현실 인식이 불가능에 가까운 경험이라고 생각한다. 절대자의 존재 자체를 부정하는 상대주의는 아니지만, 절대자의 절대성의 현실적 인식 가능성에 의문을 제기하는 상대적 관념론의 입장이다. 따라서 역설의 표현이 의도적으로 사용된다. 역설은 표면의 뚜렷한 모순에도 불구하고 내면적으로는 타당한 의미를 추구하는 문학적 수사법이기 때문이다. 엘리엇에게 있어서 초월 경험은 현실 속에서 인식 가능한 사건이 아니지만, 절대자의 존재를 전면적으로 부인하지는 않기 때문에 초월 경험과 다른 등급을 갖는 절대성의 인식 가능성을 부정할 수 없었다. 이러한 인식 가능성의 하나로 미적 경험이 제시되면서 엘리엇의 문학적 전환이 완성되었다.

『브래들리 철학의 인식과 경험』의 마지막 부분에서 절대자의 인식 가능성을 위해 미적 경험과는 또 다른, 윤리적이며 종교적인 경험의 차원에 속하는 용어인 '영혼'(soul)이 제시된다. 이 '영혼'이란 용어를 통해 엘리엇에 의해 일단 거부되었던 초월 경험이 다른 방식으로 현실 인식 속에 되돌아온다. "두 용어가 모든 곳에서 동가(同價)는 아니지만 영혼이나 자아는 언제나 '지적 구성체의 창조물'이다. 즉 결코 그저 주어지지는 않으며 직접성의 초월에 의존한다"(KE 150). 유한한 중심, 관점이나 감정이 개입하는 직접 경험은 절대적 관념론의 핵심 개념이다. 직접 경험은 주관과 대상이 구별되어 관계가 형성되기 이전의 상태다. 직접 경험이 관계 경험의 원천이기는 하지만, 의식은 주관이 대상을 인식하는 관계 경험의 차원에서만 가능하다. 직접 경험이 의식 이전의 차원에 속한다는 브래들리의 정의에 엘리엇이 동의한다. 우리가 시간과 공간과 자아를 갖는 것은 대상의 세계, 즉 관계 경험의 세계에서 뿐이다. 따라서 영혼이나 자아가 "결코 그저 주어지지 않으며 직접성의 초월에 의존한다"는 주장은 감정처럼 그저 받아들일 수 있는 직접 경험의 차원에 속하지 않으며, 직접 경험의 직접성을 초월한 관계 경험의 차원에 속한다는 설명이다. '지적 구성체의 창조물'이라는 정의도 지적 구성체가 의식이나 인식을 대신하는 용어라고 생각하면, 자아와 영혼이 관계 경험의 차원에 속한다는 동일한 내용이다. 자아가 관계 경험의 차원에 속한다는 것은 이미 정의된 바 있었기에, '영혼'이 관계 경험의 차원에 속한다는 것만이 새로운 주장이다. 영혼과 자아가 다 같이 관계 경험의 차원에 속하지만, 다음과 같은 결정적인 차이점을 갖는다. "자아는 시간과 공간 속의 구성체이며, 타자들 속에서 대상, 타자들 속에서 자아이고 보통의 세계 속에서가 아니면 존재할 수 없다"(KE 204). 자아는 '보통의 세계,' 즉 현실의 인식 속에서 의식되어야 한다. 그런데 다음과 같이 영혼의 삶은 사정이 다르다.

관점 즉 유한한 중심의 대상은 하나의 일관된 세계를 갖는다. 그런데 하나의 일관된 세계의 명상이 아니라, 서로 부딪치며 서로 맞지 않는 세계들을 어느 정도 통합하여 가능하다면 두 개 이상의 일치하지 않는 관점들에서 왠지 모르지만 그런 관점들을 포함하고 변질시키는 보다 높은 관점으로 이동해가는 고통스런 임무 속에 영혼의 삶이 존재하기 때문에, 따라서 유한한 중심은 자족적일 수 없다.[1] (*KE* 147-8)

관점, 유한한 중심, 감정은 엘리엇의 논문에서 동일한 의미를 갖는다. 유한한 중심의 대상은 "하나의 일관된 세계를 갖는다." 자아는 현실의 세계 속에서 타자들과 다른 대상이 되면서, 타자들과 다른 자아로서 '하나의 일관된 세계'를 갖는다. 영혼의 경우에는 사정이 다르다. 영혼의 삶이 존재하는 곳은 하나의 일관된 세계가 아니며, 영혼은 서로 다른 관점을 통합하는 임무를 갖는다. 자아가 관계 경험의 차원에 안주한다면, 영혼은 '보다 높은 관점'으로 이동해가는 임무를 갖는다. 영혼은 또 하나의 관점이 된다. 그런데 엘리엇은 "영혼은 유한한 중심과 거의 같다"고 말한다(*KE* 204). 영혼이 유한한 중심과 '같다'라고 정의하지 않고, '거의 같다'라고 정의하는 이유는 영혼의 유한한 중심은 "자족적일 수 없"기 때문이다. 직접 경험의 유한한 중심이 자족적이었다면, 영혼의 유한한 중심은 '보다 높은 관점'으로 이동하는 과정 속에 있기 때문에 자족적이라고 정의할 수 없다. 따라서 영혼은 유한한 중심과 거의 같지만 다른 점도 있다. 직접 경험의 유한한 중심이라기보다 새로 형성된 직접 경험, 브래들리의 용어를 빌리자면 초월 경험과 유사한 유한한 중심이기 때문이다. 미적 경험이 초월 경험과는 다른 등급을 갖는 문학적인 차원에서 제시된 절대자의 인식 가능성이었다면, 영혼은 초월 경험과는 다른 등급을 갖는 윤리적이며 종교적인 차원에서 제시된 절대자의 인식 가능성이다. 자아의 관점에서

---

1) Shira Wolosky, *Language Mysticism: The Negative Way of Language in Eliot, Beckett, and Celan* (Stanford, California: Stanford UP, 1995), p. 38; 동일한 부분이 인용되면서 『브래들리 철학의 인식과 경험』과 『네 사중주』의 지속성이 지적되지만 구체적인 설명이 제시되지 않고 있다.

다시 설명하자면, 자아가 "하나의 일관된 세계"를 갖는다 하더라도 그것은 영혼과 달리 유아론의 세계에 국한된다는 것이다.

> 게다가 유아론의 교리라면 나 자신과 나의 상태가 직접 주어졌으며 다른 자아는 추단(推斷)된다는 것을 보여주어야 한다. 그러나 주어지는 것이 나의 자아가 아니라 나의 세계이기 때문에 그런 질문은 무의미하다. *(KE* 150)

"나의 자아가 아니라 나의 세계"가 의식되고 인식된다는 논리는 '보다 높은 관점'으로 이동해가는 영혼의 임무가 자아의 필연적인 발전 과정임을 시사한다. 절대자의 인식 가능성에 있어서, 미적 경험이 특수(特殊)한 사례였다면 영혼은 보편적인 사례가 된다. 문학적 전환이 엘리엇의 선택(選擇) 사항이었다면, 윤리적이며 종교적인 전환은 필연(必然)적 결과이다. 브래들리의 경우, 절대자는 결코 신이 아니었다.[2] 영혼은 상대적 관념론자인 엘리엇에 의해 제시된 종교적인 경험이다.

자아와 영혼은 엘리엇의 전기시와 후기시를 구분하는 대표적인 개념이다. 통상적으로는 「텅 빈 사람들」(1925년)을 후기시의 시작점으로 간주한다. 전기시가 자아의 문학적인 표현을 중심으로 미적 경험의 구현을 목표로 한다면, 후기시는 영혼의 윤리적이며 종교적인 구원 가능성을 중심으로 전개된다. 하지만 드만의 주장처럼 전기시가 "신앙없는 의식"의 순간들이며 후기시는 "의식없는 신앙"의 순간들이라고 간략하게 정리하기는 어렵다(de Man: *Blindness* 244). 의견에 동의하기는 쉽지 않지만, 엘리엇의 초기시를 근거로 『엘리엇의 초기 시대』 *(Eliot's Early Years)*에서 린달 고든(Llyndall Gordon)은 1927년의 공개적 개종(改宗) 이전에, 즉 하버드 대학원 시절인 1910년경에

---

2) "Bradley's position in this matter is clear, crisp, and consistent with his philosophy as a whole. He says: 'I have not, I know, to repeat to those who are acquainted with my book that for me the Absolute is not God'"(Bolgan 273).

엘리엇의 종교적 전환(轉換)이 시작되었다고 주장한다(1). 차라리 자아에서 영혼으로, 즉 인식론적 수준이 "윤리적 수준('겸손'의 개념)과 존재론적 수준('죽음')으로 확대"되었다고 보는 것이 더 합리적일 것이다(Servotte 380). 1930년 8월 9일 윌리엄 포스 스테드(William Force Stead)에게 보낸 편지에서 엘리엇은 후기시의 목표를 다음과 같이 정리한다. "시의 통상적 주제와 '신앙적' 운문의 사이에 근대의 시인들에 의해 아직까지 그리 탐사되지 않은 매우 중요한 영역이 있는데, 신을 탐구하는 인간의 경험, 그리고 신성한 목표의 관점에서 강렬한 인간적 감정을 자신에게 설명하려고 노력하는 것이지요"(Gardner: *Composition* 29 재인용).

엘리엇의 유일한 단편 소설(1917년)인 『일드롭과 아플레플렉스』(*Eeldrop and Appleplex*)에서 제목에 언급된 두 주인공의 삶의 목표는 "구체적 인물 속에서 인간 영혼을 이해하는 것"이라고 엘리엇은 말한다(2). 엘리엇 문학의 본령이 '구체적인 인물'을 사용하는 소설보다는 시적인 탐구에 있었지만, '인간 영혼'의 '이해'는 엘리엇 문학의 주요 목표다. 「텅 빈 사람들」은 여러 가지 면에서 그 이전의 시와 구분되는 엘리엇 후기시의 시작점이다. 다음과 같이 '우리들'(We)이라는 인칭대명사로 후기시가 공식적으로 시작되는 것은 우연이 아니다.

> 우리들은 텅 빈 사람들
> 우리들은 짚으로 채워진 사람들
> 짚으로 채워진 머리를
> 서로 기대고 있는. 아! (I, 1-4)

> We are the hollow men
> We are the stuffed men
> Leaning together

Headpiece filled with straw. Alas! (*CPP* 38)

'나의 자아'라기보다 '나의 세계'를 표현하기 위해서, 유아론의 교리를 피하기 위해서, '나'의 단수 일인칭 대명사가 아닌 '우리들'의 복수 일인칭 대명사가 의도적으로 사용된다. '우리들'은 '자아'의 문학적인 표현이 아니라 '영혼'의 윤리적이며 종교적인 구원을 목표로 하는 엘리엇 후기시의 특징을 드러낸다. "아!"라는 영탄(詠嘆)의 감탄사까지 동원되고 있지만, 비관적이라기보다 명랑한 어조(語調)가 두드러진다.[3] 자아의 현실적 실패가 아니라 구원의 과정에서 겪어야 하는 영혼의 실패이기 때문이다. 「스위니 아고니스테스」("Sweeney Agonistes")에서 확립된 행당(行當) 4개의 강세(强勢)라는 기본 리듬과 2-3개 강세의 변형 리듬이 사용되는데, 행의 말미에서 힘차게 종료되는 느낌 그리고 행이 두 개의 부분으로 나뉘는 강력한 박자에 의해 그러한 명랑한 어조가 강조된다(Reibetanz 335-6). 원시인의 정글북소리 같은 대화체(對話體)의 리듬이다. 다음과 같이 엘리엇이 「매슈 아놀드」에서 시의 종교적이며 철학적인 측면을 강조하며 제시하였던 '청각적 상상력'이 적용된 사례다.

내가 '청각적 상상력'이라고 명명하는 것은 사상과 감정의 의식 수준 훨씬 밑으로 파고 들어 모든 단어를 활기차게 하는 음절과 리듬의 감각이다. 가장 원시적이고 잊혀진 곳으로 가라앉아 원천으로 되돌아가서는 무언가를 가지고 되돌아오면서 처음과 끝을 추구한다. 의미를 통해서 작업을 하지만 물론 통상

---

3) Eloise Knapp Hay, *T. S. Eliot's Negative Way* (Cambridge, Massachusetts and London: Harvard UP, 1982), p. 74; "Including Nietzsche with Bergson and the pragmatists, he says, 'I feel at the bottom of Bergsonism and pragmatism(as I am convinced in the case of Nietzsche) a fundamental pessimism and despair'(p. 19). But he distinguishes his own position—a dualist position somewhere between materialism and idealism("for materialism is always the Doppelganger of idealism)—as a 'philosophical pessimism ... [which] lends itself to cheerfulness'(p. 20)."

적인 뜻의 의미를 제외하는 것은 아니다. 그리고 낡아서 지워진 것과 진부한 것, 현재 유통되고 있는 것, 새롭고 놀라운 것, 아주 오래된 것과 가장 문명화 된 정신 자세를 섞는다. (*UPUC* 118-9)

'텅 빈 사람들'의 이미지는 모호하다. "우리들"의 "메마른 목소리"가 "마치 마른 풀섶 지나는 바람"이나 "메마른 지하창고에서/ 깨어진 유리 위를 밟는 쥐의 발 소리"같이 "의미도 없다"고 이어서 부연 설명되지만, "바람"(wind)이 나 "쥐의 발 소리"(rat's feet)가 무엇을 의미하는지 알 수 없다. 사실상 이러한 알 수 없음이야말로 "서로 부딪치며 서로 맞지 않는 세계들을 어느 정도 통합 하여 가능하다면 두 개 이상의 일치하지 않는 관점들에서 왠지 모르지만 그런 관점들을 포함하고 변질시키는 보다 높은 관점으로 이동해가는 고통스런 임 무"를 독자에게 강요한다. 저자 또는 화자가 경험한 "영혼의 삶"의 모습을 닮는다. 두 개 이상의 일치하지 않는 이미지들이 제공하는 미적 경험들에서 왠지 모르지만 그런 미적 경험들을 포함하면서도 변질시키는 보다 높은 직접 경험으로 이동해가는 고통스런 임무가 「텅 빈 사람들」의 독자의 미적 경험 이다. 저자나 화자의 영혼의 삶이 성공적으로 구현되었다. 영혼의 부재를 느끼 게 하는 미적 경험은 후기시의 전형적인 양식이다.

브래들리 같은 절대적 관념론자는 현실 속에서 초월 경험을 인식할 수 있다 고 믿는다. 엘리엇 같은 상대적 관념론자는 현실 속에서 초월 경험을 인식할 수 없다고 생각한다. 초월 경험은 실천적 연구의 대상이 될 수 없다. 초월 경험의 실증적 연구가 불가능하다면, 철학의 한계가 뚜렷해진다. 초월 경험이 실천적 인식의 대상이 될 수 없기 때문에, 사회적 경험을 명확하게 설명해낼 수 없다. 나와 다른 존재가 동일한 세계를 의도하는 것이 사회적 행동의 전제 조건이다. 개개인이 서로 관계 없는, 즉 서로 연속되어 있지 않은 다른 세계 속에 존재한다면 사회적 행동은 불가능하다. 서로 다른 두 개 이상의 경험 세계가 "왠지 모르지만"(somewhat) 동일성을 희미하게 느끼고 이끌리게 된다고 엘리엇의 철학이 설명한다. 필자는 철학적 설명의 무능력을 드러내는 "왠지 모르지만"이라는 용어에서 엘리엇의 문학적 전환의 이유를 찾았다. 그런데 "두 개 이상의 일치하지 않는 관점들에서 왠지 모르지만 그런 관점들을 포함하고 변질시키는 보다 높은 관점으로 이동해가는 고통스런 임무"가 "영혼의 삶"이라는 정의 속에 "왠지 모르지만"(somewhat)이라는 용어가 포함되어 있다. '보다 높은 관점'으로 이동해가는 과정을 정확하게 파악할 수 없기 때문에, 영혼의 임무는 고통스럽다. '보다 높은 관점'이 시사하는 초월자를 현실 속에서 인식하는 것이 가능하면 좋겠다는 소망의 표현에 가깝다.

"신앙적인 운문을 쓰는 사람은 대개 자기가 정말 느끼는 것보다 자기가 느끼기 원하는 것을 쓴다"거나(Eliot: *After* 31), "종교 시인이 되려는 사람"(would-be religious poets)이 "가장 자주 겪는 실패는 저자가 자신의 개념 철학을 믿기 원하지만 스스로의 완벽한 지적 동의가 불가능하다는 것이다"라고(Eliot: "Scylla" 13) 엘리엇이 지적한다. 종교적 인식의 목표를 종교적 경험의 현실로 오인하기 쉽기 때문에 종교 철학의 체계 수립은 어려운 과업이다. 1936년 친구에게 보낸 편지에서 엘리엇은 절대자의 현실 인식 가능성에 대한 철학적 회의를 종교적 관점에서 다음과 같이 설명한다. "나는 평범한 인간의 애정에 신의 사랑으로 우리를 인도할 능력이 있다고 생각하지 않아. 차라리 신의 사랑이 인간의 애정을 충만하게 하고 강화시키며 고양시키는 능력이라고 생각하지. 신의 사랑이 없다면 인간의 애정을 동물의 '자연스런' 애정과 구분할 필요가 거의 없지"(Williams 86 재인용). 엘리엇의 기독교는 전통적이며 관습적인 형태를 유지하지 못할 정도의 극단적 회의주의를 기반으로 한다.[4] "오늘날의 교회는 중세의 신자들 속에서 거의 발견하리라 기대할 수 없었던

---

4) T. S. Eliot, *A Sermon Preached in Magdalene College Chapel* (Cambridge: Cambridge UP, 1948), p. 5; "One may become a Christian partly by pursuing scepticism to the utmost limit."

종류의 정신에게 최후의 피난처를 제공하는데, 그것은 회의주의자다"(Allan 140-1 재인용). 다음과 같은 「파스칼의 팡세」('The "Pense" of Pascal,' 1931년)의 구절은 엘리엇의 새로운 신앙고백에 가깝다.

> 그의 절망, 그의 환멸은 하지만, 인간적 연약함의 실례가 아니다. 지적 영혼의 진전에 있어서 필수적인 순간이기 때문에, 완전히 객관적이다. 게다가 파스칼 같은 사람에게 있어서는 기독교적 신비주의의 진보에 있어서 필수적인 단계가 되는 어두운 밤, 가뭄의 유비(類比)다. *(SE* 412)

영혼의 고통스런 진전을 설명하는 새로운 신앙고백은 기독교적 신비주의를 경유한다. 신비주의는 "왠지 모르지만"이라는 용어로 밖에 설명하지 못하는 영혼의 진보 경로를 위한 대표적인 방법이다.

「드라이 샐베이지즈」('The Dry Salvages')의 다음과 같은 구절은 『브래들리 철학의 인식과 경험』과 『네 사중주』의 지속성을 드러낸다. 자아의 철학적인 관점에서 뿐만 아니라 영혼의 종교적인 관점에서도 해석이 가능하기 때문이다.

> 행복의 순간, 그것은 안락감이나
> 결실, 성취, 안전 또는 애정,
> 심지어는 훌륭한 만찬이 아니라 갑작스런 광휘일 뿐이다.
> 우리는 경험을 하고도 의미를 몰랐다.
> 의미에 접근함으로써 그 경험은
> 우리가 행복에 부여하는 어떤 의미 이상의
> 딴 형태로 되살아나는 것이다. 내가 전에 말한 일이 있다,
> 의미로써 재생한 과거의 경험은
> 다만 한 생의 경험만이 아니고
> 많은 세대의 경험이고, 거기에는
> 아주 말로 형언할 수 없는 그 무엇을 상기시킨다고. (II, 42-52)

The moments of happiness—not the sense of well-being,
Fruition, fulfilment, security or affection,
Or even a very good dinner, but the sudden illumination—
We had the experience but missed the meaning,
And approach to the meaning restores the experience
In a different form, beyond any meaning
We can assign to happiness. I have said before
That the past experience revived in the meaning
Is not the experience of one life only
But of many generations—not forgetting
Something that is probably quite ineffable: (*CPP* 186-7)

직접 경험의 감정은 안락함, 결실, 성취, 안정, 애정 또는 훌륭한 만찬이
아니며 갑작스런 광휘의 모습을 갖는다. 직접 경험은 주관과 대상이 구별되어
관계가 형성되기 이전의 상태다. 의식은 주관이 대상을 인식하는 관계 경험의
차원에서만 가능하다. 따라서 "경험을 하고도 의미를 몰랐다"는 구절은 직접
경험이 있었음에도 불구하고 인식의 불가능성 때문에, 정확한 의미 파악이
불가능했다는 표현이다.[5] 브래들리의 초월 경험은 정확한 현실 인식의 전제
조건이다. 하지만 엘리엇은 초월 경험의 논리가 너무 순진하다고 지적한다.
"아주 말로 형언할 수 없는 그 무엇"은 『브래들리 철학의 인식과 경험』에서
'그것'(that)이라는 용어로 제시되었던 직접 경험의 존재론적 양상이며, '무엇
임'(what)이라는 명확하게 인식되지 않는 국면을 포함하는 해체론의 '흔적'과
대비된다. "의미로써 재생한 과거의 경험"은 『브래들리 철학의 인식과 경

---

5) Jewel Spears Brooker, "F. H. Bradley's Doctrine of Experience in T. S. Eliot's *The Waste Land* and *Four Quartets*," p. 156; "The 'meaning,' being intellectual, was not comprehended in the immediate experience. Awareness of meaning takes away the immediate experience of wholeness."

험』에서 '과거의 기억'이라는 용어로 제시된 '차연'의 표현이다. "다만 한 생의 경험만"인 '과거의 체험'과는 달리, '과거의 기억'은 미적 경험으로써 "많은 세대의 경험"이 된다. 따라서 위에서 인용된 부분은 『브래들리 철학의 인식과 경험』의 해체론적 해석의 시적인 표현인 것처럼 보인다. 『네 사중 주』의 윤리적이며 종교적인 측면은 자아의 해체론적인 관점에 독자의 해석 이 머물지 못하게 한다. 「텅 빈 사람들」에서 공식적으로 시작된 영혼의 여행이 기독교적 신비주의의 '어두운 밤'을 지나 『네 사중주』에서 새로운 의미를 획득한 것 같아 보인다. 이제부터 신비주의의 패러다임을 개략적으로 검토하고 그러한 체계를 중심으로 후기시에 나타난 엘리엇의 영혼의 움직임을 추적하고자 한다.

신의 존재를 긍정하는 인간의 영혼은 신의 상징적 재현을 기대하지만 신의 숨겨진 본질(essence), 즉 초본질(superessence)까지 고려할 때 긍정신학의 개념 적 지식으로는 전부 설명하기 어렵기 때문에 부정신학의 입장이 전개된다. 란제타(Beverly J. Lanzetta)는 『무의 다른 측면』(*The Other Side of Nothingness*)의 제5장 「이교의 신? 기독교 신비주의의 진전」("An Heretical God? Breakthroughs in Christian Mysticism")에서 전통 기독교 패러다임의 준수 여부에 따라 다음과 같이 기독교 신비주의를 세 단계로 나누어 설명한다 (61-77). 그것은 전통 기독교 패러다임을 준수하는 정상적 신비주의, 패러다임 전이(轉移)의 단계와 특이한 신비주의로 나뉜다. 정상적 신비주의는 긍정신학 과 부정신학의 두 단계로 구분된다. 테레사(Teresa of Avila)의 『내면의 성』 (*Interior Castle*)의 용어를 사용하자면 '신적 충만'(Divine Fullness)의 긍정 신학 도 감각의 어두운 밤을 지나는 성자(聖子)와의 '영적 약혼'의 단계와 영혼의 어두운 밤을 지나는 '영적 결혼'의 단계로 구분된다. '신적 절정'(Divine Plenitude), 즉 성부(聖父)와 교통하는 '신적 심연'(Divine Abyss)의 단계에 도달하는 부정신학의 문지방(threshold)까지가 정상적 신비주의의 영역이기 때문이다. 신적 심연이 심화되면 기독교 신비주의는 정통 기독교 패러다임이 수용하기 어려운 패러다임 전이의 단계를 거쳐 정통 기독교 패러다임과 무관해지는 특이한 신비주의의 단계에 이른다. 신비주의의 진전은 '포월'의 과정이다. 차연이 차이와 지연의 합성어인 것처럼, 포월(包越)은 포함(包含)과 초월(超越)의 합성어다. '감싸고 넘어가기'라고 번역될 수 있는 해체론의 신조어(新造語)이다. 현재를 부정하며 미래로 초월하는 로고스중심주의의 공간적 구분 논리의 한계를 벗어나기 위해서 현재 속에 포함된 과거라는 시간적 구분 논리가 추가된 개념이다. 기독교 신비주의의 진전 과정에서도 초월보다는 포월의 논리가 적용된다. 진전된 단계의 신비주의 속에 그 이전 단계의 과정이 포함된다. 예를 들면 성부와 교통하는 '신적 심연'이 성자와의 영적 약혼이나 영적 결혼을 초월한 단계이기는 하지만, 영적 약혼이나 결혼이라는 '신적 충만'을 포함한다.

데리다는 자신의 해체론이 부정신학과 "가족 유사성"을 갖고 있음을 부인하지 않는다.[6] "기호와 신성은 탄생의 동일한 장소와 시간을 갖는다. 기호의 시대는 본질적으로 신학적이다. 아마 그 시대는 결코 '끝나지' 않을 것이다. 하지만 그 역사적 '종결'의 윤곽이 드러나 있다"(Derrida: *Of Grammatology* 14). 이것은 초기의 저작인 『그라마톨로지』의 설명이다. 본질적으로 신학적인 국면을 갖지 않을 수 없는 언어를 포함한 기호의 과거와 그러한 신학적인 국면의 역사적인 종결이 예견되는 미래가 동시에 제시된다. 최근의 저작인 「말하기를 피하는 방법: 부정들」("How to Avoid Speaking: Denials")에서는 "모든 담론의 신학화"(the becoming-theological of all discourse)라는 용어로 언어의 과거가 설명된다(76). 언어, 즉 '말하기'는 기본적으로 신학적이기

---

6) Jacques Derrida, "How to Avoid Speaking: Denials," tr. Ken Frieden, *Derrida and Negative Theology*, ed. Harold Coward and Toby Foshay (Albany: State U of New York P, 1992. 73-142), p. 74; "By more or less tenable analogy, one would thus recognize some traits, the family resemblance of negative theology."

때문에 신학적인 국면의 역사적인 종결 상태를 설명하기 위해서는 '말하기를 피하는 방법,' 즉 부정의 방법들을 검토하는 수밖에 없다는 적절한 제목이다. 또 다른 초기의 대표작인 『목소리와 현상』의 「차연」 (Differance)에서 최근의 논리와 다르지 않은 다음과 같은 설명을 읽을 수 있다.

> 내가 자주 사용하는 우회로인 구절과 구문은 실천적인 측면에서 때때로 형태상 잘 구분되지 않을 만큼 부정신학과 유사하다. 이미 지적했던 바와 같이 차연은 '있지 않으며' 존재하지 않고 어떤 종류의 현존재도 아니다. 그래서 '있지 않은' 모든 것을 지적하게 될 것인데, 결과적으로 그것은 존재나 본질이 아니다. 존재나 부재에 상관 없이 그것은 존재의 범주에 속하지 않는다. 하지만 그렇게 차연이라고 표시된 것은 부정신학의 가장 부정적인 질서 속에서도 신학적이 아니다. 부정신학은 알다시피 언제나 초본질적 실재가 본질과 존재, 즉 현존재의 제한된 범주를 초월하도록 하는데 몰두한다. 그리하여 신에게 존재의 술어(述語)를 부정한다면 그건 신이 우월하며 상상할 수 없고 말로 형언할 수 없는 존재의 양식임을 인정하려는 목적 때문이라고 부정신학은 언제나 서술러서 상기시킨다. (Derrida: *Speech* 134)

요긴대 해체론과 부정신학의 기족적 유사성이 인정되면서도, 동시에 궁극적으로는 차연의 논리가 부정신학의 신학적인 측면을 갖고 있지 않음이 명백하게 주장된다.[7] 해체론이 변증법적인 논리 전개에 있어서 부정신학과 가족적인 유사성을 다소 보여주기는 하지만, 부정신학이 전제하는 부정할 수 없는 신의 현존, 즉 신의 초본질적 실재에 결코 동의하지 않는다는 것이 데리다의

---

7) Shira Wolosky, "An 'Other' Negative Theology: On Derrida's 'How to Avoid Speaking: Denials'," *Poetics Today* 19-2 (Summer 1998): 261-80, p. 264; "While Derridean deconstruction is in itself not declared to be a negative theology, (some of) its practices are seen as consistent with negative theology." 이어서 266쪽에서는 이러한 논리의 전개 방향에서 해체론의 비평적 국면이 다음과 같이 제시된다; "As Derrida remarked to Lucien Goldman, deconstruction 'is simply a question of (and this is a necessity of criticism in the classical sense of the word) being alert to the implications, to the historical sedimentation of the language which we use'."

주장의 핵심이다. 따라서 신비주의는 (1) 영적 약혼, (2) 영적 결혼, (3) 신적 심연의 문지방, (4) 패러다임 전이, (5) 특이한 신비주의 그리고 더 나아가서 (6) 해체론의 포월적 과정으로 패러다임이 전개된다. 그러한 신비주의 패러다임의 전개와 대비하여 「텅 빈 사람들」에서 『네 사중주』에 이르는 엘리엇 후기시의 전개 과정이 검토될 것이다.

린달 고든은 1927년 엘리엇의 공개적인 개종 이전, 하버드 대학원 시절인 1910년경에 엘리엇의 종교적 전환이 시작되었다고 주장한다. 그러므로 우선 엘리엇의 초기시를 중심으로 엘리엇의 종교적 전환의 시기가 검토되어야 한다. 고든은 「전환 이후」("After the turning..."), 「나는 부활 그리고 생명이다」("I am the Resurrection and the Life"), 「그렇게 저녁을 보내며」("So through the evening..."), 「불 탄 무용수」("The Burnt Dancer"), 「성 세바스티안의 연가」("The Love Song of St. Sebastian"), 「성 나르시서스의 죽음」("The Death of Saint Narcissus") 등 1914-1915년간의 작품을 근거로 엘리엇의 종교적 전환은 1927년이 아니라 1914년에 있었다고 주장한다.[8] 그러나 헤이(Hay)는 「성 나르시서스의 죽음」과 「성 세바스티안의 연가」 등에서 엘리엇이 "병든 영(靈)"을 조롱한다고 주장한다.[9] 특히 맥더미드 (Laurie Macdiarmid)는 다음과 같은 「성 세바스티안의 연가」의 "황홀한 희생"(ecstatic sacrifice)에서 "매저키즘적 편애"와 유사한 "종교적 망상"을 읽어

---

8) Lyndall Gordon, *Eliot's Early Years*, p. 58. T. S. Eliot, *The Waste Land: A Facsimile and Transcript of the Original Drafts including the Annotations of Ezra Pound*에 「전환 이후」(p. 109), 「나는 부활 그리고 생명이다」(p. 111), 「그렇게 저녁을 보내며」(p. 113)와 「성 나르시서스의 죽음」(pp. 94-7)이 수록되어 있으며, T. S. Eliot, *Inventions of the March Hare: Poems 1909-1917*에 「불 탄 무용수」(pp. 62-3), 「성 세바스티안의 연가」 (pp. 78-9)가 수록되어 있다.

9) "The sick spirituality he had ridiculed in early poems like 'The Death of Saint Narcissus' and 'The Love Song of St. Sebastian,' as well as 'A Cooking Egg,' 'The Hippopotamus,' and 'Mr. Eliot's Sunday Morning Service,' now appears at least to be the basis for some form of belief"(Hay 83).

낸다(85-6).

> 내가 그대를 교살(絞殺)했으면 그대가 나를 사랑했겠지
> 내 치욕스런 죄악 때문에.
> 내가 그대를 난도질했으면 내가 그대를 더 사랑했겠지
> 그대가 더 이상 다른 사람에게는 아니고
> 내게만 아름다웠기 때문에.

> You would love me because I should have strangled you
> And because of my infamy;
> And I should love you the more because I had mangled you
> And because you were no longer beautiful
> To anyone but me.

종교적 전환의 결정적인 순간이라기보다 종교적 성향의 노정(露呈)이다. 「불 탄 무용수」는 유사한 관점에서 검은 불나방의 죽음을 다음과 같이 언급한다. "춤추라 빨리 춤추라 더 빨리/ 치명적인 재난은 없나니/ 그대의 숨겨진 빛에서 우리에게로/ 기울어지는 운명은/ 무덤이지만, 인간적인 의미는 없다네." '인간적인 의미'(human meaning)가 없다는 화자의 직접적인 주장이야말로 고든이 반길만한 종교적 전환의 흔적일 것이다. 그러나 '치명적인 재난'(mortal disaster)은 없다는 전제는 종교적 전환이 목숨을 거는 정도가 아니라는 화자의 가벼운 정신 자세를 드러낸다. "희생은 완벽하지만, 전혀 피를 흘리지 않는 상상적인 것이기 때문이다"라는 맥더미드의 설명이 여기에서도 적용된다(85).

「전환 이후」는 『황무지』에서도 언급된 게세마네 동산의 경험 이후 "세상이 헛된 것 같다"(The world seemed futile)는 종교적 전환의 심정을 고백한다. 이미 언급된 「성 세바스티안의 연가」와 「불 탄 무용수」를 제외

한 나머지 시편은 『황무지 원고본』(*The Waste Land: A Facsimile and Transcript of the Original Drafts*)에 수록된 작품들이다. 「그렇게 저녁을 보내며」도 인간의 언어로 설명되지 않는 "이상한 혁명"(strange revolutions)의 경험을 고백한다. 더군다나 다음과 같은 「나는 부활 그리고 생명이다」의 종교적 신비주의의 언어는 고든의 주장을 뒷받침하는 것 같아 보인다.

> 나는 부활 그리고 생명이다
> 나는 머무는 것, 그리고 흘러가는 것이다.
> 나는 남편 그리고 아내
> 그리고 희생자와 희생용 칼
> 나는 불, 그리고 또한 버터다.

> I am the Resurrection and the Life
> I am the things that stay, and those that flow.
> I am the husband and the wife
> And the victim and the sacrificial knife
> I am the fire, and the butter also.

『황무지 원고본』의 주석은 이 시가 다음과 같은 바가밧기타(The Bhagavad-Gita)의 영향을 보여준다고 지적한다(Eliot: *Facsimile* 130). "나는 의식(儀式), 희생,/ 사자(死者)의 봉헌물, 약초(藥草)./ 나는 신성한 주문, 신성한 버터다 나는,/ 나는 불, 그리고 나는 봉헌물." 역설의 극단적 형태인 모순어법(oxymoron)은 신비주의의 언어적인 특징이다.

신비주의의 특징인 "말로 형언할 수 없음"은 "비언어적"이 아니며 "서로 다른 차원의 경험을 반영하는 서로 다른 문법 사이의 대립과 긴장을 언급"한다는 하탑(Lawrence J. Hatab)의 설명은 신비주의의 문법을 개진한다(55). "신비주의의 언어는 비합리적이거나 비상식적이거나 전달할 수 없는 것이 아니라

'그저' 교차원적(cross-dimensionally)일 뿐이다"(Hatab 55). 새로운 질서에 적합한 언어, 경험에 맞는 새로운 문법을 발견하는 것이 신비주의자의 임무다. "신비주의자는 언어를 피하지 않는다. 본래적 경험을 주장하기에 본래적 언어에 봉사한다. 신비주의는 언어의 부재가 아니라 언어의 '원천'이다"(Hatab 64). 하탑은 신비주의 문법의 특징으로 (1) 문법의 주객관성을 교묘하게 위반하는 환위 문법(conversion grammar)과 (2) 경험의 개변(改變)에 적합한 초객관적 문법(trans-objective grammar)을 제시한다(Hatab 58-62). 환위 문법은 (가) 객관 언어의 자기 제한(Self-limitation)과 (나) 동일성 증명(Indentification)으로 구별된다. 신비주의의 다차원적인 경험의 묘사에 있어서 객관 언어의 비모순 원칙은 제한적인 용법에서만 적용된다. "움직이며, 움직이지 않는다"(It moves, it moves not) 같은 모순 어법은 비합리적인 묘사가 아니다. 일차원적인 관점에서 볼 때에만 대립 개념의 우연한 일치이며 비모순 원칙의 위반이다. 브라만(Brahman)처럼 여러 차원을 갖는 하나의 실재라는 신비주의의 관점에서 보면 그저 교차원적(交次元的)일 뿐이다. 깨어있는 의식의 브라만은 감각 세계처럼 움직이지만, 초월적 의식의 브라만은 우유부단하며 따라서 움직이지 않는다. "나는 신이다"(I am God)라는 신비주의 표현을 통해 동일성 증명의 문법을 검토할 수 있다. 객관 언어의 문법으로는 "나는 신을 보았다" 또는 "나는 신을 의식한다"로 해석(version)된다. "나는 개인적으로 신이다"라는 개인과 보편의 동일시 주장이다. 그러나 신비 경험의 과정 속에서는 개인 의식의 경계가 부서져 더 이상 개인이 아니게 된다, 즉 "나(자아 의식)는 신(신적 현존 속에서 상실)이다(된다)." 극단적인 자만의 주장이 아니라 극단적인 겸손의 표현이다. 그리고 초객관적 문법의 특징은 (가) 감각적인 묘사와는 다른 질서를 갖는 묘사의 법칙, (나) 축어적인 의미를 '넘어서는' 은유의 법칙과 (다) 대상의 물신화 없이 의미를 제시하는 신화미학적인 문법 등이 있다. 신비주의의 언어는 언어라기보다 행동이며, 신비주의의 문법은 행동을 환기(喚起)시키는 연출 방법이다.

「나는 부활 그리고 생명이다」는 신비주의의 언어적 특징을 갖고 있다. 하지만 "나는" 동시에 "희생자와 희생용 칼"이 되지 못한다. 본래적인 언어의 행동이라기보다 소망의 언어 표현이다. 제2행의 "나는 머무는 것, 그리고 흘러가는 것이다"라는 표현도 '머무는 것'의 차원과 '흘러가는 것'의 차원이 다차원을 구성한다기보다 동일한 차원 속에서의 시간적 연속의 묘사 같아 보인다. 바가밧기타의 형식이 모방되었지만, 다차원적인 의식은 성취되지 못하였다. 종교적 신비주의의 언어적 특징이 표피적으로 적용되어 있다. 다음은 「성 나르시서스의 죽음」의 마지막 부분인데, 나르시서스는 "불타는 화살"을 맞고 "신의 무용수"가 된다.

> 그런 다음 어린 소녀가 되었지요
> 숲 속에서 술 취한 노인에게 붙잡혀
> 끝에 가서는 그녀 자신의 결백의 맛을 알게 되었지요
> 그리고 그는 술 취하고 늙은 것 같이 느꼈어요.

> Then he has been a young girl
> Caught in the woods by a drunken old man
> Knowing at the end the taste of her own whiteness
> And he felt druken and old.

나르시서스는 나무, 물고기, 어린 소녀 등의 변신을 거듭한다. 어린 소녀의 차원에서 술 취한 노인에게 강간을 당한다. 신비 경험의 순간이다. 충격적인 경험은 나르시서스를 신의 무용수, 즉 성 나르시서스로 변모시킨다. 그러나 브라만의 경우처럼 '나'의 다차원성이 성취된 것 같아 보이지는 않는다. 마지막 행에서 그는 자신을 술 취한 노인과 동일시한다. 나르시서스에서 성 나르시서스로 되는 신비 경험은 어린 소녀의 차원에서 겪는 강간과도 같은 경험이지,

술 취한 노인의 새디즘적인 강간 행위는 아니다. 그럼에도 불구하고 나르시서스는 "술 취하고 늙은 것 같이 느꼈"다고 고백한다. 다차원적인 경험은 실패로 돌아간다. 나무, 물고기, 어린 소녀의 변신은 표피적인 것이었을 뿐이며 나르시서스의 종교적 경험의 본질은 처음부터 끝까지 술 취한 노인이었을 뿐이다. 다음과 같은 「성 나르시서스의 죽음」 의 마지막 3행은 신의 '불 타는 화살'을 받은 이후의 모습을 묘사한다.

이제 화살을 품으면서 그의 하얀 피부는
붉은 피에 내맡겨졌는데, 그래서 그는 만족했다.
이제 입에 그림자가 드리우면서
그는 푸르고, 메마르고 그리고 더러워졌다.

As he embraced them his white skin surrendered
itself to the redness of blood, and satisfied him.
Now he is green, dry and stained
With the shadow in his mouth.

나르시서스는 죽으면서 성 나르시서스가 된다. 개인적인 자아의 한계를 벗어나서 보편적인 자아가 된다는 주장이다. 그런데 나르시서스의 만족이 신적 현존 속에서의 자아 의식의 상실에 기인하는 것인지 의심스럽다. 피부의 하얀 색조, 피의 붉은 색조와 푸른 색조 등 현란한 색채가 불타는 화살의 이미지의 강도를 약하게 만든다. 나르시서스의 육체적 묘사가 너무 두드러져서 성 나르시서스의 영적 성취가 무엇인지 가늠하기 어렵다. 「성 세바스티안의 연가」 와 「불 탄 무용수」 보다 뚜렷하게 종교적인 색채를 띠고 있는 『황무지 원고본』의 「전환 이후」, 「나는 부활 그리고 생명이다」, 「그렇게 저녁을 보내며」 와 「성 나르시서스의 죽음」 도 고든이 주장하는 것처럼 종교적인 전환의 자세를 뚜렷하게 갖추지 못하고 있다.

"그러므로 영혼은 신과의 결합을 가질 수 없다. 영혼이 피조물들에 대한 사랑을 벗어 버릴 때까지는"(*CPP* 115). 「스위니 아고니스테스」의 제사(題詞)로 사용된 십자가의 성 요한(St. John of the Cross)의 말이다. 기독교 신자가 아닌 사람에게뿐만 아니라 도브레(Bonamy Dobree)에게도 "반감"이 가는 표현이어서 인용 의도를 문의하게 되는데, 다음과 같은 엘리엇의 답신을 받는다(80). "원래 당신과 나를 위해 쓴 게 아니고, '종교적 명상의 길'을 추구하는 데 진지하게 종사하는 사람들을 위한 것이지요. 그런 '길'의 관점에서만 읽어야 해요. 그저 인간적인 애정을 죽여 버린다면 어디로도 갈 곳이 없어지지요. 차라리 대다수 사람들보다 못한 살아있는 시체가 될 뿐이겠지요. 그러나 교리는 근본적으로 옳다고 믿어요"(Dobree 80-1 재인용). 그와 같은 엘리엇의 겸손한 변명에도 불구하고 「스위니 아고니스테스」(1932년)의 저자는 '종교적 명상의 길'을 진지하게 추구하며, "피조물들에 대한 사랑을 벗어" 버린다는 것의 의미를 탐구한다. '고뇌하는' 스위니는 다음과 같이 목욕탕 살인 사건을 이야기한다.

> 이런 일이 있었지, 옛날에 한 남자가 소녀를 죽였어.
> 어떤 남자고 여자를 죽일 수 있을 거야.
> 어떤 남자고 일생에 한 번은 여자를 죽여야 하고,
> 죽일 필요가 있고, 죽이고 싶어하지.
> 그런데 그 남자는 여자를 목욕탕에 숨겨 두었지.
> 리졸액 한 갤론이 들어 있는 목욕탕에.
>
> I knew a man once did a girl in.
> Any man might do a girl in
> Any man has to, needs to, wants to
> Once in a lifetime, do a girl in
> Well he kept her there in a bath

With a gallon of lysol in a bath (*CPP* 124)

신과의 결합을 위해서 영혼이 피조물들에 대한 사랑을 벗어 버려야 한다는 제사의 주장을 감안한다면, 단순한 살인 사건의 이야기가 아니다. 엘리엇의 단편 소설인 『일드롭과 아플레플렉스』(1917년)에서도 다음과 같이 비슷한 사건이 묘사된다.

> 곱슨가의 한 남자가 여자를 살해한다. 중요한 사실은 그 남자에게 있어서 그 행위가 영구적이라는 것이며, 짧은 기간 동안 살아 있어야 했지만 그는 이미 죽어 있다는 것이다. 그는 이미 우리와는 다른 세계 속에 있다. 그는 경계선을 넘어갔다. 중요한 사실은 이미 저질러진 것은 풀어버릴 수 없다는 것인데, 우리 자신이 직면하게 될 때까지는 누구도 깨닫지 못하는 가능성이다. (Eliot: *Eeldrop* 3)

피조물에 대한 사랑을 벗어 버린 이후의 영혼의 상태에 대한 문학적인 탐구가 엘리엇에게는 중요했다. 전기시에서도 등장했던 스위니는 관능적인 쾌락을 탐하는 볼루파인 공주나 그리쉬킨에 대응되는 남성인데, 스위니 시편은 하층계급의 묘사에 치중했었다. 제사(題詞)가 요구하는 성자의 길과 스위니 시편이 요구하는 평민의 길의 통합은 너무 과중한 문학적 과제였기에, 「스위니 아고니스테스」는 미완성(Unfinished Poems)으로 남는다.[10] 예를 들면 "출생과 성교와 죽음"(Birth, and copulation, and death) 등 스위니라는 등장인물의 성격에 걸맞지 않은 단어가 사용된다(Matthews 109).

「스위니 아고니스테스」(1932년)에서의 문학적 도전의 미완성에도 불구하고, '종교적 명상의 길'은 「텅 빈 사람들」(1925년)에서부터 본격적으로

---

10) David Galef, "Fragments of a Journey: The Drama in T. S. Eliot's *Sweeney Agonsites*," *English Studies* 69-6 (December 1988), p. 507; "Stylization and realism may achieve a merge of sorts, but the weight of a largely inert, half-explicated cretin and saint is at times too much for the fragmentary structure to support."

시작된 영혼의 과정이다. '텅 빈 사람들'은 『황무지』의 "떼를 지어 빙빙 돌고 있는 군중"(crowds of people, walking round in a ring)의 후예다(*CPP* 62). 전기시와 비교할 때 후기시는 방향성이 뚜렷하다. 영혼에게 '보다 높은 관점'으로 이동해야 하는 고통스러운 임무가 있기 때문이다. 시간의 직선적인 전개 양상은 제1부의 "햇빛", 제2부의 "황혼 왕국", 제3부와 제4부의 어둠 속의 "별", 그리고 제5부의 "새벽 5시"에 의해 제시된다(Dzwonkoski 17-8). 엘리엇은 「보들레르」("Baudelaire," 1930년)에서 다음과 같이 '저주'를 찬양한다.

> 선거개혁, 국민투표, 성차별 개선과 복장개량의 세계 속에서 저주의 가능성은 너무나도 큰 해방이다. 저주 그 자체가 직접적인 구원의 형식이다. 결국 삶에 다소간의 의미를 제공하게 되니까, 근대 생활의 권태로부터의 구원이다. (*SE* 427)

신과의 결합을 위해 영혼이 피조물들에 대한 사랑을 벗어 버려야 한다는 주장과 일맥 상통하며, 신과 '보다 높은 관계'를 형성하려는 고통스러운 영혼의 임무에 대한 반어적인 주장이다. "어둠과 밤"의 은유는 찬반 어느 쪽으로도 간주되는 "양날의 은유"가 되는데, '밤'은 자아 말살의 표현이면서도 또한 명상의 대상이 되는 특징을 표현할 수 없는 실재의 표현이기도 하다(Gardner: *Art* 167, "Commentary" 65). 「텅 빈 사람들」에서 엘리엇의 영혼은 어두운 밤을 지난다.

테레사의 기독교 신비주의 용어를 사용하면 「텅 빈 사람들」은 '영적 약혼'의 단계를 지난다(Lanzetta 62-3). 이 단계에서 영혼은 수동적인 부정의 상태를 경험하며 정체성의 일시적인 상실을 의식한다. 정화되고 텅 빈 존재가 죽음과 유사한 경험을 하면서, 신과 자아의 내면이 상호 혼합되는 영적 약혼의 단계를 이룬다. 수동적인 부정의 상태에 있는 '텅 빈 사람들'은 "지옥에 떨어진 격렬한 영혼들"(lost Violent souls)이 될 수 없다. 죽음의 왕국은 세 가지로 구분된다. 요단강 건너편에는 진정한 '죽음의 다른 왕국'(death's other Kingdom)이 있다. "왕국은 주님의 것이오니"라는 기도문의 대상이다. "직시하는 눈"을 갖고 있는 자들만이 건너갈 수 있다. 여행의 목표가 뚜렷해지면서 '눈'과 '다엽 장미' 등이 형성하는 상징의 체계가 뚜렷해진다. '텅 빈 사람들'은 대부분 '죽음의 꿈 왕국'(death's dream kingdom)에 거주한다. 꿈같이 허무한 현실이다. 아직 죽지 못해 살아 있는 상태이지만, 『황무지』의 '떼를 지어 빙빙 돌고 있는 군중'의 처지와 비교할 때 희망이 있다. "인생은 매우 길다"라고 한탄할 수 있을 만큼 목표가 뚜렷하다. '죽음의 다른 왕국'을 엄두도 못내는 '텅 빈 사람들'의 실질적인 목표는 '죽음의 황혼 왕국'(death's twilight king-dom)이다. '텅 빈 사람들'이 그곳에 가야 한다는 것을 느끼고 인식하고 있지만, 죽음 같아 보여서 가기가 두려운 "마지막 만남의 장소"다(CPP 85). 황무지 같은 '죽음의 꿈 왕국'에서 '죽음의 황혼 왕국'으로 건너가기 위해서는 "형이상학적 절망"의 깊이가 깊어져야 한다.[11] 이것이 「텅 빈 사람들」의 주제다.

제5부는 '죽음의 황혼 왕국'의 모습이며, '영적 약혼'의 장면이다.

> 자 빙빙 선인장을 에워싸고 돌자
> 선인장을 선인장을
> 자 빙빙 선인장을 에워싸고 돌자
> 아침 새벽 다섯 시에. (V, 1-4)

> Here we go round the prickly pear
> Prickly pear prickly pear

---

11) "To the common observation that *The Hollow Men* expresses the depths of Eliot's despair, one must add that the poet in a sense chooses despair as the only acceptable alternative to the inauthentic existence of the unthinking inhabitants of the waste land. Eliot himself saw this kind of metaphysical despair as more intellectual and emotional"(Spurr 51).

Here we go round the prickly pear

At five o'clock in the morning. (*CPP* 85)

　정체성의 상실이나 죽음과 유사한 경험과 형이상학적 절망 등의 용어를 사용하지만, 객관 언어의 일차원적인 개념을 사용하여 다차원적인 신비 경험을 설명하기 위한 목적이 있었다. 위에 인용된 부분은 어린이 놀이 노래의 형식을 취하고 있어 어조가 "부정적이라거나 심각하다고 생각할 수 없다"(Freeman 43). 영적 여행의 목적지는 "죽음과 재탄생의 의식"과 유사한 "정죄(淨罪)의 선회(旋回)" 무용이다(Usmani 181). 인간적인 "욕망과 그리고/ 경련 사이에/ 가능태와 그리고/ 현실태 사이에/ 본질과 그리고/ 타락 사이에/ 그림자는 내린다"(*CPP* 85). 신과 자아의 내면이 상호 혼합되는 '영적 약혼'은 자아의 입장에서 '죽음과 유사한 경험'이 되는데, '그림자'는 그러한 신비 경험을 객관 언어로 제시하는 용어일 뿐이다. 「텅 빈 사람들」를 구성하는 420개 단어는 180개의 단어가 반복하여 사용된 것이다(Williams 169). 시인이 느끼는 객관 언어의 한계를 짐작할 수 있다. 신비주의의 언어는 언어라기보다 행동이며, 신비주의의 문법은 행동을 환기시키는 연출 방법이다. 따라서 단어의 다양성의 빈곤은 시인의 상상력의 빈곤을 반영하는 것이 아니다. 행동이 되는 언어, 행동을 환기시키는 의식(儀式)이 되는 반복의 언어가 의도적으로 사용된 결과일 뿐이다.

　「성회 수요일」(*Ash-Wednesday*, 1930년)에서 영혼의 여행은 '텅 빈 사람들'이 도착한 지점에서 시작한다. '죽음의 황혼 왕국'은 "탄생과 임종 사이의 긴장의 시간"이며 "세 가지 꿈이 교차하는" 장소가 된다(*CPP* 98). '죽음의 황혼 왕국'은 '죽음의 꿈 왕국'과 '죽음의 다른 왕국'의 경계선에 위치한다. 영혼은 세 가지 '죽음의 왕국'이 교차하는 지점에 서 있다. 「텅 빈 사람들」에서 '죽음의 황혼 왕국'은 죽음의 순간과 비슷한 경험이었다. 그럼에도 불구하고 「성회 수요일」에서 도착한 결론은 '죽음의 황혼 왕국'이 여행의 종착지가 아니라 여행의 중간 기착지일 뿐이라는 사실이다. "공기는 더 희박하고 건조"한데, "의지보다 더 희박하고 건조하"다(*CPP* 90). 자아의 의지가 적용될 여지가 없는 공간이기에, 화자에게는 새로운 전략이 필요하다. 테레사의 기독교 신비주의 용어를 사용하여 다시 설명하자면 「텅 빈 사람들」에서 '죽음의 황혼 왕국'의 입구인 '영적 약혼'의 단계에 도착했다면, 「성회 수요일」의 '죽음의 황혼 왕국'에서는 '영적 결혼'의 단계로 발전한다. 십자가의 성 요한의 신비주의 용어를 사용하자면 「텅 빈 사람들」에서 감각의 어두운 밤을 지난다면, 「성회 수요일」에서는 그 노력의 결과를 바탕으로 영혼의 어두운 밤을 지난다. 「성회 수요일」의 제1부가 "나는 다시 돌이키기를 바라지 않기 때문에"(Because I do not hope to turn again)로 시작되는데, 마지막인 제6부가 앞의 것과 똑같은 내용을 접속사만 바꾸어 "나는 다시 돌이키기를 바라지 않지만"(Although I do not hope to turn again)으로 시작되는 이유이다. 'Because'라는 원인(原因)의 접속사가 과거와의 연결의 흔적을 함유한다면, 'Although'라는 양보(讓步)의 접속사는 과거와의 단절을 강조하기 때문이다. 「성회 수요일」의 시작 부분의 '죽음의 황혼 왕국'이 '죽음의 꿈 왕국'이란 과거사의 흔적을 아직 기억에서 완전히 지워버리지 못한 상황이라면, 끝 부분은 '죽음의 꿈 왕국'과의 단절이 완료된 상황이다.

영혼의 여행은 계속되어야 한다. 따라서 화자가 시선을 과거쪽으로만 돌리고 있을 수는 없다. 이제 영혼의 목적지, '죽음의 다른 왕국'의 시적 형상화는 어떻게 가능한지 질문하지 않을 수 없으며, 이것이 바로 「성회 수요일」의 본론 부분이다. 제1부의 현재 시제가 제시하는 신비 경험은 제2부와 제3부의 과거 시제에 의해 설명된다(Hutchings 29). 제3부 제1연의 영혼은 "제2의 계단의 첫 번째 굽이에서" 종교적 전환을 시작한다. '제2의 계단'은 「텅 빈 사람들」의 '죽음의 꿈 왕국'의 다른 이름이다. 영혼이 종교적 전환을 위해서

"희망과 절망의 기만에 찬 얼굴을 지닌/ 계단의 악마와 싸우는" 상황이다(*CPP* 93). 제2연의 영혼은 형이상학적 절망의 깊이가 깊어지는 '죽음의 황혼 왕국'에 있다. 피조물들에 대한 사랑을 벗어 버리는 '영적 약혼'의 상황이다. 이제 "제2의 계단의 두 번째 굽이에서" 돌이켜보는 '죽음의 꿈 왕국'은 "침흘리는 늙은이 입처럼 축축하고, 쭈글쭈글해서, 손질할 길도 없고/ 늙은 상어의 이빨 내민 목구멍 같았다"(*CPP* 93). 마지막 제3연에서 영혼은 "희망과 절망을 초월하는 힘"을 발견한다(*CPP* 93). '죽음의 다른 왕국'이 보이기 시작하면서 '영적 결혼'의 단계가 된다. '영적 결혼'은 (1) 밝음과 어둠, 공허와 충만 등 영혼의 본성뿐만 아니라 신의 내면 생활에서의 상호보완적인 정반대되는 개념의 공존, (2) 신과 구별되는 거리감의 고통스런 인식이란 유한성의 역설 등의 특징을 갖는다(Lanzetta 63-4). 인간의 유한성이나 신과의 거리감에도 불구하고 무한한 존재에 다가가려는 영혼의 역설적인 노력 때문에, 제3부가 "주여 저희는 값이 없나이다/ 주여 저희는 값이 없나이다/ 그러나 다만 그 한 말씀 말하시라"(*CPP* 93)라는 기도로 끝나고, 「성회 수요일」의 제일 마지막 행이 "그리하여 내 부르짖음이 '당신'에게 이르게 하소서"(*CPP* 99)라는 기도로 끝난다. 「성회 수요일」에서 엘리엇은 기도, 즉 세속적 관점과 종교적 관점을 포괄하는 "효율적인 허구"(efficient fiction)를 완성하려고 한다(Dayal 57, Leavis 98). 그러나 역설적인 표현의 완성은 『네 사중주』(1942년)를 기다려야 한다. 의도적인 작업 계획이 존재하며, 시인의 작업은 "감정의 변화보다 지적인 결정"에 의존한다(Gish 85). 용서하지 않는, 용서의 가능성이 없는 신의 모습인 「게론천」의 '범 그리스도'에 비하면, 다음에 인용된 「성회 수요일」의 '흰 표범'에는 현실감이 부족하다.

> 성녀시여, 세 마리의 흰 표범이 낮의 서늘한
> 로뎀 나무 아래 앉아

내 다리를, 내 심장을, 내 간을, 그리고 내 두 개골의
둥글게 텅 빈 그 속에 들어 있던 것을 양껏 먹었던 것입니다
그리고 신의 말씀이 이 뼈들이 살겠는가? 이 뼈들이
살겠는가? 그러자 (이미 말라 버린) 뼈 속에
들었던 것이 찍찍 울면서 말한다. (II, 1-7)

Lady, three white leopards sat under a juniper-tree
In the cool of the day, having fed to satiety
On my legs my heart my liver and that which had been contained
In the hollow round of my skull. And God said
Shall these bones live? shall these
Bones live? And that which had been contained
In the bones (which were already dry) said chirping: (CPP 91)

"(이미 말라 버린) 뼈 속에 들었던 것이" 신의 질문에 짧고 날카로우며
명랑하게 찍찍거린다. 「눈물 흘리는 소녀」의 화자가 목표하였던 "가볍고
능란한"(light and deft) 어조(語調)인데, "고통의 직접성이 결여되어 있
다"(Spurr 61).

'영적 결혼'의 또 다른 특징인 밝음과 어둠이나 공허와 충만 등 영혼의
본성뿐만 아니라 신의 내면 생활에서의 상호보완적인 정반대되는 개념의 공존
도 시인의 작업이 감정의 변화보다 지적인 결정에 의존하는 현실을 반영한다.
신의 내면은 다음과 같이 행당(行當) 두 개의 강세행에 의해서 역설적으로
묘사된다(Reibetanz 342).

침묵의 성녀
평온하고 고뇌에 싸여
찢기고도 가장 완전한
기억의 장미

망각의 장미
고갈된 채 생명을 주는
근심에 싸여서도 마음 평온한
이 하나의 '장미'가
지금은 곧 정원 (II, 25-33)

Lady of silences
Calm and distressed
Torn and most whole
Rose of memory
Rose of forgetfulness
Exhausted and life-giving
Worried reposeful
The single Rose
Is now the Garden (*CPP* 91-2)

일차원적 관점에서 볼 때 신비주의 언어가 대립 개념의 공존이며 비모순
원칙의 위반이라는 것을 검토한 바 있었다. 브라만처럼 여러 차원을 갖는
하나의 실재라는 신비주의의 관점에서 보면, 그저 교차원적일 뿐이다. 깨어있
는 의식의 브라만은 감각 세계처럼 움직이지만, 초월적 의식의 브라만은 움직
이지 않는다. 마찬가지로 깨어 있는 의식의 성녀는 인간을 향한 "채우지 못한
사랑"을 느끼며 "고뇌에 싸여" 있지만, 초월적 상태의 성녀는 "평온하"다.
신의 신비로운 내면에서는 대립 개념이 평화롭게 공존하지만, 인간의 영혼
속에서 대립 개념의 상호보완적 공존은 기도와 소망의 대상이다. "관심을 갖
는 방법과 무관심하는 방법을 가르치소서/ 조용히 앉아 있는 방법을 가르치소
서"(*CPP* 90). 신과의 영적 결혼은 미래의 목표이며, '죽음의 꿈 왕국'은 "무관
심하는 방법"의 가르침을 받고 싶은 과거의 대상이다. 인간의 의지로는 불가

능한 동시 작업이기에, "조용히 앉아" 신의 섭리를 기다리는 수밖에 없다. "기억의 장미/ 망각의 장미" 등은 하나의 상징인가. 엘리엇은 다음과 같이 대답한다. "시 속에는 실제로 세 개의 장미가 있지요. 감각적인 장미, (언제나 대문자를 사용하여 표현되는) 사회정치적인 장미 그리고 영적인 장미. 게다가 이 셋은 어떤 점에서는 하나로 동일시되어야 하지요"(Dobree 86 재인용). "이 하나의 '장미'가/ 지금은 곧 '정원'"이라는 선언은 개인의 감각적인 '장미'가 사회정치적인 '장미'의 '정원'으로 확대되어, 성녀 '장미'의 영적인 구원에 통합되기를 희망하는 표현이다. 자아의 문제가 시대 집단의 문제와 다르지 않다는 것이 시인의 입장이다(Timmerman 90). 초원의 개념과 대비할 때, 정원의 비전은 『황무지』의 '우뢰'(thunder)가 말한 "자제하라"(control)는 요구 사항의 실천이다(Dzwonkoski 33). 정반대되는 개념의 상호보완적인 공존은 신비주의적이며 시적인 작업의 목표다. 신의 내면의 경우라면 문제가 되지 않는 논리지만, 인간 영혼을 취급한다면 논란의 여지가 있다. "나무엔 꽃이 피고, 샘이 흐르는 그곳"(where trees flower, and springs flow)은 종교적 전환 이후의 영혼에게 보이는 '죽음의 꿈 왕국'의 묘사다(CPP 89). 구체적인 명칭 없이 '나무'나 '꽃' 등 거의 추상 명사에 가까운 보통 명사만을 사용하면서 '죽음의 꿈 왕국'을 거부한다는 시인의 지적 의지를 표현한다. 그러나 '장미' 등 구체적인 명칭을 사용하지 않고 '꽃'의 이미지를 통한 구원의 성취는 불가능하다. 신비주의 언어는 단순한 언어라기보다 행동이어야 하기 때문이다.

「성회 수요일」이 봉착한 시적 형상화의 문제는 단순한 문학적 난관이라기보다 영적 난관의 모습이다. 「성회 수요일」의 마지막 부분에 제시된 기도의 대상은 다음과 같다. "축복받은 누이여, 성스러운 어머니여, 샘의 영, 정원의 영이여"(CPP 98). '축복받은 누이'와 '성스러운 어머니'는 전통 기독교 패러다임에 적합한 기도의 대상이지만, '샘의 영'이나 '정원의 영'은 범신론적 표현으로 영적 난관의 노출이다[2] '영적 약혼'과 '영적 결혼'의 단계를 지나는

'신적 충만'의 긍정 신학이 감당할 수 없는 단계에 도착한 것이다. 긍정 신학과 부정 신학이 만나는 '신적 심연'의 문지방이다(Lanzetta 64-5). 더 이상 성자 (聖子)와의 소박하고 달콤한 결합에 국한되지 않는다. 뚜렷하지 않고 어두운 성부(聖父)의 심연에 직면하고 있기 때문이다. 혹은 기독교 패러다임이 더 이상 감당하지 못하는 신비주의의 단계, 즉 패러다임 전이의 단계에 도착해버렸는지도 모른다.13) 다음에 검토하게 되는 패러다임 전이의 단계에서는 개념적인 이미지를 포기할 수밖에 없으며 절대자의 이름을 정확하게 명명할 수 없기 때문이다. 「스위니 아고니스테스」의 과제였던 성자의 길과 평민의 길의 통합은 엘리엇이 피할 수 없는 난경(難境)이었다. 단지 신비주의의 길을 선택하지 않았기 때문에 미완성으로 끝났을 뿐이다. 엘리엇은 『정령 시집』 (*Ariel Poems*)에서 패러다임 전이의 방향으로 나아간다.

영혼이 더 높은 수준의 신적 절멸(絶滅)을 위해 이름과 정체성을 벗어 버리는 부정 신학의 단계에서는 개념적 이미지가 포기된다(Lanzetta 66-9). 의디오 니시어스(Pseudo-Dionysius)가 부정 신학의 기반인데, 그는 자신의 『신비 신학』 (*The Mystical Theology*)에서 신의 상징적인 재현 체계를 구축하는 긍정 신학보다 신의 숨겨진 본질, 즉 초본질적인 어둠을 명상하는 부정 신학이

---

12) Glen Bush, "The Mysterious Holy Lady in T. S. Eliot's *Ash-Wednesday*," *The American Critical Miscellany* 1-2 (1988), p. 204; "In the garden is where he finds the Blessed Sister, the single form of the holy mother(Mary), the spirit of the fountain(Beatrice), and the spirit of the garden(Matilda). Just as the Holy Trinity is the Godhead, the Father, who is made up of the Father, Son, and Holy Spirit. So too is the Blessed Sister now as one." 그러나 다얄(Samir Dayal)의 해석은 다음과 같이 입장을 달리 한다. "The cacophony of discrepant addresses confirms the reader's sense that casting the exploration of the 'intense, human feelings in terms of the divine goal' is a decisive clue to the speaker's alienation from truly unequivocal commitment to Christian spirit of *Ash Wednesday*"(72).

13) Nils Bjorn Kvastad, "Philosophical Problems of Mysticism," *International Philosophical Quarterly* 13-2 (June 1973), p. 195; "Mystics are very often pantheists, and as far as Christian mystics are concerned, this is a source for conflict with the church, because all churches have always stressed the separation between God and his creation."

더 완벽한 길이라고 다음과 같이 설명한다.

> 그것은 영혼이나 정신이 아니며, 상상력, 신념, 말이나 이해를 소유하지
> 않는다....... 말해질 수 없으며 이해에 의해 파악될 수 없다....... 힘을 갖고
> 있지 않고, 힘이 아니며 빛도 아니다. 살아 있지도 않고 생명도 아니다. 실체가
> 아니며 영원이나 시간도 아니다...... 왕권이 아니다. 지혜가 아니다. 하나나
> 단일성, 신성이나 미덕도 아니다. (Lanzetta 67 재인용)

"지혜가 아니다"라는 부정 신학의 논리는 「동방박사들의 여행」("Journey
of the Magi," 1927년)을 해석하는 도구가 된다. "미덕도 아니다"라는 논리는
「시므온을 위한 노래」("A Song for Simeon," 1928년), "말해질 수 없으며
이해에 의해 파악될 수 없다"라는 논리는 「머리나」("Marina," 1930년)를
위한 해석의 도구가 된다. 의디오니시어스는 숨겨진 신성의 어둠 속에 영혼이
머물러야 한다고 권고하면서 성부와 성령이란 삼위일체설의 이름과 존재와
비존재의 범주까지 부정한다. 신적인 어둠은 장소, 사물, 실체가 아니다. 의디
오니시어스의 지성적인 부정 신학을 기반으로 하는 14세기 영국의 무명 저자
의 논문인 『무지의 구름』(The Cloud of Unknowing)은 간성적인 부정 신학을
제시한다. 그것은 자기애적 사랑을 넘어서 신만을 사랑하는 사랑을 발견하려
는 구도의 과정이다. 맹목적이고 부정적인 사랑 속에서만 영혼은 신의 발가벗
은 존재를 포용할 수 있을 것이다. 엘리엇은 『정령 시집』(Ariel Poems)에서
전통 기독교 신비주의의 패러다임을 벗어나기 시작한다. 「클라크 강의」
("The Clark Lectures," 1926년)에서 테레사, 십자가의 성 요한 등의 신비주의
가 "낭만적"이라고 말하면서 긍정 신학의 한계를 엘리엇이 지적한 바 있다
(Varieties 99). "십자가의 성 요한의 어둠은 결코 신적 실재의 의심이 아니라
일시적인 약화일 뿐이다. 반면에 엘리엇은 정말로 자주 그 너머에 있는 영원한
존재를 언급하지 않고 '어둡고, 어둡고, 어두운' 곳으로 내려가는 시간 속의

움직임, 즉 영적 경험으로부터의 실질적 소외라는 '부정적인' 부정을 상상한 다"(Wolosky: *Mysticism* 277). 『정령 시집』의 드라마에 참여하는 화자는 동방박사, 시므온, 페리클레스(Pericles)와 머리나 등 역사적인 인물들이다 (Timmerman 25). 그러한 인물들의 영혼의 여행에 "원형적 의미"(archetypal significance)가 있을 만큼 그들은 역사적이며 윤리종교적인 대표성을 갖는다 (Timmerman 71).

「동방박사들의 여행」의 첫 5행은 인용부호에 의해 둘러싸여져 있는데, 「랜슬롯 앤드루즈」("Lancelot Andrews," 1926년)에서 엘리엇 자신이 인용한 구절이 거의 그대로 사용된다(*CPP* 103, *SE* 350). 그러한 인용의 노골적 사용은 두 가지 측면에서 검토될 수 있다. 문학적 형식의 측면에서 운문과 산문의 구별이 무의미하다는 주장을 담고 있다. 문학적 내용의 측면에서 동방박사들의 여행이 다른 방식으로 세 번 진행된다. 첫째, 아기 예수의 탄생을 경배드리기 위한 이교도 동방박사들의 역사적 여행이 있었는데 자세한 기록이 남아 있지 않다. 유대인의 입장에서 기록된 성경의 구절들이 남아 있을 뿐이다. 둘째, 랜슬롯 앤드루즈가 자신의 설교 속에서 베들레헴으로 형이상학적인 여행을 한다. 신비 경험에 대한 전통 기독교적 패러다임의 해석이다. 셋째, 두 개의 여행, 즉 인용부호에 의해 인용된 구절이 시사하는 두 가지의 의미를 중첩적으로 포괄하는 엘리엇의 시가 있다.

> 이런 말을─즉, 우리가 거기까지 이끌려 갔던 것은
> 탄생이냐 아니면 죽음 때문이었더냐? 확실히, 탄생이 있었다.
> 우리에게 증거가 있었고 의심치 않았다. 탄생과 죽음을 전에 본 적 있었지만,
> 그 두 가지는 다르다고 생각했었다. 이 그리스도의 탄생은
> 우리에게 괴롭고 가혹한 고뇌였다, 십자가의 죽음처럼, 우리의 죽음처럼.
> 우리는 우리의 고장, 이 왕국으로 돌아왔다,
> 그러나 여기에선 더 이상 편안치 못하다, 저희들의 신에 매달리는

이교도 천지인 이 낡은 율법 하에선.
나는 또 다른 죽음을 달갑게 죽어야 할까 보다. (34-43)

This: were we led all the way for
Birth or Death? There was a Birth, certainly,
We had evidence and no doubt. I had seen birth and death,
But had thought they were different; this Birth was
Hard and bitter agony for us, like Death, our death.
We returned to our places, these Kingdoms,
But no longer at ease here, in the old dispensation,
With an alien people clutching their gods.
I should be glad of another death. (CPP 104)

탄생과 죽음의 의미도 세 겹으로 중첩된다. 첫째, 동방박사들이 겪었던 자아의 탄생과 죽음이 있다. 방문하기 전에는 탄생과 죽음이 정반대되는 개념이라고 생각했다. 둘째, 그리스도 탄생의 장소를 방문한 뒤에 변화된 탄생과 죽음의 의미에는 두 가지가 있다. 하나는 전통 기독교적 신비주의 패러다임에 의한 긍정 신학의 해석인데, 랜슬롯 앤드루즈의 해석과 대동소이하다. 다른 하나는 이 시에서 새롭게 제시되는, 이 시의 창작 의도가 되는 탄생과 죽음의 의미가 있다. 동방박사들이 자신의 고장에 되돌아오지만 더 이상 이교도의 율법을 받아들일 수 없다. 또 다른 죽음을 달갑게 받아들일 수 있을 만큼 이교도 율법의 정체성, 즉 자신의 정체성을 강력히 부정한다. 동방박사 자신들이 지금까지 알고 있던 지혜는 더 이상 의미있는 지혜가 아니다. 이는 부정 신학의 해석 국면이다. 동방박사들은 그리스도 탄생의 지점을 정확히 찾아낼 수 있을 만큼 대단한 지혜를 갖고 있었다. "그곳을 찾았다. 만족스러웠다(고 말할 수도 있으리라)."라고 동방박사들의 지혜가 확인된다(CPP 103). 예정조화설에 의거하여, 그리스도의 탄생은 십자가의 죽음을 내포한다. 그리스도의 탄생이 성자(聖子)와의 소박하고 달콤한 결합이라면, 십자가의 죽음은 뚜렷하지 않고 어두운 성부(聖父)의 심연에 직면하는 사태다. 초본질적 어둠에 직면한 이교도 동방박사들이 자신의 정체성을 부인하는 "괴롭고 가혹한 고뇌"를 시작하지 않을 수 없으며, 극단적 회의주의자인 현대 기독교인들의 선구자가 된다.

「시므온을 위한 노래」는 이교도적 「동방박사들의 여행」에 대응하는 유대인을 위한 자매편이다. 시므온이 "모든 유대인에 대한 일종의 제유적 인물"이기 때문이다(Timmerman 119). 다음과 같이 「게론천」과 유사한 이미지가 사용되지만, '죽음의 나라로 부는 찬 바람'이 더 이상 무섭지 않다. "내 생명은 마치 손 등에 올라앉은 깃털처럼 가볍게,/ 죽음의 바람을 기다리고 있습니다./ 햇빛 속의 먼지와 구석구석에 쌓인 기억이/ 죽음의 나라로 부는 찬 바람을 기다리고 있습니다"(*CPP* 105). 「동방박사들의 여행」의 경우처럼 세 가지 차원의 의미가 중첩되어 있다. 첫째, 「게론천」의 이미지들이 상기시키는 『황무지』의 상황이다. 둘째, 전통 기독교적 패러다임의 해석이다. "우리에게 당신의 평안을 베풀어 주소서./ 나는 여러 해 동안 이 도시를 거닐면서/ 신앙을 지키고 단식을 하고, 빈자(貧者)를 위하여 시혜를 하고,/ 명예와 안락을 주고받고 해왔습니다"(*CPP* 105). 팔십 년의 세월을 살고 난 뒤에 시므온은 그러한 긍정 신학의 노력이 무의미함을 깨닫는다. 시므온'의'(of) 노래, 즉 과거의 노래다. 셋째, 다음과 같은 마지막 4행이 드러내는 부정 신학의 국면이다. "나는 내 자신의 생명에, 내 뒤를 따르는 자들의 생명에 싫증이 났습니다./ 나는 내 자신의 죽음과 내 뒤를 따르는 자들의 죽음을 죽고 있는 것입니다./ 당신의 종으로 하여금 떠나가게 하소서,/ 이제 당신의 구원을 보았으니"(*CPP* 106). 시므온'을 위한'(for) 노래, 즉 미래의 노래다 (Timmerman 120). 철학에서 문학으로 전환한 직후 엘리엇은 「전통과 개인의 재능」에서 '과거의 과거성'과 '과거의 현재성'의 공존을 증명했다. 이제 문학에서 종교로 전환한 직후 '미래의 현재성'과 '미래의 미래성'의 공존을 증명하려 한다. 그리스도의 탄생이란 구원의 현재성은 긍정 신학에 의해 너무 자명해졌다. 십자가의 죽음이란 구원의 미래성은 부정 신학에 의해 인간적 이해의 범주를 넘어서 있음이 증명되었다. 그럼에도 불구하고, 맹목적으로 구원의 가능성을 믿는다. 이것이 신앙이다.

「머리나」의 화자의 태도는 기독교적 구원의 직접적 언급이 배제된다는 점에서 「동방박사들의 여행」이나 「시므온을 위한 노래」보다 급진적이다. 그럼에도 불구하고 세 가지 차원의 의미가 중첩되는 구조는 같다. 제2연과 제3연은 분노, 자만, 게으름과 성욕의 무의미함을 지적하는 중세 도덕극 수준의 의미 구조를 갖는다(Donoghue: "Marina" 376). 두 번째 차원은 이 시에서 묘사의 국면을 담당한다. "얼음으로 금간 사장(斜檣), 열로 금간 도장(塗裝)"이나 "약한 색구(索具)와 썩은 도폭(帆布)" 등 사건의 배경이 되는 현실긍정적 철학을 표현한다. 셋째, 초월 경험의 차원에 대한 미련을 아직 완전히 버리지는 못하고 있지만 『네 사중주』의 해체적 신비주의를 예고하는 의미의 차원을 어느 정도 다음과 같이 드러낸다.

> 나를 초월한 시간의 세계를 살기 위하여 살아 있는
> 이 형체, 이 얼굴, 이 목숨,
> 이 삶을 위하여 내 삶을, 그리고 그 말 없는 것, 그 소생한 것,
> 벌린 입술, 그 희망, 그 새로운 배들을 위하여 내 말을 버리련다. (29-32)

> This form, this face, this life
> Living to live in a world of time beyond me; let me
> Resign my life for this life, my speech for that unspoken,
> The awakened, lips parted, the hope, the new ships. (*CPP* 110)

이 시의 소재는 머리나의 귀환 자체가 아니라 페리클레스가 기억하는 머리

나의 귀환이다. 둘째 차원의 의미가 '과거의 체험'이라면, 셋째 차원의 의미는 '과거의 기억'이다. 그러한 "은유적 회복"은 "시간이 만드는 차이"를 드러낸다(Jay 214). 시간은 같은 것을 복원하지 못한다. 해체론의 차연 개념이다. 머리나의 귀환보다 머리나의 귀환을 끊임없이 기억해내는, 즉 "새로운 배들을" 만들어내는 페리클레스의 작업이 더욱 중요해진다. 물론 그렇게 여러 겹으로 중첩된 '과거의 기억'의 의미들을 읽어내는 독자의 존재가 전제된다.

에카르트(Meister Eckhart)의 신비주의는 전통 기독교 패러다임의 한계를 벗어난다. 란제타는 이를 '특이한 신비주의'(Extraordinary mysticism)라고 분류한다(69-74). 마태복음 제5장 제3절의 "심령이 가난한 자는 복이 있나니 천국이 저희 것임이요"에 관해 설교하면서, 에카르트는 내적 빈곤의 세 가지 특징을 다음과 같이 정의한다. "가난한 자는 아무것도 원하지 않고, 그리고 아무것도 알지 못하고, 그리고 아무것도 갖고 있지 않다"(Lanzetta 70 재인용). 『황무지』 제5부의 해결책과 극적으로 대비된다. '주라,' '동정하라,' '자제하라'라는 다(DA)의 해석은 자아를 위한 일시적인 미봉책이었다. "아무것도 원하지 않"는다면 '자제'할 필요가 없고, "아무것도 알지 못"한다면 '동정'할 수 없고, "아무것도 갖고 있지 않다"면 줄 것이 없기 때문이다. 전기시인 『황무지』의 세계는 자아의 한계에 갇혀 있었다. 자아의 한계를 극복하는 방안이 후기시의 『네 사중주』가 지향하는 영혼의 신비주의다. 그것이 마지막 사중주인 「리틀 기딩」("Little Gidding")에 다음과 같이 요약되어 있다.

> 흔히 비슷하게 보이지만 아주 다른 세 가지 상태가 있어
> 그것이 동일한 산울타리 속에 무성하게 번창한다.
> 자아와 사물과 사람들에 대한 집착의 상태, 자아와
> 사물과 사람들로부터의 초탈의 상태, 그리고 그 두 상태 중간에서 자라는
> 무관심의 상태(III, 1-4)

There are three conditions which often look alike

Yet differ completely, flourish in the same hedgerow:

Attachment to self and to things and to persons, detachment

From self and from things and from persons; and, growing between them,

indifference (*CPP* 195)

에카르트는 영혼이 성취한 "초탈의 상태가 신으로 하여금 나를 사랑하게 한다"고 주장한다(Lanzetta 73 재인용). 요컨대 "우리가 하는 행위가 우리를 신성하게 만드는 것이 아니라, 우리가 하는 행위를 신성하게 만들어야 한다"는 것이다(Lanzetta 74 재인용). 성자의 길과 평민의 길의 통합을 목표로 했던 엘리엇이 「스위니 아고니스테스」에서 문학적 미완성이란 실패를 경험한 바 있었다. 엘리엇은 자신의 시작업의 마지막 부분에 이르러 "초탈의 상태"가 목표이기는 하지만, 문학적 실천을 위해서 "그 두 상태 중간에서 자라는 무관심의 상태"를 선택해야 함을 깨닫는다.

집착과 초탈의 '중간'인 무관심의 중요성을 깨닫는 철학자가 바로 데리다이며, 네리나의 해체적 신비주의는 엘리엇의 『네 사중주』를 위한 해석의 틀을 제공한다. 초본질적 신의 부정적 속성이 요구하는 "무언의 직관"(silent intuition) 때문에 '주어+술어'의 객관 언어가 부적절하게 된다(Derrida: "Avoid" 74). "신 놀이"(divine play) 중에서 창조물이 참여하는 가장 놀이다운 형태로 부정신학이 제시된다"(Derrida: "Post-Scriptum" 314). 하지만 데리다가 "쓰는 것은 '부정신학'이 아니다. 무엇보다 부정신학을 담론의 서술적이거나 판결적인 공간, 즉 엄격하게 명제적인 형식에 속하는 것으로 구분한다면, 그 단어의 파괴될 수 없는 단일성뿐만 아니라 그 이름의 권위도 특권화하게 되는데, 이런 공리(公理)를 재고(再考)하는 것이야말로 해체론의 시작이다"(Derrida: "Avoid" 77). 부정신학과 해체론이 얼핏 유사해 보이는 이유는 해체론이 부정신학을 포월하기 때문이다. 그러나 다음과 같은 데리다의 대답은 해체론을 무신론의 범주에 포함시킬 수 없게 만든다. "(언제나 꿈꾸어 온 일이지만, 하지 않았고 또 결코 하지 않으리라는 것을 알고 있지만) 신학적 글쓰기를 해야 하더라도, '존재'라는 단어가 등장하도록 내버려두지는 않을 것이다"(Derrida: "Avoid" 129)

> 유래없는 이름, 현존재의 이름조차 없게 될 것이다. '향수'(鄕愁) 없이 생각되어야 한다. 요컨대 사상의 잃어버린 조국에 속하는 모계나 부계의 순수 언어 신화 밖에서 생각되어야 한다. 반면에 놀이 속에 긍정을 도입하는 니체의 방식으로 우리는 웃음이나 무도(舞蹈)와 함께 그것을 '긍정'해야 한다.
> (Derrida: *Speech* 159)

신은 더 이상 향수를 갖고 되돌아보는 대상이 될 수 없다. 그럼에도 불구하고 니체처럼 웃음이나 무도와 함께 신비로운 절대자를 긍정해야 한다. 엘리엇의 『네 사중주』에서 '웃음'이나 '무도'는 절대자나 초월 경험을 향수 없이 긍정하는 행위다. 신에게 집착하는 향수 없이, 신에게로 초탈하는 부정신학을 포월하면서, 웃음과 무도로 신비로운 절대자를 긍정하는 해체적 신비주의의 국면이다.

브룩스는 『네 사중주』에서 "공정한 사회와 진정한 공동체"에 조화되는 "무질서에 대한 시인의 승리"를 읽는다(Brooks: "Thinker" 332). 신비평의 논리는 대개 전통 기독교 패러다임에 대한 '집착'에 근거하면서 닫혀진 상징 구조를 강조한다. 반면에 스파노스(William Spanos)는 해석학적 '초탈'을 주장하며 개방된 해석 구조를 다음과 같이 강조한다.

> 공개된 의도가 무엇이든 간에 궁극적으로 이 시는 로고스중심주의적인 시, 현존의 시가 아니라 괴상한 시, 회전하는 세계의 정지점에서 현존의 부재를 (결정적으로 찬양한다고 말하고 싶은 마음이 들 정도인데) 발견하는 시다.

절대자의 '부재'(不在)가 스파노스의 핵심 논리이다. 모든 것에 대한 단 하나의 해석이란 닫혀진 구조에 안주할 수 없다는 주장이다. 「J. 알프레드 프루프록의 연가」에서 "나는 이미 그것들을 다 알고 있다, 다 알고 있다"(CPP 15)라는 화자의 주장이나 『황무지』에서 "그리고 나 테이레시아스는 이 긴 의자, 즉 베드에서/ 연출된 모든 일을 벌써 다 경험한 바다"(CPP 69)라는 설명 등은 전기시에서 전개된 '집착'의 논리다. 『네 사중주』의 제2부는 언제나 서정시로 시작한다. 「이스트 코우커」("East Coker")의 제2부에서 서정시의 부분이 완료되자 마자, 강렬한 시적 반성이 다음과 같이 전개된다.

> 그것이 한 가지 표현 방식이었다—만족스럽지는 못한.
> 낡은 방법에 의한 우회적인 시적 표현은
> 항상 말과 의미와의 견딜 수 없는 씨름을
> 경험하게 한다. 시가 문제가 되지 않는다.
> 그것은 (다시 시작하는 것도) 우리가 기대했던 것도 아니었다. (II, 18-22)

> That was a way of putting it — not very satisfactory:
> A periphrastic study in a worn-out poetical fashion,
> Leaving one still with the intolerable wrestle
> With words and meanings. The poetry does not matter.
> It was not (to start again) what one had expected. (CPP 179)

"시가 문제가 되지 않는다"라는 화자의 주장이 저자의 시문학 포기 선언으로 해석될 수는 없다. 첫 번째 행의 "만족스럽지는 못한" "한 가지 표현 방식"이란 표현은 인용 부분의 바로 직전까지 제시된 17행의 서정시를 언급하기 때문이다. 여기에서는 "상징주의의 거부"를 의미한다(Garnder: : *Composition*

101, Davie "Era" 201-2). 지금까지의 용어를 사용하여 다시 설명하자면 상징주의라는 '집착'의 문학이 "낡은 방법에 의한 우회적인 시적 표현"을 고집하는 "말과 의미와의 견딜 수 없는 씨름"일 뿐이었다는 반성이다. 닫혀진 형식의 시를 만드는 것은 중요하지 않다. 그것은 화자가 "기대했던" 문학적 양식이 아니며 유사한 작업을 "다시 시작하"려는 의사도 없다. '집착'의 대립 개념인 '초탈'을 강력하게 주장하는 것 같아 보이지만, 경험에서 나온 지식 자체에 대한 바로 이어지는 부정과 함께 집착과 초탈의 '중간'인 무관심을 위한 문학 양식이 다음과 같이 모색된다.

우리가 보기에

경험에서 나온 지식에는
기껏해야 겨우 제한된 가치밖에 없는 듯 하다.
지식은 패턴을 과하고 기만한다.
왜냐하면 패턴은 순간순간에 새롭고
순간순간은 모두 우리의 과거에 대한
새롭고 놀라운 평가이기 때문이다. (II, 30-6)

There is, it seems to us,

At best, only a limited value
In the knowledge derived from experience.
The knowledge imposes a pattern, and falsifies,
For the pattern is new in every moment
And every moment is a new and shocking
Valuation of all we have been. (*CPP* 179)

경험적 지식이 과하는 기만적인 패턴의 사례를 「J. 알프레드 프루프록의 연가」에서 다음과 같이 읽은 바 있었다. "그런데 마치 환등기가 스크린 위에 신경을 무늬 모양으로 비추는 것 같으니!"(But as if a magic lantern threw the nerves in patterns on a screen!)(*CPP* 16) '낭만적 도피주의의 유아론적 언어'의 사례로 제시된 바 있었다. 『네 사중주』에 이르러 '패턴'은 '유아론적 언어'의 차원을 벗어난다. "순간순간에 새롭"게 전개되기 때문이다. 「J. 알프레드 프루프록의 연가」의 '패턴'이 '과거의 체험,' 즉 과거의 과거성에 고착되어 있다면, 『네 사중주』의 '패턴'은 '과거의 기억,' 즉 과거의 현재성의 표현이므로 해체론적 차연의 반영이다. 지금까지의 용어를 사용하여 다시 설명하자면 이제 「J. 알프레드 프루프록의 연가」의 '패턴'이 갖고 있는 '집착'의 문학을 벗어났다는 것이다. 그럼에도 불구하고 『네 사중주』의 '패턴'은 '초탈'의 문학에 속한다기보다 집착과 초탈의 '중간'인 무관심의 문학에 속한다. 과거의 패턴을 기만적이라고 비판하지만, 과거의 패턴을 파기하는 것이 아니라 포월하기 때문이다. 경험적 지식이 과하는 기만적인 과거의 패턴은 순간순간 새롭게 변하는 현재의 패턴 속에서 하나의 사례가 된다.

브루커는 문학적 "공간화"(spatialization)라는 용어를 사용하여 패턴을 설명한다(*Mastery* 151). 문학적 공간화는 닫혀진 상징구조의 작업 과정을 설명한다. 『브래들리 철학의 인식과 경험』의 논리에 의하면 직접 경험은 관계 경험 속에서만 인식된다. '패턴'은 직접 경험('정지점')을 인식하기 위해 또는 문학적으로 형상화하기 위해, 어쩔 수 없이 사용하는 간접 경험 같은 도구다. 상징주의의 한계를 뚜렷하게 인식하지만 대안이 없기 때문에 일시적으로 사용하고 있는 셈이다. '패턴'이란 핵심 용어는 첫 번째 사중주인 「번트 노튼」("Burnt Norton")의 제5부에서 이미 다음과 같이 정의되어 있었다. "패턴의 세부는 운동이다,/ 십단의 계단의 비유에서처럼"(*CPP* 175). 순간순간 과거를 새롭고 놀랍게 평가하는 '패턴'의 시스템이 제기하는 '운동'의 양상은 신비주의적이다. "십단의 계단의 비유"는 십자가의 성 요한의 표현이다. 그런데 "십단의 계단의 비유에서처럼"(As in the figure of ten stairs)이란 엘리엇의 표현은 직설적이 아니었으며 직유의 수사법이 사용되었다는 점을 기억해야 한다. 엘리엇이 성 요한의 신비주의를 비판적으로 받아들이고 있다는 증거이기 때문이다. 성 요한의 『카멜산의 등산』(*The Ascent of Mount Carmel*)에 있는 다음과 같은 부분이 「이스트 코우커」에서 인유(引喩)되었다.

> 모든 것을 소유하는 데 도달하자면,
> 아무것도 소유하지 않기를 욕망하라.
> 그대가 모르는 것에 도달하자면
> 그대는 모르는 길을 가야 한다.
> 그대가 있지 않은 그곳에 도달하자면,
> 그대가 있지 않은 그곳을 통과해야 한다
>
> In order to arrive at possessing everything,
> Desire to possess nothing.
> In order to arrive at that which thou knowest not,
> Thou must go by a way that thou knowest not.
> In order to arrive at that which thou are not,
> Thou must go through that which thou art not (Wolosky: *Mysticism* 15
> 재인용)

이를 개작(改作)한 엘리엇의 「이스트 코우커」는 다음과 같다.

> 그대는 말한다, 전에 말한 것을
> 되풀이 한다고. 나는 그것을 다시 말하겠다.
> 그것을 다시 말할까? 그곳에 도달하자면,
> 그대가 있는 그곳에 도달하자면, 그대가 있지 않은 그곳에서 빠져 나가자면,
>   그대는 환희가 없는 길을 가야 한다.
> 그대가 모르는 것에 도달하자면
>   그대는 무지의 길을 가야 한다.
> 그대가 소유치 않은 것을 소유코자 한다면

그대는 무소유의 길을 가야 한다. (III, 34-42)

> You say I am repeating
> Something I have said before. I shall say it again.
> Shall I say it again? In order to arrive there,
> To arrive where you are, to get from where you are not,
>   You must go by a way wherein there is no ecstasy.
> In order to arrive at what you do not know
>   You must go by a way which is the way of ignorance.
> In order to possess what you do not possess
>   You must go by way of dispossession. (*CPP* 181)

성 요한이 전통 기독교 신비주의의 긍정신학의 계열에 속한다면 엘리엇의 입장은 부정신학이나 해체적 신비주의에 가까운 것처럼 보인다. 얼핏 보면 엘리엇이 성 요한의 말을 순진하게 그대로 인용한 것 같아 보이지만, 여러 측면에서 본질적인 차이점이 발견된다. 첫째, 성 요한의 핵심 경험은 '환희'로 표현된다. 엘리엇도 위에 인용된 부분 직전까지 환희의 경험을 다음과 같이 보고하였다. "흐르는 시냇물의 속삭임과 겨울의 번개,/ 숨어 핀 야생 백리향과 들딸기,/ 정원에서의 웃음 소리, 메아리치는 환희―/ 그것은 낭비가 아니라 필요한 것이고/ 죽음과 탄생의 고뇌를 가리켜 주는 것"(*CPP* 180). 그런데 바로 이어서 "그것을 다시 말하겠다"고 화자가 선언하자마자 "그대가 있는 그곳에 도달하자면, 그대가 있지 않은 그곳에서 빠져 나가자면,/ 그대는 환희가 없는 길을 가야 한다"라고 즉시 '환희'를 부정한다. 성 요한의 태도를 '집착'이라고 정의한다면 엘리엇은 '초탈'을 주장하는 것 같다. 또한 성 요한의 신비주의가 '낭만적'이라고 엘리엇이 지적한 바 있었다. 그런데 환희의 긍정 논리가 엘리엇에 의해 이미 제시된 바 있음을 고려하면, 엘리엇이 집착과 초탈의 '중간'인 무관심을 주장하는 것 같아 보인다. 둘째, 성 요한의 논리가 신학적이라면 엘리엇의 논리에는 문학적인 측면이 가미된다(Brown 32). 엘리엇의 환희는 성 요한의 서정적인 문체에서처럼 충만하지 못하다. 이성적인 태도를 잃지 않는 엘리엇의 어조(語調)는 "초탈하며 냉정하다"(Sharp 265). 성 요한에게 절대자는 '향수'를 갖고 되돌아보는 대상이지만, 엘리엇에게는 그런 '향수'의 감정에 대한 확신이 없다. 성 요한의 "그대는 모르는 길을 가야 한다"는 시행을 엘리엇이 "그대는 무지의 길을 가야 한다"로 바꾼다. 성 요한이 독자에게 같이 가자고 무작정 호소(呼訴)한다면, 엘리엇의 어조는 보다 객관적(客觀的)이다. 성 요한의 신학적 논리는 신자(信者)가 참여하는 공간이다. 그러나 엘리엇의 '그대'는 "그대는 말한다, 전에 말한 것을/ 되풀이 한다고 나는 그것을 다시 말하겠다"라는 구절에서 드러나는 것처럼, 화자의 진행을 간섭하며 동참하는 문학적 장치 속의 독자(讀者)도 된다. 따라서 엘리엇의 '그대'는 보다 미묘한 위치를 점유한다.[14] 셋째, '차이 속의 반복'은 해체론의 핵심 이론이다. 데리다가 부정신학의 문제를 설명하면서 다음과 같이 '차이 속의 반복'의 이론을 사용한다.

> 원칙적으로 담론의 부정적인 움직임은 상징 신학과 실증적 서술의 모든 단계를 부정적으로 다시 가로질러야 한다. 그래서 동일한 양의 담론에 국한되며 같이 공존하게 된다. (Derrida: "Avoid" 81)

부정신학은 긍정신학의 '차이 속의 반복'이라는 것이 데리다의 설명이다. 해체론과 부정신학은 '차이 속의 반복'이란 동일한 작업 원리를 사용한다. 요컨대 해체적 신비주의와 부정신학의 차이는 본질적이라기보다 정도(程度)의 문제다. 엘리엇은 '차이 속의 반복'의 작업 원리로 성 요한의 긍정신학을

---

14) Denis Donoghue, *The Ordinary Universe*(New York: The Ecco Press, 1968), p. 265 참조; "In these lines the elaborate complicity with the 'you'('If you came this way in May time...') is partly to register the delicacy of the occasion, partly to make up for the poet's rejection of the objects; because he has contracted to reject them, however reluctantly."

이용하여 부정신학, 더 나아가서 해체적 신비주의를 표현한다.[15) 성 요한의 목표가 "모든 것을 소유하는 데 도달하"는 것이었는데, 엘리엇의 경우 "소유치 않은 것을 소유코자" 하는 것이 된다. 표현에 다소간의 차이가 생기면서도 동일한 내용이 반복된다. "모든 것을 소유하는" 것이 신적 충만이란 긍정신학의 목표라면, "소유치 않은 것을 소유"하는 것은 신적 심연이란 부정신학의 목표다. 바로 이어지는 제4부는 "심미안의 실패" 사례로 지적받는다.[16) 그 첫 번째 연은 다음과 같다. "상처난 외과의는 메스를 들고/ 병처를 찾는다./ 그 피 듣는 두 손 밑에서 우리는/ 체온 차트의 수수께끼를 푸는/ 의사의 기술의 날카로운, 그러나 따뜻한 연정을 느낀다"(CPP 181). 절대자를 '의사'라는 이름으로 부르는 등 긍정신학의 전형적인 표현 방법이 사용된 '영적 약혼'의 경험이다. 성 요한의 긍정신학과 감응하는 전통 기독교 신비주의의 표현인데, 제4부가 배치된 장소가 문제다. 제3부에서 성 요한의 긍정신학이 차이있게 반복되며 엘리엇의 부정신학과 해체적 신비주의가 발전적으로 제시된 직후, 제4부에서 논리 전개의 방향을 갑자기 거꾸로 되돌려 성 요한과 입장이 유사한 긍정신학이 전개되는 셈이다. 제3부의 논리 전개 방향이 옳다면 제4부의 논리는 적어도 제3부의 인용된 부분 이전이나 그와 유사한 장소에 배치되었어야 했다. 더군다나 엘리엇의 부정신학과 해체적 신비주의는 『네 사중주』의 핵심 논리이기에, 제4부가 위치의 부적절성 때문에 비난을 받을 수밖에 없다.

엘리엇은 「드라이 샐베이지즈」에 관한 앤 리들러(Anne Ridler)의 질문에 1941년 3월 10일 다음과 같이 대답한다. "이 시를 전체적으로 볼 때, 이 5부의 형식은 아주 무관하게 낯선 것 서너 개를 하나의 정서적 통일체 속에 함께

---

15) "whereas Saint John's dictums are the recognizable paradoxes of mysticism, Eliot's are multiplicative, turning negative theology into rhetorical dissemination. His sentences practice the negative way of repetition"(Jay 222).

16) "'East Coker' IV is, perhaps, the most notable lapse. Using in a crudely literal way images which might work suggestively, it represents, for Eliot, a rare lapse in taste"(Gish 106).

짜넣으려는 시도인데, 그래서 실재로 문제의 핵심이랄 것이 없지요"(Gardner: *Composition* 109 재인용).17) "하나의 정서적 통일체"는 부정신학과 해체적 신비주의에 의해 구축될 것이다. 이제 마지막 남은 과제는 "이 5부의 형식"이 어떤 식으로 짜넣어져 있는지 구체적으로 검토하는 일이다. 『네 사중주』의 주제는 엘리엇이 「스위니 아고니스테스」에서 미완성으로 남겨두었던 성자의 길과 평민의 길의 통합이다. "로고스가 공통적인 것임에도 불구하고 대부분의 사람들은 마치 자신의 지혜를 가진 것처럼 생활한다"(*CPP* 171)는 제사(題詞)는 내용적 측면에서 제시된 '통합'의 목표다. 다른 하나의 제사(題詞)인 "올라가는 길이나 내려가는 길이나 동일하다"(*CPP* 171)는 평민의 '올라가는 길'과 성자의 '내려가는 길'이 같으면서도 다르다, 즉 '차이 속의 반복'이란 형식적 측면의 목표를 지적한다. 사중주 4개는 공기, 흙, 물과 불의 순서대로 4원소를 소재로 한다. 그러나 절대자의 초월 경험의 순간, 즉 '정지점'의 문학적 경험을 목표로 한다는 점에서 다르지 않다. 각각의 사중주는 "변주되면서 반복된다"(Sharp 266). 각각의 사중주는 5개의 부분으로 나뉘는데, 5개의 부분은 각각 정해진 형식과 내용을 갖는다(Donough: *Ordinary* 243-52). 송가(Ode)의 형식인 것처럼 시적 담론은 서정적 재현과 서술적 재현으로 구성된다. 예를 들면 제2부의 앞부분에는 서정이 뒷부분에는 서술이 배치된다. 제1부와 제2부는 평민의 길, 제3부에서 제5부까지는 성자의 길을 구성하면서 서로 대칭(對稱)된다. 제1부는 '개인적 경험의 묘사'이며 제2부 뒷부분의 '인식의

---

17) 그런데 막달렌느 대학 도서관(Magdalene College Library)에 소장되어 있는 「드라이 설베이지즈」를 위한 다음과 같은 엘리엇 자신의 "시의 기획안"을 감안하면, "문제의 핵심이랄 것이 없지요"라는 주장은 엘리엇의 글에서 자주 발견되는 겸손의 표현이면서 동시에 상징 신학과 실증적 서술의 도움을 받지 못하는 부정신학과 해체적 신비주의의 입장의 반영이기도 하다: "1. 바다의 그림—일반적인 것. 2. —특수한 것. 과거 고통의 영속성 문제. 3. 과거의 잘못은 영원 속에서 수습될 수 있다. 아르주나와 크리쉬나. 4. 성모 마리아에게 드리는 기도. '어머니'와 '아버지'의 의미. 5. 일반화: 과거로부터의 자유는 미래로부터의 자유다. 시간을 넘어서는 것과 동시에 시간 속으로 깊이 들어가는 것. 영혼과 지구"(Gardner: *Composition* 118 재인용).

진술'과의 사이에 '상징의 서정시'가 배치된다. 제3부는 '집단적 상황의 묘사'이며 제5부의 '구원의 명상'과의 사이에 '정화의 서정시'가 제4부에 배치된다. 제3부에서는 십자가의 성 요한, 크리쉬나와 "놀위치의 줄리안"(Julian of Norwich) 등 "스승"(mentor)이 있어 집단적 상황에 대한 화자의 인식을 도우며, 제4부에서는 영적 정화의 기도를 드릴 대상인 삼위일체의 신, 성모 마리아와 성자 등 "보호자"(patron)가 발견된다(Sharp 267-8). 서정시를 중심으로 각각의 앞부분에 있는 개인적 경험과 집단적인 상황의 묘사는 (반복적인 긍정으로 진술하는 방식)인 긍정진술로 표현된다. 각각의 뒷부분에 있는 인식의 진술과 구원의 명상은 (실제로 말하고자 하는 것을 부정적인 말로 하는 진술)인 부정진술로 표현된다. 부정진술이 긍정진술보다 더 강력하며 절대적인 설득력을 갖기 때문에, 독서의 발전적인 움직임을 형성한다.

「번트 노튼」의 제1부에 묘사된 개인적 경험은 "우리들의 최초의 세계"다(*CPP* 171).

> 발자국 소리는 기억 속에서 반향하여
> 우리가 걸어 보지 않은 통로로 내려가
> 우리가 한 번도 열지 않은 문을 향하여
> 장미원 속으로 사라진다. (I, 11-4)

> Footfalls echo in the memory
> Down the passage which we did not take
> Towards the door we never opened
> Into the rose-garden. (*CPP* 171)

"우리들의 최초의 세계"는 엘리엇의 설명에 의하면 "어린이의 세계"로 "신학적 개념"이 도입되지 않았다(Garnder: *Composition* 83 재인용). 개인적 경험의 묘사다. 『네 사중주』의 기본적인 운율 체계는 행당(行當) 4개의 강세다

(Reibetanz 345). 위에 인용된 부분을 소리내어 읽어 보면, 각각 2개의 강세 사이에서 '중간휴지'(caesura)를 발견할 수 있다. 처음의 3행, 즉 제11행부터 제13행까지에서 중간휴지의 앞부분은 '과거의 체험'의 현실을 묘사한다. 발자국 소리를 내며 통로를 따라 문을 향해 걸어 내려간다. 그런데 중간휴지의 뒷부분은 지상에 존재하지 않는 유토피아의 묘사다. 기억 속에 있으며, 우리가 선택하지 않았던 곳이며, 우리가 결코 열어본 적이 없는 곳이다. 현실의 묘사와 유토피아의 묘사가 제14행의 "장미원"에서 합쳐진다. 장미원은 현실 속에 실현된 유토피아다. 장미원은 『이상한 나라의 엘리스』에서 만난 "지상 천국의 환상"이며(Buck 257), "공상의 피난처"(Donough: *Ordinary* 245)로서 전기시의 '낭만적 도피주의의 유아론적 언어'를 계승한다. 상징의 서정시가 제시된 다음, 제2부의 뒷부분에서 평민의 길을 인식하기 위한 부정진술의 담론이 다음과 같이 제시된다.

이 점, 이 정지점 없이는
무도는 없다. 거기에만 그 무도가 있다.
나는 거기에 우리가 있었음을 말할 수 있을 뿐이다. 그러나 어딘지는 말할 수 없다.
나는 얼마 동안이라고도 말할 수도 없다. 그러면 그곳을 시간 안에 두는 것이기 때문이다. (II, 20-3)

Except for the point, the still point,
There would be no dance, and there is only the dance.
I can only say, there we have been: but I cannot say where.
And I cannot say, how long, for that is to place it in time. (*CPP* 173)

제1부에서 장미원의 문을 향해 걸어 내려가던 '우리'는 유토피아의 환상을 고백하게 하는 정체성을 갖고 있었다. 제2부의 '나'는 정체성을 상실하고 "감

각적 자기 표현이 박탈된 언어의 미학적 빈곤”을 드러내면서 형식적인 인칭 대명사로 전락한다(Kennedy 169). ‘정지점’은 인식의 목표인데 “형이상학적 신념이 아니라 직접 경험된 소박한 사실이다”(Wren-Lewis 503). ‘정지점’이 없다면 무도(dance)가 없고, 무도(the dance)가 있을 뿐이다. 무도가 없고 그리고 무도가 있다는 식의 모순 어법은 다차원적인 신비주의 문법의 특징이다. 『네 사중주』의 웃음과 무도가 절대자나 초월 경험을 향수 없이 인식하는 행위라는 점을 지적한 바 있다. 웃음과 무도는 신에게 집착하는 향수 없이, 신에게로 초탈하는 부정신학도 부정하는 해체적 신비주의의 국면이다. 무도는 절대자를 직접 경험한 부정진술의 인식이다. 절대자가 현존하는 ‘정지점’의 경험이 없다면, 무도를 인식할 수 없다. 그러나 인식할 수 없다고 해서 무도가 없는 것은 아니다. 절대자의 직접 경험이란 “그 무도”(the dance)만 어딘가에 남아 있는 것이다. “십자가의 성 요한의 글에서 정지점은 비공간적 실재를 묘사하기 위해 사용된 공간적 이미지다”(Sharp 273). 영혼의 초월 경험은 자아와 시간과 장소의 개념이 없는 브래들리의 직접 경험과 유사하다. 절대자는 비공간적 실재인 바, 이를 인식하기 위해서는 자아와 시간과 장소 등 관계 경험의 용어를 사용해야 한다. 신비 경험의 서술에서 “거기에”(there) 또는 여기에(here) 라는 장소 개념은 무의미하다. 일차원적인 객관 언어의 관점에 서면 대립 개념의 역설인 것 같아 보인다. 대립 개념 자체가 아니라 대립 개념 사이의 관계로 ‘정지점’의 인식 경험을 서술하는 전략이 사용되었다.[18]

마지막 사중주인 「리틀 기딩」의 제1부에서 개인적 경험은 기도의 형식으로 묘사된다.

그대가 기도하러 온 것이다,

---

18) “Eliot actually displaces focus from the terms themselves to the relation between them”(Brooker: *Mastery* 156).

기도가 유효했던 이곳에서. 기도는
말의 순서 이상의, 기도하는 정신의
의식적인 행위 또는, 기도하는 목소리의 음향 이상의 것이다.
그리고 죽은 자가 살았을 때 말 못했던 것을
죽어서는 그대에게 말할 수 있는 것이다. 죽은 자의 통화는
산 자의 언어 이상으로 불이 붙어 나올 것이다. (I, 47-53)

You are here to kneel
Where prayer has been valid. And prayer is more
Than an order of words, the conscious occupation
Of the praying mind, or the sound of the voice praying.
And what the dead had no speech for, when living,
They can tell you, being dead: the communication
Of the dead is tongued with fire beyond the language of the living. (*CPP*

192)

제48행의 "기도가 유효했던" 장소의 의미가 무엇인지 레비(William Turner
Levy)가 질문하자 엘리엇은 다음과 같이 대답한다. "장소의 감각이 압도적인
사람이 있다는 뜻이지요. 종교적 장소라면, 순교의 희생으로 특별해진 장소라
면, 아우라(aura)를 보유하게 되지요. 언젠가 한 사람이 '여기에서' 스스로를
제공하고 '여기에서' 받아들여졌음을 알게 되면서 이 장소가 아주 중요해지고
더 성스럽게 되지요. 물론 내가 묘사한 것 같은 장소의 감각을 모든 사람이
갖는 것은 아니고, 기도가 유효해지기 위해 그런 장소의 감각이 필요한 것은
아님을 알고 있지만 말이지요"(Levy 41-2 재인용) 리틀 기딩의 복원된 예배당
은 「번트 노튼」 제1부의 '장미원'과 유사한 역할을 한다. 모든 사람에게
적용되는 것은 아니지만, 리틀 기딩의 예배당이 제공하는 '장소의 감각'을
장미원이 제공했었다. '우리들의 최초의 세계'로 제시된 장미원이 지상 천국

의 환상이었음을 기억하면, 기도가 유효했던 리틀 기딩의 예배당이 갖는 유토피아적 측면을 인식할 수 있다. 리틀 기딩의 예배당이 장미원의 반복이면서도 동시에 몇 가지 점에서 차이를 보인다. '차이 속의 반복'이다. 그 차이 속에 유효한 의미가 있어서, 첫 번째 사중주와 비교할 때 네 번째 사중주는 문학적 진전을 보여준다. 첫째, 장미원이란 어린이의 세계는 개인적 기억의 차원에 속하지만 리틀 기딩의 예배당은 차알스 왕(King Charles)을 기억하게 하는 역사적 차원도 갖는다. 장미원에서는 개인적 경험의 묘사라는 평민의 길 이상을 기대할 수 없다. 그러나 리틀 기딩의 예배당이 성자의 길의 차원에 육박하며 개인적 경험의 묘사가 제3부에서 주로 제시되는 집단적 상황의 묘사와 유사하게 된다. 둘째, 엘리엇은 리틀 기딩의 예배당에서의 "기도를 언어의 의식적 재현을 초과하는 대화적 잉여의 언명이라고 생각"한다(Beehler: "Semiotics" 87). 기도는 "말의 순서," "의식적인 행위"나 "목소리의 음향" 이상의 것이기 때문이다. 장미원에 다가가는 "발자국 소리"는 말의 순서를 따르면서도 의식적인 행위를 표현하는 목소리의 음향 그 자체다. 장미원이 언어의 의식적 재현에 속한다면, 기도는 대화적 잉여(剩餘)의 언명이다. 장미원을 표현하는 객관 언어를 포월하면서 기도는 언어를 신비 경험의 차원에 적합하게 만든다. 셋째, 화자는 장미원이란 "너무 벅찬 현실을"(too much real-ity) 감당할 수 없었다(*CPP* 172). 반면에 리틀 기딩의 예배당은 "죽은 자가 살았을 때 말 못했던 것을 죽어서" 말할 수 있게 하는 장소다. 장미원을 방문했던 산 자에게는 죽은 경험의 세계가 버거웠지만, 그래도 산 자가 우월한 관계는 유지되었다. 이제 리틀 기딩의 예배당에서는 죽은 자가 산 자보다 우세한 입장에 놓인다. 산 자의 언어보다 죽은 자의 통화가 갖고 있는 힘이 더 강하다. 그런데 죽은 자의 우세함을 묘사하는 도구가 본질적으로 산 자의 언어이기에, 산 자의 인식이 없다면 죽은 자의 우세함은 의미가 없다. 산 자와 죽은 자의 우월 관계가 모호해진다. 장미원이 개인의 세속적 신비 경험의 상징이라면,

리틀 기딩의 예배당은 개인의 종교적 신비 경험을 위한 상징을 포함한다. "불"은 "저희가 다 성령의 충만함을 받고 성령이 말하게 하심을 따라 다른 방언으로 말하기를 시작하니라"는 사도행전 제2장 제4절에서 묘사되는 성령 강림의 상황이다. 각각의 사중주는 변주되면서 반복된다. 그래서 앞에서 읽었던 「번트 노튼」의 경우와 유사하게 「리틀 기딩」의 제2부의 뒷부분에서는 부정진술의 담론을 읽을 수 있다. 「번트 노튼」의 경우에는 제1부의 긍정진술에 제2부의 부정진술이 대응했다면, 「리틀 기딩」의 경우에는 기도의 '불'이 성령 충만의 긍정신학을 상징하기 때문에 대응되는 제2부의 부정진술은 신적 심연의 부정신학의 특징을 포함한다.

> 그래서 나는 자아의 주객이격(主客二格)을 취하고 소리질렀다.
> 그리고 상대방의 목소리가 외치는 소리를 들었다. '아, 자네 여기에 있군?'
> 하지만 우리들은 여기에 있지 않았다. 나는 여전히 같은 사람이었으나,
> 내 자신이 또한 어떤 다른 사람임을 알았다—
> 그리고 그는 아직 형성 중에 있는 얼굴뿐이었지만,
> 그 말들이 떨어지자 충분히 인식되고야 말았다. (II, 44-9)

> So I assumed a double part, and cried
> And heard another's voice cry: 'What! are you here?'
> Although we were not. I was still the same,
> Knowing myself yet being someone other—
> And he a face still forming; yet the words sufficed
> To compel the recognition they preceded. (CPP 193-4)

"죽은 스승의 모습"(look of some dead master)을 한 '그'는 성자의 길에서 만나는 제3부의 스승(십자가의 성 요한, 크리쉬나와 놀위치의 줄리안)이나 제4부의 보호자(삼위일체의 신, 성모 마리아와 성자)와 비슷해 보이지만, 세속

적인 면을 갖는다. 부정신학의 특징을 포함하지만 그럼에도 불구하고 부정진술에 속한다. "낯익은 다수 유령의 복합체"(a familiar compound ghost)라는 인식의 진술은 이중적인 의미를 갖는다. '다수 유령의 복합체'가 부정신학에 속하는 표현일지도 모르지만, '낯익은'이란 단어는 단연코 부정신학의 용어가 아니다. 알 수 없는 신적 심연이 부정신학의 출발점이기 때문이다. '그'가 유령이란 영적 스승의 모습을 하고 있지만 익히 아는 모습이기도 하다. "한 사람이며 동시에 여러 사람"(Both one and many)이란 진술도 이중적인 의미를 갖는다. 하나 또는 여럿이란 숫자에 상관없이 정수(定數)로 셀 수 있는 개체적 정체성을 갖기 때문이다. 화자인 '나'의 경우에도 사정은 마찬가지다. "자아의 주객이격"은 자아가 주관과 대상의 역할을 동시에 수행하는 상황의 서술이다. 대화의 '상대방'은 실재의 존재가 아니라 상상의 존재다. 시인은 죽은 스승의 모습을 한 '그'를 상상 속에서 성공적으로 복원한다. '아, 자네 여기에 있군?'이란 "상대방의 목소리"는 복화술(腹話術)적 표현이기도 하다. 화자가 복원한 '그'의 발언이면서 동시에 성공을 자축하는 화자의 숨겨진 목소리다. 이어지는 "하지만 우리들은 여기에 있지 않았다"는 복잡한 서술이다. 반쯤의 진실과 반쯤의 허구가 혼재된다. '우리들'은 '나'와 '그'를 포함하는 인칭대명사다. 실재 속에, 여기에, 화자가 존재한다 하더라도, 상상된 존재인 '그'는 존재할 수 없다. 실재의 화자는 "여전히 같은 사람"이면서, "또한 어떤 다른 사람"이란 복화술적 존재를 갖는다. '그'는 화자가 성공적으로 도달한 인식의 진술로 만들어진 존재이다. '그'의 존재의 부정은 인식의 성과를 부정하는 것이다. 따라서 "그는 아직 형성 중에 있는 얼굴뿐이었지만, 그 말들이 떨어지자 충분히 인식되"지 않을 수 없다. 화자의 인식의 목표인 '그'가 아직도 형성 중에 있는 상황에 대응하듯이, 현재진행형의 시제를 표현하는 -ing로 끝나는 단어, 즉 동명사를 포함한 현재분사가 『네 사중주』의 곳곳에서 자주 발견된다(Austin 24). 현재분사는 미완성이거나 재발하는 행위를 위한 문법

양식인데, 현존재의 부재 상황 때문에 긍정진술보다 부정진술을 선택하는 시적 현실의 표현이다. 「리틀 기딩」 제2부의 인식의 진술은 「번트 노튼」 제2부의 반복이면서, 「번트 노튼」의 경우와 달리 진술의 상대방을 창조하고 인식한다.

『네 사중주』의 집착과 초탈의 '중간'인 무관심을 위한 문학은 부정신학과 해체적 신비주의로 표현된다. 특히 「드라이 샐베이지즈」의 제5부에 제시된 다음과 같은 구원의 명상은 그 대표적인 결과 중 하나다.

> 대부분의 우리들에게는 다만 방심한 순간,
> 즉 시간세계를 들락날락하는 순간이 있을 뿐
> 한 줄기 햇빛에 없어지고 마는 정신착란의 발작이나,
> 보이지 않는 야생 백리향, 또는 겨울 번개,
> 또는 폭포, 또는 너무나 심원한 음악이어서
> 전혀 들리지 않지만, 그 음악이 계속하는 동안
> 듣는 이 자신이 음악인 그런 순간들. 이러한 순간들은
> 다만 암시와 추측에 지나지 않는다,
> 추측이 따르는 암시. 나머지 일은
> 기도와 의식과 훈련과 사색과 행동이다.
> 반쯤 추측된 암시, 반쯤 이해된 선물은 성육신이다. (V, 23-32)

> For most of us, there is only the unattended
> Moment, the moment in and out of time,
> The distraction fit, lost in a shaft of sunlight,
> The wild thyme unseen, or the winter ligntning
> Or the waterfall, or music heard so deeply
> That it is not heard at all, but you are the music
> While the music lasts. There are only hints and guesses,
> Hints followed by guesses; and the rest

Is prayer, observance, discipline, thought and action.

The hint half guessed, the gift half understood, is Incarnation. (*CPP* 190)

"한 줄기 햇빛에 없어지고 마는 정신착란의 발작," "보이지 않는 야생 백리향," "겨울 번개, 또는 폭포," "또는 너무나 심원한 음악이어서 전혀 들리지 않지만, 그 음악이 계속하는 동안 듣는 이 자신이 음악인 그런 순간들" 등 다양하게 표현된 "시간세계를 들락날락하는" "방심한 순간"들은 영혼이 현실 세계 속에서 절대자를 경험하는 순간들의 표현이며, '정지점'을 인식하는 순간들의 묘사다. 영혼의 경험이 미적 경험으로 제시되었다. 상대적 관념론자 엘리엇이 제시하는 절대자의 현실 인식 방안은 미적 경험과 영혼이다. 미적 경험이 전기시의 목표였으며 영혼의 경험, 즉 '정지점'의 인식이 후기시의 미학적 성과라는 점에서, 『브래들리 철학의 인식과 경험』과 『네 사중주』 사이의 지속성이 확인된다. 엘리엇은 「존 포드」("John Ford," 1932년)에서 셰익스피어의 위대성의 특징을 다음과 같이 지적한 바 있다.

> 셰익스피어의 작품 전체는 '하나의' 시다. 고립된 시행이나 구절 또는 단일한 양상의 시의 창조가 아니라 '하나의' 시라는 의미에서의 시라는 것이 아주 중요하다. 모두에게 만족을 주는 여러 개의 멋진 시 구절이나 시편을 창작하는 시인을 가정해 볼 수는 있겠지만, 그렇다고 해서 위대한 시인은 아니다. 그것들이 하나의 의미있고 일관되게 발전하는 개성에 의해 통합되어 있다고 우리가 느끼지 못한다면 말이다. 셰익스피어는 자신의 모든 동시대 시인들 속에서 이러한 조건을 만족시킨 유일한 시인이었다. (*SE* 203)

엘리엇의 작품 전체는, 『브래들리 철학의 인식과 경험』이라는 미발표 박사학위 논문을 포함하여 『네 사중주』까지 작품 전체가 '하나의' 시다. "하나의 의미있고 일관되게 발전하는 개성에 의해 통합되어" 있다. 영혼의 절대자 경험이 평민의 길과 성자의 길의 통합이라고 「스위니 아고니스테스」에서부터 번역된다. 그러한 경험은 「리틀 기딩」의 마지막 부분, 즉 『네 사중주』의 마지막 3행에서 "화염의 혀들이 한데 겹쳐져서/ 영광의 불 매듭이 되고/ 불과 장미가 하나로 될 때"(CPP 198)라고 암시되거나 추측된다. 영혼의 구원이란 성자의 길이 평민의 객관 언어에 의해 명상되면서 위에 인용 된 「드라이 셀베이지즈」의 주장처럼 "암시와 추측"으로 표현될 수 밖에 없 다. "추측이 따르는 암시"의 형태로 제시될 수 있을 뿐이다. "나머지 일은 기도와 의식과 훈련과 사색과 행동" 뿐이다. 인간의 의지만으로 가능하지 않 은 부분이다. 왜냐하면 "성육신"(Incarnation)은 "반쯤 추측된 암시, 반쯤 이해 된 선물"이기 때문이다. 세르붓(Servotte)은 "the Incarnation"이 아닌 "Incarnation"이라는 단어가 사용되었음을 날카롭게 지적한다(377). 이 단어 의 주제적 중요성에 비추어볼 때 단어 사용의 실수가 있었다고 판단할 수 없다. 전통 기독교의 단어인 "the Incarnation"이 종교적 의미를 충실히 반영한 다면 실수인듯 사용된 "Incarnation"이라는 단어는 윤리적인 측면이나 비전통 기독교적인 측면을 반영한다. 요컨대 엘리엇이 집착과 초탈의 '중간'인 무관 심 즉 부정신학과 해체적 신비주의의 문학적 표현을 위해 세심하게 선택한 단어인 것이다. 제사(題詞)에서 제시된 헤라클리토스의 "순환적 시간관"과 기독교의 "직선적이며 유한한 시간관"에는 화해의 길이 없다는 킬링리 (Siew-Yue Killingley)의 지적도 그러한 논리와 동일한 맥락에 서 있다(51-2). 현대의 기독교인은, 아니 어쩌면 현대인의 영혼은, 지독한 회의주의를 통해서 부정신학과 해체적 신비주의에 도달하는 수 밖에 없다. 그러므로 "항상 악화 만 되는 너절한 장비와/ 규율없는 정서부대로써 감행하는/ 불명료한 감정에 대한 하나의 침공"(CPP 182)일 수밖에 없는 시적 작업을 통해 "겸손"(CPP 179)하게 "노력"(CPP 182)하는 수 밖에 없다.19) "대부분의 우리들에게는 이

---

19) "The endless humility of the philosophical imagination repeats Keats, marking Eliot's own long-awaited arrival at negative capacity. Nagative capacity may be distinguished from

것이/ 지상에서 결코 실현될 수 없는 목표"이기 때문이며, "우리는 다만 노력을 하고 있기 때문에 좌절되지 않을 뿐이다."(*CPP* 190)

엘리엇에게 있어서 초월 경험은 현실 속에서 인식 가능한 사건이 아니지만, 절대자의 존재를 전면 부인하지 않기 때문에 초월 경험과 다른 등급을 갖는 절대자의 인식 가능성을 부정할 수 없었다. 이러한 인식 가능성의 하나로 미적 경험이 제시되면서 엘리엇의 문학적 전환이 완성되었다. 절대자의 인식 가능성에 있어서 미적 경험이 특수한 사례였다면 영혼은 보편적 사례다. 따라서 문학적 전환이 엘리엇의 선택 사항이었다면, 윤리적이며 종교적인 전환은 필연적 결과였다. 브래들리의 경우 절대자는 결코 신이 아니었기 때문에, 미적 경험의 경우처럼 영혼은 상대적 관념론자인 엘리엇에 의해 발견된 종교적 경험이다. 전기시가 자아의 문학적 표현을 중심으로 미적 경험의 구현을 목표로 한다면, 후기시는 영혼의 윤리적이며 종교적인 구원 가능성을 중심으로 전개된다. 영혼의 미적 경험은 후기시의 전형적 양식이다. 그런데 보다 높은 관점으로 이동해가는 과정을 정확하게 파악할 수 없기 때문에 영혼의 임무는 고통스럽다. 영혼의 고통스런 진전을 설명하는 새로운 신앙고백은 기독교적 신비주의를 경유한다. 「텅 빈 사람들」에서 공식적으로 시작된 영혼의 여행이 기독교적 신비주의의 어두운 밤을 지나 『네 사중주』에서 새로운 의미를 획득한다.

「성 나르시서스의 죽음」 등 엘리엇의 초기시에 보이는 종교적 신비주의의 언어적 특징은 표면적으로만 유사할 뿐, 언어보다는 행동이 되는 신비주의의 다차원적 의식을 성취하지 못한다. 고든의 주장과 달리 초기시의 특징은 종교적 전환의 결정적 순간이라기보다 종교적 성향의 노정일 뿐이다. 「스위

---

negative theology as an askesis of the latter, for in it what returns is the ability to take satisfaction in the transient truths and beauties of time, to regather human relations in a logos that does not sacrifice their nature in the name of a forbidding law"(Jay 219).

니 아고니스테스」에 제시된 목욕탕 살인 사건은 단순한 살인 사건의 이야기라기보다 신의 결합을 위해서 영혼이 피조물의 사랑을 벗어버려야 한다는 제사(題詞)의 주장의 표현이다. 그렇지만 성자의 길과 평민의 길의 통합은 너무 과중한 문학적 과제였기에 미완성으로 남게된다. 종교적 명상의 길은 「텅 빈 사람들」부터 본격적으로 시작된 영혼의 과정이다. 기독교 신비주의의 용어를 사용하자면, 「텅 빈 사람들」에서 영혼은 수동적 부정의 상태를 경험하며 정체성의 일시적 상실을 의식하게 되는 '영적 약혼'의 단계에 도달하면서 감각의 어두운 밤을 지난다. 꿈같이 허무한 현실, 즉 '죽음의 꿈 왕국'에 있는 '텅 빈 사람들'은 신과 자아의 내면이 상호 혼합되는 '죽음의 다른 왕국'은 엄두도 못내고, 그저 '죽음의 황혼 왕국'이라는 '마지막 만남의 장소'에 도달하기 위해 형이상학적 절망의 깊이가 더 깊어지기를 바란다. 「성회수요일」에서 영혼의 여행은 '텅 빈 사람들'이 도착한 지점에서 시작되는데, '죽음의 황혼 왕국'이 여행의 종착지가 아니라 여행의 중간 기착지라는 점을 깨닫게 된다. 「텅 빈 사람들」에서 '죽음의 황혼 왕국'의 입구인 '영적 약혼'의 단계에 도착했다면, 「성회 수요일」의 '죽음의 황혼 왕국'에서는 '영적 결혼'의 단계에 도달하여 영혼의 어두운 밤을 지난다. 신과 구별되는 거리감의 고통스런 인식이란 유한성의 역설과 정반대되는 상호보완적 개념의 공존이라는 '영적 결혼'의 특징이 「성회 수요일」에서 두드러진다. 「성회 수요일」의 마지막 부분에서 '축복받은 누이'와 '성스러운 어머니'에 이어 제시된 '샘의 영'이나 '정원의 영' 등 범신론적 기도의 대상은 영적 난관의 노출이다. '영적 약혼'과 '영적 결혼'의 단계를 지나는 신적 충만의 긍정신학이 감당할 수 없는 단계에 도달한 것이다. 긍정신학과 부정신학이 만나는 신적 심연의 문지방이다. 소박하고 달콤한 성자와의 결합을 넘어 서서 뚜렷하지 않고 어두운 성부의 심연에 직면한다. 기독교 패러다임이 더 이상 감당하지 못하는 신비주의의 단계에 도착한다. 『정령 시집』에서 신의 상징적 재현 체계를 구축하는 긍정신학에서 신의 숨겨진 본질, 즉 초본질적 어둠을 명상하는 부정신학으로 패러다임 전이가 전개된다. 예를 들면 「동방박사들의 여행」에서 다른 방식으로 여행이 세 번 진행되면서 탄생과 죽음의 의미도 세 겹으로 중첩된다. 첫째, 예수 탄생의 경배를 드리는 이교도 동방박사의 역사적 여행이다.

방문 이전에는 탄생과 죽음이 정반대되는 개념이라고 생각한다. 둘째, 랜슬롯 앤드류스가 자신의 설교 속에서 베들레헴으로 형이상학적인 여행을 하는데, 신비 경험에 대한 전통 기독교 패러다임의 해석이다. 셋째, 두 개의 의미를 포월하는 엘리엇의 시가 있다. 성자와의 소박하고 달콤한 결합인 그리스도의 탄생은 성부의 어두운 심연에 직면하는 십자가의 죽음을 내포한다. 초본질적 어둠에 직면한 이교도 동방박사들은 자신의 정체성을 부인하지 않을 수 없는 괴롭고 가혹한 고뇌를 시작하게 되며, 극단적 회의주의자인 현대 기독교인의 선구가 된다.

전통 기독교 패러다임의 한계를 벗어나는 에카르트의 신비주의는 영혼이 성취한 초탈의 상태를 강조한다. "우리가 하는 행위가 우리를 신성하게 만드는 것이 아니라, 우리가 하는 행위를 신성하게 만들어야 한다"는 에카르트의 주장은 「스위니 아고니스테스」에서 제시되었던 성자의 길과 평민의 길의 통합과 같다. 동일한 주제를 이어받은 『네 사중주』에서 엘리엇은 초탈의 상태가 목표이기는 하지만, 문학적 실천을 위해 집착과 초탈의 중간인 무관심의 상태를 선택해야 함을 깨닫는다. 부정신학과 가족 유사성을 갖는 데리다의 해체적 신비주의가 집착과 초탈의 중간인 무관심의 상태를 지향한다는 점에서 『네 사중주』를 위한 해석의 틀을 제공한다. 경험적 지식에서 나온 과거의 인식 패턴을 기만적이라고 비판하지만, 과거의 패턴을 파기하는 것이 아니라 포월한다. 과거의 인식 패턴은 순간순간 새롭게 변하는 현재의 패턴 속에서 하나의 사례가 된다. 사중주 각각의 5개 부분은 정해진 형식과 내용을 갖는다.

제1부와 제2부는 평민의 길, 제3부에서 제5부까지는 성자의 길을 구성하면서 서로 대칭된다. 제1부는 개인적 경험의 묘사이며 제2부 뒷부분의 인식의 진술과의 사이에 상징의 서정시가 배치된다. 제3부는 집단적 상황의 묘사이며 제5부의 구원의 명상과의 사이에 정화의 서정시가 제4부에 배치된다. 서정시를 중심으로 앞부분에 있는 개인적 경험과 집단적 상황의 묘사는 긍정진술로 표현되고, 뒷부분에 있는 인식의 진술과 구원의 명상은 부정진술로 표현된다. 부정진술이 긍정진술보다 더 강력하기 때문에 독서의 발전적 움직임을 형성한다. 4개의 사중주는 변주되면서 반복된다. 예를 들면 「리틀 기딩」의 예배당은 「번트 노튼」의 장미원의 반복이면서 동시에 몇 가지 차이점을 보인다. 장미원이 어린이의 세계라는 개인적 기억의 차원에 속한다면 리틀 기딩의 예배당은 역사적 차원도 갖는다. 장미원이 언어의 의식적 재현에 속한다면 리틀 기딩의 기도는 객관 언어를 포월하면서 언어를 신비 경험의 차원에 적합하게 만든다. 장미원이 개인의 세속적 신비 경험의 상징이라면 리틀 기딩의 예배당은 개인의 종교적 신비 경험을 위한 상징성을 포함한다. 『네 사중주』의 집착과 초탈의 중간인 무관심의 상태를 위한 문학은 부정신학과 해체적 신비주의로 표현된다.

결 론: 엘리엇의 유산

　엘리엇은 더 이상 영문학이나 영시의 패러다임이 아니다. 엘리엇이 신비평에 커다란 영향을 주었다는 사실은 분명하지만 신비평가들이 엘리엇을 무비판적으로 수용하지는 않았으며, 엘리엇의 입장에서도 신비평을 꼭 좋게 생각하지만은 않았다. 엘리엇의 정설이 전복되고 무시되는 것 같은 현재의 상황에서 엘리엇의 연구를 지속하는 것은 엘리엇의 문학이 계속 의미있기 때문이다. 본 연구는 포스트모더니즘, 특히 쟈크 데리다의 해체론적 관점에서 엘리엇의 시와 문학비평에 유의미하게 접근할 수 있음을 보여줌으로써 엘리엇 연구의 현재적 타당성을 확보하려는 목적에서 쓰여졌다. 해체론의 문학비평은 아직 뚜렷한 틀을 갖추지 못하고 있으며, 엘리엇의 경우에는 논쟁의 공격 대상으로 취급될 뿐 비평의 진지한 논의 대상으로 간주되지 않는다. 비평적 분석의 대상이라기보다 논쟁적 공격의 목표로 엘리엇을 부각시키려는 해체비평가들의 의도 때문에 엘리엇에 대한 해체비평가들의 비평적 분석은 단순하다. 따라서 해체론적 입장에서의 엘리엇 문학에 관한 총체적인 분석은 드만, 하트만이나 노리스 등 공인된 해체비평가들의 견해에 의존할 수 없다. 게다가 너무 상세하고 개별적인 국면에만 치중하는 데리다의 문학비평 때문에 해체비평의 실천적 측면에는 어려움이 있다. 하나의 이론이 정착하는 초기의 과정에서는 그 이론의 정당성을 주장하기 위해 새로운 철학적 체계를 구축하는 데 노력을 집중하지 않을 수 없을 것이다. 해체론의 경우에도 지금까지 이론의 정착과정에 초점이 맞추어져 있었기 때문에, 문학비평으로의 변용 작업이 활발하지 않았다. 따라서 해체론의 문학 연구와의 관련성이 명확하게 분석되지 않았다. 데리다가 '문학'이란 단어로 의미하는 바가 지금까지의 신비평의 문학의 정의와 전혀 다르다는 점 그리고 데리다가 자신의 문학비평에서 개별적인 작품의 상세한 분석에 너무 치중하는 특성이 해체론에 기초하여 문학비평의 일반적인 방법론을 구축하기 어렵게 만든다는 점에 모든 논자들의 의견이 일치하는 것 같다. 해체론 경향의 엘리엇 비평서들은 대부분의 경우 해체론의 한 국면, 예를 들면 개성/몰개성이나 질서/무질서에 집중하여 엘리엇의 문학 전체를 개관하려 한다거나 해석의 불가능성이나 애매모호성을 강조하여 왔다. 엘리엇의 박사학위 청구논문이 발간된 이후, 단순한 이분법적 대립구조에 의존하지 않는 분석이 점증하여 왔다. 한 가지 논리만으로 엘리엇의 문학 전체를 개관하는 위험을 피하면서 포스트모더니즘, 특히 쟈크 데리다의 해체론적 관점에서 엘리엇의 시와 문학비평에 총체적으로 접근하려는 것이 본 연구의 목적이다.

엘리엇의 시가 부조리한 현실을 표현하는데 전념하고 엘리엇의 비평이 이상적인 문화에 대한 희망을 표현하는데 전념한다는 이분법적인 분석 논리는 너무 단순하다. 엘리엇의 시와 비평에 대한 이러한 이분법적 구분으로 인해 엘리엇의 시와 비평이 하나의 연구 과정의 맥락 속에서 같이 검토된 바가 많지 않다. 본 연구에서는 이러한 이분법적 대립 구조에 의한 비평적 분석의 문제점을 극복하기 위해 전반부에 있는 제1장과 제2장에서는 엘리엇의 문학비평을, 그리고 후반부에 있는 제3장부터 엘리엇의 시를 해체론의 관점에서 읽고자 했다. 따라서 제1장과 제2장에서는 중요한 비평 개념으로 평가되어온 전통론, 몰개성 시론과 객관 상관물을 중심으로 문학 비평의 해체론적 특성을 읽었다. 제3장에서는 엘리엇 시의 형식 구조를 새롭게 점검하였다. 제4장에서는 철학에서 문학으로 전환하는 과정이었던 전기시를 검토하고 제5장에서는 문학에서 종교로 전환하는 후기시를 해체론적 신비주의의 관점에서 검토하였다.

현실과 이상의 이분법적 대립 관계라는 단순한 논리에 기반을 두기에는 엘리엇의 시와 문학비평의 깊이가 심오하다. 엘리엇의 문학비평이 통상적으로 인식되어 온 것처럼 고전적이고 전통적이며 몰개성적이기만 한 것인지에 대해 비평적 의문을 제기하는 것으로 본 연구를 시작하고자 했다. 제1장인 「모더니티와 포스트모더니티: 엘리엇의 문학비평」에서는 엘리엇의 대표적 에세이인 「전통과 개인의 재능」을 중심으로 엘리엇의 문학비평에 내재되어 있는 혼재된 세계관, 즉 모더니즘적 측면과 포스트모더니즘적 측면을 엘리엇의 대표적 에세이, 「전통과 개인의 재능」의 핵심 내용인 전통론과 몰개성 시론에서 읽고자 했다. 포스트모더니즘 이론가들의 공격에 대해 엘리엇을 옹호하는 지금까지의 논리는 주로 엘리엇 등의 모더니즘 문학의 이면에 포스트모더니즘적인 측면도 있다고 주장하는 입장이었다. 한편 해체비평은 보다 공격적이고 적극적인 자세를 취한다. 엘리엇 문학비평의 문제점과 특징은 세계관의 혼재에 있으며, 엘리엇이 모더니즘의 근대 철학에·기반을 두지만 비평적 성실성 때문인지 무의식적으로 포스트모더니즘이나 포스트모더니티를 고려하지 않을 수 없었다는 것이다. 포스트모더니즘이나 포스트모더니티라는 용어를 사용하지 않고 자신의 혜안을 제시해야 했기 때문에 엘리엇의 논리가 다소 모호하게 보였을 뿐이다. 모더니즘의 경우에는 전통의 상실이 고뇌의 대상이라면, 포스트모더니즘의 입장에서는 단순한 전환이나 변화일 뿐이다. 「전통과 개인의 재능」의 전통론도 이중적으로 해석된다. 요컨대 전통은 과거의 과거성과 과거의 현재성이라는 두 가지 측면에서 설명된다. 엘리엇 자신도 전통의 개념 설정에 있어서 혼란을 겪었다. 예를 들어 「비평의 기능」(1923년)에서 포스트모더니즘적 반성의 국면이 사라지고 모더니즘의 국면이 강조되는데, 엘리엇 자신도 그 점을 인식하고 「비평의 경계」(1956년)에서 「비평의 기능」의 편협성을 반성한다. 몰개성 시론은 전통론의 미시적 양상인데, 모더니즘적 국면이 강조되어 있다. 그럼에도 불구하고 몰개성 시론에서도 포스트모더니즘적 반성이나 흔들림을 읽을 수 있었다.

제2장인 「신비평과 해체비평: 객관 상관물의 두 가지 해석」에서는 신비평의 핵심 개념이 되어버린 객관 상관물이 언급되는 엘리엇의 유명한 에세이, 「햄릿과 그의 문제들」을 모더니즘의 문학비평인 신비평의 측면과 포스트모더니즘의 문학비평인 해체비평의 측면에서 동시에 읽고자 했다. 해체비평이 신비평의 전통을 전면적으로 부인하지는 않는다. 언어의 무책임한 놀이로 전락하는 것을 방지하기 위해 신비평의 전통이라는 가드레일은 필수불가결하다. 신비평이 비평적 독서의 전통을 보호하기만 하였을 뿐 새로운 전망을 열지는 못했다. 명백하게 선언된 진술의 내부에서 의미있는 통찰력의 묘사를 역설적으로 읽는 것이 해체비평의 방법론이다. 제2장에서는 해체비평의 관점에서 객관 상관물을 중심으로 비평의 양가성을 검토하였다. 객관 상관물의 평가는 「햄릿과 그의 문제들」이란 에세이 전체의 관점, 즉 엘리엇의 『햄릿』 해석에 대한 평가에 근거해야 한다. 『햄릿』의 해석에서 엘리엇은 많은 문제점을 드러낸다. 셰익스피어의 예술적 실패가 아니라 엘리엇이 『햄릿』을 이해하는데 실패한다. 저자의 의도라는 관점과 언어와 대상의 일치라는 관점을 갖는 신비평적 해석의 위험성에 대해 엘리엇 자신이 경고한다. 『햄릿』이 예술적 실패라는 엘리엇의 공식적 선언은 자명한 진술의 내용인데, 『햄릿』을 묘사하며 엘리엇 자신이 무의식적으로 제공하는 통찰의 역설적 제스처를 이중 주석의 관점에서 읽어낼 수 있다. 『햄릿』의 주제가 객관 상관물의

가능성을 배제한다, 즉 햄릿의 혐오감이라는 정서의 객관 상관물이 어머니 거트루드일 수 없기 때문에 객관 상관물을 찾아낼 수 없는 것이 당연하다고 엘리엇이 지적한다. 객관 상관물의 부재 때문에 『햄릿』이 예술적 실패라고 선언하던 엘리엇의 진술과 비교하면 엘리엇 자신이 무의식적으로 제공하는 통찰의 역설적 제스처다. 눈먼 진술과 통찰력있는 의미의 긴장 관계 등 이중 주석의 체계를 읽어내는 것이 해체비평의 방법론인 바, 엘리엇의 태도가 이를 선취(先取)하고 있다.

제3장인 「엘리엇 시의 형식 구조」는 해체론의 관점에서 엘리엇 시의 형식 구조를 새롭게 읽으려고 시도했다. 데리다는 소쉬르가 자신의 『일반 언어학 강의』에서 플라톤의 로고스중심주의를 반영하는 음성〉 문자 체계를 너무 강조한다고 비판한다. 하지만 데리다는 소쉬르의 체계가 문자〉 음성의 체계로 대체되어야 한다고 주장하지는 않는다. 동시성과 공시성이라는 두 개의 기본 축을 설정하는 이론적 작업의 배후에 그러한 구분의 변별적 특성이 언어적 사실과 일치하지 않기 때문에 이론의 자의적 특성을 반성하는 소쉬르의 제스처가 발견된다는 점이 지적된다. 사이드가 「여행하는 이론」에서 지적한 바와 같이 소쉬르의 언어학적 이론이 야콥슨의 수사학적 이론으로 번역되면서 질적 저하와 단순화가 발생한다. 대치와 연결이라는 두 개의 기본 축이 갖는 변별적 특성만 강조되고 자의적 특성이 무시되면서, 야콥슨은 시적 비유에 관한 연구가 주로 은유의 방향으로 행해져야 한다고 주장한다. 야콥슨의 주장은 낭만주의와 상징주의도 환유의 방향에서 연구될 수 있다는 점뿐만 아니라, 엘리엇 같은 현대문학의 연구에서 환유의 국면이 더욱 중시되어야 한다는 점을 간과하게 만든다. 데리다의 차연론에서 제시되는 시간의 공간화와 공간의 시간화라는 개념은 야콥슨의 은유와 환유라는 수사학적 용어에 부족한 자의적 특성을 회복하며 학문적 유연성을 강화시킨다. 은유 대신에 또는 추가하여 시간의 공간화라는 개념을 사용하면, 시간의 개념을 자의적으

로 배제하였다는 점이 강조되기 때문에 상징으로 닫혀지는 폐쇄회로가 되기 어렵다. 환유 대신에 또는 추가하여 공간의 시간화라는 개념을 사용하면, 공간의 개념을 자의적으로 배제하였다는 점이 강조되기 때문에 리얼리즘의 거울 같은 반영이라는 닫혀진 해석 구조로 수사학이 종결되기 어렵다. 데리다의 해체론에 의거하는 시간의 공간화와 공간의 시간화라는 새로운 수사학적 개념을 사용하기 위해서 엘리엇 문학의 해체적 특성이 검토되지 않을 수 없다. 엘리엇의 '감수성의 분열'을 17세기의 옹호라는 관점에서가 아니라 작업장 비평의 관점 즉 현대 시인의 관점에서 읽으면, 데리다의 '책의 종말과 글쓰기의 시작'이 요구된다는 해석과 만난다. 이러한 문학관에서뿐만 아니라, 데리다의 '신화문자'와 엘리엇의 '신화적 방법'이라는 유사한 방법론이 실재의 부정을 중심으로 하는 실제 비평에서 유효하다는 것이 확인되었다. 엘리엇의 시가 이미지즘의 이미지, 형이상파적 기상이나 상징주의의 상징으로 충분하게 분석되지 않는다는 것이 확인되면서, 시간의 공간화와 공간의 시간화라는 개념이 엘리엇의 시를 분석하는 유용한 도구가 될 가능성이 열렸다. 엘리엇의 초기시, 특히 『황무지』, 「J. 알프레드 프루프록의 연가」와 「바람부는 밤의 광상시」를 중심으로 형식 구조 분석의 틀을 구축하려고 노력하였다.

제4장인 「상대적 관념론: 엘리엇 전기시의 철학」에서는 전기시의 내용적인 측면을 해체비평의 관점에서 분석하고자 했다. 엘리엇의 박사학위 청구 논문인 『브래들리 철학의 인식과 경험』을 해체론의 해설서처럼 읽으면서 주제의 관점에서 엘리엇의 전기시에 어떻게 반영되는지 읽어내려는 것이었다. 엘리엇은 『브래들리 철학의 인식과 경험』에서 브래들리의 절대적 관념론의 본질적인 모순을 인식한다. 브래들리는 현실 속에서 절대자를 인식하는 초월 경험이 가능하다는 신념을 갖고 있었다. 엘리엇은 절대자의 존재를 부정하지 않지만, 절대자의 현실 인식은 불가능에 가까운 경험이라고 생각한다. 절대자의 존재 자체를 부정하는 상대주의자는 아니지만 절대자의 절대성에

의문을 제기한다. 엘리엇의 철학적 입장은 상대적 관념론이기에, 작품 속에서 역설의 표현이 의도적으로 사용된다. 엘리엇에게 있어서 초월 경험은 현실 속에서 가능한 사건이 아니다. 그 대신 엘리엇이 미적 경험을 제시하면서, 엘리엇의 문학적 전환이 완성된다. 절대자의 존재는 인정하면서도 현실 속에서의 초월 경험을 인정하지 않는 엘리엇의 철학적 입장은 로고스의 존재는 편의상 인정하면서도 로고스중심주의를 부정하는 데리다의 해체론과 만난다. (1) 차연, (2) 언어와 주관, (3) 흔적, (4) 문학과 철학 그리고 (5) 철학적 문학 또는 문학적 철학 등 해체론의 핵심 항목을 엘리엇의 철학, 문학비평과 시와 대비하면서 읽었다. 예를 들어 데리다는 차연이 시간적이며 공간적인 비동일성이라고 정의하면서, 동시에 '같은 것'의 질서를 의미한다고 주장한다. 그런데 '같음'이 무엇을 의미하는지 명확하게 설명되지 않는다. 『브래들리 철학의 인식과 경험』의 상대적 관념론, 「전통과 개인의 재능」의 문학비평 그리고 「보스톤 이브닝 트랜스크립트」나 「아폴리낙스씨」 등이 차연에 관한 해설서로 사용될 수 있었다. 엘리엇의 상대적 관념론에 의해 제시된 과거의 체험과 과거의 기억이라는 두 개의 관점은 해체론의 용어를 사용하지 않고도 차연의 개념을 설명한다. 우리는 단순히 대상을 기억하려고 의도하지 않고, 우리가 기억하는 대상을 기억하려고 의도한다. 과거의 기억은 과거의 객관적인 복원이 아니라 기억하는 과거를 기억하는 바로 그 모습으로 다시 경험하려고 의도하는 관점이다. 과거의 체험과 달리 과거의 기억은 현재에도 계속 새롭게 경험되는 과거다. 과거의 기억이라는 관점은 공간적인 차이만 표현이 가능한 대상이란 용어의 한계를 극복하여 시간적인 차이를 설명해낸다. 엘리엇의 전통론에 의거하면 과거의 체험은 과거의 과거성으로, 과거의 기억은 과거의 현재성으로 번역될 수 있다. 「보스톤 이브닝 트랜스크립트」의 마지막 연에서 어린 화자가 해리엣 누이에게 저녁 신문을 배달하는데, 과거의 체험의 서술이다. 과거의 기억의 관점, 즉 과거의 현재성의 차원을 감안하면 시인의 시선을 읽어낼 수 있다. 화자를 보는 시인의 시선에서 아이러니를 읽을 수 있다. 엘리엇의 전기적인 관점에서 보면 버트란드 러셀의 하버드 대학교 방문을 묘사한 「아폴리낙스씨」의 경우에도 두 가지 관점을 읽어낼 수 있다. 러셀의 자유분방함에 동조하는 청년 엘리엇의 과거의 체험의 관점이 있다. 과거의 기억의 관점은 아폴리낙스씨의 시적 묘사에 사용되는 비유적 수사법의 체계가 시인의 의도에 반하여 아폴리낙스씨의 자유분방함을 거세하고 구속한다는 것이다. 언어가 주관의 기능이었던 로고스중심주의와 달리 주관이 언어의 기능이 되는 해체론적 입장은 "단어가 없다면, 대상도 없다"는 엘리엇의 논리에 의해 명확해지면서 작품을 해석하는 도구가 된다. 더 이상 절대적 현존의 모습을 갖지 못하는 존재는 '흔적'이라고 데리다가 주장하는데, 엘리엇은 감정의 존재론적 필연성을 설명하는 '그것'과 인식론적 불명확성을 설명하는 '무엇임'의 개념 체계로 구체적으로 설명한다. 데리다가 시사하는 철학과 문학의 '오랜 결속 관계'는 엘리엇의 대학원 세미나 원고에서도 확인되는 입장인데, 「형이상파 시인」 등 문학비평의 주장이면서 동시에 1920년의 시집의 대부분을 점유하는 「영혼의 속삭임」, 「엘리엇씨의 일요일 아침 예배」와 스위니 시편 등 사행연구시의 아이러니 구조의 해설이 된다. 오늘날 데리다가 찾고 있는 철학을 문학으로 변질시키는 새로운 전도사는 바로 엘리엇이었다. 엘리엇은 모더니즘의 새로운 전도사였을 뿐만 아니라, 자신도 모르게 포스트모더니즘의 새로운 전도사였다는 것이 필자의 주장이다.

제5장인 「해체적 신비주의: 엘리엇 후기시의 종교」에서는 후기시의 내용적 측면을 해체비평의 관점에서 분석하고자 했다. 전기시에서 철학에서 문학으로의 전환과정이 두드러지는 것처럼, 후기시에서는 문학에서 종교로의 전환과정이 두드러진다. "해체론은 비평 작업이 아니다"라는 데리다의 선언은 비평 작업의 궁극적인 목표라고 여겨지는 총체성을 그 총체성의 내부에서 해체할 수 밖에 없는 것이 해체비평의 국면이라는 점을 강조한다고 조너던

컬러가 지적하였다. 종교는 신이라는 총체성을 전제로 한다. 엘리엇 문학의 해체적 특성으로 인해 총체성의 내부적 해체를 피할 수 없는 후기시의 상황을 제5장에서 분석하고자 했다. 엘리엇에게 있어서 초월 경험은 현실 속에서 인식 가능한 사건이 아니지만, 절대자의 존재를 전면 부인하지 않기 때문에 초월 경험과 다른 등급을 갖는 절대자의 인식 가능성을 부정할 수는 없었다. 이러한 인식 가능성의 하나로 미적 경험이 제시되면서 전기시의 문학적 전환이 완성되었다. 절대자의 인식 가능성에 있어서 미적 경험이 특수한 사례였다면 후기시의 종교적 전환의 신호탄이 되는 『브래들리 철학의 인식과 경험』의 영혼의 개념은 보편적인 사례이다. 따라서 문학적 전환이 엘리엇의 선택 사항이었다면, 윤리적이며 종교적인 전환은 필연적인 결과였다. 브래들리의 경우에는 절대자가 결코 신이 아니었기 때문에, 영혼은 상대적 관념론자인 엘리엇에 의해 제시된 종교적인 경험이다. 전기시가 자아의 문학적 표현을 중심으로 미적 경험의 구현을 목표로 한다면, 후기시는 영혼의 윤리적이며 종교적인 구원 가능성을 중심으로 전개된다. 영혼의 미적 경험은 후기시의 전형적인 양식이다. 그런데 보다 높은 관점으로 이동해가는 과정을 정확하게 파악할 수 없기 때문에 영혼의 임무는 고통스럽다. 영혼의 고통스런 진전을 설명하는 새로운 신앙고백은 기독교적 신비주의를 경유한다. 제4장에서는 「텅 빈 사람들」에서 공식적으로 시작된 영혼의 여행이 기독교적 신비주의의 어두운 밤을 지나 『네 사중주』에서 새로운 의미를 획득하는 과정을 검토했다. 「성 나르시서스의 죽음」 등 엘리엇의 초기시에 보이는 종교적 신비주의의 언어적 특징은 표면적으로만 유사할 뿐, 언어보다는 행동이 되는 신비주의의 다차원적인 의식을 성취하지 못한다. 초기시의 특징은 종교적 전환의 결정적 순간이라기보다 종교적 성향의 노정일 뿐이다. 「스위니 아고니스테스」에서 제시된 목욕탕 살인 사건은 단순한 살인 사건의 이야기라기보다 신과의 결합을 위해서 영혼이 피조물의 사랑을 벗어버려야 한다는 제시(題

詞)의 주장의 표현이다. 그렇지만 성자의 길과 평민의 길의 통합은 너무 과중한 문학적 과제였기에 미완성으로 남는다. 종교적 명상의 길은 「텅 빈 사람들」에서부터 본격적으로 시작된 영혼의 과정이다. 기독교적 신비주의의 용어를 사용하자면 「텅 빈 사람들」에서 영혼은 수동적 부정의 상태를 경험하며 정체성의 일시적 상실을 의식하게 되는 '영적 약혼'의 단계에 도달하여, 감각의 어두운 밤을 지난다. 꿈같이 허무한 현실, 즉 '죽음의 꿈 왕국'에 있는 '텅 빈 사람들'은 신과 자아의 내면이 상호 혼합되는 '죽음의 다른 왕국'은 엄두도 못내고, 그저 '죽음의 황혼 왕국'이라는 '마지막 만남의 장소'에 도달하기 위해 형이상학적 절망의 깊이가 더 깊어지기를 바란다. 「성회 수요일」에서 영혼의 여행은 '텅 빈 사람들'이 도착한 지점에서 시작되는데, '죽음의 황혼 왕국'이 여행의 종착지가 아니라 여행의 중간 기착지라는 점을 깨닫게 된다. 「텅 빈 사람들」에서 '죽음의 황혼 왕국'의 입구인 '영적 약혼'의 단계에 도착했다면, 「성회 수요일」의 '죽음의 황혼 왕국'에서는 '영적 결혼'의 단계에 도달하여, 영혼의 어두운 밤을 지난다. 신과 구별되는 거리감의 고통스런 인식이란 유한성의 역설과 정반대되는 상호보완적인 개념의 공존이라는 '영적 결혼'의 특징이 「성회 수요일」에서 두드러진다. 「성회 수요일」의 마지막 부분에서 '축복받은 누이'와 '성스러운 어머니'에 이어 제시된 '샘의 영'이나 '정원의 영' 등 범신론적인 기도의 대상은 영적 난관의 노출이다. '영적 약혼'과 '영적 결혼'의 단계를 지나는 신적 충만의 긍정신학이 감당할 수 없는 단계에 도달한 것이다. 긍정신학과 부정신학이 만나는 신적 심연의 문지방에 도달한 것이다. 소박하고 달콤한 성자와의 결합을 넘어서서 뚜렷하지 않고 어두운 성부의 심연에 직면한다. 기독교적 패러다임이 더 이상 감당하지 못하는 신비주의의 단계에 도착한 것이다. 『정령 시집』에서는 신의 상징적인 재현 체계를 구축하는 긍정신학에서 신의 숨겨진 본질, 즉 초본질적인 어둠을 명상하는 부정신학으로의 패러다임 전이가 전개된다. 「동방박사들의 여행」의 내면에서 여행이 서로 다른 방식으로 세 번 진행되면서 탄생과 죽음의 의미도 세 겹으로 중첩된다. 첫째, 예수 탄생의 경배를 드리는 이교도 동방박사의 역사적 여행이다. 방문 이전에는 탄생과 죽음이 정반대되는 개념 이라고 생각했었다. 둘째, 랜슬롯 앤드루즈가 자신의 설교 속에서 베들레헴으로의 형이상학적인 여행을 하는데, 신비 경험에 대한 전통 기독교적 패러다임의 해석이다. 셋째, 두 개의 의미를 포월하는 엘리엇의 시가 있다. 성자와의 소박하고 달콤한 결합인 그리스도의 탄생은 성부의 어두운 심연에 직면하는 십자가의 죽음을 내포한다. 초본질적인 어둠에 직면한 이교도 동방박사들은 자신의 정체성을 부인하지 않을 수 없는 괴롭고 가혹한 고뇌를 시작하게 되며, 극단적 회의주의자인 현대 기독교인의 선구가 된다. 전통 기독교적 패러다임의 한계를 벗어나는 에카르트의 신비주의는 영혼이 성취한 초탈의 상태를 강조한다. "우리가 하는 행위가 우리를 신성하게 만드는 것이 아니라, 우리가 하는 행위를 신성하게 만들어야 한다"는 에카르트의 주장은 「스위니 아고니스테스」에서 제시되었던 성자의 길과 평민의 길의 통합이란 목표의 또 다른 표현이다. 동일한 주제를 이어받은 『네 사중주』에서 엘리엇은 초탈의 상태가 목표이기는 하지만, 문학적 실천을 위해 집착과 초탈의 중간인 무관심의 상태를 선택해야 함을 깨닫는다. 부정신학과 가족 유사성을 갖는 데리다의 해체적 신비주의가 집착과 초탈의 중간 상태인 무관심을 지향한다는 점에서 『네 사중주』를 위한 해석의 틀을 제공한다. 경험적 지식에서 나온 과거의 인식 패턴을 기만적이라고 비판하지만, 과거의 패턴을 파기하는 것이 아니라 포월한다. 과거의 인식 패턴은 순간순간 새롭게 변하는 현재의 패턴 속에서 하나의 사례가 된다. 사중주 각각의 5개 부분은 정해진 형식과 내용을 갖는다. 제1부와 제2부는 평민의 길, 제3부에서 제5부까지는 성자의 길을 구성하면서 서로 대칭된다. 제1부는 개인적 경험의 묘사이며 제2부 뒷부분의 인식의 진술과의 사이에 상징의 서정시가 배치된다. 제3부는 집단적 상황의 묘사이며 제5

부의 구원의 명상과의 사이에 정화의 서정시가 제4부에 배치된다. 서정시를 중심으로 앞부분에 있는 개인적 경험과 집단적 상황의 묘사는 긍정진술로 표현되고, 뒷부분에 있는 인식의 진술과 구원의 명상은 부정진술로 표현된다. 부정진술이 긍정진술보다 더 강력하기 때문에 독서의 발전적인 움직임을 형성한다. 4개의 사중주는 계속 변주된다. 예를 들면 「리틀 기딩」의 예배당은 「번트 노튼」의 장미원의 반복이면서 동시에 몇 가지 차이점을 드러낸다. 장미원이 어린이의 세계라는 개인적 기억의 차원에 속한다면, 리틀 기딩의 예배당은 역사적 차원도 갖는다. 장미원이 언어의 의식적 재현에 속한다면, 리틀 기딩의 기도는 객관 언어를 포월하면서 언어를 신비 경험의 차원에 적합하게 만든다. 장미원이 개인의 세속적 신비 경험의 상징이라면, 리틀 기딩의 예배당은 개인의 종교적 신비 경험을 위한 상징성을 포함한다. 『네 사중주』의 집착과 초탈의 중간 상태인 무관심을 위한 엘리엇의 문학이 데리다의 해체적 신비주의에 의해 새롭게 해석되었다.

엘리엇이 더 이상 영문학이나 영시의 패러다임은 아니지만, 지금이 공포심없이 엘리엇을 읽고 엘리엇의 유산을 물려받을 아주 적절한 시기라고 판단된다. 본 연구는 포스트모더니즘, 특히 데리다의 해체론적 관점에서 엘리엇의 시와 문학비평에 유의미하게 접근할 수 있음을 보여줌으로써 엘리엇 연구의 현재적 타당성을 확보하려는 목적에서 쓰여졌다. 또한 해체론이 아직 문학비평에 있어서 뚜렷한 틀을 갖추지 못하고 있으므로 엘리엇의 문학비평과 시에 관한 해체론의 실제비평이 제시될 수 있다면, 해체론에 기초한 문학비평의 일반적인 방법론을 구축하는데 도움이 될 수 있기 때문이다.

부록 1 엘리엇 시세계의 변화에 대한 해체적 글읽기[1]

이 논문은 엘리엇의 시세계에 『황무지』에서 절정을 이루는 전기시와 「텅 빈 사람들」로부터 시작되는 후기시로 구분할 수 있을만큼 중대한 변화가 있으며 이러한 변화를 포스트모더니즘의 철학인 해체론으로 읽으려는 데 그 목적이 있다. 또한 엘리엇이 "탈구조주의, 해체론, 포스트모더니즘 등으로부터 불변의 형이상학적 진리, '부동의 정지점'(still point), 현존(現存)의 센터를 추구하는 보수/반동으로 매도"되게 만든 J. 힐리스 밀러의 주장(박경일 78-9)에 대한 반론이기도 하다. 이런 비판은 포스트모더니즘이 모더니즘의 반대일 것이라는 단순한 가정, 그리고 엘리엇 자신의 강력한 주장에도 기인하지만(Eliot: *Selected Prose* 103) 위대한 시인임을 증명하기 위해서는 '연속성'의 개념이 중요하다는 견해를 반영하고 있다(Rajan: "Dialect" 14).

과연 엘리엇이 소위 모더니즘의 대표 시인이라는 한계를 벗어나서 포스트

---

1) 본 논문은 "T. S. 엘리엇의 시세계의 변화에 대한 해체적 글읽기"라는 제목으로 한국영어영문학회 봄학술발표회(1995년 5월 20일)에서 발표된 바 있으며, 동일한 제목으로 『현대영미어문연구』(서울: 지학사, 1995), 535-51쪽에 게재되었다.

모더니즘의 시대에도 살아남을 수 있는지, 그의 작품이 모더니즘의 전통 속에 갇혀 있지 않고 오늘날에도 여전히 감동을 줄 수 있는지 지금 질문하고 있는 것이다.

엘리엇의 시세계를 이해하는 해석의 기본 구조에 변화가 있었으며, 앞으로도 있을 것이다.[2] 병치(併置)된 장면들이 암시하는 바를 독자 자신의 상상력으로 종합하도록 요구하는 것이 모더니즘의 기법이라면(Culler 36), 해체론에서는 종합을 요구하는 신(神) 같은 저자의 단일한 메시지가 아니라 다양한 글쓰기가 섞이고 충돌하는 다차원적 공간이 텍스트이기 때문에 작가가 아니라 모든 인용문이 집합하는 글쓰기의 장소인 독자라는 기능이 중요하다(Barthes 146-8). 전통적 서구 형이상학의 이성중심주의, 로고스중심주의의 종말을 확인한다거나 그런 형이상학에 대항해서 외부에 새로운 체계를 구축한다기보다는 그 텍스트의 내부에 남아서 로고스중심주의의 허구적 성격을 드러내는 것이 쟈크 데리다를 중심으로 하는 해체론의 기본 전략이라고 할 때, 텍스트의 원천인 작가보다는 그 텍스트를 새롭게 다시 읽어내려는 독자가 텍스트의 생산자라고 주장할 수 있는 것이다. 따라서 해체되는 것은 텍스트 자체가 아니라 읽혀지는 것으로서의 텍스트다.

해체적 글읽기의 임무는 어떤 외부적 기준을 적용하여 텍스트를 강제로 해체하는 것이 아니라, "각각의 경우마다 다르지만 텍스트가 자신에게 언제나 이미 수행하여 온 해체 행위를 규명해내는 것"이다(Culler 269). 이와 같이 이미 있는 해체 행위를 텍스트에서 어떻게 읽어낼 수 있을까. 아마 "만져볼 수 없는 완전성의 자리에 삶의 흔적이 스며든다"(클로츠 216)라는 포스트모더니즘의 설명에서 시사되는 것처럼, 이미 밝혀진 추상적 해석 구조에 '삶의

---

2) T. S. Eliot, *Selected Prose*, p. 17; "It is that no generation is interested in art in quite the same way as any other; each generation, like each individual, brings to the contemplation of art its own categories of appreciation, makes its on demand upon art."

흔적'처럼 내재하는 중심(中心)이나 현존의 부재를 발견하는 소극적인 방법을 사용해야 할 것이다. 데리다에 의하면 이는 두 가지 해석을 실천하는 것이라고 말할 수 있다. 즉 관습적인 '수동적' 글읽기를 사용하면서, 그 전술에 의문을 제기하고 그 진위를 전복시켜서 "불가사의한 결정불가능한 요소를 능동적으로 드러내려는 것"이다(Leitch 175-6).

「J. 알프레드 프루프록의 연가」는 의식/현실 대립 구조이며, "나는 늙어간다... 늙어간다"(CPP 16)는 현실적 행동의 시간이 부족하다는 조급함의 표현이라는 것이 소위 '만져볼 수 없는 완전성'을 목표로 하는 추상적 해석 구조의 입장이다. 또한 "나는 차라리 고요한 바다 밑바닥을 어기적거리는/한 쌍의 엉성한 게 다리나 되었을 것"(CPP 15)이라는 푸념은 현실 세계에서 행동이 불가능해진 것을 인식한 의식이 차라리 무의식이란 포기를 선택하고 싶어하는 태도이며, 따라서 마지막 연은 인간적 주체성을 확립할 수 없었다는 모더니즘적 절망감의 표현이며, 자발적으로 무의식을 선택하려고 하더라도 의식과 대립 관계에 있는 "인간의 목소리"(CPP 17)라는 현실이 반격을 가하여 우리를 익사시킨다는 주장이다. 미켈란젤로를 이야기하면서 방 안에서 왔다갔다하는 현실 속의 여인과 바다의 방 안에 있는 의식 속의 바다처녀가 날카롭게 대립하고 있다는 것이 바로 '관습적인 수동적 글읽기'일 것이다.

그런데 문제는 이러한 의식/현실 대립 구조의 방향성이다.

> 음흉한 의도로
> 지루한 논의처럼 이어진 거리들은
> 그대를 압도적인 문제로 끌어가리다……
> 아, '무엇이냐'고 묻지는 말고
> 우리 가서 방문합시다. (8-12)

> Streets that follow like a tedious argument

Of insidious intent

To lead you to an overwhelming question...

Oh, do not ask, 'What is it?'

Let us go and make our visit. (CPP 13)

'압도적인 문제'로 인도되는 여행 구조를 갖고 있는 이 시에서, 현실적인 방문의 목표는 "저 이 머리는 어쩌면 저렇게 벗겨진담" 또는 "참 저 이 팔다리는 가늘기도 하지!"라는 여인의 말로 암시된다(CPP 14). 그러나 그게 아무리 '압도적'이라 하더라도 무엇인지 끝까지 말해지지 않는다. 아니 말하지 못하는 지도 모른다. 그저 "환등기가 스크린 위에 무늬 모양으로 신경을 비추듯"(CPP 16) 추상적 해석 구조를 사용하는 것 외에 다른 말할 능력이 없는 것이다. '무엇이냐'고 묻지 말라고 명령하면서, 의식/현실 대립 구조에 필수적인 중심이나 현존이 존재하지 않는다는 사실을 밝힌다. 추상적 해석 구조로는 밝힐 수 없는 '불가사의한 결정불가능한 요소'가 처음부터 있었다. "나는 이미 그것들을 다 알고 있다, 다 알고 있다―/ 저녁, 아침, 오후를 알고 있다,/ 나는 내 일생을 커피 스푼으로 되질해 왔다"(CPP 14)라고 말하는 정확한 현실 인식이 있다는 의식의 강력한 주장에도 불구하고, 바로 뒤이어 "그러나 어떻게 내가 감히 해 볼 것인가?"(CPP 14)라고 현실 적용이 불가능하다는 의문이 제기된다. 따라서 '불가사의한 결정불가능한 요소'가 있기 때문에 세례 요한처럼 머리가 쟁반 위에 놓이게 되더라도 현실 속에서의 행동이 햄릿 왕자처럼 불가능하리라는 보다 깊은 인식이 있게 된다.

도대체 그것이 보람이 있었겠는가?

잔을 거듭하고, 마말레이드를 먹고, 차를 들고 나서,

화병을 옆에 놓고 내 그대와 주고받는 이야기에서,

그것이 보람 있었겠는가?

미소로써 문제를 물어뜯어 버리고,

우주를 뭉쳐서 공을 만들어
어떤 어마어마한 문제로 그것을 굴려 간다 한들,
또는 나는 "주검으로부터 살아나온 나사로다.
너희들에게 모든 것을 알리기 위하여 돌아왔다, 모든 것을 말하리라"고
말한들—
만약 어느 여인이 머리맡에 베개를 놓고서,
"나 조금도 그런 뜻에서 말한 것 아네요.
조금도, 그렇지 않아요"라고 말한다 한들. (88-99)

And would it have been worth it, after all,
After the cups, the marmalade, the tea,
Among the porcelain, among some talk of you and me,
Would it have been worth while,
To have bitten off the matter with a smile,
To have squeezed the universe into a ball
To roll it towards some overwhelming question,
To say: 'I am Lazarus, come from the deads,
Come back to tell you all, I shall tell you all'—
If one, settling a pillow by her head,
Should say: 'That is not what I meant at all.
That is not it, at all.' (*CPP* 15-6)

　　생사(生死)의 의미를 분석하려는 관점에서 볼 때, '모든 것'을 다 알고 있다
하더라도 그럴만한 가치가 있는지 의심스럽다. 마말레이드, 차, 화병, 너와
나의 대화 등 '삶의 흔적' 속에 존재하고 있기 때문이다. 어떻게 인생의 의미를
'문제,' '공,'이나 '압도적인 질문'으로 규정짓는 것이 가능할 것이며 또한 그
럴 가치가 있겠는가. 서로 동의해서 같이 잠자리에 들었던—이는 아마 벗겨진
머리나 가는 팔다리의 불리함에도 불구하고 방문의 현실적인 목표가 달성되었

음을 의미하는 것이리라— 여인이 머리맡에 베개를 놓고서 자신의 의도와 전혀 다르다고 선언할 때, 어찌 인생의 '불가사의한 결정불가능한 요소'를 느끼지 않을 수 있겠는가. 결국 "바다의 방 안에"(*CPP* 17) 있는 '인어'를 만나는 '익사'를 선택하게 되지만, 이는 인식의 체계를 확립하지 못한 모더니스트의 심각한 절망이라기보다 추상적 해석의 실패가 바로 성공이라는 포스트모더니스트의 즐거운 현실 인식인 것이다. 아, 이제는 예를 들면, "머리를 뒤로 갈라 볼까? 복숭아를 한 번 먹어 볼까?/ 흰 플란넬 바지를 입고, 해변을 걸을 것이다"(*CPP* 16) 등 무엇이든지 부담없이 할 수 있다.

지금까지 「J. 알프레드 프루프록의 연가」를 어느 정도 설명할 수 있었다고 해서, 모더니즘의 대표 시인인 엘리엇의 시세계의 해체적 글읽기에 아무런 문제가 없다는 말은 아니다. 「헬렌 아주머니」에서 전에도 있었던 죽음 뒤에 그 집의 생명력이 되살아나고 있다는 장의사의 충격적인 깨달음, 지저분한 「하마」가 추상적으로 막강한 교회보다 하늘에서 더 높게 자리잡을 것이라는 구체적인 주장 또는 노파가 모으는 "공터의 땔감"(*CPP* 23) 같은 '삶의 흔적'이 널려 있는 「서시」의 환상 등을 제외하고는 차라리 아주 문제적이라는 말이 더 정확할 것이다.

예를 들면 「바람부는 밤의 광상시」는 "열두 시./ 달의 종합 속에 갇혀 있는/ 거리의 길을 따라가는데,/ 달의 주문을 속삭이면/ 기억의 바다/ 그리고 모든 분명한 관계,/ 그 구분과 정확성이 용해된다."고 시작된다(*CPP* 24). '용해'는 '해체'와 다른 개념이다. '해체'의 경우 형이상학적 해석 구조의 문제점을 강력하게 지적하지만 텍스트의 내부에 위치한다. '용해'하려는 자는 '파괴'하려는 자와 마찬가지로 텍스트의 외부에 위치해야 한다. '용해'나 '파괴'의 경우, '해체'와 달리 대상인 현실이 사라지기 때문에 상황의 단순화가 초래된다. 복잡한 현실은 그대로 남고 의식만 단순화된다는 데에 문제가 있다. 단순화된 의식은 '해체'가 제공할 수도 있었던 풍요로운 인식의 가능성을 상실한다. 산책을 시작하는 '열두 시'는 오늘과 내일이란 시간의 경계점, 직선적 (linear) 진행의 한 순간일 따름이다. "비틀린 나뭇가지"나 "부서진 용수철"의 이미지(*CPP* 24)도 평면적이며, 화자의 고뇌도 평면적이다.

> 가로등이 말했다,
> "네 시,
> 여기 문 위에 번호가 있다.
> 기억!
> 너는 열쇠를 갖고 있다,
> 작은 램프가 계단에 원을 펼친다.
> 올라가라.
> 침대는 비어 있다. 칫솔이 벽에 걸려 있다,
> 신을 문간에 놓고, 잠자라, 삶에 대비하라"
>
> 나이프의 마지막 비틀음. (68-78)

> The lamp said,
> 'Four o'clock,
> Here is the number on the door.
> Memory!
> You have the key,
> The little lamp spreads a ring on the stair.
> Mount.
> The bed is open; the tooth-brush hangs on the wall,
> Put your shoes at the door, sleep, prepare for life.'
>
> The last twist of the knife. (*CPP* 26)

직선적(linear) 진행의 기록으로 읽는다. 새벽 4시, 문에 있는 번지수가 보인다. 기억해 보자! 열쇠가 어디 있는지. 계단을 비추는 작은 현관등의 동그란 불빛 속에서 찾는다. 계단을 올라간다. 신발을 신은 채 들여다보니 침실 문이 열려 있고, 칫솔이 벽에 걸려 있는 것도 보인다. 신발을 벗고 들어가자. 잠을 자자. 또 하루를 살기 위해서. 이런 연속된 인식 뒤에 "나이프의 마지막 비틀음"이 있다. '달의 주문'에 의해 '용해'된 의식을 경험한 이상, 더 이상 그런 경험을 했다는 기억을 무시하고 현실 속에서 살아갈 수 없을 것이다. 문제는 날카로운 나이프의 '비틀음'이 너무 직설적이라는 데에 있다. 나이프의 비틀음이 '마지막'인데도 불구하고, 독자가 수동적으로 읽을 수 있을 뿐, 독자의 육체에 가해지는 능동적인 아픔이 되지 못한다.

이런 '용해'된 현실로 인해 「헬렌 아주머니」의 죽음의 생명적인 의미나 「J. 알프레드 프루프록의 연가」의 '극적 독백'은 더 이상 존재하지 않고, 등장인물 사이의 '극적 상황'이 있게 된다. 즉 "다양한 '관점,' 서로 다른 '제한된 중심'을 갖고 잇는 자아"로 표현된다(Jay 35). 「아폴리낙스 씨」에서 보이는 수줍은 지식인과 뻔뻔스런 속물의 극적 대립은 「영원의 속삭임」의 던(Donne)과 그리쉬킨, 「베데커를 든 버뱅크와 씨가를 문 블라이쉬타인」, 「요리용 달걀」에서 피피트와 나 사이에 끼어든 여러 인물들 그리고 스위니가 등장하는 여러 시편에서 발견된다.

독자의 반응이 크게 불일치하기 때문에 『보이지 않는 시인』(The Invisible Poet)이라는 제목의 연구서가 발간되기도 했는데(Kenner 50), 전기시(前期詩)에 대한 해체적 글읽기가 가능한 이유, 즉 포스트모더니즘의 시대에도 계속 시적 감동을 주는 원인을 엘리엇의 문학비평에서 찾아볼 수 있다. 아마 가장 중요한 개념은 객관 상관물일 것이다. 엘리엇의 정의(定義)에서는 객관 상관물의 창조를 강조하지 않는다. 외부의 사실을 보고 갖게 된 감각적 경험이 물체/상황/사건 등 객관 상관물로 제시될 때, 그런 감정이 독자의 마음 속에 즉시 환기된다는 것이다.[3] 다시 말해서, 앞에서 언급한 작가가 아니라 모든 인용문이 집합하는 글쓰기의 장소인 독자라는 기능이 중요하다는 해체론의 입장과 일치한다. 또한 시인이 촉매의 역할을 한다는 몰개성 시론의 경우에도, "Poetry is not a turning loose of emotion, but an escape from emotion; it is not the expression of personality, but an escape from the personality."에서 지금까지처럼 but의 부분이 아니라 not의 부분을 중심으로 검토하면, 시인이 감정이나 개성을 너무 드러내어 독자가 시를 읽는데 방해하면 안된다는 주장 으로 읽을 수 있다.

전기시(前期詩)의 정점인 『황무지』를 어떻게 읽기 시작할 것인가. 방금 검토한 전기(前期) 비평이 '독자라는 기능'을 강조한다는 점을 감안하여, 독자 에게 직접 말을 거는 「I. 주검의 매장」의 마지막 행인 "그대! 위선의 독자여! —나의 동포여—형제여!"를 검토해 보자(CPP 63). 우선 「J. 알프레드 프루프 록의 연가」의 '그대'가 독자라는 사실과 따라서 '극적 독백'이라는 증거의 하나를 뒤늦게 발견한다. 이렇게 직접 말을 거는 방법은 시적 담론에 참여하는 '독자의 간섭'을 요구하며, '독자의 관점'에 의거해서 텍스트의 해석이 이루어 진다(Kearns 199-227). 『황무지』의 주(註)에 "테이레시아스가 보는 것이 사실상 시의 내용"이며, 그는 여성과 남성 등 "모든 등장인물을 통합하는 가장 중요한 배역"(CPP 76)이지만, 등장인물이 아니라 그저 구경꾼(spectator) 이다.[4] 따라서 이 시의 주인공은 등장인물이나 테이레시아스가 아니라 독자 다. 그러므로 이 시의 세계는 독자의 마음 속에 있다.

'동포'나 '형제'인 독자가 '위선적'이라고 비난을 받는다. 위선은 표면의 반응과 내면의 의식이 다른 상태이므로, 의식/현실 대립 구조의 문제가 된다.

---

3) F. O. Mattiessen, p. 67; "Perhaps the most important thing that is revealed by applying Eliot's conception of the 'objective correlative' to his work is the essentially dramatic nature of all his poetry."

4) Grover Smith, T. S. Eliot's Poetry and Plays, pp. 67-8: 티레시아스가 게론천보다 더 그림자 같아서 『황무지』의 내용이 더 직접적인 것 같다고 지적된다.

『황무지』 앞부분의 제목이 "He Do the Police in Different Voices"이었던 사실에서도 짐작되듯이, 「I. 주검의 매장」에 '쿠메의 무녀'의 경우와 같은 죽음에 대한 공포의 다양한 표현이 제공되고 있다. 기억과 욕망이 뒤섞이는 4월의 공포, 썰매를 타는 마리의 즐거운 공포, 그늘과 물이 없는 황무지의 공포, 언어로 표현할 수 없는 사랑의 공포, 소소스트리스 부인이 경고하는 익사의 공포, 비현실적인 도시 군중의 공포, 시체에서 싹이 트는 공포 등 7가지의 공포를 독자가 읽을 때, 즉 겪을 때 자신의 입장을 확고히 갖고 있지 못한 독자는 각각의 공포에 어쩔 수 없이 '위선적'으로 대응하게 된다. 확고한 기준이 있다면 썰매를 타거나 사랑을 하는 등의 바람직한 공포인지 아니면 피해야 하는 공포인지 판단할 수 있겠지만, 중심(中心)이 존재하지 않는 황무지의 시대 속에 있는 독자에게는 의식/현실 대립 구조에 대한 해체적 글읽기 외에 다른 방법이 없다. "사람의 아들"인 독자가 "한 무더기의 부서진 이미지"(CPP 61)만 알 수 있기 때문에 말하거나 추측할 수 없다는 상황 표현은 '완전한 추상적 해석 구조'가 있어야 된다는 모더니즘의 입장에서 보면 심각하게 절망적이다. 그러나 그런 실패로 인해 현존의 부재가 성공적으로 증명되었다는 입장에서 바라보면 '부서진 이미지'란 억압적인 거대 구조와 연결되어 있지 않은 이미지를 의미할 따름이다. 체제 전체를 확실하게 말하거나 추측하는 것이 불가능하다는 인간의 유한성과 역사적 구속성을 인정하는 포스트모더니즘의 입장에서 바라보면 이미지는 당연히 부서져있는 것으로, 바로 그런 상태가 해체적 풍요를 약속한다. 따라서 '히야신스 소녀' 에피소드를 모더니즘의 입장에서 보면 언어 표현의 절망감을 나타내고 있지만, 도대체 언어로 표현할 수 없다는 것이 사랑의 장점이라는 포스트모더니즘의 입장에서 보면 극단적 행복의 기록인 것이다. 그러므로 이 시의 세계를 독자의 인식에 따라 절망적인 『황무지』로도 풍요로운 『황무지』로도 읽을 수 있는데, '위선적'이라는 비난은 현대의 독자가 풍요로운 해석의 세계로 들어갈 수 있게 하는 열쇠다.

「II. 체스 두기」와 「III. 불의 설교」에서는 사랑과 정욕이 뒤섞인 남녀 관계를 중심으로 불모의 현실이 다양하게 제시되고 있다. 「V. 익사」와 「VI. 천둥이 말한 것」을 통해서 어떤 결말을 향해 숨가쁘게 전진하고 있는 것같은 데도 불구하고 『황무지』의 마지막 부분은 단편적인 표현들과 외국어 표기로 인해 다소 혼란스럽다. "최소한 내 땅이나마 정돈해야 하나?"(CPP 74) 「J. 알프레드 프루프록의 연가」의 마지막 장면처럼, '런던 다리'가 무너져내리는 '메마른 들판'이란 확실하지만 지독하게 절망적인 현실 인식 뒤에 자아 속으로의 도피를 꿈꾸거나 불가능한 구원을 생각한다. '폐허' 같은 현실 속에서 의식을 지탱하게 하는 '이러한 단편'적인 깨달음은 「J. 알프레드 프루프록의 연가」의 '햄릿 왕자'나 "폐허의 탑 안의 아퀴테느 왕자"(CPP 75)의 인식일 따름이다. '정화의 불'이나 '제비'로의 변신은 현실에서는 불가능한 외국어로 표현될 수밖에 없는 구원의 방식이다.

> 이러한 단편으로 나는 나의 폐허를 지탱해왔다
> 그러면 당신 말씀대로 합시다. 히에로니모는 다시 머리가 돌았다.
> 주라. 동정하라. 자제하라.
> 샨티 샨티 샨티 (430-3)

> These fragment I have shored against my ruins
> Why then Ile fit you. Hieronymo's mad againe.
> Datta. Dayadhvam. Damyata.
> Shantih shantih shantih (*CPP* 75)

이렇게 설명하는 모더니즘의 절망적인 입장은 "그러면 당신 말씀대로 합시다. 히에로니모는 다시 미쳤다."의 해석에서 문제적이 된다. 이 장면은 「I. 주검의 매장」의 시체에서 싹이 트는 공포와 연결되는데, 아들의 잔인한 살해라는 절망적 현실에 직면한 히에로니모가 미쳤다는 『스페인 비극』(*The*

Spanish Tragedy)의 연극적 주장에도 불구하고 엘리자베드 시대의 대낮 공연의 관중들이 산 자와 죽은 자의 구분에 혼동을 일으킬 리가 없다(Drain 35-7). 히에로니모는 새로운 눈[眼] 즉 변화된 인식을 갖고 돌아온다. '진주'가 된 눈을 갖고 '익사'에서 돌아온 플레바스처럼 히에로니모는 돌아온다. 문제는 히에로니모가 '다시' 미쳤다는 주장에 있다. '다시' 미쳤다는 설명은 엘리엇의 현실 인식이며 모더니즘의 답답한 세계관을 뛰어넘는 해석이다. 개인적 구원의 경험을 짐작하고 있는 플레바스나 히에로니모가 현실 세계 속에서 살아가는 방법은 무엇일까. '다시' 미친 모습을 갖는 수밖에 없지 않을까. 미친 자와 미치지 않은 자가 구별되지 않는 현실이다. 따라서 정상적인 의식을 중심으로 하는 추상적 해석 구조로는 설명이 불가능한 세계인 것이다. 이런 이중적 해석은 마지막 '샨티'에도 적용된다. "이해를 넘어서는 평화"(*CPP* 80)라는 엘리엇의 해석은 과연 절망의 표현인가 아니면 축복의 표현인가.5)

전기(前期) 비평의 특징인 독자라는 기능에 대한 강조와 너무 다른 저자의 권위에 대한 강조가 후기(後期) 비평에서 두드러진다. 운문과 산문의 기능을 뚜렷하게 구분하는 전기 비평과 쓰고 있는 종류의 시를 옹호하고 쓰기 원하는 종류의 시를 공식화하려는 '작업장 비평'인 후기 비평은 서로 모순되는 것처럼 보인다. 문학에서는 고전주의, 정치에서는 왕당파, 종교에서는 영국 국교회라는 1928년의 선언은 이런 극단적 입장 변화에 대한 변명이었을까. 1918년

---

5) 도시 이미지의 경우에도 "오, 도시여, 도시여, 내게 때때로 들린다./ 아랫녘 템즈강의 어느 선술집 옆에서/ 흐느끼는 만돌린의 유쾌한 음악과/ 그 안에서 대낮부터 빈들거리는 어부들의/ 껄껄대고 지껄이는 소리가. 그리고 그곳엔/ 마그너스 마터 교회의 벽이/ 이오니아식 백색과 금색의 신비한 아름다움을 지녔다."(*CPP* 69)라는 구절은 자체 완결된 모더니즘적 아름다움에도 불구하고 작품 속에서는 주변 묘사와의 대비를 통해서 절망을 가중시킨다. 하지만 "비실재의 도시, 겨울날 새벽 갈색 안개 속으로/ 군중이 런던교 위로 흘러간다, 저렇게 많이,/ 나는 죽음이 저렇게 많은 사람을 죽게 했다고는 생각지 못했다."(*CPP* 62)는 살아있는 군중을 이미 죽은 자로 보는 혼돈스러운 시각에도 불구하고 결국에는 매우 매력적이고 해방감이 느껴지는 포스트모더니즘적 '삶의 흔적'이 느껴진다.

에 쓰여진 몰개성 시론에 대해 표현이나 사상의 미숙함 때문에 모순적이었다고 고백하면서, "보편적 법칙"을 표현하는"보편적 상징"을 만드는 "독특한 개성적 경험"을 강조한다(*OPP* 299). 후기 비평의 중심 개념은 '청각적 상상력'인데, "생각과 감정의 의식 수준" 밑에 있는 다양한 '의미'를 '융합'한다고 정의된다(*UPUC* 118-9). 따라서 표면적 아름다움이 아니라 그 밑에 있는 권태, 공포 그리고 영광을 볼 수 있어야 한다. 야만인이 정글에서 두드리는 북소리 같은 보편적 음악성이 강조되고,[6] 종교적 절망의 표현이라는 점에서 형이상파 시인들과 대비되던 테니슨에 대한 엘리엇 자신의 초기 평가가 수정된다.

「텅 빈 사람들」은 전기시와 너무 다르다. 왜 이렇게 다른가. 예를 들어 "왕국은 주님의 것이오니"(*CPP* 85) 등 이 작품 이후 계속해서 노골적으로 드러나는 정통 기독교적 세계관은 전기시에서 보이던 "높은 수준의 불교적 가르침" 같은 "영지주의적" 영적 훈련(페이젤 220)의 포기를 의미한다. 또한 "관념과 그리고/ 실재 사이에/ 동작과 그리고/ 행위 사이에/ 그림자가 내린다"(*CPP* 85)는 구절은 관념/실재, 행위/동작 등 전기시의 의식/현실 대립 구조를 유지하지만, 구체적인 현실이 삭제된 추상적인 진술일 따름이다.

그러나 이는 아방가르드에 대한 반동이라기보다 인간 내면에 선험적으로 존재하는 절대적 근거인 인간의 신성(神性)을 발견하고 예술의 자율성을 추구하는 모더니즘(Pippin 2)의 적극적 수용으로 볼 수 있다. 옥파비오 파즈는 엘리엇과 파운드의 영미 모더니즘이 전통의 거부가 아니라 전통의 모색이며, 망명이 아니라 유럽으로의 귀환이라고 정의한다(Paz 123). 전통으로의 귀환을 모색하는 과정에서 『황무지』에서 달성된 '해체적 풍요'는 방해가 될 뿐이어서, 그 시세계를 그저 개인적인 기분 전환이었으며 전체적으로 인생에 대한

---

6) 정글의 북소리 같은 단순반복적 리듬만 음악적이라고 말할 수 없다. 『황무지』의 "Twit Twit Twit/ Jug jug jug jug jug/ So rudely forc'd/ Tereu"(*CPP* 67-8)의 강력한 리듬이 차라리 시의 보편적 음악성을 더 잘 드러내고 있다.

대수롭지 않은 투덜거림이었다고 엘리엇이 거부한다. 이런 태도는 "무의식적으로 제공되는 통찰력에 의해 수정되어야 하는 눈먼 비전이란 효과적인 역설"(de Man 106)의 적절한 예를 제공하고 있는 셈이다.[7] 그런데 『황무지』의 경우 '풍요로운' 해체적 해석이 있는 것처럼 '절망적인' 모더니즘적 해석도 있다. 테이레시아스가 눈이 멀었는 데도 볼 수 있다는 사실에서 모더니즘 논리를 쉽게 발견할 수 있다(McFarlane 91).[8] 텍스트의 내부에 남아서 로고스 중심주의의 허구적 성격을 드러내는 것이 해체의 기본 전략이라고 할 때, 해체적 글읽기는 기본 구조로 전통적인 서구 형이상학을 사용하지 않을 수 없다. 예를 들어 「V. 천둥이 말한 것」의 도입부에서 예수 그리스도의 수난 장면을 연상하지 않을 수 없으며, 엠마우스로 가는 길과 베드로의 닭 울음소리 등이 이어진다. 또한 정신적, 물질적으로 문제가 많았던 결혼 생활 등으로 안정과 질서가 개인적으로 절실하게 필요했는 지도 모른다(Ackroyd 148-80). 이때 엘리엇은 평생 처음 읽는 것처럼 상징주의를 다시 읽고, 종교적 전통에서와 마찬가지로 모든 언어의 운명은 상징이 되는 것이라는 사실을 발견하고 「텅 빈 사람들」을 쓴다(Bush 99-124).

「번트 노튼」의 '장미원' 경험은 사실상 더럽고 메마른 콘크리트 수영장

---

7) "Mr. J. Alfred Prufrock smoked/ And knew the evenings, mornings, afternoons,/ And Mr. Eliot was not quite sure how he felt about it,/ But he knew that it was post-modern."이라고 「사촌누이 낸시」("Cousin Nancy")의 제2연을 패러디해서 써보면, 모던한 사촌누이 낸시에 당황하고 있는 아줌마들과 마찬가지로 자신의 의지와 무관하게 존재하고 있는 「J. 알프레드 프루프록의 연가」와 『황무지』의 세계에 당황하고 있는 엘리엇의 모습이 그려진다. 또한 "공포 속에서 아름다움을, 심문 속에서 공포를 상실하게 되었다"(CPP 38)고 '정직하게' 그리고 '의도적으로' 기록하는 모더니즘적인 「게론천」을 『황무지』의 '서시'(序詩)로 사용하려던 엘리엇의 태도에서도 명백하게 드러난다. 「게론천」의 삽입을 반대했던 에즈라 파운드가 '한층 훌륭한 예술가'(il miglio fabbro)인지도 모른다.
8) 눈이 멀었는데도 본인이 문제 없이 세상을 파악할 수 있다는 것은 모더니즘의 입장이고, 눈이 멀었는 데도 무의식적으로 타인이 파악할 수 있게 성취한다는 것이 드만 등 해체비평의 입장이다.

의 묘사일 따름이다.

연못은 마르고, 콘크리트는 마르고, 변두리는 갈색
햇빛이 비치자 연못은 물로 가득 찼고,
연꽃이 가벼이 가벼이 솟아오르며,
수면은 광심(光心)에 부딪쳐 번쩍였다,
그리고 그것들은 우리의 등 뒤에서 연못에 비치고 있었다.
그러자 한 가닥 구름이 지나니 연못은 텅 비었다. (36-41)

Dry the pool, dry concrete, brown edged,
And the pool was filled with water out of sunlight,
And the lotos rose, quietly, quietly,
The surface glittered out of heart of light,
And they were behind us, reflected in the pool.
Then a cloud passed, and the pool was empty. (*CPP* 172)

햇빛이 비치자 환상의 물이 차오르고, 환상의 연꽃이 가볍게 떠오르며, 수면이 빛난다. '그들' 즉 다른 존재를 환상의 수영장에 비친 모습으로 인식한다. 그때 현실의 구름이 지나간다. 구름이 지나가면서 햇빛을 가리니까, 햇빛이 만든 환상의 물과 연꽃은 당연히 사라진다. 그러니까, 수영장은 햇빛이 지나가고 보니, 비어 '있다'가 아니다. 실상 그동안 수영장은 계속 텅 비어 '있었다.' "경험에서 나온 지식에는/ 기껏해야 제한된 가치밖에 없는 듯"(「이스트 코우커」:*CPP* 179)하기 때문에, 현실 세계는 간접적으로 취급된다(Spurr 60). 「J. 알프레드 프루프록의 연가」 및 『황무지』의 '해체'와 「바람부는 밤의 광상시」의 '용해'에 대비되는 다양한 의미의 '융합'이란 신비로운 경험을 후기시에서 하게 된다.

"로고스가 공통적인 것임에도 불구하고, 대부분의 사람들은 마치 자신의 지혜를 가진 것처럼 생활한다"(「번트 노튼」:*CPP* 171)는 말은 '삶의 흔적'을 인정하지 않는 전통적 로고스중심주의의 표현이다. 위대한 시인은 일관되게 의미있는 발전을 하는 개성이라는 엘리엇의 주장을 기억하면서, 이제 전기시와 후기시의 세계가 어떻게 변화했는지 질문하게 된다. 발전이나 진보는 모더니즘의 대표적인 개념인 바, 과연 엘리엇의 시세계는 발전한 것일까. 예를 들어, 꽃의 이미지를 생각해보자. 「여인의 초상」에서 손가락에 비틀리는 '라일락'은 은유이며, 『네 사중주』에서 '장미'는 상징이고, 『황무지』에서 소녀 '히야신스'는 은유 또는 상징이다. 따라서 꽃이라는 대표적인 이미지가 은유에서 상징으로 변화했다고 생각할 수 있는데, 이것은 발전인가. 또한 「여인의 초상」의 중심 질문은 '히야신스' 향기 뒤에 나오는 "이런 생각이 옳은지 그른지?"(*CPP* 20)로서 옳고 그른 것을 판단할 수 없다는 딜렘마의 표현이다. "올바른 시간과 올바른 장소가 이곳엔 없다/ 그 얼굴을 피하는 자들에겐 은총의 땅이 없고/ 소음 속을 거닐며 그 목소리를 거부하는 자들에게 기쁨의 시간이 없다"(*CPP* 96)라는 「성회 수요일」의 구절은 '이곳' 현실을 부정하는 시간과 장소가 옳다고 단호하게 판단을 하고 있는데, 이것은 발전인가?[9]

> 보이지 않는 야생 백리향, 또는 겨울 번개,
> 또는 폭포, 또는 너무나 심원한 음악이어서
> 전연 들리지 않지만, 그 음악이 계속하는 동안
> 듣는 이 자신이 음악인 그런 순간들. 이런 순간들은
> 다만 암시와 추측에 지나지 않는다.

---

[9] 초기시의 경우, 예를 들면 「창가의 아침」의 "갈색 안개의 물결이 거리 밑바닥으로부터/ 뒤틀린 얼굴들을 내게 튕겨 올리고,"(*CPP* 27)에서처럼 가볍게 떠오르는 이미지가 많으며, 후기시의 경우, 예를 들면 「번트 노튼」의 "발자국 소리는 기억 속에서 반향하여/ 우리가 걸어 보지 못한 통로로 내려가/ 우리가 한 번도 열지 않은 문을 향하여/ 장미원 속으로 사라진다."(*CPP* 171)에서처럼 무겁게 가라앉는 이미지가 많다.

추측이 따르는 암시. 나머지 일은
기도와 의식과 훈련과 사색과 행동이다.
반쯤 추측된 암시, 반쯤 이해된 천혜(天惠)는 그리스도의 화신이다.
여기에 제 존재권의
불가능의 결합이 구현되고, (V, 26-34)

The wild thyme unseen, or the winter lightning
Or the waterfall, or music heard so deeply
That it is not heard at all, but you are the music
While the music lasts. These are only hints and guesses,
Hints followed by guesses; and the rest
Is prayer, observance, discipline, thought and action.
The hint half guessed, the gift half understood, is Incarnation.
Here the impossible union
Of spheres of existence in actual, (*CPP* 190)

위에서 인용한 「드라이 설베이지스」에서 야생 백리향, 겨울 번개, 폭포, 음악 등 현실 세계의 경험은 바로 『황무지』의 '한 무더기의 부서진 이미지'다. 이런 이미지들로 우리는 암시와 추측을 할 수 있을 따름이며, 그 작업 중 하나가 해체적 글읽기라고 말할 수 있다. 그런데 여기에서는 기독교적 세계관에 '융합'하는 해결책이 제시된다. 반쯤 추측된 암시, 반쯤 이해된 선물은 '성육신'이며, 이는 실제로는 불가능한 여러 존재권의 결합이기 때문이다. 결국 '만져볼 수 없는 완전성'이란 추상적 해석 구조에 귀의하는 모더니즘의 방법이 후기시에서 제시된 발전 방향이다. 이것을 '발전'이라고 말할 수 있을지 여부는 기준에 따라 다르겠지만,[10] 엘리엇의 시세계는 텍스트의 풍요로운

---

10) 예를 들어 17세기는 질서가 무질서보다 더 좋다는 의미에서만 16세기보다 향상되었다고 말할 수 있으며, 따라서 "변화가 실제적일지라도, 진보는 환상"(Gish 26)이라고 설명될 수 있다.

해석을 가능하게 했던 초기시의 포스트모더니즘적 입장에서 작품 의미의 단일
성으로 귀착되는 모더니즘의 압력을 느끼는 후기시의 입장으로 변화했다고
정리할 수 있다. 서구 문화의 역사가 모더니즘에서 포스트모더니즘으로 변해
온 것을 생각해볼 때, 엘리엇의 시세계는 서구 문화의 발전 방향과 반대로
변화했다고 말할 수 있다.

　　그런데 이런 변화의 결과는 무엇인가. 극단적으로 부정적이다. "Never and
always," "no before and after"등 「리틀 기딩」에 빈번하게 등장하는 모순어
법이 시사하는 바와 같이, 예술적 자살이다. 죽음에서 완성되는 상징이 우리의
유산일 때, 살아서 우리는 무엇을 할 수 있을 것인가. 기다림, 그저 기다림이
있을 뿐이다. 후기시 이후 엘리엇은 시극에 몰두한다. 『대성당의 살인』
(*Murder in the Cathedral*)과 『가족의 재회』(*The Family Reunion*)에서는 차이
가 폭력으로 제거되고(Beehler 39), 『칵테일 파티』(*The Cocktail Party*), 『비
서』(*The Confidential Clerk*)와 『원로정치가』(*The Elder Stateman*)의 경우 차
이가 '융합'으로 제거된다. 모더니즘 용어인 '차이'를 "즐거운 니체적 긍
정"(Derrida: *Writing* 292)의 적극적인 해석에 도착하며 로고스중심주의를 해
체하기 위해 데리다가 공간적 차이와 시간적 지연의 개념을 합쳐서 만든 해체
적 용어인 '차연'과 대비해보면, 엘리엇의 시극 또한 후기시의 모더니즘적
세계관에서 벗어나 있지 않다는 사실을 알 수 있다.

　　지금까지 이 논문에서 포스트모더니즘의 철학인 해체론에 기반을 둔 텍스
트의 해체적 글읽기를 통해서 T. S. 엘리엇의 시세계가 그의 비평적 입장과
더불어 『황무지』에서 절정을 이루는 전기시의 포스트모더니즘 세계에서
「텅 빈 사람들」로부터 시작되는 후기시의 모더니즘 세계로 변화했다고 해
석했다. 일관되게 발전하는 위대한 시인이라는 극단적인 찬양이나 불변의 형
이상학적 진리를 추구하는 보수/반동이라는 극단적인 비난은 둘 다 T. S. 엘리
엇의 시세계를 이해하고 감상하는 데 방해가 될 뿐이다.

부록 2 아버지가 없는 시대의 아버지[1]

내게 주어진 질문의 핵심은 다음과 같다고 생각한다. 1970년대초부터 시작된 T. S. 엘리엇 자세히 읽기를 30년이 지난 지금까지 왜 아직도 끝내지 못하고 있는가. 그리고 또 하나의 질문이 있다면 엘리엇의 연구가 나의 시작(詩作)에 어떠한 영향을 끼쳤는가일 것이다. 금번의 기회는 오랫동안 관습적으로 연구해오던 엘리엇과 나의 관계를 다시 한 번 냉정하게 질문해보는 기회가 되었으며, 궁리해낸 몇 가지의 대답이 다른 사람들의 공감도 얼마간 얻게 되기를 바랄 뿐이다.

나에게도 다소 충격적인 대답이지만, 개발 독재의 상황 속에서 당황하고 있던 대학 초년생에게 T. S. 엘리엇이 '아버지가 없는 시대의 아버지'였다는 것이다. 아버지가 없다는 주장에 대한 설명이 이처럼 짧은 글에서 충분하게 제시될 수 있을는지 의심스럽지만, 단도직업적으로 아버지의 죽음에 관한 본

---

[1] 한국 T. S. 엘리엇 학회의 창립 10주년을 기념하는 『T. S. 엘리엇을 기리며』(서울: 웅동, 2001년)에 게재되었다.

인의 시 한편, 「울지 않았다」를 인용한다.

울지 않았다

울지 않았다 울 수 없었다 동생이 울었다 아버지가 죽었다 그런데 안 울었다고 동생이 울었다 울지 않았다 나는 울 수 없었다 나는 자기연민을 싫어한다 나는 자신이 불쌍하지 않다 동생이 말했다 아버지가 죽었는데 잤다 아버지가 죽었는데 울지 않았다고 말하면서 동생이 울었다 나는 울지 않았다 나는 울 수 없었다 나는 자신이 불쌍하지 않았다 동생은 자신이 불쌍하다고 아버지가 죽었는데도 울지 않는 자신이 불쌍하다고 울었다 나는 불쌍하지 않았다 동생이 불쌍하지 않았기 때문에 동생과 같이 울지 않았고 아버지가 불쌍하지 않았기 때문에 죽은 아버지와 함께 울지 않았다 나는 아무도 불쌍하지 않았다 아버지가 죽었다는 것이 불행인지 행복인지 알 수 없었기 때문에 나는 울지 않았다 나는 울 수 없었다 나는 결국 모를 것이다 우는 것이 불행인지 울지 않는 것이 불행인지 우는 것이 행복인지 울지 않는 것이 행복인지 나는 결국 모를 것이다 동생이 울었다 동생이 행복한지 불행한지 물어보지 않았다 그는 모를 것이다 내가 모르는 것처럼 그는 모를 것이다 헤어지면서 그가 웃었다 우는 눈물 사이로 웃었다 그가 불행한지 그가 행복한지 알 수 없었다 아버지가 죽은 것이 행복한지 불행한지 알 수 없었던 것처럼

아버지가 죽었다는 사실 앞에서 '동생'은 울고, '나'는 울지 않는다. '동생'이 아버지의 죽음을 정말로 슬퍼하고 있는 것인지, 아니면 죽기 전에 이미 아버지라는 존재가 자신에게 아무런 의미가 없었다는 사실을 깨닫는 자기연민의 울음은 아닌지 질문하고 싶었다.

최근 조셉 콘라드의 『서구인의 눈으로』(*Under Western Eyes*)를 틈틈이 읽고 있다. 한국의 1970-80년대의 상황을 반추하게 하는 작품이다. 피할 수 없는 폭력적 혁명의 선택 앞에서 라주모프(Razumov)는 자신의 삶의 가능성이 말살되는 것을 비겁하지만 온몸으로 반대하고 혁명의 영웅, 암살자 할딘

(Haldin)을 밀고한다. 조국근대화의 개발 독재 앞에서 '독재'는 반대하지만 '개발'은 반대할 수 없었던 우리 시대가 갖고 있던 딜렘마의 러시아판이다. 2학년 때부터인가 『골든 트레쥬리』(*The Golden Treasury*)라고 약칭해서 불렀던 서적 빈약한 시대의 영시선을 피천득 선생님과 같이 읽기 시작했는데, 1990년경에 썼던 다음의 시는 내가 왜 월간 『에세이』에 개제된 피천득 선생님의 아흔 살 근황 사진과 백양사 방장 서옹 스님의 사진을 앨범에 고이 간직하고 있는지 설명해준다.

피천득 선생님
—인간. 3

오래 전에 뵈온 생각이 난다. 아직 생존해 계신 것을 신문 지면으로 안다
영국신사의 중절모, 코트와 단장을 하고 다니셨는데, 아는 이는 미소짓는다
그런 치장만 아니라면 짝달막한 키에 평범한 노친네련만
온통 틀니를 하셔서 눈감고 감상하시는 영시가 잘 들리지 않았다
아니, 그 미소는 우스꽝스러운 모습 때문이 아니라, 琴兒 그 동심에
선생님 앞에서는 우리 누구도 아이가 아니면 인간도 아니다
그저 절박하고 궁핍하기만 한 것 같은 대학생활이라고 생각하고 있었는데
「사랑하는 사람과 낙엽 떨어진 길을 걸으며 아이스크림 사 먹을 수 있으면
되는 것이 아닌 가,」 예이츠와 엘리엇 사이에 또 하나의 해설이 있었다
1974년 대형 강의실에서 있었던 은퇴 강연의 제목은
「영문학의 전망」이나 「한국 영문학 연구의 위치」가 아니라
그냥 지난 시간과 비슷한 프루스트의 「자작나무」 강독이었다
「선생님, 우린 악마 같은 녀석들이지요,」 물끄러미 보신다
「자네들같이 깨끗한 사람이 못 간다면 천국에는 도대체 누가 가겠는가」
돌아서면 우리는 또 다른 강경 대치의 무의미 속으로 가야 하는데, 아니
가야 한다고, 못 가면 부끄러워 하였는데, 선생님은 저기 천국에 서 계셨다

피천득 선생님을 다시 생각하는 이유는 그가 '아버지상'(Father figure)이었음을 최근에 확인하였다는 사실을 보고하고자 하는 것뿐만 아니라, 이러한 인식의 확인 때문에 T. S. 엘리엇이 '아버지가 없는 시대의 아버지'였다는 사실을 거리낌없이 인정할 수 있게된 저간의 사정 때문이다. 나는 영어로 공부하고 한국어로 시를 쓴다.

그 당시, 물고기가 아무 생각없이 덥석 문 낚시 바늘처럼 머릿 속에서 끊임없이 맴돌던 T. S. 엘리엇의 시 구절이 있었다. 인용하기도 쑥스러울 정도로 자주 인용되는 「J. 알프레드 프루프록의 연가」의 첫번째 세 줄이었다. 그리고 다른 사람들의 경우에도 사정은 비슷하겠지만 찾아서 읽어낸 『황무지』에 피할 수 없이 제대로 걸려들었다. 금번의 글쓰는 기회가 없었다면, 왜 그랬었는지 반성하지 않았을런지도 모른다. 다들 걸려드니까, 다들 좋아하니까, 이렇게 무비판적으로 평생 T. S. 엘리엇을 읽고 또 읽었을지도 모른다. 이번 기회에 윌리엄 터너 레비(William Turner Levy)와 빅터 셜(Victor Scherle)의 『사랑하는, T. S. 엘리엇으로부터: 1947년부터 1965년간의 우정의 이야기』(*Affectionately, T. S. Eliot: The Story of a Friendship: 1947-1965*)를 다시 읽으며 논리적 설명의 가능성을 일부 읽어냈다. 25세의 레비와 59세의 엘리엇 사이에서 시작된 19년간의 우정의 기록이다. 1962년경, 책의 거의 끝부분에서, 그러니까 엘리엇의 삶의 거의 끝부분에, 엘리엇의 충고로 목사가 된 레비가 바로 전에 윌리엄 포크너(William Faulkner)가 연설했던 미국 육군사관학교의 생도들에게 엘리엇에 관해 연설하게된다. 사관생도들의 반응이 아주 적극적이었다고 한다. 나와 비슷한 나이의 학생들, 나의 '아버지상'이 된 피천득 선생님을 통해서 나의 영문학의 '아버지'가 된 엘리엇을 처음으로 만나던 대학생활 시절 나이의 학생들이 어떤 내용에 적극적으로 반응했는가.

그런 다음 한 시간 동안에 선생님 작품의 핵심을 이 생도들에게 말해주는 것을 나의 책임으로 받아들였다고 톰 엘리엇에게 말했다. 선생님이 우리에게 말하고 있는 것은 무엇인가? "나는 선생님이 사람의 가면을 벗기는 것, 다른 사람들뿐아니라 자신으로부터도 자신을 보호하려고 각자 다소간 성공적으로 구축하고 있는 허위의 겉치레를 찢어버리는 것에 관심을 갖고 있다는 것을 보여주었어요. 우리가 진실에 직면하려는 용기를 갖게 될 때까지 우리가 살고 있는 것이 아니라는 것을 설명했지요. 만약 삶에 그대 자신의 조건을 강요할 힘을 그대가 갖고 있지 못하다면, 그러면 삶이 그대에게 자신의 조건을 강요 하게 될 것이라고 선생님의 시 구절을 인용했지요. 내가 학생들에게 말하기를, 선생님이 두 가지를 말하고 있는데, 첫째, 서로 절연되어 있는 사이에서 그리 하여 자발적으로 상처받기 쉬운 상태가 되려고 하지 않는 사람들 사이에서 사랑이 자라날 수 없다는 것, 그리고 둘째, 하느님은 '진실된' 사람에게만 말을 걸 수 있지 가면을 쓴, 허위의 겉치레를 한 자아와는 무관하다는 것이지 요."

엘리엇은 "글세, 윌리엄, 내가 자신을 대변하는 것보다 자네가 나를 확실히 더 잘 대변했네그려"라고 인정한다. 내가, 아니 청춘기에 엘리엇에 걸려든 다른 많은 사람들이 엘리엇의 시적 기교에 반했던 것이 아니라는 주장이 긴 인용의 요점이다. "그러면 우리 갑시다, 그대와 나,/ 지금 저녁은 마치 수술대 위에 에테르로 마취된 환자처럼/ 하늘을 배경으로 펼쳐져 있습니다."(이창배 역)에 걸려들었을 때, 현대 영시의 시적 기교에 매료된 것은 아니었다. 그건 나중에, 한참 뒤의 이야기일 뿐이다. 모호하기 이를 때 없는 현대 사회에 첫발 을 내딛는 젊은이가 삶의 방향을 더듬거리며 찾을 때, 어렵게만 보이는 시 구절들의 배후에서 어쨌든 진실하게 살려고 노력하라는 엘리엇의 진심어린 충고가 그 젊은이의 마음에 전달되었기 때문이었던 것이다. 그래서 우리는 엘리엇을, 엘리엇의 시를 사랑한다. 그래서 수만명의 관중이 엘리엇의 문학비 평 공개 강의를 듣기 위해 몰려들었던 것이리라.

반유태주의 비판은 엘리엇이 우리 시대의 '아버지'임을 확인하는 역설적인 사태라고 생각한다. 앤소니 줄리어스(Anthony Julius)의 다음과 같은 논거는 아버지에게 떼를 부리는, 아버지가 왜 완벽하지 못한 것인지 투정을 하면서 실망하는 아들의 모습을 드러낸다.

우리는 우리의 위대한 작가들을 감상적으로 대하는 경향이 있으며 종종 그들에게 합당한 수준 이상으로 생각합니다. 우리의 시인들과 소설가들이 도덕적이기를 기대하면서, 그들의 상상력의 비도덕성에 눈감을 수는 없는 것이지요.

위대한 엘리엇 '아버지'여, 어째서 몇 군데의 반유태주의적 구절에 대해 '아들'의 마음에 들게 반성하지 못하시는가. 그러나, 후속세대인 똑똑한 '아들'의 눈에 비친 나름대로 똑똑했던 '아버지'의 무능에는 변명의 여지가 없다. 최근에 출간된 『하이데거와 나치즘』은 나치에 참여하였던 위대한 현대의 철학자 하이데거에 대한 의미있는 변명을 제공해준다. 나치즘에 동의하였을 뿐만 아니라, 나치즘에 적극적으로 참여하였던 하이데거가 "적어도 유태인의 박멸을 주장하는 극렬한 반유태주의자는 아니었으며 제국주의적 정복이나 전체주의적인 지배에 찬동하지도 않았다는데 의견의 일치를 보는 것 같다"는 박찬국 교수의 분석과 비교해볼 때, 줄리어스의 태도가 얼마나 '감상적'인지 알 수 있다. 엘리엇의 반유태주의 논란에 대한 객관적인 분석은 다른 한 편의 논문을 요구한다. 엘리엇의 영향을 받은 한국의 시인으로서, 이 문제에 대한 대답을 다음의 시 한 편으로 대신한다.

나는 정말 아주 다르다

나는 다르다. 나는 아주 다르다. 나는 정말 아주 다르다. 나를 만난, 나를 만나는, 나를 만났던 사람들에게 미안하다. 나는 정말 아주 다르기 때문이다. 어떻게 다른지 모르지만, 너무 다르기 때문이다. 처음에는 그저 이상하다고 저어한다. 그러다가 그저 무시한다. 세상에는 다른 사람이 있을 수 있기 때문이고, 다른 사람이 다르게 살아가는 것에 사사건건 간섭할 수 없기 때문이다. 그러다가 자주 부딪치면, 자주 만나면, 반발한다. 내가 강요하는 건 없지만, 같이 있다는 것은 서로에게 영향을 주는 것이기 때문이다. 가만히 있어도 내가 옆에 있는 한 나를 생각하지 않을 수 없기 때문이고, 나를 생각하면서 내게서 영향을 받지 않을 수 없기 때문이다. 나는 정말 아주 다르기 때문이다. 반발하다가, 결국, 경악한다. 정말로 다르다고 느끼는 순간이 오기 때문이다. 내가 정말로 다르다는 것, 정말 아주 다르다는 것을 느끼는 다른 사람의 경악을 나는 안다. 그러다가 수용한다, 받아들인다, 그래, 그렇게 살아라, 너는 너니까, 그렇게 살아라. 체념하면서 수용하는 다른 사람의 눈빛을 읽는다. 저어하다-무시하다-반발하다-경악하다-수용하다. 이교수가 어제 경악했다. 최근 너도 나와 같을 뿐이다, 시를 쓰지만 너도 나처럼 밥 먹고 똥 싼다고 반발했었는데, 어제 드디어, 나를 조금, 보았다. 경악하던, 어제의, 이교수의 눈빛이 생각난다. 요즈음, 김교수는 반발한다. 안녕하세요, 인사해도, 화가 나는 표정이다. 도대체 너는 왜 존재해서 나를 어지럽게 하는가, 너의 존재를 왜 무시할 수 없는가, 나에게 화가 나고 자신에게 화가 난다는 표정으로 산다. 그가 나를, 화가 나서 참을 수 없는 표정으로 쳐다보는, 요즈음이다.

십 년전인가, 황혼이 물드는 저녁, 가족과 함께, 시드니 항구를 감싸는, 아름다운, 센테니얼 파크의 산책로를 걷고 있을 때, 잔디에 듬성듬성 앉아 있던 무리 중에서, 누군가, 갑자기, 내 시야에 들어왔다. 한 명의 아보리진. 오스트레일리아의 원주민. 신석기 시대부터 변하지 않은 모습, 크로마뇽인 같은 얼굴이, 내 얼굴을 막아섰다. 우리는 모두 친구다. 그가 갑자기 외쳤다. 그가 갑자기 손을 내밀었다. 우리는 모두 친구다. 나는 화가 났다. 이상하게 생긴 너 크로마뇽인이여, 역사 속으로 돌아가라, 나는 너의 존재를 무시하겠다, 나는 너의 우정어린 손길을 잡지 않겠다. 너무 놀랬다. 평온한 산책을 이렇게 방해할 권리가 없다. 속으로, 나도 소리쳤다. 나는 손을 잡지 않았다. 아주 짧은 시간, 일이 초의 순간이 지나갔다. 실망한 표정이 얼핏 스쳤다. 나는 그냥, 표정을 지나쳤다.

벌써 십 년인가. 조용한 시간, 사색의 시간이 되면, 한 명의 아보리진을 만났다. 아니, 악수를 하지 않은, 나를 만났다. 왜 나는 악수를 하지 않았을까.

왜 나는 손을 내밀지 않았을까. 손을 내밀어 악수를 하지 않는 나를 만났다. 질문했다. 악수는 키스보다, 포옹보다 쉬운 사업이다. 왜 키스하지 않았을까, 왜 포옹하지 않았을까, 왜 악수하지 않았을까, 질문했다. 이제, 질문에 대한 대답이 시작되고 있다. <나는 정말 아주 다르다>를 쓰면서, 나는 대답하기 시작한다. 나를 보고 화를 내는 단계에 있는 김교수, 나를 보고 경악하는 단계에 있는 이교수를 본다. 김교수나 이교수는 나다. 아보리진에게 손을 내밀지 않은 나다. 나는 조용히 받아들인다. 허공에 손을 내민다. 십 년전, 한 명의 아보리진이 내민, 손을 받아들인다. 허공에서 두 손이 이제, 아름답게, 만난다. 나는 안다, 나는 정말 아주 다르다는 것을. 그리고, 나는 안다, 한 명의 아보리진이 정말, 아주 다르다는 것을.

다른 삶의 존재를 받아들이는 것이 얼마나 어려운 일인지 우리는 안다. 호주의 아보리진(aborigine)은 크로마뇽인을 많이 닮은 흑인이다. 외국생활을 해보신 분들이 다 느끼는 일이지만, 타민족은 알게 모르게 차별의 상처를 입는다. 백인 중심의 호주 사회에서 나에게도 작은 마음의 상처들이 있었을 것인데, 서로 같이 잘 지내보자는 구호 밑에 서 있던 아보리진의 느닷없는 악수의 제의를 무심코 피해버렸다. 가족들과 시드니 오페라 하우스 옆에 있는 센테니얼 파크(Centennial Park)를 산책하다가 있었던 일이다. 순간적으로 지나쳤지만, 나 스스로에게 오랫동안 질문하지 않을 수 없었다. 한국에 돌아와서 살면서 우여곡절의 인간 관계를 겪으면서 서로 '정말 아주 다르다'는 사실을 받아들여야 한다는 평범한 진리를 깨달았다. 엘리엇의 반유태주의에 대한 보다 객관적인 해석은 박찬국 교수의 하이데거의 나치즘 분석과 궤를 같이 하면서도, 훨씬 섬세한 노력이 요구되는 작업일 것이다. '아버지'의 문제점을 악착같이 파헤쳐서 '아들'의 자리를 마련하는 것이 소위 세대 교체일 것이다. 이런 점에서도 내게는 T. S. 엘리엇이 '아버지가 없는 시대의 아버지'라고 여겨진다.

인 용 문 헌

1. Primary Sources

- Eliot, T. S. *After Strange Gods.* New York: Harcourt, Brace and Company, 1934.

- ---. *A Sermon Preached in Magdalene College Chapel.* Cambridge: Cambridge UP, 1948.

- ---. *The Complete Poems and Plays of T. S. Eliot.* London and Boston: Faber and Faber, 1969.

- ---. *To Criticize the Critic and Other Writings.* Lincoln and London: U of Nebraska P, 1965.

- ---. *Eeldrop and Appleplex.* Tunbridge Wells, Kent: The Foundling Press, 1992.

- ---. *Essays Ancient and Modern.* New York: Haskell House Publishers Ltd., 1974.

- ---. "Introduction." *The Wheel of Fire.* G. Wilson Knight. London:

Methuen, 1983.

- ---. *Inventions of the March Hare: Poems 1909-1917.* Ed. Christopher Ricks. London: Faber and Faber, 1996.

- ---. *Knowledge and Experience in the Philosophy of F. H. Bradley.* New York: Columbia UP, 1989.

- ---. *The Letters of T. S. Eliot.* Ed. Valerie Eliot. San Diego: Harcourt Brace Jovanovich, 1988.

- ---. *On Poetry and Poets.* New York: The Noonday Press, 1961.

- ---. *The Sacred Wood.* London: Faber and Faber, 1997.

- ---. "Scylla and Charybdis." *Agenda*(London, England) 23-1/2 (1985): 5-21.

- ---. *Selected Essays.* London and Boston: Faber and Faber, 1951.

- ---. *Selected Prose of T. S. Eliot.* Ed. Frank Kermode. San Diego: Harcourt, Brace and Company, 1975.

- ---. *The Use of Poetry and the Use of Criticism.* London: Faber and Faber, 1964.

- ---. *The Varieties of Metaphysical Poetry.* Ed. Ronald Schuchard. San Diego: Harcourt Brace & Company, 1993.

- ---. *The Waste Land: A Facsimile and Transcript of the Original Drafts Including the Annotations of Ezra Pound.* Ed. Valerie Eliot. London and Boston: Faber and Faber, 1971.

2. Secondary Sources

- 김진석. 『니체에서 세르까지―초월에서 포월로 둘째권』. 서울:

솔, 1994.

- 김욱동. 『모더니즘과 포스트모더니즘』. 서울: 현암사, 1992.

- 박경일. 『니르바나의 시학: "회전하는 세계의 정지점" 탐구』. 서울: 동인, 2000.

- ---."T. S. 엘리엇과 불교" 『T. S. 엘리엇 연구』. 서울: 한신문화사, 1993. 37-94.

- 엘리어트, T. S. 『문예비평론』. 최종수 역. 서울: 박영사, 1974.

- ---. 『T. S. 엘리엇 전집』. 이창배 역. 서울: 민음사, 1988.

- ---. 『엘리어트 문학론』. 최창호 역. 서울: 서문당, 1972.

- 이만식. 「쟈크 데리다의 문학이론」. 『경원전문대학 논문집』 22 (2000): 309-26.

- 이오덕. 『우리글 바로쓰기 2』. 서울: 한길사, 1992.

- 이윤섭. 『지식으로서의 문학:뉴크리티시즘의 연원』. 서울: 만남, 2000.

- 이정호 『T. S. 엘리엇 새로 읽기』. 서울: 서울대학교 출판부, 2001.

- 클로츠, 하인리히. "모더니즘과 포스트모더니즘." 『포스트모더니즘 의 철학적 이해』. 이진우 편. 서울: 서광사, 1993. 203-17.

- 페이젤, 일레인. 『성서 밖의 예수』. 방건웅, 박희순 역. 서울: 정신 세계사, 1989.

- Ackroyd, Peter. *T. S. Eliot: A Life*. London: Hamish Hamilton, 1984.

- Aiken, Conrad. "An Anatomy of Melancholy." *Critical Essays on T. S. Eliot's Waste Land*. Ed. Lois A. Cuddy & David H. Hirsch. Boston, Massachusetts: G. K. Hall & Co., 1991. 32-6.

- Alderman, Nigel. "'Where Are the Eagles and the Trumpets?': The Strange Case of Eliot's Missing Quatrains." *Twentieth Century Literature*

39-2 (Summer 93): 129-51.(http://search.global.epnet.com)

• Allan, Mowbray. *T. S. Eliot's Impersonal Theory of Poetry*. Lewisburg: Bucknell UP, 1974.

• Asbee, Sue. *T. S. Eliot*. Hove, East Sussex: Wayland, 1990.

• Attridge, Derek. "Derrida and the Questioning of Literature." *Acts of Literature*. Jacques Derrida. Ed. Derek Attridge. New York: Routledge, 1992. 1-29.

• Austin, Frances O. "ING Forms in *Four Quartets*." *English Studies* 63-1 (1982): 23-31.

• Bagghee, Shyamal. "'Prufrock': An Absurdist view of the Poem." *English Studies in Canada* 6-4(1980): 430-43.

• Barber, C. L. "The Power of Development ... In a Different World." *The Achievement of T.S. Eliot*. F. O. Matthiessen. London: Oxford UP, 1976. 198-243.

• Barthes, Roland. *Image Music Text*. Tr. Stephen Heath. London: Fontana Press, 1987.

• Beehler, Michael. "Semiotics/Psychoanalysis/Christianity: Eliot's Logic of Alterity." *T. S. Eliot*. Ed. Harriet Davidson. London & New York: Longman, 1999. 75-89.

• ---. *T. S. Eliot, Wallace Stevens, and the Discourses of Difference*. Baton Rouge and London: Louisiana State UP, 1987.

• Bergonzi, Bernard. *T. S. Eliot*. New York: The Macmillan Company, 1972.

• Berman, Marshall. *All That Is Solid Melts into Air: The Experience of Modernity*. New York: Penguin Books, 1982. 윤호병.이만식 옮김.

『현대성의 경험: 견고한 모든 것은 대기 속에 녹아버린다』. 서울: 현대미학사, 1994.

- Bhattacharya, Pradip. *T. S. Eliot: The Sacred Wood: A Dissertation*. Calcutta: Alpha Publishing Concern, 1970.

- Bolgan, Anne C. "The Philosophy of F. H. Bradley and the Mind and Art of T. S. Eliot: An Introduction." *English Literature and British Philosophy*. Ed. S. P. Rosenbaum. Chicago and London: The U of Chicago P, 1971. 251-77.

- Bornstein, George. *Transformations of Romanticism in Yeats, Eliot, and Stevens*. Chicago and London: The U of Chicago P, 1976.

- Bradbrook, M. C. "Eliot's Critical Method."*T. S. Eliot: A Study of His Writings by Several Hands*. Ed. B. Rajan. New York: Funk & Wagnalls, 1948. 119-28.

- ---. *T. S. Eliot*. London: Longman, Green & Co., 1950.

- Brooker, Jewel Spears. "F. H. Bradley's Doctrine of Experience in T. S. Eliot's *The Waste Land* and *Four Quartets*." *Modern Philology* 77-2 (1979): 146-57.

- ---. *Mastery and Escape: T. S. Eliot and the Dialectic of Modernism*. Amherst: U of Massachusetts P, 1994.

- Brooker, Jewel Spears and Joseph Bentley. "The Defeat of Symbolism in 'Death by Water.'" *Critical Essays on T. S. Eliot's Waste Land*. Ed. Lois A. Cuddy & David H. Hirsch. Boston, Massachusetts: G. K. Hall & Co., 1991. 239-47.

- Brooks, Cleanth. *The Hidden God: Studies in Hemingway, Faulkner, Yeats, Eliot and Warren*. New Haven and London: Yale UP, 1963.

- ---. "T. S. Eliot: Thinker and Artist." *T. S. Eliot: The Man and His Work*. Ed. Allen Tate. New York: Delacorte Press, 1966. 316-32.

- ---. *The Well Wrought Urn: Studies in the Structure of Poetry*. San Diego: Harcourt Brace & Co., 1970.

- Brown, Frank Burch. "The Progress of the Intellectual Soul: Eliot, Pascal, and *Four Quartets*." *Journal of Modern Literature* 10-1 (1983): 26-39.

- Buck, Heather. "T. S. Eliot's *Four Quartets*." *Agenda* 31-4/32-1 (1994/1995): 257-83.

- Bush, Glen. "The Mysterious Holy Lady in T. S. Eliot's *Ash-Wednesday*." *The American Critical Miscellany* 1-2 (1988): 198-215.

- Bush, Ronald "A Response to Arrowsmith's Eliot." *Literary Imagination* 2-2 (2000): 171-81.

- ---. "Modern/Postmodern: Eliot, Perse, Mallarme, and the Future of the Barbarians." *Modernism Reconsidered*. Ed. Robert Kiely. Cambridge: Harvard UP, 1983. 191-214.

- ---.*T. S. Eliot*. New York: Oxford UP, 1984.

- Calder, Angus. *T. S. Eliot*. Atlantic Highlands, N. J.: Humanities Press International, 1987.

- Christ, Carol. "Gender, Voice, and Figuration in Eliot's Early Poetry." *T. S. Eliot: The Modernist in History*. Ed. Ronald Bush. Cambridge: Cambridge UP, 1991. 23-37.

- Culler, Jonathan. *On Deconstruction: Theory and Criticism after Structuralism*. London: Routledge, 1982. 이만식 역. 『해체비평』. 서울: 현대미학사, 1998.

- Daiches, David. *Poetry and the Modern World: A Study of Poetry in England between 1900 and 1939*. Chicago: The U of Chicago P, 1940.

- Davidson, Harriet. "Eliot, Narrative, and the Time of the World." *New English Review and Bread Loaf Quarterly* 8-1 (1985): 98-107.

- ---. "The Logic of Desire: The Lacanian Subject of *The Waste Land*." *The Waste Land*. Ed. Tony Davies & Nigel Wood. Buckingham: Open UP, 1944.55-82.

- ---. *T. S. Eliot and Hermeneutics*. Baton Rouge and London: Louisiana State UP, 1985.

- Davie, Donald. "Eliot in One Poet's Life." *Ulysses and The Waste Land Fifty Years After*. Ed. R. G. Collins and Kenneth McRobbie. Winnipeg, 19, Canada: U of Manitoba P, 1972. 229-41.

- ---. "T. S. Eliot: The End of an Era." *T. S. Eliot*. Ed. Hugh Kenner. Englewood Cliffs, N. J.: Prentice-Hall, Inc., 1962. 192-205.

- Dayal, Samir. "The Efficient Fiction: A Reading of *Ash-Wednesday*." *Colby Quarterly* 34 (1998): 55-73.

- de Man, Paul. *Allegories of Reading*. New Haven and London: Yale UP, 1979.

- ---. *Blindness and Insight: Essays in the Rhetoric of Contemporary Criticism*. London: Routledge, 1983.

- Derrida, Jacques. *Acts of Literature*. Ed. Derek Attridge. New York: Routledge, 1992.

- ---. *The Gift of Death*. Tr. David Wills. Chicago: The U of Chicago P, 1995.

- ---. "How to Avoid Speaking: Denials." Tr. Ken Frieden. *Derrida and Negative Theology*. Ed. Harold Coward and Toby Foshay. Albany: State U of New York P, 1992. 73-142.

- ---.*Margins of Philosophy*. Tr. Alan Bass. Chicago: The U of Chicago P, 1982.

- ---. "Of an Apocalyptic Tone Newly Adopted in Philosophy." Tr. John P. Leavey, Jr. *Derrida and Negative Theology*. Ed. Harold Coward and Toby Foshay. Albany: State U of New York P, 1992. 25-71.

- ---. *Of Grammatology*. Tr. Gayatri Chakravorty Spivak. Baltimore: The Johns Hopkins UP, 1976.

- ---. "Post-Scriptum: Aporias, Ways and Voices." Tr. John P. Leavey, Jr. *Derrida and Negative Theology*. Ed. Harold Coward and Toby Foshay. Albany: State U of New York P, 1992. 283-323.

- ---. 『마르크스의 유령들』 (*Spectres de Marx*). 양운덕 옮김. 서울: 한뜻, 1996.

- ---. *Speech and Phenomena*. Tr. David B. Allison. Evanston: Northwestern UP, 1973.

- ---. *Writing and Difference*. Tr. Alan Bass. London: Routledge, 1990.

- Dobree, Bonamy. "T. S. Eliot: A Personal Reminiscence." *T. S. Eliot: The Man and His Work*. Ed. Allen Tate. New York: Delacorte Press, 1966. 65-88.

- Donoghue, Denis. "Eliot's 'Marina' and Closure." *The Hudson Review* 49-3 (Autumn 1996): 367-88.

- ---. *The Ordinary Universe*. New York: The Ecco Press, 1968.

- Doreski, William. "Politics of Discourse in Eliot's 'Portrait of a Lady'." *Yeats Eliot Review* 12-1 (Summer 1993): 9-15.

- Drain, Richard. "'The Waste Land': The Prison and the Key." *The Waste Land in Different Voices*. Ed. D. Moody. London: Edward Arnold, 1974.

- Drew, Elizabeth. *T. S. Eliot: The Design of His Poerty*. London: Eyre & Spottiswoode, 1950.

- Dzwonkoski, F. Peter, Jr."'The Hollow Men' and *Ash-Wednesday*: Two Dark Nights." *The Arizona Quarterly* 30-1 (1974): 16-42.

- Eagleton, Terry. *William Shakespeare*. Oxford U.K. & Cambridge U.S.A.: Blackwell, 1987.

- Ellmann, Maud. *The Poetics of Impersonality: T. S. Eliot and Ezra Pound*. Brighton, Sussex:The Harvester Press, 1987.

- Foucault, Michel. *The Order of Things: An Archaeology of the Human Sciences*. London and New York: Tavistock/Routledge, 1970.

- Freed, Lewis. *T. S. Eliot: Aesthetics and History*. La Salle, Illinois: Open Court, 1962.

- Freeman, Venus. "'The Hollow Men': Between the Idea and the Reality." *Yeats Eliot Review* 10-1 (Winter-Spring 1989): 41-3.

- Frye, Northrop. *T. S. Eliot*. New York: Capricorn Books, 1963.

- Galef, David. "Fragments of a Journey: The Drama in T. S. Eliot's *Sweeney Agonsites*." *English Studies* 69-6 (December 1988): 497-508.

- Gardner, Helen. *The Art of T. S. Eliot*. London: Faber and Faber, 1979.

- ---. *The Composition of Four Quartets*. New York: Oxford UP, 1978.

- ---. "*Four Quartets*: A Commentary." *T. S. Eliot: A Study of His Writings by Several Hands*. Ed. B. Rajan. New York: Funk & Wagnalls, 1948.

57-77.

- Gish, Nancy K. *Time in the Poetry of T. S. Eliot*. London: Macmillan, 1981.

- Gordon, Lyndall. *Eliot's Early Years*. Oxford: Oxford UP, 1977.

- ---. *T. S. Eliot: An Imperfect Life*. New York: W. W. Norton & Company, 1998.

- Gray, Piers. *T. S. Eliot's Intellectual and Poetic Development 1909-1922*. Sussex: The Harvester Press, 1981.

- Gross, Harvey. "The Wild Thyme Unseen." *Anteus* 40 (1981): 459-73.

- Hall, Donald. *Remembering Poets: Reminiscences and Opinions: Dylan Thomas, Robert Frost, T. S. Eliot, Ezra Pound*. New York: Harper & Row, 1978.

- ---. *Their Ancient Glittering Eyes: Remembering Poets and More Poets*. New York: Ticknor & Fields, 1992.

- Harwood, John. *Eliot to Derrida: The Poverty of Interpretation*. London: Macmillan, 1995.

- Hartman, Geoffrey H. *Criticism in the Wilderness: The Study of Literature Today*. New Haven and London: Yale UP, 1980.

- Hatab, Lawrence J. "Mysticism and Language." *International Philosophical Quarterly* 22-1 (March 1982): 51-64.

- Hawking, Stephen. 『호두껍질 속의 우주』. 김동광 옮김. 서울: 까치, 2001.

- Hay, Eloise Knapp. *T. S. Eliot's Negative Way*. Cambridge, Massachusetts and London: Harvard UP, 1982.

- Hutchings, Kevin D. "The Devil of the Stairs: Negotiating the Turn in T. S. Eliot's *Ash-Wednesday*." *Yeats Eliot Review* 14-2 (Fall 1996): 26-35.

- Jain, Manju. *T. S. Eliot and American Philosophy*. Cambridge: Cambridge UP, 1992.

- Jakobson, Roman. 『일반언어학이론』. 권재일 옮김. 서울: 민음사, 1989.

- Jay, Gregory S. *T. S. Eliot and the Poetics of Literary History*. Baton Rouge and London: Louisiana State UP, 1983.

- Johnson, L. Eric. "T. S. Eliot's 'Objective Correlative' and Emotion in Art"(1974). *On T. S. Eliot's "Objective Correlative."* Ed. Ahn Joong-eun. Seoul: Hanshin Publishing Co., 1994. 252-62.

- Jones, A. R. "Prufrock Revisited." *The Critical Survey* 3-4 (1968): 215-23.

- Jones, Peter. "Introduction." Ed. Peter Jones. *Imagist Poetry*. London: Penguin Books, 1972.

- Kaiser, Jo Ellen Green. "Disciplining *The Waste Land*, or How to Lead Critics into Temptation." *Twentieth Century Literature* 44-1 (Spring 98): 82-99(http://search.global.epnet.com)

- Kearns, Cleo McKelly. *T. S. Eliot and Indic Tradition*. Cambridge: Cambridge UP, 1987.

- Kennedy, A. "The Speaking 'I' in *Four Quartets*." *English Studies* 60-2 (April 1979): 166-75.

- Kenner, Hugh. *The Invisible Poet: T. S. Eliot*. London: Methuen, 1974.

- Killingley, Siew-Yue. "Time, Action, Incarnation: Shades of the

Bhagvad-Gita in the Poetry of T. S. Eliot." *Literature & Theology* 4-1 (March 1990): 50-71.

- Kimball, Roger. "A Craving for Reality: T. S. Eliot Today." *New Criterion* 18-2 (Oct 99): 18-26. (http://search.global.epnet.com)

- Kvastad, Nils Bjorn. "Philosophical Problems of Mysticism." *International Philosophical Quarterly* 13-2 (June 1973): 191-207.

- Lanzetta, Beverly J. *The Other Side of Nothingness*. Albany: State U of New York P, 2001.

- Leavis, F. R. *New Bearings in English Poetry*. Harmondsworth: Penguin Books, 1963.

- Leitch, Vincent B. *Deconstructive Criticism*. New York: Columbia UP, 1983.

- Lentricchia, Frank. *Modernist Quartet*. Cambridge: Cambridge UP, 1994.

- ---. "My Kinsman, T. S. Eliot." *Raritan* 11-4 (Spring 92): 1-23. (http://search.global.epnet.com)

- Levenson, Michael H. *A Genealogy of Modernism: A Study of English Literary Doctrine 1908-1922*. Cambridge: Cambridge UP, 1984.

- ---. "Does *The Waste Land* Have a Politics?" *Modernism/Modernity* 6-3 (September 1999): 1-13.

- Levy, William Turner and Victor Scherle. *Affectionately, T. S. Eliot: The Story of a Friendship: 1947-1965*. Philadelphia and New York: J. B. Lippincott Company, 1968.

- Li, Victor P. H. "Theory and Therapy: The Case of T. S. Eliot." *Criticism* 25-4 (Fall 1983): 347-58.

- Litz, A. Walton. *"The Waste Land* Fifty Years After." *Eliot in His Time*. Ed. A. Walton Litz. Princeton: Princeton UP, 1973. 3-22.

- Lobb, Edward. *T. S. Eliot and the Romantic Critical Tradition*. London: Routledge and Kegan Paul, 1981.

- Lu, Fei-pai. *T. S. Eliot: The Dialectical Structure of His Theory of Poetry*. Chicago and London: The U of Chicago P, 1966.

- Maccoby, H. Z. "An Introduction of 'Mr. Eliot's Sunday Morning Service'." *The Critical Survey* 3-3 (Winter 1967): 159-65.

- Macdiarmid, Laurie. "Torture and Delight: T. S. Eliot's 'Love Song for St. Sebastian'." *Arizona Quarterly* 57-2 (2001):77-92.

- MacFarlane, James. "The Mind of Modernism." *Modernism*. Ed. Malcolm Bradbury & James MacFarlane. London: Penguin Books, 1991. 71-93.

- Manganaro, Marc. "Dissociation in 'Dead Land': The Primitive Mind in the Early Poetry of T. S. Eliot." *Journal of Modern Literature* 13-1 (1986): 97-110.

- Materer, Timothy. "T. S. Eliot's Critical Program." *The Cambridge Companion to T. S. Eliot*. Ed. A. David Moody. Cambridge: Cambridge UP, 1994. 48-59.

- Matthews, T. S. *Great Tom: Notes towards the Definition of T. S. Eliot*. New York: Harper & Row, 1974.

- Matthiessen, F. O. *The Achievement of T. S. Eliot*. London: Oxford UP, 1976.

- Maxwell, D. E. S. *The Poetry of T. S. Eliot*. London: Routledge & Kegan Paul, 1958.

- Mayer, John T. "*The Waste Land* and Eliot's Poetry Notebook." *T. S. Eliot: The Modernist in History*. Ed. Ronald Bush. Cambridge: Cambridge UP, 1991. 67-90.

- Miller, J. Hillis. "Derrida and Literature." *Jacques Derrida and the Humanities*. Ed. Tom Cohen. Cambridge: Cambridge UP, 2001. 58-81.

- Nevo, Ruth. "*The Waste Land*: Ur-Text of Deconstruction." *New Literary Histirory* 13-3 (Spring 1982): 453-61.

- Norris, Christopher *The Contest of Faculties: Philosophy and Theory after Deconstruction*. London and New York: Methuen, 1985.

- ---. *Deconstruction and the Interests of Theory*. Leicester and London: Leicester UP, 1992.

- ---. *Deconstruction: Theory and Practice*. London: Methuen, 1982.

- Ong, Walter J. "A Dialectical Aural and Objective Correlative"(1985). *On T. S. Eliot's "Objective Correlative."* Ed. Ahn Joong-eun. Seoul: Hanshin Publishing Co., 1994. 107-21.

- Oser, Lee. "Eliot, Frazer, and the Mythology of Modernism." *Southern Review* 32-1 (1996): 183-85.

- Paz, Octavio. *Children of the Mire*. Tr. Rachel Phillips. Cambridge: Havard UP, 1974.

- Perl, Jeffrey M. "The Language of Theory and the Language of Poetry: The Significance of T. S. Eliot's Philosophical Notebooks, Part Two." *The Southern Review* 21-4 (October 1985): 1012-23.

- ---. "The Language of Theory and the Language of Poetry: The Significance of T. S. Eliot's Philosophical Notebooks, Part Two." *T.*

S. Eliot. Ed. Harriet Anderson. London and New York: Longman, 1999, 62-72.

- ---. *Skepticism and Modern Enmity: Before and After Eliot*. Baltimore and London: The Johns Hopkins UP, 1989.
- Perloff, Marjorie. "From Image to Action: The Return of Story in Postmodern Poetry." *Comparative Literature* 23-4 (1982): 411-27.
- Pinkney, Tony. *"The Waste Land*, Dialogism and Poetic Discourse." *The Waste Land*. Ed. Tony Davies & Nigel Wood. Buckingham: Open UP, 1944. 105-34.
- ---. *Women in the Poetry of T. S. Eliot: A Psychoanalytic Approach*. Londonand Basingstoke: Macmillan, 1984.
- Pittock, Malcolm. "Poet and Narrator in 'Sweeney among the Nightingales'." *Essays in Criticism* 30-1 (January 1980): 29-41.
- Pippin, Robert B. *Modernism as a Philosophical Problem*. Cambridge: Basil Blackwell, 1991.
- Poirier, Richard. "The Waste Sad Time." *New Republic* 216-17 (04/28/97): 36-45.(http://search.global.epnet.com)
- Rajan, Balachandra. "The Dialect of the Tribe." *The Waste Land in Different Voices*. Ed. A. Moody. London: Adward Arnold, 1974. 1-14.
- ---.*The Overwhelming Question: A Study of the Poetry of T. S. Eliot*. Toronto and Buffalo: U of Toronto P, 1976.
- Rector, Liam. "Inheriting Eliot." *The American Poetry Review* 30-5 (September/October 2001): 11-2.
- Reibetanz, J. M. "Accentual Forms in Eliot's Poetry from *The Hollow*

Men to *Four Quartets*." *English Studies* 65-4 (August 1984): 334-49.

- Riley, Michael D. "Eliot, Bradley, and J. Hillis Miller: The Metaphysical Context." *Yeats Eliot Review* 8-1/2 (1986): 76-89.

- Roeffaers, Hugo. "Philosophy and Literary Criticism: A Case Study." *International Philosophical Quarterly* 20-2 (1980): 143-60.

- Rubin, Louis D. Jr. "The Passionate Poet and the Use of Criticism." *Virginia Quarterly Review* 68-3 (Summer 92): 460-80. (http://search.global.epnet.com)

- Said, Edward W. *The World, the Text, and the Critic*. London: Faber and Faber, 1984.

- Sarup, Madan. *An Introductory Guide to Post-Structuralism and Postmodernism*. New York: Harvester Wheatshef, 1988.

- Saussure, F. de. *Courses in General Linguistics*. Tr. Roy Harris. London: Duckworth, 1983.

- Scott, Clive. "Symbolism, Decandence and Impressionim." *Modernism*. Ed. Malcolm Bradbury & James McFarlane. London: Penguin Books, 1991. 206-27.

- Sen, Jyoti Prakash. "The Theory of the Objective Correlative"(1970). *On T. S. Eliot's "Objective Correlative."* Ed. Ahn Joong-eun. Seoul: Hanshin Publishing Co., 1994. 220-31.

- Sen, Mihir Kumar. "Eliot's Objective Correlative"(1956). *On T. S. Eliot's "Objective Correlative."* Ed. Ahn Joong-eun. Seoul: Hanshin Publishing Co., 1994. 90-101.

- Servotte, Herman. "The Poetry of Paradox: 'Incarnation' in T. S. Eliot's *Four Quartets*."*English Studies* 72-4 (1991): 377-85.

- Sharp, Sister Corona. "'The Unheard Music': T. S. Eliot's *Four Quartets* and John of the Cross." *University of Toronto Quarterly* 51-3 (Spring 1982): 264-78.

- Sheppard, Richard. "The Crisis of Language." *Modernism*. Ed. Malcolm Bradbury and James McFarlane. London: Penguin Books, 1991. 323-36.

- Shusterman, Richard. "Eliot as Philosopher." *The Cambridge Companion to T. S. Eliot*. Ed. A. David Moody. Cambridge: Cambridge UP, 1994. 31-47.

- ---. *T. S. Eliot and the Philosophy of Criticism*. New York: Columbia UP, 1988.

- Skaff, William. *The Philosophy of T. S. Eliot*. Philadelphia: U of Pennsylvania P, 1986.

- Smith, Grover. "The Structure and Mythical Method of *The Waste Land*." *T. S. Eliot's The Waste Land*. Ed. Harold Bloom. New York: Chelsea House Publishers, 1986. 97-113.

- ---. *T. S. Eliot and the Use of Memory*. Lewisburg: Bucknell UP, 1996.

- ---. *T. S. Eliot's Poetry and Plays: A Study in Sources and Meaning*. Chicagoand London: The U of Chicago P, 1974.

- Spanos, William V. "Hermeneutics and Memory: Destroying T. S. Eliot's *Four Quartets*." *Genre* 11-4 (Winter 1978): 523-73.

- ---. "Repetition in *The Waste Land*: A Phenomenological Deconstruction." *Boundary Two* 7-3 (1979): 225-85.

- Spender, Stephen. *T. S. Eliot*. Harmondsworth: Penguin Books, 1975.

- Spurr, David. *Conflicts in Consciousnes: T. S. Eliot's Poetry and Criticism*. Urbana: U of Illinois P, 1984.

- Stead, C. K. *The New Poetic: Yeats to Eliot*. New York: Harper Torchbooks, 1964.

- ---. *Pound, Yeats, Eliot and the Modernist Movement*. New Brunswick: Rutgers UP, 1986.

- Stevenson, David L. "An Objective Correlative for T. S. Eliot's Hamlet"(1954). *On T. S. Eliot's "Objective Correlative."* Ed. Ahn Joong-eun. Seoul: Hanshin Publishing Co., 1994. 75-89.

- Timmerman, John T. *T. S. Eliot's Ariel Poems*. Lewisburg: Bucknewll UP, 1994.

- Unger, Leonard. *T. S. Eliot*. Minneapolis: U of Minnesota P, 1961.

- Usmani, Z. A. "A Significant Caesura in Eliot." *The American Critical Miscellany* 1-2 (1988): 178-97.

- Vivas, Eliseo. "The Objective Correlative of T. S. Eliot"(1944). *On T. S. Eliot's "Objective Correlative."* Ed. Ahn Joong-eun. Seoul: Hanshin Publishing Co.,1994. 59-72.

- Warren, Charles. *T. S. Eliot on Shakespeare*. Ann Arbor & London: U. M. I. Research Press, 1987.

- Waugh, Patricia. *Practicing Postmodernism/Reading Modernism*. London: Edward Arnold, 1992.

- Whiteside, George. "T. S. Eliot: The Psychobiographical Approach." *Southern Review* (Adelaide) 6-1 (1973): 3-26.

- Williams, Geoffrey B. *The Reason in a Storm*. Boston: UP of America, 1991.

- Wolosky, Shira. "An 'Other' Negative Theology: On Derrida's 'How to Avoid Speaking: Denials'." *Poetics Today* 19-2 (Summer 1998): 261-80.

- ---. *Language Mysticism: The Negative Way of Language in Eliot, Beckett, and Celan.* Stanford, California: Stanford UP, 1995.

- Wren-Lewis, John. "Personal Reflections of the Eternity-Vision of T. S. Eliot's *Four Quartets.*" *The Chesterton Review* 22-4 (November 1996): 499-508.

- Wright, George T. *The Poet in the Poem: The Personae of Eliot, Yeats and Pound.* Berkley and Los Angeles: U of California P, 1960.

T.S 엘리엇과 쟈크 데리다

인쇄일 초판 1쇄   2003년 09월 04일
　　　　 2쇄   2015년 03월 23일
발행일 초판 1쇄   2003년 09월 20일
　　　　 2쇄   2015년 03월 25일

지은이 이 만 식
발행인 정 진 이
발행처 새미
등록일 1994.03.10, 제17-271호

서울시 강동구 성내동 447-11 현영빌딩 2층
Tel : 442-4623~4 Fax : 442-4625
www. kookhak.co.kr
E- mail : kookhak2001@hanmail.net
ISBN 978-89-5628-084-4 93800
가 격 16,000원

★ 새미는 국학자료원 의 자매회사입니다.
★저자와의 협의 하에 인지는 생략합니다.